돈 카를로스

Don Carlos. Infant von Spanien
Die Jungfrau von Orléans. Eine romantische Tragödie

Friedrich von Schiller

대산세계문학총서 078

Don Carlos

Don Carlos. Infant von Spanien

돈 카를로스

장상용 옮김

문학과지성사
2008

대산세계문학총서 **078**_희곡

돈 카를로스

지은이__프리드리히 폰 실러
옮긴이__장상용
펴낸이__홍정선 김수영
펴낸곳__㈜**문학과지성사**

등록__1993년 12월 16일 등록 제10-918호
주소__121-840 서울 마포구 서교동 395-2
전화__02)338-7224
팩스__02)323-4180(편집) 02)338-7221(영업)
전자우편__moonji@moonji.com
홈페이지__www.moonji.com

제1판 제1쇄__2008년 12월 29일

ISBN 978-89-320-1934-5
ISBN 978-89-320-1246-9 (세트)

이 책은 대산문화재단의 외국문학 번역지원사업을 통해 발간되었습니다.
대산문화재단은 大山 愼鏞虎 선생의 뜻에 따라 교보생명의 출연으로 창립되어 우리 문학의 창달과
세계화를 위해 다양한 공익문화사업을 펼치고 있습니다.

차례

일러두기

1. 이 책의 맞춤법 및 외래어 표기는 문교부 고시 「한글 맞춤법」 및 「외래어 표기법」을 원
   칙으로 삼았다. 단, 인명과 지명 등 고유명사는 실제 발음에 가깝도록 했다.
   예) Marbach→마르바하
2. 본문 중의 주는 모두 옮긴이 주이다.

돈 카를로스: 스페인의 왕자

Don Carlos. Infant von Spanien

등장인물

필립 2세 스페인 국왕

엘리자베스 스페인 왕비(발루아 가문 출신의 프랑스 공주)

돈 카를로스 왕자

알렉산더 파르네세 파르마의 왕자, 국왕의 조카

클라라 에우게니아 공주(만 3세)

올리바레스 공작 부인 수석 궁정관리인

(왕비의 여인들)

몬데카르 후작 부인

에볼리 공주

푸엔테스 백작 부인

(스페인의 귀족들)

포사 후작 말타 기사단의 기사

알바 공작

레르마 백작 경호대장

페리아 공작 금양피 기사단*의 기사

메디나 시도니아 공작 제독

돈 라이몬드 데 탁시스 우체국장

도밍고 국왕의 고해신부

왕국의 종교재판소장

---

* 1430년에 설립된 부르군트의 기사단.

카르토우센스 교단의 수도원장

왕비의 시동

돈 루이스 메르카도 왕비 주치의

그밖에 몇 명의 귀부인들, 귀족들, 시동들, 장교들, 경호병들, 그리고 말없는
다양한 등장인물들.

제1막

아란후에스 별궁의 정원.

제1장

카를로스, 도밍고.

도밍고   이곳 아란후에스*에서의 즐거운 시간도 이제 다 된 것 같습니다. 그런데 우리 왕자님 표정은 하나도 밝아지지 않았는데 이곳을 떠나게 된 것 같습니다. 여기에 머문 것이 모두 허사가 아닌지 모르겠습니다. 왕자님! 알 수 없는 이 침묵을 왕자님께서 먼저 깨뜨려보시는 것은 어떻겠습니까? 아버님께 속마음을 털어놔보세요! 왕자님은 폐하의 단 하나뿐인 아들이십니다. 왕자님의 마음을 편하게 할 수만 있다면 폐하께서는 어떤 대가도 기꺼이 치르실 겁니다.
(카를로스는 땅을 쳐다보면서 침묵한다.)
혹시 신이 가장 사랑하는 아들에게조차도 허락되지 않는 소원을 가지고 계신 것은 아니겠지요? 톨레도 성에서 그곳 제후들의 선서를 받으시던 날 말입니다. 저 역시 참석했습니다

---

* 스페인 마드리드 남쪽 50킬로미터 지점에 위치한 타호 강가의 작은 도시.

만, 제후들이 앞다투어 왕자님의 손에 입을 맞추고, 여섯 왕국이 모두 하나같이 왕자님 앞에 무릎을 꿇고 고개를 숙이지 않았었습니까? 그때 왕자님의 뺨엔 싱그러운 홍조가 활짝 피어올랐었습니다. 가슴은 군주다운 결의로 설레셨고, 군중을 바라보던 왕자님의 눈에선 감격의 눈물이 흘러내렸습니다. 그때 왕자님의 눈빛은 만족스러움 그 자체였습니다.

(카를로스, 얼굴을 돌린다.)

그러시던 왕자님의 고귀하신 눈에 이렇게 소리 없는 고뇌의 눈빛이 서린 지 벌써 8개월이 되었습니다. 이것은 온 궁 안의 풀리지 않는 문젯거리가 되었고, 이제 온 나라를 불안에 싸이게 하고 있습니다. 그래서 폐하께서도 이미 많은 밤을 근심으로 지새우고 계십니다. 그리고 어머님께서도 이미 많은 눈물을 흘리셨습니다.

카를로스   (갑자기 돌아서며) 어머니라고 했소? 오 하나님, 그분을 내 어머니로 만든 분의 소행을 내가 잊을 수 있게 해주소서!

도밍고   왕자님!

카를로스   (정신을 가다듬고 한 손으로 이마를 쓰다듬으며) 신부님, 나처럼 어머니 복 없는 사람도 없겠지요? 이 세상에 태어나서 내가 제일 먼저 한 일이 바로 어머니를 죽게 한 일이니 말입니다.

도밍고   터무니없는 말씀이십니다. 왕자님! 어찌 그런 일에 신경을 쓰십니까?

카를로스   그리고 새어머니 말입니다. 그분은 제게서 아버님의 사랑을 빼앗아 가셨습니다. 그렇지 않은가요? 물론 아버님이 나를 사랑해주신 적은 없지만 말입니다. 그나마 내가 정성을 다해 노력한 덕분에 아직 유일한 아들로 남아 있을 수 있었던 것 아니겠습니까! 이제 새어머니께서 여자 아이를 아버님께 낳 아주셨으니, 앞으로 무슨 일이 벌어질지 누가 알겠습니까?

도밍고 농담이시겠죠, 왕자님! 스페인 국민 모두가 왕비님을 존경하고 있는데, 왕자님께서만 그분을 증오의 눈으로 보시는 것은 아닌지 모르겠습니다. 그분이 그저 총명하시다고만 알고 계신 것은 아니시겠지요? 어머님은 세상에서 가장 아름다운 분이십니다. 그리고 이 나라의 왕비이십니다. 더구나 그분은 본래 왕자님의 약혼녀가 아니셨습니까? 그러시면 안 됩니다. 왕자님! 절대로 그러시면 안 됩니다. 모든 사람이 사모하는 그분을 왕자님 혼자만 미워하시다니. 카를로스 왕자님답지 않으십니다. 아들이 어머니를 못마땅해한다는 말이 왕비님의 귀에 들어가게 해서는 절대로 안 됩니다. 그런 말을 왕비님께서 들으신다면 무척 괴로워하실 것입니다.

카를로스 과연 그러실까요?

도밍고 폐하께서 언젠가 사라고사에서 벌어졌던 마상경기 도중 부러진 창끝에 가벼운 상처를 입었던 일을 기억하십니까? 그때 왕비께서는 궁녀들과 함께 궁전 안쪽의 중간 좌석에서 시합을 보고 계셨습니다. 갑자기 "폐하께서 부상 당하셨다"라고 외치는 소리가 들리자 사람들이 우왕좌왕하기 시작했지요. 그러자 왕비께서는 "왕자님이?" 하고 소리치시며 황급히 높은 좌석에서 아래로 뛰어내리시려고 했습니다. "아닙니다, 폐하께서 부상당하셨습니다!"라고 누군가가 대답하자 그제서야, "그럼, 의사를 부르세요!" 하시며 안도해하셨던 적이 있었습니다.

(잠시 후)

왕자님! 지금 무슨 생각을 하고 계십니까?

카를로스 왕의 고해신부님께 감탄하고 있는 중이오. 고해신부가 이렇게 웃기는 얘기들을 많이 알고 있으니 말입니다.

(진지하면서도 우울한 표정으로)

하지만 남의 안색을 살피면서 무엇인가를 알아내는 솜씨는 독약이나 비수를 품고 있는 살인자보다 더 무서운 것 같습니다. 신부님! 애를 쓰기는 했지만, 혹시 사례를 기대하신다면 폐하께 가셔야 할 것 같습니다.

도밍고 왕자님, 몸을 사리시는 것은 물론 좋은 일이긴 합니다만 상대에 따라서 달리하셔야 합니다. 동지를 간신배와 혼동하시면 안 됩니다. 저는 그저 왕자님을 위하는 마음에서 말씀드린 것뿐입니다.

카를로스 그렇다면 아버님께서 알아차리지 못하게 해야 할 것입니다. 안 그러면 추기경의 법복이 날아가버릴지도 모르니까 말입니다.

도밍고 (움찔하며) 지금 뭐라고 하신 건가요?

카를로스 그것 보세요. 아버님은 당신에게 스페인이 내려줄 수 있는 최고의 법복을 약속하셨을 테니까요.

도밍고 왕자님, 절 놀리시는군요.

카를로스 천만의 말씀이에요. 아버님을 천국에 보낼지 아니면 지옥에 떨어뜨릴지 마음대로 할 수 있는 무서운 분을 제가 놀리다니요.

도밍고　가슴에 품고 계신 비밀을 알아내려는 것은 이제 삼가겠습니다. 하지만 이것만은 분명히 알아주세요. 교회는 불안해하는 양심의 피난처입니다. 그 문을 열 수 있는 열쇠는 국왕께서도 갖고 계시지 않습니다. 그리고 어떤 죄일지라도, 참회의 비밀은 지켜집니다. 이제 제 마음을 이해하신 것으로 생각하고 더 이상 말씀드리지 않겠습니다.

카를로스　아니요, 비밀을 지켜야 하는 사람을 시험해볼 생각은 추호도 없소.

도밍고　왕자님, 이렇게 불신하시다니, 왕자님께서는 충실한 신하를 오해하고 계십니다.

카를로스　(그의 손을 잡으며) 그러니 차라리 절 포기하세요! 당신이 신성한 분이라는 것은 세상이 다 알고 있어요. 하지만 솔직히 말씀드려서 당신은 제게 과분한 분입니다. 신부님! 당신의 길은 머나먼 여정입니다. 당신이 성 베드로 성당의 교황의 자리에 앉게 되기까지 말입니다. 지나치게 많이 알면 오히려 짐이 될 겁니다. 당신을 보내신 폐하께도 그렇게 전해주세요.

도밍고　폐하께서 보내셨다고 하셨습니까?

카를로스　분명히 그러실 겁니다. 오! 전 너무나 잘 알고 있습니다. 이 궁 안에 나를 배신한 자들이 있다는 것쯤은 분명히 잘 알고 있습니다. 수백의 눈들이 돈에 팔려서 나를 감시하고 있지 않습니까. 폐하께선 외아들인 나를 비열하기 짝이 없는 신하들에게 팔아먹은 거지요. 내가 말한 것을 밀고만 하면 폐하께서 상을 내리실 테니까요. 어디 그뿐이겠습니까? 아니지! 말을 많이 하지 않았어야 하는 건데, 말을 꺼내기 시작하면

한이 없군요. 벌써 말을 너무 많이 하고 말았어요.

도밍고 폐하께선 해가 지기 전에 마드리드에 도착하고자 하십니다. 수행할 사람들 모두 모여 있습니다. 왕자님께서도 함께 가시지요!

카를로스 알았습니다. 곧 가지요.

(도밍고 퇴장. 잠시 침묵하다가)

가련하신 아버님, 나 역시 가련하긴 마찬가지지만, 아버님의 영혼은 이제 시기심이라는 독사에게 물려 붉은 피로 물들어 있는 것 같군. 저주받을 호기심이 진정 무서운 사실을 알아내려 애쓰지만, 진실을 알게 된다면 정신이 돌아버리고 말 거야.

제2장

카를로스, 포사 후작.

카를로스 아니, 이게 누군가? 생각지도 못했던 로데리히*가 아닌가?

후작 카를로스 왕자님!

카를로스 이게 꿈인가 생신가? 정말로 그대란 말인가? 그래, 틀림없군! 자, 안아보자. 아아, 우리 두 사람의 심장이 맞부딪쳐서 고동치고 있는 것이 분명하군. 이젠 모든 것이 다시 좋아질 거야. 이렇게 안고 있으니 상처 입은 내 마음도 아무는 것 같

---

* 포사 후작을 칭하는 이름.

아! 나의 로데리히를 안고 이대로 있고 싶군.

후작 아니, 상처 입은 마음이라니요? 그리고 또 뭐가 다시 좋아질 거란 말입니까? 그럴 만한 일이라도 있는 것입니까? 전 영문을 모르니 그저 얼떨떨합니다.

카를로스 그대는 왜 갑자기 브뤼셀에서 돌아온 건가? 이 예기치 못한 기쁨은 도대체 누구 덕분이란 말인가? 정말로 누구의 은혜란 말인가? 난 계속 묻고만 있으니, 숭고한 신의 섭리여, 너무 기뻐 성가시도록 묻기만 하는 저를 용서하소서! 자비로우신 신이 아니라면 이게 도대체 누구의 은혜란 말인가? 신께서 수호천사인 그대를 이 카를로스에게 보내주신 것이 틀림없는데, 더 이상 무엇이 궁금하단 말인가.

후작 고귀하신 왕자님! 이렇게 기뻐하시는 왕자님께 당혹스러운 제 마음을 말하지 않을 수 없는 것을 용서하시기 바랍니다. 필립 왕의 왕자님께서 이런 지경이 됐으리라고는 상상조차 하지 못했습니다. 창백하신 뺨엔 어울리지 않는 붉은 빛이 타오르고, 입술은 열병을 앓는 사람처럼 떨고 계십니다. 왕자님, 대체 어찌 된 일입니까? 압제에 시달리는 가련한 백성들은 지금 사자처럼 용감하신 젊은 카를로스 왕자님만을 믿고 기다리고 있습니다. 그런데 지금의 왕자님은 전혀 그런 분으로 보이지 않습니다. 지금 전 왕자님의 죽마고우로서가 아니라 온 인류의 대표자로서 왕자님을 포용하고 있는 것입니다. 플랑드르 지방의 여러 백성들이 왕자님께 눈물로 호소하며 도움을 청하고 있습니다. 광신도에게 몸을 바친 냉혹한 형리 같은 알바 공작이 스페인의 율법을 앞세워 브뤼셀로 진격해오면, 고귀한 이 나라의 운명도 그것으로 끝이 날 것입니다. 고귀한 백성들의 마지막 희망은 카를 황제의 영광스런 손자이신 왕자님께 달려 있습니다. 왕자님의 고귀한 심장이 인류를 위하여 고동치지 않는다면 더 이상은 희망이 없을 것입니다.

카를로스 이젠 희망이 없네.

후작 아니, 이게 무슨 말씀이십니까!

카를로스 그대는 이미 지나간 옛이야기를 하고 있군. 나도 한때는 자유라는 단어에 정열을 바치는 내 자신을 마음속에 그려왔었지. 하지만 그런 카를로스는 이미 죽어버린 지 오래되었네. 지금의 카를로스는 알칼라에서 작별하던 당시의 감미로운 감격에 취해 스페인의 새로운 황금시대 따위를 떠벌리던 그런 카를로스가 아니란 말일세. 비록 어린애의 헛소리 같은 것이기는 했지만 그것은 정말 아름다웠어! 하지만 그런 꿈은 이미 사라지고 없네.

후작 꿈이었다고요, 왕자님? 한낱 꿈이었다고 말씀하시는 겁니까?

카를로스 날 울게 내버려두게. 그대의 가슴에서 실컷 울게 말일세. 그댄 단 하나뿐인 내 친구가 아닌가. 이 넓은 세상에 난 아무도 없네. 아무도, 어느 누구도 말일세. 아버지이신 군주의 지팡이가 영향력을 갖고 있는 한, 그리고 스페인 깃발을 단 선박이 해양을 누비고 다니는 한, 이 세상에서 내가 마음껏 울 수 있는 곳은 그대의 가슴 말고는 아무 데도, 그 어디에도 없단 말이네. 오, 로데리히여, 언젠가 훗날 그대와 내가 지금처럼 천상에 있을 때라도, 날 그대의 가슴에서 밀어내지 말아주게.

후작	(카를로스의 말에 감동한 나머지 말없이 몸을 기댄다.)
카를로스	나는 옥좌 옆에서 그대가 주워온 가련한 고아일지도 모른다고 말해주게. 오, 내 마음이 내 자신에게 말한 것이 실현된다고 한들, 그리고 그대가 수백만의 사람들 중에 나를 이해하는 유일한 사람이라 한들 무슨 소용이 있나. 뭔가를 자꾸 만들어내는 천성 때문에 이 로데리히를 카를로스의 마음속에서 되뇌었던 것이 사실이라고 하세, 그리고 우리 삶의 아침녘에 부드러운 현악기 연주 소리가 우리 두 영혼을 똑같이 뒤덮었던 것도 사실이라고 하세. 하지만 나는 모르겠네. 슬픔을 덜어주는 한 방울의 눈물이 내 아버지의 은총보다 그대에게 더 소중하다고 한들 무슨 소용이 있단 말인가. 내가 왕의 아들이면 뭐 하나. 아버지가 내게 어떤 존재인지도 모르는데 말일세.
후작	오, 온 세상보다 더 고귀하십니다.
카를로스	두 개구쟁이였던 그대와 내가 그토록 형제처럼 함께 자랐던 시절에 말일세, 그대가 있었기에 내가 어두운 곳에 있다는 생각조차 내게는 전혀 고통스럽지 않았었어. 그때 결국 나는 과감하게 그대를 조건 없이 사랑하기로 했었지. 그대는 내게 빚을 지고 있는 셈이네. 세일러복을 입고 있던 내게 오래전에 진 빚 말이야, 이제 그 빚을 갚아달라고 부탁해야만 할 지경이 되어버렸네. 그리고 그대에게 우리의 어린 시절을 기억나게 해야만 할 정도로 나는 이렇게 가련한 신세가 되어버렸네. 왠지 아나? 그대와 똑같을 용기가 이제 없어져버렸기 때문이야. 그때 한없는 친절함과 고귀한 형제애를 핑계로 그대

를 귀찮게 했었는데, 나의 자부심이던 그대는 내게 차갑게 화답했었네. 그대는 나를 제쳐놓고 신분이 천한 아이를 안아주었지, 나는 그때 바로 옆에 서서 두 눈에 뜨거운 눈물을 머금고 있었는데, 그대는 내게 눈길도 주지 않았네! 왜 이 아이만 안아주냐고 수없이 소리 질렀어, 나를 진심으로 좋아하지 않느냐고 말이야. 하지만 그대는 내 앞에 무릎을 꿇고 진심으로 그리고 단호하게 말했네. 왕자는 그래야 한다고 말일세.

후작 그만 하십시오, 왕자님! 어릴 때 일을 말씀하시면, 그저 부끄러울 뿐입니다.

카를로스 그대가 너무 심했어. 하지만 내가 어떤 일을 당해도 난 그대에게서 떨어질 수가 없었네. 그대가 주인인 나를 세 번 밀쳐내면, 난 세 번 그대의 사랑을 애걸하고, 우정을 강요했었지. 그러나 내가 말일세, 우연하게도 나로서는 해내지 못할 일을 한 적이 있었네. 어느 날 놀고 있다가 그대가 날린 깃털공이 고모님이신 보헤미아 여왕의 눈에 맞았는데, 고모는 일부러 그런 거라며, 울면서 아버님께 일러바쳤지. 범인의 자백을 받아내려고 온 성안의 아이들이 남김없이 불려 나왔는데, 아버님은, 그런 못된 짓을 하는 녀석은 비록 내 자식일지라도 용서 못한다며, 반드시 혼을 내주겠다고 벼르고 있었지. 바로 그때 멀리서 떨고 있는 그대의 모습이 눈에 들어왔네. 난 이때다 하고 앞으로 나아가 아버님의 발아래 꿇어 엎드렸지. 그러고는 "제가 그랬습니다. 저에게 벌을 내려주십시오!"라고 소리친 거야.

후작	아! 제게 뭘 상기시키려고 하시는군요. 왕자님!
카를로스	벌을 내려주셨지. 대신들이 안타까워하며 줄지어 늘어서 있는 앞에서 무지막지하게 벌을 주셨는데, 나는 울지 않았네. 그리고 그대를 쳐다보았지. 너무 아파서 이를 악 물고 있었지만 울지는 않았네. 무자비한 채찍에 애처로운 왕자의 피가 흘러내렸지만, 나는 울지 않고 그대를 쳐다보았네. 바로 그때였어. "알았습니다. 알았습니다! 제 자존심은 여지없이 무너져버리고 말았습니다. 왕이 되시면, 이 은혜에 꼭 보답하겠습니다!"라고 그대는 내 발아래 엎드려 울었었네.
후작	(카를로스에게 손을 내밀며) 그 은혜에 꼭 보답해드리겠습니다. 어린 시절의 맹세를, 이제 남자로서 다시 한 번 약속드립니다. 어쩌면 그때가 바로 지금이 아닐까요?
카를로스	그래, 지금, 바로 지금이야! 주저하지 말게! 이제, 그 맹세를 실현할 때가 되었네! 나는 사랑이 필요해. 엄청난 비밀이 이 가슴속에 묻혀 있거든. 이것을, 이 비밀을, 털어놓지 않고는 견딜 수가 없어. 그대는 안색이 달라질 거야. 그대의 표정에서 나는 내 죽음의 선고를 읽어내려는 걸세. 잠자코 들어보게! 하지만 아무 말도 하지 말게나. 나는 내 어머니를 사랑하고 있다네.
후작	오 하나님 맙소사!
카를로스	아냐, 그런 미적지근한 말은 듣고 싶지 않네. 말해주게, 분명히 이 넓은 세상에서 나만큼 비참한 인간은 없다고 말 좀 해주게! 듣지 않아도 그대의 대답은 알고 있네. 자식이 어머니를 사모하다니, 세상의 관습으로 보나, 자연의 법칙으로 보

나, 로마의 율법으로 보나, 모든 것에 어긋나는 빗나간 사랑이겠지. 내가 얻고 싶은 것은 아버님의 권리와 정면으로 대립한단 말이네. 그런 줄 알면서도 체념할 수가 없어. 언젠가는 정신이 돌아버리고 말 거야. 단두대에서 사라지는 게 고작이겠지. 희망도 없고, 도덕적이지도 못한 데다가, 극도로 불안해하면서 그리고 생명의 위협을 받으면서도 사랑하고 있다네. 이 모든 것을 알고 있는데도 사랑하고 있단 말이네.

후작 그러면, 왕비께서도 이 사실을 알고 계신가요?

카를로스 어떻게 털어놓을 수 있겠나? 어머니는 필립 왕의 아내이고, 왕비인데. 그리고 여기는 스페인이야. 아버님의 질투가 가로막고, 궁중의 법도에 얽매어 있으니, 무슨 수로 가까이 다가가겠는가. 폐하의 지시에 따라 알칼라의 대학에서 돌아온 후, 8개월 동안은 지옥과 같은 고통의 연속이었네. 매일 얼굴을 마주보면서도 무덤처럼 잠자코 있지 않으면 안 되었으니까 말이야. 로데리히, 벌써 8개월이 지났단 말이네. 가슴속엔 정열의 불꽃이 타오르고 무시무시한 고백이 입술 끝에서 튀어나오려 하다가, 다시 겁을 먹고 가슴속 깊숙이 숨어버렸지. 아아, 로데리히, 잠시 동안만이라도, 그분과 단둘이서.

후작 그러시다가는 아버님이, 왕자님을······.

카를로스 답답한 친구야! 왜 아버님 얘기를 꺼내는 건가? 양심의 가책에 대해서라면 몰라도, 아버님 얘기는 꺼내지도 말게!

후작 아버님을 증오하고 계시는군요?

카를로스 아니, 아니, 증오 따위는 하지 않아. 하지만, 그 무서운 이름을 들으면, 난 죄인처럼 불안에 싸이게 돼. 노예처럼 학대받으며 키워졌으니, 애정의 싹이 제대로 트기도 전에 짓밟혔다고 해도, 신기해할 일은 아니겠지. 여섯 살 때였어, 아버지라는 그 무서운 분 앞에 처음 나선 것이. 그날 아침, 그분은 아무렇지도 않은 듯 4건의 사형집행 명령서에 서명하고 있었지. 그 이후로 무언가 잘못을 저질러 벌 받을 때 외에는 만난 적이 없어. 아아, 또 속이 메슥거리는구나. 그만두자, 이런 이야기는 그만두자!

후작 아닙니다, 그러시면 안 됩니다. 이젠 모든 것을 다 털어놓으세요! 다 털어놓으면, 가슴속이 후련해질 겁니다.

카를로스 난 몇 번씩이나 자신과 싸웠어. 한밤중에 보초들도 잠들고 나면, 성모상 앞에 꿇어 엎드려, 어린아이의 순수한 마음을 베풀어달라고 울면서 기도했었지. 하지만, 그 소원은 이루어지지 않았네. 로데리히, 이 기묘한 섭리의 수수께끼를 그대가 좀 풀어주게. 이 세상에는 아버지들이 무수히 많은데, 어째서 고르고 골라서 하필이면 저분이 내 아버지란 말인가. 그리고 더 나은 아들이 얼마든지 있을 텐데, 하필이면 내가 그분의 아들이란 말인가. 나와 아버지는 인간의 극과 극이야. 자연은 그것을 어째서 신성한 끈으로 묶어놓았단 말인가? 무섭기만 한 운명일세. 어쩌자고 이런 일이 일어났단 말인가? 영원히 서로 반목하는 두 인간이, 어째서 같은 소망을 가지고 있단 말인가? 로데리히, 그대는 알겠지만, 우리는 서로가 원수인 두 개의 별이라네. 시간의 흐름 속에서 단 한 번 부딪히고는, 그 후 영원히 멀어져 가는 두 개의 별이란 말일세.

후작 어쩐지, 무서운 순간이 다가올 것 같아 견딜 수가 없군요.

카를로스   나도 역시 그런 느낌이 든단 말일세. 말할 수 없이 무서운 악몽이, 복수의 여신처럼 날 노리고 있어. 그 무시무시한 음모를 내 수호천사가 필사적으로 방어하고 있는데, 저주받은 나의 지혜는, 궤변의 미로를 헤맨 끝에, 몸이 오싹하는 절벽 가장자리에 멈춰 서버리고 말았네. 아아, 그분이 내 아버지라는 사실을 잊을 수 있다면. 로데리히! 자네의 창백한 눈빛을 보니 이제야 내 마음을 알아차린 것 같아 보이네. 아버지라고 생각하지 않을 수 있다면, 왕이 대체 내게 뭐란 말인가?

후작   (잠시 침묵한 다음) 왕자님께 부탁이 하나 있습니다. 비록 무슨 일을 도모하시더라도, 절 제쳐두고는 절대로 아무 일도 하지 말아야 합니다! 약속해주실 수 있으신가요?

카를로스   뭐든지 약속하지. 그대의 말이라면 모든 것을 그대에게 맡기겠네.

후작   폐하께서 마드리드로 돌아가신답니다. 우물쭈물할 시간이 없습니다. 왕비님과 남몰래 말씀을 나누시려면, 이 아란후에스에서가 아니면 기회가 없을 것 같습니다. 이곳의 조용함도 그렇지만, 자유로운 시골 풍습도 그러기에 적당한 것 같습니다.

카를로스   나 역시 그걸 바라고 있었지만 헛일이었어!

후작   너무 일찍 체념하지 마세요! 제가 얼른 가서 만나뵙고 오겠습니다. 앙리 국왕의 궁정 시절과 달라지지 않으셨다면, 스페인에서도 틀림없이 마음 편하게 대해주실 겁니다. 소망이 이루어질 것 같은 낌새를 왕비님의 눈빛에서 읽을 수 있으면, 그리고 만나뵙고 싶다는 기색이 조금이라도 있다면, 게다가 시녀들을 멀리할 수만 있다면 말입니다.

카를로스	대부분의 시녀들은 내게 호의를 갖고 있을 거야. 그중에서도 몬데카르는 그의 아들을 내게 시동으로 보낼 정도니까 말이야.
후작	그러면 더욱 잘됐습니다. 가까이 계시다가, 제가 나오라는 신호를 하면 즉시 나오세요. 왕자님.
카를로스	여부가 있나, 그럼 서두르게!
후작	한순간도 지체하지 않겠습니다. 자 그럼 잠시 후에 그곳에서 뵙겠습니다. 왕자님.

(두 사람 좌우로 갈라져서 퇴장.)

아란후에스의 왕비 저택.
소박한 전원 풍경. 가로수 길이 가운데를 지나가고, 뒤편은 저택으로 막혀 있다.

제3장

왕비, 수석 궁정관리인 올리바레스 공작 부인, 에볼리 공주, 몬데카르 후작 부인, 모두 함께 가로수 길을 걸어온다.

왕비	(몬데카르 후작 부인에게) 몬데카르, 내 곁으로 가까이 오세요! 에볼리의 기뻐하는 눈빛이 아침 내내 날 괴롭히고 있어요. 이 사람은 시골을 떠나는 것이 너무 기쁜 것 같군요.
에볼리	솔직하게 말씀드려서, 마드리드로 돌아가게 되어 정말로 기쁩니다. 왕비 마마!

몬데카르	왕비님은 기쁘지 않으십니까? 아란후에스를 떠나시는 것이 그렇게도 서운하십니까?
왕비	다른 것은 그렇다 치더라도, 이 아름다운 풍경을 두고 떠나는 것은 서운하군요. 여기에 있으면 내 세상에 있는 것 같아요. 이 조그만 곳은 벌써 오래전부터 마음에 드는 곳으로 꼽아놨어요. 여기 어린 시절 친구 같은 이 시골의 자연은 내게 안부를 전하는 것 같아요. 여기서 난 내 어린 시절의 놀이들을 다시 발견하곤 한답니다. 더구나 내 고향 프랑스의 바람이 이곳으로 불어오잖아요. 흉보지 말아요. 누구에게나 고향은 그리운 법이니까 말이에요.
에볼리	그래도, 여기는 정말 쓸쓸하고 서글퍼 보여요! 마치 라 트라프에 와 있는 느낌이 들어요.
왕비	아니, 그 반대야. 마드리드야말로 죽음의 도시 같아. 그런데, 올리바레스는 어떻게 생각하나요?
올리바레스	왕비님, 저는 한 달은 여기서, 다음 한 달은 파르도에서, 그리고 겨울 동안은 왕도(王都)에서 지내시는 것이 스페인 왕실 대대로 내려오는 관습으로 알고 있습니다.
왕비	그랬었지. 게다가 그대도 알다시피 그대하고는 절대로 말다툼을 하지 않기로 작정했었지.
몬데카르	마드리드는 지금부터 북적대기 시작할 겁니다. 대광장에는 투우 준비가 돼 있다고 들었어요. 게다가 이단자의 화형도 보여준다고 들었습니다.
왕비	우리에게 말인가? 상냥한 몬데카르의 입에서 그런 말을 듣게 되다니?

몬데카르	어떻다고 그러십니까? 화형 당할 자들은 이단자들입니다.
왕비	에볼리는 그렇게 생각하지 않겠지요?
에볼리	저 말씀이세요? 왕비님, 제가 몬데카르 후작 부인보다 신앙심이 부족하다고 생각지는 말아주세요!
왕비	아! 그랬지, 이곳이 스페인이라는 사실을 잊고 있었어. 화제를 바꿔야겠어요. 이 지방에 대해 이야기하던 중이었지요? 한 달이 꿈처럼 지나가버린 느낌이에요. 있는 동안에 여러 가지 즐거운 일이 있었으면 하고 기대했었는데, 기대에 어긋나고 말았군요. 희망이라는 것이, 모두가 그런 건지도 모르겠어요. 어떤 소망이 기대에 어긋났는지는 나 자신도 잘 모르지만 말이에요.
올리바레스	에볼리 공주, 아직 우리에게 말해주지 않았잖아요. 고메스님이 희망을 가져도 되는 건가요? 우리가 곧 에볼리 공주를 그분의 부인으로서 인사해도 되는 건가요?
왕비	맞아요! 공작 부인! 정말 때 맞춰서 그 일을 상기시켜주는군요. (에볼리에게) 나 역시 거들어달라는 부탁을 받았는데, 내 어찌 그렇게 할 수 있겠어요? 우리 에볼리에게 어울리는 남자는 아주 훌륭한 인물이어야 되지 않겠어요?
올리바레스	왕비 마마! 그분은 정말 그런 분이십니다. 우리의 폐하께서 은혜를 베푸시어 만천하의 영광을 차지했던 바로 그런 분이세요.
왕비	그것이 그분을 아주 행복하게 만들었군요. 하지만 우리는 그

26

분이 사랑할 수 있는 분인지 알고 싶어요. 사랑은 노력해서 얻을 수 있는 것인가요? 에볼리, 내가 묻고 있잖아요?

에볼리 (눈을 내리깔고 말없이 심란한 모습으로 서 있더니, 마침내 왕비의 발밑에 풀썩 꿇어앉는다.) 왕비님, 절 불쌍히 여겨주세요! 부탁하옵니다. 절 제물로 삼지 말아주세요!

왕비 제물이라고? 이것으로 충분해. 자아, 일어서요! 제물이 된다는 것은 못할 짓이겠지요. 잘 알겠어요. 자, 일어서세요. 백작에게 거절의 뜻을 전한 게 언제였나요?

에볼리 (일어선다.) 몇 달도 더 된 일입니다. 카를로스님이 아직 대학에 계실 때였습니다.

왕비 (약간 멈칫하고 관찰하듯이 그녀를 바라본다.) 그대는 그대 자신에게 자문해보았나요? 무슨 이유 때문인지 말이에요?

에볼리 (약간 흥분하면서) 그런 일을 절대로 일어나지 않을 것입니다. 왕비님! 수천 가지 이유 때문에 그런 일은 절대로 일어나지 않을 것입니다.

왕비 (아주 진지하게) 이유가 하나 이상이라면 그것은 벌써 너무 많은 것이에요. 그대는 그분을 사랑할 수가 없는 것이군요. 그것만으로 충분한 것 같아요. 그것에 관해서는 더 이상 말하지 않기로 하지요.

(다른 여인들에게)

오늘은 나의 귀여운 공주의 얼굴을 아직 보지 못했어요. 후작 부인! 가서 내 아기를 데려와주세요!

올리바레스 (시계를 들여다보며) 왕비님, 아직 그럴 시간이 안 됐습니다.

왕비 엄마가 될 시간이 아직 안 됐나요? 그럼 할 수 없군요. 시간이 되거든 잊지 말고 알려주세요!

(시동이 등장해서 수석 궁정관리인과 속닥거린다. 이윽고 수석 궁정관리인이 왕비에게)

올리바레스 왕비님, 포사 후작님이 오셨답니다.

왕비 포사 후작이 오셨다고?

올리바레스 프랑스와 네덜란드를 다녀오셔서 어마마마의 편지를 전해드 릴 수 있는 영광을 청하고 있습니다.

왕비 그런데, 이것을 허락해도 문제가 안 될까?

올리바레스 (미심쩍어하면서) 제가 갖고 있는 규정집에는 별궁의 정원 숲에서 카스티야의 귀족이 외국의 궁정에서 온 서신을 스페 인의 왕비께 전달하는 경우에 대해서 달리 적혀 있는 것이 없 습니다.

왕비 그렇다면 내 책임 하에 만나보기로 하겠어요.

올리바레스 하지만 그동안 자리를 비울 수 있도록 허락해주십시오, 마마!

왕비 편한 대로 하세요. 공작 부인!

(수석 궁정관리인 퇴장. 왕비, 시동에게 눈으로 신호를 보낸다. 시동이 서둘러 나간다.)

제4장

왕비, 에볼리 공주, 몬데카르 후작 부인, 포사 후작.

왕비 여기 스페인으로 잘 돌아오셨습니다. 기사님!

후작 이 나라를 지금만큼 자랑스럽게 조국이라 부르고 싶었던 적은 없었습니다.

왕비 (두 여인에게) 포사 후작님은 랭스에서 기사 마상경기가 있었을 때 나의 아버님과 승부를 겨루었던 분이에요. 이분 덕분에 우리편이 세 번이나 이길 수 있었지요. 그리고 스페인의 왕비라는 것이 영예스러운 것임을 알게 해주신 최초의 분이랍니다.

(포사 후작을 향하여)

루브르에서 마지막으로 만났을 때는, 여기 카스티야*에서 내 손님이 되실 거라고는 꿈에도 생각지 못했었습니다.

후작 말씀하신 대로입니다. 프랑스에서 부러운 단 한 분이라고 생각했던 분이 우리나라로 오시게 되리라고는 꿈에도 생각 못했습니다.

왕비 어머, 말씀도 잘하시네요. 단 한 사람뿐이라니요. 그런 말씀을 발루아 가문에서 태어난 나를 두고 하시다니요?

후작 이젠 얼마든지 그렇다고 말씀드릴 수 있습니다. 마마께선 이제 우리 스페인의 왕비이시니까요.

왕비 여행 중에 프랑스에도 들르셨다고요? 어머님이나 그리운 형제들로부터 어떤 소식이라도 받아 오셨는지요?

후작 (편지를 넘겨주며) 어머님께선 몸이 좀 불편하셔서 은퇴해 계십니다. 그리고 마마께서 스페인의 왕비로 행복한 생활을 하신다는 소식을 듣는 것을 무엇보다도 기뻐하시는 것 같았

---

* 스페인의 중북부 지방.

습니다.

왕비   그렇게 호의적이던 친척들에 대한 고귀한 기억들과 즐거운 여러 추억들을 생각해보면 어머니께서 그러실 필요가 없는 것 아닌가요? 기사님께서는 여행 중에 여러 궁전을 방문하시고, 수많은 나라와 수많은 사람들의 풍속들도 보셨다지요? 들리는 바로는 지금은 귀국하셔서 편안한 생활을 하고 계신다고 하더군요. 조용한 저택에서 국왕이신 필립 마마에 못잖은 귀인으로서, 자유로운 철학자로서 살아가시겠군요. 그런데 마드리드가 마음에 드실지 모르겠군요? 마드리드는 아주 조용한 곳이거든요.

후작   이곳은 유럽 어디에서도 느낄 수 없는 즐거움이 있습니다.

왕비   그렇다고 들었어요. 나 같은 사람에겐 시끄러운 세상사는 모두 잊고 있다가, 아주 가끔씩 생각날 따름이지요.

(에볼리 공주에게)

에볼리 공주! 저기에 히아신스가 피어 있는데, 좀 꺾어다 주겠어요?

(공주가 그리로 간다. 왕비가 나지막하게 후작에게)

후작님이 돌아오셔서 이곳에 아주 기뻐하실 분이 계시지요?

후작   제가 만난 그분은 시름에 잠겨 있었습니다. 그분을 위로해주실 수 있는 분은 이 세상에서 오직…….

(공주, 꽃을 꺾어 들고 돌아온다.)

에볼리   여러 나라를 돌아보고 오셨으니 틀림없이 신기한 이야기를 많이 들려주실 수 있겠네요?

후작   물론입니다. 더구나, 모험을 찾아 나선다는 것이 기사의 의

무라는 것은 잘 알려진 이야기지요. 그중에서도 가장 신성한 의무는 귀부인을 보호하는 일입니다만.

몬데카르 거인을 상대로 해서 말인가요? 이제 거인은 더 이상 없지 않나요?

후작 약자에게 폭력은 언제나 거인이지요.

왕비 기사님이 옳으세요. 거인은 아직 있습니다. 하지만 기사는 더 이상 없는 것 같아요.

후작 바로 얼마 전에, 나폴리에서 돌아오는 길에 말도 못할 가련한 사건을 목격했는데, 다정한 친구의 신상에 일어난 일이라서, 그 충격이 골수에 사무쳤었습니다. 지루하지 않으시다면 그 이야기를 해도 좋을까요?

왕비 지루할 리가 있나요. 에볼리도 듣고 싶어서 어쩔 줄을 모르는 것 같아요. 어서 말씀하세요. 나도 이야기는 아주 좋아하지요.

후작 미란돌라에 두 명문가가 있었는데, 황제당, 교황당으로 갈려서 수세기 동안 계속된 질투와 반목에 지친 나머지, 결혼이라는 부드러운 끈으로 영원한 화해를 하기로 약속했답니다. 그 아름다운 화합의 인연을 맺기 위해서 선택된 것이, 세도가인 피에트로의 여동생의 아들인 페르난도와, 코로나의 기품 있는 사랑스러운 딸 마틸데였습니다. 이들만큼 아름다운 마음을 지닌 남녀가 어울리는 한 쌍을 이룬 일은 세상에 다시는 없을 것입니다. 그리고 이들의 연분만큼 세상의 축복을 가득 받은 경우도 없었습니다. 페르난도는 아직 사랑스러운 약혼녀의 모습을 그림으로만 보고 그리워했는데 하염없는 사모의 마음으로도 진실이라고 믿기지 않을 정도의 그 아름다움을, 실제로 자신의 눈으로 보게 될 그날을 생각하며 가슴 조이며 파두아에서 학업에 몰두하고 있었습니다. 그러면서도 마틸데의 발아래 꿇어앉아 사랑을 속삭일 수 있게 될 그 순간만을 학수고대하고 있었습니다.

(왕비, 귀를 기울인다. 후작, 잠시 뜸을 들이고 나서, 왕비에게 결례가 되지 않을 정도로 에볼리를 향하여 이야기를 계속한다.) 그러는 사이에 피에트로는 부인과 사별하고, 후처를 맞아야 할 처지가 되었습니다. 마틸데를 칭송하는 소문을 듣고 와서 보고 노인은 나이 값도 못하고 사랑의 포로가 되고 말았지요. 더러운 욕망이 양심의 소리를 가로막고, 삼촌이 조카의 약혼녀를 가로채서, 그 약탈물을 제단 앞에 바친 겁니다.

왕비　그래서요? 페르난도는 어떻게 되었나요?

후작　행복에 취한 페르난도는 그런 일은 꿈에도 모르고, 사랑의 나래를 타고, 서둘러 미란돌라로 향했지요. 준마를 몰아서 별빛이 빛나는 시간에 저택의 문 앞에 도착하고 보니 부어라 마셔라, 광란의 축제 소리가 낮처럼 밝은 저택 안에서 들려왔습니다. 조마조마한 마음으로 계단을 올라 떠들썩한 혼례의 자리에 남 몰래 들어가 보니, 술에 취한 손님들 사이로 삼촌인 피에트로와 그리고 그 곁에 한 천사, 낯익은 천사 하나가, 꿈속에서 본 것보다 더 찬란하게 앉아 있었습니다. 지금까지는 자기의 연인이었으나 이젠 영원히 빼앗긴 바로 그 여인인 것을 첫눈에 알 수 있었습니다.

에볼리　가련한 페르난도님.

왕비 그 이야기는 그것으로 끝이겠지요? 그다음은 없나요?

후작 아닙니다. 아직 끝나지 않았습니다.

왕비 페르난도는 당신의 친구라 하셨나요?

후작 둘도 없는 친구지요.

에볼리 제발, 그다음을 들려주세요!

후작 그다음은 너무나도 비통해서, 생각만 해도 가슴이 미어집니다. 이 정도로 용서하십시오.

(일동, 침묵한다.)

왕비 (에볼리를 향하여) 이젠, 클라라를 안아줘도 되는 시간이겠지. 데려와주세요!

(에볼리, 물러간다. 후작, 무대의 안쪽에 나타난 시동에게 눈짓한다. 시동, 당장에 모습을 감춘다. 왕비, 아까 후작이 건네준 편지를 뜯어보고 놀란 모습을 짓는다. 그동안에 후작은, 몬데카르 후작 부인과 은밀하게 중대한 대화를 나눈다. 왕비, 편지를 다 읽어보고 탐색하는 눈으로 후작을 향한다.)

마틸데에 대해서는 아무 말이 없었는데, 어쩌면 페르난도가 얼마나 괴로워하고 있는지 모르고 있기라도 한 건가요?

후작 마틸데의 심정은 누구도 확인하지 못했습니다. 하지만, 위대한 영혼은 차분히 참고 있을 수밖에 없는 것이 아닐까요.

왕비 무언가를 찾는 것 같은데, 누굴 찾고 계십니까?

후작 이름을 말씀드릴 수는 없지만 어떤 분이 저 대신에 이 자리에 계셨더라면 얼마나 기뻐하실까 하는 생각이 들어서 그렇습니다.

왕비 그렇다면 그분이 기쁘시지 않은 것이 누구 탓이란 말인가요?

후작 (때가 왔다고 판단해서) 어떠실지 모르겠습니다. 제 나름으로 해석해도 될는지 모르겠습니다. 그분이 지금 여기에 오신다면 허락해주시겠습니까?

왕비 (정신이 번쩍 들어서) 네? 지금이라고요? 이 자리에 말씀인가요? 어떻게 하시려고 그러시는 겁니까?

후작 그분을 허락해주시겠습니까?

왕비 (점점 더 당황해하며) 사람 놀라게 하지 마세요! 후작님! 그분이 정말 오시는 것은 아니겠지요?

후작 벌써, 오셨습니다.

제5장

왕비, 카를로스.

(포사 후작과 몬데카르 후작 부인, 무대 뒤로 사라진다.)

카를로스 (왕비 앞에 무릎을 꿇고) 드디어 때가 왔습니다. 제가 그 상냥한 손을 잡아볼 수 있는 때가 말입니다.

왕비 이 무슨 행동이신가요? 엄벌을 받게 될지도 모르는데 이렇게 엉뚱한 짓을 하시다니! 어서 일어서세요! 남들이 봅니다. 수행하는 사람들이 사방에 있어요.

카를로스 일어서지 않겠습니다. 언제까지나 여기 꿇어앉아 있겠습니다. 이렇게 황홀한 기분이라면 여기에 뿌리를 내린 것처럼 이렇게 있겠습니다.

왕비 제정신이 아니군요! 대담함이 지나치신 것 아닌가요. 왕비이며 어머니인 나에게 그토록 무분별한 말씀을 하시다니! 그런 짓을 하시면 제가, 제가 직접 폐하께…….

카를로스 그러니까 "왕자는 죽음을 면할 수 없다"는 말씀을 하고 싶으신 거지요? 한순간이나마 천국의 행복을 맛본 이상, 비록 이대로 단두대에 끌려가 죽더라도 후회하지 않겠습니다.

왕비 그러면, 왕비인 저는 어떻게 되어도 괜찮단 말인가요?

카를로스 (일어선다.) 아아, 그러시다면 가겠습니다. 가고말고요. 그렇게 말씀하시는데 어떻게 가지 않을 수 있겠습니까? 어머님, 오오, 어머님! 절 살리고 죽이는 것이 모두 당신의 뜻에 달려 있습니다. 단 한 번의 눈짓, 단 한마디의 말씀으로 절 죽일 수도 살릴 수도 있습니다. 이제 어찌해야 한단 말입니까? 원하신다면 태양 아래에 있는 모든 것을 저는 당신께 바치겠습니다.

왕비 어서 가세요!

카를로스 아! 하나님!

왕비 제가 눈물로 부탁드리고 싶은 것은 단 한 가지밖에 없어요. 제발 여기를 떠나주세요! 내 시중을 드는 부인들이나 경비병들이 저와 왕자님이 함께 있는 것을 목격하고, 큰일 났다고 아버님께 일러바치기 전에 제발 여기를 떠나주세요.

카를로스 전 운을 하늘에 맡기겠습니다. 살든지 죽든지 개의치 않습니다. 이제야 겨우 단둘이 만나는 소원이 이루어졌는데, 공포에 짓눌려 이런 기회를 놓치게 된다면 말이 되겠습니까? 안 됩니다. 왕비님! 지구의 축이 백 번, 천 번을 돌아도 이런 기회는 두 번 다시 오지 않을 겁니다.

왕비 두 번 다시 와서는 안 됩니다. 불쌍하신 분이세요! 저더러 어찌하라고 이러시는 것입니까?

카를로스 오! 왕비님! 저는 죽기를 각오하고 싸우는 그 어떤 자도 아직 겪어보지 못했던 싸움을 해왔습니다. 저는 싸우고, 싸웠습니다. 신이 바로 나의 증인이십니다. 왕비님! 하지만 모든 것이 허사인 것 같습니다! 저의 영웅적 용기도 이제는 사라져버렸습니다. 이제 졌습니다.

왕비 이만하면 충분하세요. 제발, 저를 좀 내버려두세요!

카를로스 당신은 제 여인이었습니다. 두 거대한 왕가가 만천하에 대고 저에게 약속했었고, 하늘도 땅도 그것을 인정했었습니다. 그런데 필립, 필립이 내게서 당신을 강탈해간 것 아닙니까?

왕비 그분은 그대의 아버님이십니다.

카를로스 그리고 그분은 바로 당신의 남편이기도 하지요.

왕비 세상에서 가장 커다란 국가를 그대에게 물려주실 분입니다.

카를로스 그리고, 또 당신을 내 어머니로 만드셨지요…….

왕비 오, 하나님! 너무 지나치십니다.

카를로스 그분이 과연 자기 자신이 얼마나 부자인지 알고 있다고 생각하시나요? 그분은 자신이 가진 것을 평가할 수 있고, 느낄 수 있는 가슴을 가지신 분이신가요? 그분이 그런 가슴을 가지고 있는 분이라면 이렇게 불평하지 않겠습니다. 하지 않겠습니다. 제가 당신의 품속에서 느낄 수 있는 말할 수 없는 행복에 대한 생각조차도 하지 않겠습니다. 하지만 그분은 그런 가슴을 가지신 분이 아니십니다. 그렇기 때문에 그것이 저에 게는 지옥같이 고통스러운 것입니다. 그분은 그런 분도 아니고, 결코 그렇게 되실 분도 아닙니다. 그러니까 그대는 내게 서 그저 내 신성한 영혼을 빼앗아 가서 필립 왕의 두 팔 속에 서 내 영혼을 완전히 파괴해버린 것이나 마찬가지란 말입니다.

왕비 그런 끔찍한 생각을 하시다니!

카를로스 이 결혼을 누가 꾸민 것인지 저는 알고 있습니다. 필립 왕이 구혼한 저의는 분명합니다. 당신은 이 나라에서 과연 무엇이 란 말입니까? 말씀해보세요. 왕비시란 말입니까? 아닙니다, 아닙니다. 당신이 진정 왕비라면 알바가 제멋대로 살육을 일 삼지는 못할 것입니다. 플랑드르가 종교 때문에 피를 흘리는 일은 없을 것입니다. 필립 왕의 아내이신가요? 그렇게 생각 할 수도 없습니다. 아내라면, 남편의 마음을 다잡고 있어야 하지 않습니까. 그분의 마음은 대체 누구의 것이란 말입니 까? 그분은 열정에 들떠 있을 때 나오는 과장된 상냥함조차 도 수치스럽다고 느끼고 있는 것은 아닐까요? 왕의 권위와 백발의 노구 때문에 말입니다.

왕비 필립 왕의 곁에 있는 내 운명이 불행하다고 누가 그러던가요?

카를로스 제 곁에 오시면 온 세상이 부러워할 정도로 행복하실 거라고 한결같이 생각하고 있는 제 마음이 그렇게 말했습니다.

왕비 허황된 말씀만 하시는군요. 제 마음이 그 반대라면 어쩌시려 고 그러십니까? 폐하께서는 예절 바르시고 상냥하시며 겉으 로 드러내지 않는 인정이 있으시다면 어쩌시겠어요? 이런 폐 하의 마음이 저에게 왕자님의 종잡을 수 없는 말씀보다 더 큰 기쁨을 주신다면 어쩌시겠어요? 나이 드신 분의 느긋한 자애로움 말입니다.

카를로스 그러면 얘기는 달라집니다. 만약 그렇다면 용서하십시오. 하지만 당신이 폐하를 사랑하고 있다고 생각하지는 않습니다.

왕비 폐하를 존경하는 것이 나의 소망이고 나의 기쁨입니다.

카를로스 애정을 느껴본 기억은 있으십니까?

왕비 이 무슨 말도 안 되는 질문이십니까?

카를로스 애정을 느껴본 기억은 있으신가 말입니다?

왕비 이젠 더 이상의 애정은 없습니다.

카를로스 그것은 마음 때문입니까, 아니면 맹세 때문입니까?

왕비 그만, 가보세요! 이런 말씀을 하시려면 두 번 다시 오지 마세요!

카를로스 맹세 때문입니까? 마음 때문입니까?

왕비 저의 의무 때문에 안타깝습니다! 왕자님도, 저도 운명을 거스를 수는 없는 것 아닙니까? 이러니저러니 말다툼해본들 무슨 소용이 있겠습니까.

카를로스 맞설 수 없다고 말씀하시는 겁니까? 순종해야만 한다는 뜻이란 거지요?

왕비 아니, 왜 그렇게 흥분된 어조로 말씀하시는 것입니까?

카를로스 갖고 싶어 미치겠기에 체념할 생각이 없다고 말씀드리는 것입니다. 관습을 깨뜨릴 수만 있다면 이 나라에서 가장 행복해질 수 있는 것 아닙니까. 그렇기 때문에 이 나라에서 가장 불행한 사람으로 살고 싶지 않다고 말씀드리고 있는 것입니다.

왕비 그렇다면, 아직 소망을 버리지 않았다는 말씀이신가요? 이도 저도 모든 것이 끝이 나버렸는데도 아직도 기대를 걸고 있단 말인가요?

카를로스 죽지 않은 한 희망은 있습니다.

왕비 그러면, 그대의 어머니인 나에게도 희망을 갖고 있다는 말인가요?

(오랫동안 묵묵히 카를로스를 바라보다가 이윽고 엄숙하게)

왜 안 되겠어요? 새로 선출된 국왕에게는 무엇이든지 다 가능한 것 아닌가요. 선왕의 율법을 불태워버릴 수도 있고, 그 초상화를 부숴버릴 수도 있고, 에스쿠리알의 무덤에서 그 미라를 파내 더럽혀진 재를 사방에 뿌린다 해도 어느 누구의 눈치를 살필 필요가 없는 것 아닙니까. 그리고 결국에는 처신에 어울리는…….

카를로스 아, 이제 그만 하세요!

왕비 궁극엔 어머니와 결혼도 할 수 있다는 것이겠지요!

카를로스 전, 저주받은 자식입니다!

(한순간, 망연히 말없이 서 있다.)

아아, 이젠 끝장입니다. 끝이에요. 영원히 어둠 속에 덮여뒀어야 할 것이 밝혀졌으니 말입니다. 당신은 제게서 멀리, 멀리 떠나버렸습니다. 영원히 말입니다. 이제는 정말로 주사위가 던져진 것이군요. 이제는 더 이상 당신을 제 것이라고 생각할 수조차 없게 되어버렸습니다.

아, 이런 생각을 하게 되다니, 지옥과 같은 고통입니다. 제 것이라고 생각하는 것도 지옥의 고통이었는데, 아아, 어쩌면 좋단 말입니까? 신경이 갈가리 찢어지는 것처럼 고통스럽습니다.

왕비 가슴이 미어지는군요. 친애하는 카를로스! 지금 왕자님의 가슴을 헤집고 있는 말할 수 없는 고통을 이제는 저도 아주 잘 알 수 있습니다. 당신의 사랑에 끝이 없듯이, 괴로움도 마찬가지일 것입니다. 하지만 이 괴로움을 이겨낼 수만 있다면 명예도 끝이 없을 것입니다. 젊으신 영웅으로서 명예를 택하십시오. 그것은 틀림없이 조상 대대로의 은덕을 가슴에 간직한 기품 있고 남자다운 젊은 무사에게 부끄럽지 않은 명예일 것입니다. 자아, 용기를 내세요! 카를 황제의 손자 분이 아니십니까? 다른 사람이라면 몰라도 왕자님은 남자답게 뿌리치고 일어나셔야 합니다!

카를로스 너무 늦었습니다. 이젠 끝장이에요.

왕비 남자답게 되는 것이 너무 늦었다고 말씀하시는 것입니까? 카를로스 왕자님, 마음이 상처를 입으면 입을수록, 덕성은 더욱더 위대해지는 것입니다. 하나님은 당신을 높은 지위에, 수백만의 사람들보다 더 높은 지위에 올려놓으셨습니다. 유난히도 편애하신 나머지 범인에게는 내려주지 않는 것을 그대에게 내리신 것입니다. 당신은 어머니의 뱃속에 있을 때부터 우리들과는 격이 달랐을 것이라고 의심할 정도로 말입니다. 자아, 이제 그 섭리가 정당했음을 증명해야 합니다. 남자답게 사람들 앞에 당당히 나서야 합니다! 일찍이 어느 누구도 치른 적이 없었던 그런 희생을 치러야 할 것입니다!

카를로스 희생이라면 마다하지 않겠습니다. 당신을 얻기 위해 싸워 이

40

겨야 하는 것이라면, 거인을 물리칠 힘도 있습니다. 하지만 그대를 잃기 위한 힘은 제게는 없습니다.

왕비 카를로스 왕자님, 어머니인 저에게 그토록 집착하시는 것은 반항과 불만과 자존심 때문에 그런 것은 아니신가요? 저 때문에 낭비하고 계신 사랑은 앞으로 통치하실 나라에 쏟아 부어야 할 정성 바로 그것입니다. 당신은 자신에게 맡겨진 피후견인의 재산을 헛되이 쓰고 계신 것입니다. 당신의 커다란 사명이었던 사랑을 지금까지는 잘못 알고 이 어미에게 바치셨지만, 지금부터는 미래의 당신의 나라에 돌려야 합니다! 그러면 양심의 가책 대신에 나라를 통치하는 즐거움을 맛볼 수 있을 것입니다! 첫사랑은 엘리자베스였지만 두번째의 연인은 스페인이기를 바랍니다! 이 왕비 따위는 비교도 안 되는 그런 연인에게 저는 기꺼이 그 자리를 양보하겠어요.

카를로스 (감동한 나머지, 왕비의 발아래 몸을 던진다.) 대단한 분이십니다. 훌륭한 분이십니다! 좋습니다. 원하시는 모든 것을 해 보여드리겠습니다.

(일어선다.)

전능하신 신을 두고 맹세합니다. 영원히 맹세할 수 있습니다. 안 됩니다. 영원히 입 밖에 내지 않겠다고 맹세할 수는 있지만, 당신을 영원히 잊는다고 맹세할 수는 없습니다.

왕비 제가 감당할 수 없는 것을 어떻게 카를로스에게 요구할 수 있겠습니까?

후작 (가로수 길에서 서둘러 온다.) 폐하께서 오십니다!

왕비 뭐라고?

후작	빨리! 왕자님, 빨리 이 자리를 피하세요!
왕비	들키면 무슨 의심을 받을지 몰라요.
카를로스	아니, 여기 있겠어요.
왕비	그러면 희생되는 것은 누구겠어요?
카를로스	(후작의 팔을 잡고) 가자, 로데리히! (가다 말고 다시 돌아온다.) 기념으로 무엇을 주시겠습니까?
왕비	이 어머니의 우정을!
카를로스	우정? 어머니? 그뿐입니까?
왕비	그리고 네덜란드의 눈물을!
	(왕비, 카를로스에게 편지 두세 통을 넘겨준다. 카를로스와 후작 사라진다. 왕비, 불안스럽게 왕비의 여인들을 찾는데 눈에 띄지 않는다. 안으로 가려는데, 왕이 등장한다.)

제6장

왕, 왕비, 알바 공작, 레르마 백작, 도밍고. 약간 떨어져서 몇 사람의 귀족과 귀부인들이 비켜서 있다.

왕	(미심쩍게 주위를 둘러보며, 한동안 말이 없다.)
	어찌 된 일이오, 이런 곳에 왕비가 혼자 있다니? 수행하는 여인들이 하나도 없단 말이오? 이상하기 그지없소이다. 여인들은 어디에 있단 말이오?
왕비	어서 오십시오, 폐하!

왕   어째서 혼자란 말이오?

(수행해온 사람들에게)

용서할 수 없는 일이오. 이런 잘못은 엄히 다스려야 되겠소. 왕비를 모시는 관리 책임자가 누구인가? 오늘 당신을 보살펴야 할 담당자가 누구란 말이오?

왕비   노여워 마십시오. 폐하! 제 잘못입니다. 제가 말해서 제후의 딸인 에볼리는 물러간 것입니다.

왕   왕비가 그렇게 말했단 말이오?

왕비   시녀를 부르러 보냈습니다. 클라라를 안아보고 싶어서 말입니다.

왕   그래서 동행하던 제후 부인들을 물리셨단 말입니까? 에볼리 한 사람에 대한 변명은 됐소. 그러면 다른 제후 부인들은 어디로 갔단 말입니까?

몬데카르   (그사이에 돌아온 몬데카르는 다른 여인들 틈에 섞여 있다가 앞으로 나와서) 황공하옵니다. 저에게 벌을 내려주십시오!

왕   그래! 그러면 10년간 말미를 주겠다. 마드리드를 떠나서 차분히 생각해보라!

(몬데카르, 눈물을 머금고 물러난다. 일동 조용하다. 주위의 사람들, 놀라워하며 왕비를 바라본다.)

왕비   몬데카르! 누구를 원망하겠소?

(왕을 향하여)

나의 자비로운 왕이시여! 제 자신이 원했던 것은 아니었지만 이 스페인 왕비의 권위가 최소한 절 수치심으로부터 지켜줄 수 있을 정도는 되어야 한다고 생각하옵니다. 설사 어떤 일을 제가 잘못했다고 하더라도 말입니다. 이 왕국에는 제후의 딸들을 법정에 세울 수 있는 법칙이라도 있는 것입니까? 아니면 스페인의 여인들을 감시해야 할 강제 규정이 있는 것입니까? 아니면 여인들의 덕성이 일개 감시자만큼도 못하단 말입니까? 용서해주세요! 기쁜 마음으로 제게 소임을 다한 몬데카르 같은 사람을 내쫓는다는 것은 제게 너무 힘든 일이옵니다.

(장식 띠를 벗어서 몬데카르에게 준다.)

그대는 폐하의 노여움을 산 것이지, 나의 노여움을 산 것은 아니오. 나와의 추억을 기념하도록 이것을 주는 것이니 받아주시오! 그대는 스페인에서만 죄인일 뿐이니까, 스페인에는 머물지 않는 것이 좋을 것 같아요. 내가 태어난 프랑스였다면 이런 눈물을 기꺼이 닦아줄 사람들이 있었을 텐데 말이에요. 이제는 나도 정신을 바짝 차려야 할 것 같아요.

(수석 궁정관리인의 어깨에 기대어 얼굴을 감싼다.)

프랑스에선 이런 일이 있을 수 없을 텐데.

왕 (마음의 동요를 느끼며) 왕비를 아끼기 때문에 내린 벌이오. 왕비의 신변이 걱정스러워서 그렇게 한 것이니 달리 생각하지 마시오!

(귀족들을 향하여)

대신들은 들어라! 졸음이 내 두 눈꺼풀을 짓누르는데도, 내가 매일 저녁 내 백성들의 심장이 어떻게 뛰고 있는지 살펴야 한단 말이냐? 왕비에 대한 내 심장의 떨림보다도 더 떨면서 내 안위를 걱정해야 한단 말이냐? 백성들을 지켜주는 것은 나의 검이지만, 왕비의 사랑을 지키는 것은 내 눈밖에 없다.

왕비 저를 불신하신다는 말씀이신가요, 폐하?

왕 나는 이 그리스도교의 세계에서 유례가 없는 영화를 누리고 있고, 태양이 지지 않을 정도로 넓은 영토를 가지고 있는 것은 분명하오. 하지만 그 모든 것들은 전에도 소유자가 있었던 것처럼 내 다음에도 다른 사람이 소유하게 될 것이오. 이런 국왕의 부귀는 물려받은 선물에 불과할 뿐이오. 하지만 왕비의 사랑은 나 자신의 것이란 말이오. 엘리자베스는 오로지 필립만을 위한 것이란 말이오. 내게 인간적인 고뇌가 하나 있다면 그것은 내게 죽음이 다가온다는 사실뿐이오.

왕비 설마, 폐하께서도 두려운 것이 있다는 말씀은 아니겠지요?

왕 이렇게 백발이 되는 것이 두렵지 않느냐는 말이오? 내가 두려한 적이 없었던 것은 아니오. 하지만 이내 그만두었소.

(귀족들을 향하여)

모두들 다 보이는데 한 사람이 안 보이는군! 돈 카를로스 왕자는 어디 있는가?

(아무도 대답이 없다.)

나는 자식인 카를로스가 무서워지기 시작했어. 알칼라의 대학에서 돌아온 이후로, 어떻게든 내 앞에 나타나지 않으려고 하고 있어. 녀석의 성질이 불같은데, 눈빛이 차가운 것은 무슨 까닭일까? 그 조심스러운 태도는 또 왜 그런 것이지? 모두들 잘 살펴보라! 알겠는가?

알바 알겠습니다. 갑옷 속의 제 심장이 고동치고 있는 한 폐하께서는 언제든지 편히 주무실 수 있을 것입니다! 천국의 문은 천사 게루빔이 지키는 것처럼 옥좌는 이 알바가 지켜드릴 것입니다.

레르마 어느 누구보다도 지혜로우신 폐하께 이렇게 말씀드리는 것이 황공할 뿐이옵니다. 저는 폐하의 높으신 덕을 깊이 존경하고 있사옵니다. 자비로우신 폐하께서 왕자님을 그처럼 조급하고 엄격하게 다루시는 것은 지나치신 것이 아닌가 생각하옵니다. 카를로스 왕자님의 뜨거운 피는 두렵습니다만, 그분의 마음은 전혀 두려워할 필요가 없다고 생각하옵니다.

왕 레르마, 부자간의 정에 호소하는 것은 쓸데없는 짓이야. 왕좌는 알바가 보살핀다. 그 일에 대해서는 더 이상 거론하지 말라!

(시종들에게)

이제 즉시 마드리드로 돌아간다. 국왕의 임무를 다하기 위함이다. 이단의 전염병이 백성들에게 돌고 있고, 네덜란드에는 폭동이 창궐하고 있다. 방황하는 자들을 회개시키려면 한시의 여유도 없다. 나는 그리스도교의 국왕들이 했던 엄숙한 맹세를 내일 실천할 것이다. 내일의 처형은 과거에 유례가 없던 사건이 될 것이다. 모두가 엄숙한 마음가짐으로 참석하라.

(왕, 왕비를 이끌고 퇴장. 일동, 그 뒤를 따른다.)

제7장

편지를 손에 든 돈 카를로스와 포사 후작, 서로 반대편에서 등장.

카를로스　이제 결심했어! 플랑드르를 반드시 구출해내고 말겠어. 그녀가 원하고 있다는 것, 그것만으로도 이유는 충분해.

후작　이제 여유가 없습니다. 알바 공작이 이미 총독으로 임명되었다고 들었습니다.

카를로스　내일 일찍 알현하겠네! 이 일은 내가 맡을 테니 걱정 말게! 태어나서 처음 하는 부탁이니까, 아마도 거절하지 않을 거야. 내가 마드리드에 있는 것이 껄끄러울 테니까 말이야. 쫓아내기에 이보다 더 좋은 구실은 아마도 없을 걸세. 그리고 좀더 솔직히 말해서 로데리히, 사실은, 마음속으로 그보다 더한 것을 기대하고 있네. 얼굴을 마주하면 아버님의 기분이 좀 부드러워질 수도 있지 않을까? 아버님은 천륜에 기댄 소리를 아직 들어본 적이 없거든. 그래서 한번 시도해보고 싶네, 로데리히! 이런 말이 내 입에서 나오면 어떤 일이 벌어질까?

후작　이제야 정말 카를로스다우시군요. 완전히 예전 모습을 되찾으셨어요.

제8장

레르마 백작, 제7장의 사람들.

레르마 폐하께서는 이제 막 아란후에스를 출발하셨습니다. 그리고
저에게 분부를……

카를로스 알았다, 레르마 백작. 곧 쫓아가마.

후작 (자리에서 일어날 것처럼 하다가, 일부러 말투를 바꿔서) 달리
시키실 일은 없으신가요?

카를로스 없네! 무사히 마드리드에 도착하면 플랑드르 이야기는 다시
듣기로 하지.
(아직 기다리고 있는 레르마를 향하여)
곧 가겠다. (레르마 백작 퇴장.)

제9장

돈 카를로스, 포사 후작.

카를로스 그대의 생각은 잘 알고 있네. 고맙네. 사람들 앞에선 어쩔 수
없이 예의를 지키지만, 우리는 형제나 다름없는 사이가 아닌
가. 군신 놀이 같은 연극은 앞으로 우리 사이에선 하지 말기
로 하세! 무도회에서 가면을 쓰고 있는 것처럼, 그대는 신하
의 의상을 걸치고, 나는 어쩌다가 자줏빛 의상을 걸치고 있

다고 생각하게. 무도회가 열리고 있는 동안은 사람들의 즐거운 분위기를 깨지 않도록 서로의 배역을 지켜서 변장한 채 있는 것으로 하는 게 어떤가? 하지만 가면 뒤에서 나는 그대에게 눈짓을 보내고 그대는 지나치는 길에 내 손을 잡고 마음과 마음을 통하기로 하세.

후작 멋진 꿈이기는 하지만, 과연 언제까지 계속될 수 있을까요? 절대 권력의 자리에 오르신 후에도 그 유혹을 견디어낼 수 있을까요? 왕자님의 늠름하신 기백도 힘든 시련에 부대낄 날이 올 것이라고 제가 감히 말씀드리지 않을 수 없습니다. 필립 왕께서 돌아가시면, 왕자님께서 그리스도교 국가 최대의 왕국을 승계하시게 될 것입니다. 그렇게 되면 왕자님과 사람들 사이엔 커다란 간격이 벌어질 것입니다. 어제까지는 인간이었던 분이 오늘은 신이 되실 것이고, 인간의 약점은 사라지고, 양심의 소리는 침묵하게 될 것입니다. 어제까지는 위대하게 들렸던 인류라는 낱말도, 매수되어 우상의 앞에 엎드리게 될 것입니다. 고뇌와 함께 연민의 마음도 사라지고, 덕성은 쾌락에 취해버릴 것입니다. 당신을 우매하게 만들려고, 페루에서는 황금을 보내고, 그 악덕을 배양하기 위해 신하들은 악마를 키울 것입니다. 노예들이 주위에 빈틈없이 쌓아올린 천국에서, 왕자님은 만취 상태로 잠들어버릴 것입니다. 그리고 그 악몽이 계속되는 한 왕자님은 신으로 추앙 받으실 것입니다. 그것을 가엽게 여겨서 잠에서 깨우려는 것이야말로, 얼빠진 짓이 되고 말겠지요. 로데리히는 어떻게 될까요? 우정이라는 것은 성실하고도 대담한 것입니다. 병든 국왕은 그 날카로운 광채를 바로 보지 못할 것입니다. 왕자님은 신하의 불손함을 참지 못할 것이고, 저는 군주의 횡포를 견디지 못할 것입니다.

카를로스 그대가 그리는 군주의 모습은 박진감이 지나쳐서 오싹해질 정도로 겁이 나는군. 정말 그렇게 될지도 모르겠네. 군주의 마음을 난잡한 행동으로 이끌어 가는 것은 쾌락밖에 없는 것 같이 보이네. 하지만 나는 아직 스물셋이고 순결하네. 나는 나 이전에 수천의 군주가 부지불식간에 음탕함을 탐닉하며 낭비했던 귀중한 정신력과, 남성의 기력을 훗날 지배자가 될 때를 대비해서 비축해두고 있다네. 여자들도 내 마음속에 있는 그대를 쫓아낼 수 없는데, 무엇이 그대를 내 마음속에서 쫓아낼 수 있단 말인가?

후작 제 스스로 몰아내고 말 것입니다. 왕자님의 눈치를 살펴야 할 때가 되면, 그래도 진심으로 사랑하는 일이 과연 가능할까요?

카를로스 그런 어리석은 말을 하다니! 그대는 나에게 볼일이 없을지도 모르겠네. 그대는 원래 왕에게 구걸하는 그런 근성을 가지고 있는 사람이 아니니까 말이야. 돈에 눈이 멀 인간도 아니네. 내가 왕위에 앉는다 해도 그대가 더 부자일 걸세. 그대는 명예도 마다하는 사람이 아닌가. 명예라면 어린 시절에 이미 실컷 겪어봐서, 이젠 싫증이 날 지경이야. 우리 두 사람 중에 도대체 누가 채권자이고 누가 채무자란 말인가? 어째서 말이 없나? 내 유혹이 겁이 나는가? 그대마저도 자신이 없단 말인가?

후작 제가 졌습니다. 그럼 이 손을……

카를로스 분명히 내 것이 맞는 거지?

후작 영원히, 그리고 아무 조건 없이……

카를로스 오늘의 왕자가 왕이 됐다고 해서 이 마음 변하지 않겠지?

후작 맹세합니다.

카를로스 아첨하는 구더기가 방심하고 있는 내 마음속에 기어든다 해도, 한때 눈물을 흘렸던 이 눈에 눈물이 사라진다 해도, 이 귀가 탄원을 들어주지 않는다고 해도 그대만큼은 기필코 의연하게 나의 덕성을 지켜주고, 나를 흔들리지 않게 받쳐주고, 나의 양심을 일깨워줄 수 있겠나?

후작 당연합니다.

카를로스 부탁이 하나 더 있네. 날 자네라고 불러주게! 나는 자네 친구들끼리 다정하게 서로를 부르는 것이 못 견디게 부러웠었네. 자네라고 날 불러주면 그 친숙한 분위기에 속아서 자네와 동등해진 것 같은 기분이 들어서 기쁠 것 같네. 아니, 아무 말도 하지 말게! 그대가 하려는 말은 알고 있네. 자네로서는 대수로운 일이 아닐지 몰라도 왕자인 나로선 중요한 문제일세. 나와 형제가 되어주지 않겠나?

후작 되고말고!

카를로스 지금 폐하에게로 가겠네. 이젠 아무것도 두렵지가 않아. 자네와 손을 마주 잡은 이상, 전 세계를 상대로 해서라도 싸워 보이겠어.

(두 사람, 퇴장.)

제2막

마드리드의 궁정.

제1장

햇빛 가리개 밑에 걸터앉아 있는 필립 왕, 조금 떨어진 채로 모자를 쓰고 있는 알바 공작, 그리고 카를로스.

카를로스 국사가 우선이옵니다. 재상의 볼일이 끝날 때까지 기다리겠습니다.
재상은 스페인을 위해서 말씀드리는 것이지만, 저는 그저 자식으로서 드릴 말씀이 있어서······.
(절하고 물러간다.)

필립 공작은 있어도 괜찮아. 왕자야! 할 말이 있으면 해보거라.

카를로스 (공작을 향하여) 그러면 공작! 폐하께서 허락해주셨으니 잠시 폐하를 빌렸으면 합니다. 잘 아시겠지만 자식이라는 것이 원래 뭔가를 조르고 싶은 것이 많은 존재가 아니겠습니까. 곁에 아무도 없었으면 합니다. 당신이 보좌하시는 분은 왕이시지만, 저는 그저 아버님으로서 폐하를 잠시 동안만 빌리고 싶을 뿐입니다.

필립 공작은 내 심복이야.

카를로스 그렇다면 저의 심복도 돼줄 수가 있는 것이 아닌가요?

필립　그랬으면 하고 원한 적도 없었을 텐데. 아비의 선택을 고분
　　　고분 받아들이지 않는 자식은 마음에 안 들어.

카를로스　알바 공작이 기사도가 있는 분이라면 이 자리에 있을 수 없지
　　　않겠습니까? 부탁도 하지 않았는데, 부자 사이에 끼어들어
　　　얼굴빛도 변하지 않고, 아무런 도움도 되지 않는다는 것을
　　　빤히 알면서도 막대기처럼 뻗대고 서 있는 것은 저라면 설사
　　　왕관을 준다 해도 못할 것입니다.

필립　（밉살스럽다는 듯이 왕자를 노려보며 자리에서 일어난다.) 공
　　　작, 물러가거라.
　　　（알바 공작, 카를로스가 들어온 정문을 향해서 가려고 하자, 왕
　　　은 다른 문을 가리키며) 아니, 내가 그대를 부를 때까지 회의
　　　실로 가 있게!

제2장

필립 왕, 돈 카를로스.

카를로스　（공작이 물러가자마자 왕에게 다가서며 무릎을 꿇고 감정에 북
　　　받쳐서) 이제야 다시 제 아버님이 되셨군요. 제 아버님으로
　　　되돌아오셨습니다. 하나님 감사합니다. 아버님! 손을 이리
　　　로! 정말 멋진 날입니다! 이 입맞춤의 기쁨은 아들로서는 정
　　　말이지 오랜만에 느끼는 기쁨이옵니다. 제가 무슨 짓을 저질
　　　렀기에, 도대체 이렇게도 오랜 세월 마음속에서 절 거부하고

계셨던 것입니까?

필립 왕자, 마음에 없는 말 따위는 듣고 싶지 않다.

카를로스 (일어서며) 역시 그랬군요. 간신배들이 속닥거린 것입니다. 아버님, 사제의 말이, 앞에 나서는 신부들의 말 모두가 옳다고 말할 수는 없지 않겠습니까. 아버님, 저는 악의가 전혀 없습니다. 불같은 성질이 결점이고, 나이가 어린 탓에 제대로 챙기지는 못하지만, 악의를 갖고 있는 것은 정말 아닙니다. 곧잘 흥분해서 오해를 받기도 하지만 제 마음은 정말 결백합니다.

필립 너의 마음이 네 기도처럼 순수하다는 것은 알고 있다.

카를로스 지금이 기회인 것 같습니다. 우리 단둘이만 있는 절호의 기회예요. 부자간에 가로놓인 거추장스러운 예절의 벽도 치워졌습니다. 지금이 아니면 기회가 없습니다. 희망의 빛이 가슴으로 스며들고, 즐거운 예감이 마음속에 번득이고 있어요. 천사의 무리들이 흥겹게 춤을 추고, 신도 감동하여, 이 광경을 굽어보고 있습니다. 아버님, 용서해주세요!

(왕의 발아래 무릎을 꿇는다.)

필립 이거 놔라, 그리고 일어서거라!

카를로스 제발, 저를 거두어주십시오!

필립 (카를로스를 뿌리치려 한다.) 연극이 지나치구나.

카를로스 자식의 사랑이 지나치다고 말씀하시는 것입니까?

필립 눈물까지 흘리고, 보기 흉하지 않으냐. 썩 나가거라!

카를로스 지금이 마지막 기회입니다. 아버님, 제발, 저를 거두어주십시오.

필립 당장 내 눈앞에서 없어지지 못하겠느냐! 그리고, 전장에서 부상이라도 당하고 돌아온다면, 두 팔을 벌리고 맞아주마. 지금의 꼬락서니는 도저히 못 봐주겠다. 켕기는 일이 없다면, 계집처럼 눈물을 흘리지는 않지 않겠느냐. 후회를 수치스럽게 생각하지 않는 자는 후회를 밥 먹듯이 하는 법이다.

카를로스 어떻게 된 사람입니까. 뭐가 잘못돼서 이런 쓰레기가 인간 세상에 굴러 들어왔단 말입니까. 눈물이야말로 인간이 언제나 믿을 수 있는 것이 아닙니까. 이 사람의 눈은 메말라버렸습니다. 이 사람은 인간의 자식이 아닙니다. 아버님, 아직껏 적셔본 적이 없는 이 눈에, 때로는 눈물을 흘리도록 기억시켜주십시오. 안 그러면 힘에 벅찬 시기가 왔을 때, 때를 놓치게 될 것입니다.

필립 이 애비의 짙은 의혹을, 말재주로 교묘하게 벗어나려 하느냐?

카를로스 의혹이라고 하셨습니까? 그 의혹을 밝히고 싶습니다. 아버님의 가슴에 매달려, 힘껏 흔들어서, 바위처럼 단단한 혐의의 껍질을 벗어던지고 싶습니다. 절 노엽게 만든 것이, 도대체 어떤 녀석들입니까? 저 사제 놈은 자식을 대신하여, 무엇을 가져다 바친 것입니까? 알바는, 자식을 잃은 보상으로, 무슨 만족을 가져다준 것입니까? 아버님이 애정을 바라고 계신다면, 애정은 바로 제 가슴속에서, 아버님의 황금을 노리는 놈들의 썩어빠진 창자 속보다도, 싱싱하고 풍요롭게 솟아오르고 있습니다.

필립 무례한 녀석, 가만있지 못할까! 네가 헐뜯는 자들은 모두 이미 검증된 내 사람들이다.

카를로스 절대로 그런 일은 없을 것입니다. 저는 느낄 수 있습니다. 아버님의 알바가 할 수 있는 것은 저, 카를도 할 수 있습니다. 그 이상의 일도 할 수 있습니다. 어차피, 자기의 것이 될 수 없는 국가에 대한 사명감을 고용인에게서 기대할 수는 없는 것입니다. 아버님의 머리가 백발이 되면 그자가 무엇을 할 수 있단 말입니까? 저는 아버님을 사랑하고 싶었습니다. 외톨이가 되어, 쓸쓸하게 왕좌에 앉아 계실 것을 생각하면, 견딜 수가 없습니다.

필립 (이 말에 멈칫하며 가만히 생각에 잠긴다. 잠시 후에 정신이 들어서) 맞아, 나는 외톨이야.

카를로스 (기운이 나서 다정하게 왕에게 다가선다.) 더 이상, 그렇지 않습니다. 이제는 저를 미워하지 말아주십시오. 이제부터는 어린아이처럼, 한결같이 아버님을 사랑하겠습니다. 절 미워하지만 말아주십시오. 두 사람의 영혼이 하나로 융화하면 얼마나 즐겁겠습니까. 두 사람의 기쁨이 사람들의 뺨을 빛나게 하고, 두 사람의 헤아리는 마음이 사람들의 가슴을 벅차게 하고, 두 사람의 고뇌에 감동되어 사람들이 눈물 흘리는 것을 보게 된다면 얼마나 기쁜 일입니까? 사랑스러운 당신의 아들과 손을 마주 잡고, 청춘의 장밋빛 길을 다시 한 번 거닐어보고, 이 세상의 꿈을 다시 한 번 꿈꾸는 것은, 얼마나 멋진 일입니까. 당신 자식의 미덕에 힘입어 영생을 얻고, 먼 훗날 세상에 귀감이 되는 것은, 얼마나 위대하고 즐거운 일입니까. 당신 자식이 거둬들일 씨앗을 뿌리고, 당신 자식의 대에 이자를 불릴 자본을 모아들이는 것은, 얼마나 즐거운 일입니까. 자식이 그 고마움에 감동하는 것을 상상해본 적이 있나요? 아버님, 그러한 지상의 천국에 대해, 영리한 신부 놈들은 일부러 잠자코 있는 것입니다.

필립 (과연 감동을 나타내며) 오, 내 아들아, 내 아들아! 네가 잘못한 거야. 네가 묘사해내는 행복은, 훌륭하다. 하지만 너는 그것을 맛보게 해주지 않았지 않느냐.

카를로스 신이 알고 계십니다. 아버님이 바로 저를 문밖으로 쫓아내셨다는 것을 말입니다. 당신의 마음에서도 쫓아내셨고, 이 나라의 정사에서도 그렇게 하셨습니다. 바로 지금까지, 바로 오늘의 이날까지 말입니다. 아, 과연 이것이 정당하다고 할 수 있을까요. 스페인의 후계자인 제가, 바로 지금까지, 다른 곳 아닌 이 스페인에서, 언젠가는 자신이 다스릴 나라에서, 이방인처럼, 죄수처럼 지내야 했던 것입니다. 이것이 과연 온당한 것일까요, 너무한 것이 아닐까요? 외국의 사절이나 기자들로부터, 아란후에스의 소문을 들을 때마다, 아버님, 제가 얼마나 부끄럽고, 고개를 들지 못했는지 아십니까?

필립 너무 흥분한 것 같구나. 그러면 너만 다칠 뿐이다.

카를로스 다치고 싶습니다. 아버님. 흥분 안 할 수 있습니까? 스물세 살이 되도록, 후세에 남길 만한 업적은 하나도 이루어놓지 못했습니다. 이제야 겨우 잠에서 깨어나, 제 자신이 누구인지 깨닫게 되었습니다. 왕자로서의 제 사명이, 마치 빚쟁이처럼 저를 잠에서 깨어나게 하였습니다. 잃어버린 제 청춘의 모든 시간이 마치 신용으로 빌린 부채이기나 한 것처럼 사명감은 저에게 갚으라고 독촉하고 있습니다. 이제 겨우 그때가 온 것입니다. 빌린 돈에 이자를 듬뿍 덧붙여서 갚아야 할, 위대하고 멋진 순간이 온 것입니다. 세계의 역사가, 조상의 영광과 민심의 드높은 나팔이, 저에게 소리치고 있습니다. 이제야말로 찬란한 명예의 커다란 문이, 저를 위하여 열릴 때가 되었습니다. 아버님, 실은 드릴 말씀이 있어서 찾아뵌 것입니다. 말씀 올려도 되겠습니까?

필립 또 할 말이 있는가? 해보아라!

카를로스 브라반트의 반란은 심상치 않은 상황입니다. 속이 뒤틀린 반란군에게는, 확고하고, 현명한 대비책을 갖고 맞서지 않으면 안 됩니다. 들리는 바로는, 광신도들의 난동을 진정시키기 위하여, 알바 공작이 전권을 위임받고, 플랑드르로 진군한다고 합니다. 그 얼마나 빛나는 임무입니까. 왕자인 저를 명예의 전당으로 이끌어주기에, 이것이야말로 안성맞춤의 임무가 아닐까요? 저에게, 아버님, 저에게 그 군대를 맡겨주십시오. 네덜란드의 인민들은, 저를 사랑하고 있습니다. 기필코, 충성을 맹세하도록 해 보여드리겠습니다.

필립 너는 몽상가처럼 말하고 있구나. 이 임무는 남자가 아니면 할 수 없는 일이다. 어린애는 안 돼.

카를로스 아닙니다. 이 일은 인간만이 해낼 수 있는 일입니다. 알바가 인간다웠던 적이, 언제 있었습니까?

필립 탄압만이 반란을 진정시킨다. 연민을 느끼는 건 미친 짓이다. 얘야, 너는 마음이 여리다. 알바라면, 그들이 두려워한다. 그 소원은 거둬들여라.

카를로스 그렇게 말씀 마시고, 플랑드르 원정은, 꼭 제가 가게 허락해주십시오. 마음이 여릴지는 모르지만, 꼭 제가 하고 싶습니다. 왕자라는 이름이 깃발에 앞서서 전해진다면, 그것만으로도 반란군은 투항할 것입니다. 알바의 졸개들로서는 약탈 이외에는 할 일이 없습니다. 무릎 꿇고 이렇게 빌겠습니다. 태어나서 처음 부탁드리는 것입니다. 아버님, 플랑드르는 꼭 저에게 맡겨주십시오.

필립 (찌르는 듯한 눈초리로 왕자를 뚫어지게 바라보며) 나의 최강의 군대를 너의 야망에 내맡기라는 말이냐? 암살자의 손에 단검을 주라는 말인가?

카를로스 오, 신이시여! 이토록 애원해도 헛일이란 말입니까. 아아, 오랫동안 기다리며 고대하던 수확이 바로 이런 것이었단 말입니까?

(한동안 말없이 생각에 잠겼다가, 이윽고 부드러운 표정이 되어)

제발, 조금 더 다정하게 말씀해주십시오. 이대로 아버님 앞을 물러나지 않게 해주십시오. 이렇게 매정한 대답을 듣고, 이렇게 슬픈 기분인 채로, 어찌 그대로 물러설 수가 있겠습니까? 저를 조금 더 다정하게 대해주십시오. 목숨을 건 마지막 간절한 소원입니다. 어째서 어느 한 가지도 들어주시지 않는 것입니까? 남자로서 도저히 참을 수가 없습니다. 모든 것을 거부하시다니. 어느 한 가지도 들어주시지 않으셨습니다. 무수한 즐거운 예감은 모두 허사가 되어버렸습니다. 이렇게 아버님 앞을 물러나지 않으면 안 되는 것입니까? 아들인 제가 억울한 눈물에 젖은 이 자리에서, 알바와 도밍고는 승리의 노래를 부르겠지요. 수많은 신하들이, 겁쟁이 귀족들이, 그리고 사형수처럼 얼굴이 창백한 성직자 놈들이, 제가 알현을 허락 받는 것을 지켜보고 있었습니다. 제발, 제가 수치심을 느끼지 않도록 해주십시오. 남들은 원하는 만큼 폐하의 은총을 차지하는데, 카를로스는 원하는 대로 되는 것이 아무것도 없다고 신하들은 비웃을 것입니다. 제가 그런 서러운 꼴을 당하지 않도록 해주십시오. 제 뜻을 존중해주신다면, 군대와 함께 저를 플랑드르로 파견해주십시오.

필립 왕의 노여움을 사고 싶지 않다면, 그 말을 두 번 다시 되풀이하지 마라.

카를로스 비록 노여움을 사는 한이 있어도, 마지막으로 다시 부탁드리옵니다.

플랑드르는 저에게 맡겨주십시오. 저는 스페인을 떠나야만 합니다. 있어서는 안 됩니다. 여기서는, 감옥 속에 갇혀 있는 것처럼 숨이 콱콱 막힙니다. 마드리드의 공기는 마치 살인을 하고 난 것처럼 답답합니다.

얼른 자리를 바꾸지 않으면, 질식해버릴 것입니다. 저를 구해주시려면, 즉시 저를 플랑드르로 파견해주십시오.

필립 (아무렇지도 않은 체하며) 너와 같은 환자는, 의사의 감독 아래 차분하게 치료받아야 한다. 너는 스페인에 머물러 있어라. 공작이 플랑드르로 갈 것이다.

카를로스 (평정을 잃고) 오오, 정령들이여, 나를 에워싸다오!

필립 (한 발자국 물러서며) 가만, 그 무슨 태도냐?

카를로스 (들뜬 소리로) 아버님, 그 결정은 다시 번복이 안 되옵니까?

필립 왕의 어명이다.

카를로스 그렇다면, 더 이상 할 일이 없군요.

（몹시 흥분하여 퇴장.）

제3장

필립, 어두운 표정으로 한동안 생각에 잠겨 있다가, 이윽고 넓은 홀 가운데를 이리저리 걷는다. 알바, 곤혹스러운 태도로 다가온다.

필립 브뤼셀로 가는 진군 준비는 모두 마쳤겠지?

알바 만반의 준비가 끝났습니다.

필립 신임장은 봉해서 회의실에 두었다. 그전에 왕비에게 작별을 고하고, 왕자에게도 떠난다고 알려줘라.

알바 그 왕자님이 방금 전에 실성하신 모습으로 이 홀에서 나가시는 것을 보았습니다. 폐하께서도 적지 않게 흥분하신 듯하온데, 혹시라도 무슨 이야기를?

필립 （이리저리 걷다가） 이야기는 그대에 대한 것이었다.

（왕, 찬찬히 알바를 주시하며 어두운 얼굴로） 카를로스가 나의 중신들을 미워한다면 몰라도, 경멸하다니 괘씸하다.

알바 （화를 삭이지 못하여 안색이 변한다.）

필립 지금은 아무 말도 말아라. 우선 왕자를 다독거려봐라.

알바 폐하!

필립 왕자의 검은 속마음을, 처음 경고한 것이 누군가? 전에는 그대의 일방적인 말만 듣고, 이 아이의 말은 듣지 않았었는데 이제는 잘 확인해보고 싶다. 앞으로 카를로스는 내 곁에 두기로 하겠다. 그럼, 그만 가거라.

(왕은 회의실로 들어간다. 공작은 다른 문으로 사라진다.)

왕비의 방 앞 대기실.

제4장

돈 카를로스, 시동과 이야기하며 중앙의 문으로 등장. 대기실에 있던 신하들은, 왕자의 모습을 보고 인접한 방들로 흩어진다.

카를로스 내게 온 편지라고? 도대체 이 열쇠로 어쩌라는 거지? 두 가지 다 남몰래 주라고 하시던가? 가까이 오너라. 누구한테 받은 것인가?

시동 (은밀하게) 그 귀부인은 그분이 누구인지를 제가 말씀드리기보다는 왕자님께서 추측해보셨으면 하는 눈치셨습니다.

카를로스 (놀라 뒤로 주춤하면서) 그 부인이 그랬단 말이냐?
(시동을 조심스럽게 지켜보며)
가만있자, 어찌 된 셈이냐? 너는 도대체 누구냐?

시동 왕비님 직속의 시동입니다.

카를로스 (놀라서 시동에게로 가서, 손으로 그의 입을 막으며) 남이 알면 목숨이 위태롭다. 이제 됐다. 알았다.

(서둘러 편지의 겉봉을 뜯으며, 읽으려고 방구석으로 간다. 그 사이에 알바 공작 등장. 곁을 지나서 왕비의 방으로 들어가는데, 왕자는 모르고 있다. 카를로스는 붉으락푸르락하며 부들부들 떨기 시작한다. 다 읽고 나서도, 편지에서 눈을 떼지 못한 채, 한참 동안 말없이 서 있다. 겨우 시동을 돌아보며)

그분이 몸소 주신 것이 맞나?

시동 그러하옵니다.

카를로스 분명히 직접 주셨단 말이지. 놀리면 안 된다. 난 아직 그분의 글씨를 본 적이 없어. 그대가 그렇다고 하면 믿을 수밖에 없다. 거짓이면 거짓이라고 솔직하게 말해다오. 놀리면 안 된다.

시동 왕자님을 놀리다니요, 당치도 않습니다.

카를로스 (다시 편지를 들여다보고, 미심쩍다는 듯이, 탐색하는 눈으로 시동을 바라본다. 그리고 나서 방 안을 한 바퀴 돌고) 너는 아직 양친이 있느냐? 아직 있느냐니까? 네 아버지는 왕을 모시고 있을 테지? 그리고 이 나라 태생이겠지?

시동 아버지는 생캉탱*에서 전사하셨습니다. 사보양 공작의 기병 대령으로, 헤나레스의 알롱소 백작이라 하옵니다.

카를로스 (시동의 손을 잡고, 의미심장하게 그 얼굴을 들여다보며) 혹시 이 편지 왕께서 주신 거 아니냐?

시동 (민감하게 반응하며) 자애로우신 왕자님! 제가 그런 의심을 받아야 하나요?

카를로스 (편지를 읽는다.) "이 열쇠는 왕비 저택의 뒤편 방들의 열쇠

---

* 프랑스 북부의 도시.

입니다. 그곳 끝 방은 회의실과 연결되어 있습니다. 그곳은 아무도 숨어들어 엿들을 수 없는 곳이며, 오랫동안 눈짓으로 만 주고받던 사랑을 큰 소리로 자유롭게 고백해도 상관없는 곳입니다. 이곳에서 겁 많은 분의 소원이 이루어질 수 있을 것입니다. 그리고 억누르고 참고 견디신 분에게 멋진 보상이 주어질 것입니다."

(꿈에서 깨어난 듯이)

내가 꿈꾸는 것은 아니겠지. 실성한 것도 아니겠지. 이건 내 오른팔, 이건 내 칼, 이것은 펜으로 쓴 글씨. 내가 사랑받고 있는 것이 틀림없는 거 맞지. 바로 내가, 그래 바로 나야. 나 는 사랑받고 있는 거야!

(두 팔을 높이 쳐들고 실성한 사람처럼 온 방 안을 뛰어 돌아다 닌다.)

시동   그럼 제가 모셔다드리겠습니다.

카를로스   우선 마음부터 좀 진정시켜야겠다. 행복의 기습을 받고 보 니, 아직도 떨림이 멈춰지지 않는구나. 이룰 수 없다고 체념 하고 있었는데, 꿈에도 생각하지 못했는데. 천국의 행복에 그리 쉽게 익숙해지는 인간이 어디 있단 말인가? 나는 누구 였단 말인가? 나는 지금 누구란 말인가? 하늘도 다른 하늘 이고, 태양도 다른 태양이야. 이전과는 완전히 달라졌어. 그 분이 나를 사랑하고 있다니!

시동   (그를 데려가려고 한다.) 왕자님! 왕자님! 여기는 그곳이 아 닙니다. 잊으셨습니까?

카를로스   (갑자기 온몸이 굳어진 듯이) 그렇지, 폐하의 일을, 아버님의 일을!

(팔을 늘어뜨리고 겁먹은 태도로 주위를 둘러보며 제정신이 들기 시작한다.)

정말 끔찍하군. 그래, 자네 말이 맞네. 친구. 고맙네. 나도 모르게 넋이 나갔었어. 말없이 침묵하고 있어야 하다니. 이 벅찬 행복을 내 가슴에만 묻어두고 있어야 하다니, 비참하구나.

(시동의 손을 잡고 데리고 간다.)

자네는 아무것도 보지 못한 거야, 알았지? 관을 땅속에 묻어두듯이 자네 가슴속에 묻어두어야 하네. 그만 가게. 나 혼자서 가겠네. 어서 가! 우린 여기서 만나지 않은 거네. 어서, 가.

시동 (물러가려 한다.)

카를로스 잠깐! 이리 와봐!

(시동, 돌아온다. 카를로스, 한 손을 그의 어깨에 얹고 진지하고 근엄하게 그 얼굴을 바라본다.)

그대는 무서운 비밀을 알고 말았어. 그것은 그릇을 박살을 내고도 남을 강렬한 독약과 같으니 꿈에라도 내 보여서는 안 되네. 가슴에 있는 것을 결코 머리에 알려서는 안 되네. 소리를 받아들여 전달할 뿐, 자신을 아무것도 듣지 못하는 소리 전달관이라 생각해야 하네. 그대는 아직 어리지 않은가. 지금부터 계속해서 아이답게 천진난만하게 처신하는 거야. 이 편지를 쓰신 현명하신 분께서는 사랑의 전령으로 착한 자를 선정하셨으니, 폐하께서도 자신의 뱀을 찾아내지는 못할 거야.

시동 왕자님! 폐하께서도 모르는 비밀을 알고 있다고 생각하니, 자랑스러운 느낌이 듭니다.

카를로스 한가한 소리를 할 때가 아니다. 그대는 그야말로 겁에 질려 있어야 하는 거야. 공공장소에서 나를 만나게 되면, 주저주저하며, 공손하게 나에게 다가오는 거야. 내가 봐준다고, 기고만장하거나 으스대면 안 된다. 가장 나쁜 것은 내 기분만 맞추려는 일이야. 나중에 내게 전달할 일이 있다고 해도 결코 말로 해서는 안 되네. 결코 입에 올려서는 안 된단 말이네. 생각을 전달하는 방법은 눈썹과 검지로 알려야 하네. 그러면, 나는 이 눈으로 그 말을 들을 테니까 말이야. 주위의 공기도, 햇빛도, 모두가 필립의 끄나풀이라고 생각해야 해. 벽에도 귀가 달려 있다고 생각해야 하네. 누가 온 것 같다.

(왕비의 방문이 열리고, 알바 공작이 나온다.)

그럼, 가거라. 잘 가게.

시동 왕자님, 엉뚱한 방으로 가시면 안 됩니다. (퇴장.)

카를로스 공작이구나! 알았어, 알았다고, 문제없어! 찾을 수 있어.

제5장

돈 카를로스, 알바 공작.

알바 (카를로스의 길을 가로막으며) 자애로우신 왕자님, 좀 드릴 말씀이 있습니다만.

카를로스 좋습니다. 하지만 나중에 봅시다. (가려고 한다.)

알바 그렇군요. 여기는 장소가 안 좋아 보입니다. 그러면 방으로 찾아뵐까요?

카를로스 무슨 얘기인가요? 여기서 말하면 안 될까요. 빨리 말씀해주세요. 그리고 간단하게 부탁합니다.

알바 실은 알고 계시는 일에 대해서 왕자님께 고맙다는 말씀을 드리고 싶어서…….

카를로스 고맙다고? 나한테 고맙다고? 뭐가 고맙다는 것인지 모르겠군요? 알바 공작에게서 고맙다는 말을 듣게 되리라고는 생각하지 못했는걸요.

알바 왕자님이 폐하의 방을 나서시자 곧 저에게 브뤼셀로 떠나라는 전갈이 있으셨습니다.

카를로스 브뤼셀로! 그랬었군요!

알바 저를 폐하께 추천해주신 분이 바로 왕자님이라고 생각했습니다.

카를로스 내가? 아니, 난 아니에요, 정말이지 난 아닙니다. 떠나신다고요? 잘 다녀오십시오.

알바 그것뿐입니까? 그것 참 이상합니다. 왕자님께서 플랑드르에 관해서 달리 시키실 일이 없으시단 말입니까?

카를로스 달리 시킬 일? 그곳에?

알바 바로 얼마 전까지만 해도 이 지방의 운명이 왕자님의 등장을 요구하는 것처럼 보였습니다.

카를로스 어째서 그런 생각을 하신 것입니까? 맞아요. 그랬었지요. 하지만, 이미 끝난 일이오. 그대로서 족하니 말이오. 맞아요. 그런 편이 훨씬 좋은 것 같군요.

알바 어쩐지, 납득이 잘 안 됩니다.

카를로스 (비꼬지 않으면서) 그대는 위대한 장군이오. 그것은 모두가 다 아는 사실이지 않소. 시기심이 많은 자라고 할지라도, 그것을 인정하지 않을 수는 없는 법이오. 난, 나는 아직 나이가 어리지 않소. 왕께서도 그렇게 말씀하셨지만, 바로 보신 것 같습니다. 지금은 나도 납득했어요. 그리고 만족하고 있습니다. 그러니, 이 얘기는 여기까지만 합시다. 그럼, 잘 다녀오기 바라오. 보는 바와 같이, 지금은 좀 볼일이 있어서. 자세한 것은, 내일이든 언제든, 아니면, 브뤼셀에서 돌아온 다음에 얘기하기로 합시다.

알바 무슨 말씀이신지?

카를로스 (한동안 잠자코 있다가, 공작이 여전히 움직이지 않는 것을 보고)

당신은 좋은 계절에 떠나는 겁니다. 마인란트, 로틀링겐, 부르군트를 거쳐서, 다음은 독일이지요. 독일이라면, 그래! 그게 독일에서의 일이었지. 그곳에서 그대는 유명했지 않았습니까. 지금이 4월이니, 5월, 6월, 7월, 늦어도 8월 초에는 브뤼셀에 도착하겠군요. 나는 승리의 통지를 곧 듣게 되리라고 믿고 있습니다. 우리의 신뢰에 그대는 훌륭하게 보답할 테니 말입니다.

알바 (의미심장하게) 제가요? 저의 무지가 저를 꿰뚫는 느낌인데 제가 해낸단 말입니까?

카를로스 (잠시 가만히 있다가 이윽고 위엄과 자부심을 가지고) 예민하시군요. 공작! 고백하지 않을 수 없군요. 당신이 할 수 없는 것을 하게 하고 그 결과를 가져오라고 한 것은 당신에 대한 배려가 아니었던 것 같습니다. 내 입장에서 보면 그것은 당신을 향한 무자비한 공격이었던 것 같군요.

알바 할 수 없다고요?

카를로스 (미소 지으며 그에게 손을 내밀고) 섭섭하지만, 지금은 알바와 승부를 겨룰 틈이 없소이다. 그럼 다음에 봅시다.

알바 왕자님, 우리는 서로가 잘못 생각하고 있는 것 같습니다. 예를 들어, 왕자님께서는 20년 후의 입장에서 생각을 하시고, 반면에 저는 20년 전의 왕자님을 생각하고 있는 것 같습니다.

카를로스 그래서요?

알바 그래서 생각이 났습니다만, 폐하는 왕위 수호를 위하여, 저 같은 수완가를 거두어들이는 것이, 왕자님의 어머님이신, 그 아름다우신 포르투갈 태생의 왕비님과의 몇 날 밤보다도 틀림없이 훨씬 더 중요하다고 판단하셨을 것입니다. 왕가의 혈통을 유지하는 것은, 왕국을 유지하기보다 쉽다는 것을, 그래서 세계에 국왕을 맞추기보다는 국왕에게 세계를 맞추는 것이 훨씬 더 시간이 걸린다는 것을, 폐하는 아마도 알고 계셨던 것 같습니다.

카를로스 두말할 필요가 없겠지. 하지만, 알바 공작, 하지만……

알바 두 방울의 성유가 왕자님을 왕위 계승자로 삼기까지는, 국민의 피를 얼마나 많이 흘려야 하는지 알고 계실 것입니다.

카를로스 과연, 맞는 말입니다! 한마디로 요약하자면, 공훈의 자랑스러움을 행운의 자랑스러움과 바꾸겠다 그 말이지 않소. 그런데, 알바 공작, 그래서 어쩌라는 말이오?

알바 유모를 얕볼 수 있을 정도 수준의, 감수성 예민한 요람 속 아이 같으신 폐하께서는 안타까워하실 것입니다. 우리 승리의 부드러운 베개 위에서 아마도 편히 잠잘 수 있을 것입니다! 왕관에서 번쩍이는 것은 진주이지만, 그것을 손에 넣기 위해서 흘린 피는 번쩍이지 않는 법입니다. 이것은 외국의 백성들에게 스페인의 율법을 알게 해준 바로 그 검입니다. 그리스도의 깃발 앞에서 번득이며, 이 왕국에 신앙의 씨앗을 뿌릴 피에 물든 고랑을 일구어온 검입니다. 천국에서는 신이 판결하시지만, 지상에서는 이 알바가 판결합니다.

카를로스 신인지 악마인지는 모르지만, 그대가 폐하의 오른팔이라는 것은 분명합니다. 그것은 나도 알고 있어요. 하지만, 이 얘기는 그만 하시지요. 상기하기 싫은 일을 생각해내야 하니까 말입니다. 아버님의 결정에 불만 없습니다. 아버님에게는 공작 같은 사람이 필요합니다. 그렇다고 해서, 아버님이 부럽다고는 눈곱만큼도 생각해본 적 없습니다. 하지만 그대는 위대한 사람인 것은 틀림없습니다. 틀림없이 그럴 것이에요. 나도 실제로 그렇게 생각하고 있어요. 다만 2, 3천 년 정도 좀 빨리 태어난 것 같군요. 알바 공작 같은 사람은, 이 세상의 종말에 태어나는 편이 좋았을 것 같군요. 악덕이 산더미처럼 쌓여서, 관대한 신도 더 이상 참지 못하고, 죄악은 열매를 주렁주렁 매달고, 그것을 거둬들일 유별난 수확자가 필요하게 됐을 때야말로, 그대가 나설 차례일 텐데 말입니다. 아아, 낙원은, 사랑하는 플랑드르는 어찌 될까요. 하지만, 지금은 더 이상 그 생각은 하지 말아야겠어요. 더 이상, 아무 말도 하지 말아야 할 것 같군요. 그런데 듣자하니, 폐하가 미리 서명하신 사형집행 명령서를 한 아름 가지고 간다지요? 대단히 조심스러운 일 처리 같군요. 그것이면, 어떠한 방해도 두렵지 않을 것 같군요. 아아, 아버님, 저는 당신의 생각을 잘못 알고 있었던 것 같습니다. 알바의 패거리에게 영광을 안겨줄 임무를 내가 할 수 없어 박정하다 원망했는데, 그것은 오히려 나를 소중하게 생각하시는 첫 단계였던 것 같군요.

알바 왕자님, 그런 말씀에는 대가를 치르실 수 있다는 것을 아셔야 합니다.

카를로스 (긴장하며) 어쩌겠다는 겁니까?

알바 하지만 왕자이기 때문에 봐주는 것입니다.

카를로스 (검에 손을 가져가며) 피를 보고 싶은 게로군! 뽑아라, 공작!

알바 (차가운 시선으로) 누구를 상대로 말입니까?

카를로스 (격렬하게 접근하며) 자아, 뽑아라! 단칼에 찔러주겠다.

알바 (칼을 뽑는다.) 그래야만 한다면. (두 사람, 싸운다.)

제6장

왕비, 카를로스, 알바 공작.

왕비 (놀라서 거실에서 나온다) 어머, 칼싸움이라니!
(왕자를 향하여, 불쾌하다는 듯, 꾸짖는 어조로)
카를로스!

카를로스 (왕비를 보자 당황하여 팔을 늘어뜨리고, 망연히 서 있다가, 이
        윽고 공작에게로 다가가 입을 맞춘다.)
        화해합시다, 공작! 이도저도 모두 물로 씻어버리자고요!
        (말없이 왕비의 발아래 무릎을 꿇고, 얼른 다시 일어나, 허둥지
        둥 달려간다.)
알바   (멍하니 서서, 두 사람에게서 눈을 떼지 못하다가) 어허, 이상
        한 일이로군.
왕비   (잠시 불안한 듯 주저하다가, 이윽고 천천히 거실 쪽으로 간다.
        문 앞에서 뒤돌아보며) 공작님!
        (공작, 왕비를 따라간다.)

에볼리 공주의 거실.

제7장

공주, 간소하면서도 기품이 느껴지는 아름다운 옷을 입고 라우테*를 켜며
노래한다. 잠시 후에 왕비 직속의 시동 등장.

공주   (벌떡 일어난다.) 왔군!
시동   (진정하지 못하고) 혼자이신가요? 여기서 그분을 뵐 수 없다
        니 놀랍군요. 하지만 지금쯤 나타나실 때가 되었습니다.

_____

* 만도린과 같이 생긴 현악기로 줄을 감는 맨 윗부분이 'ㄱ'자 형태를 하고 있다.

공주   정말? 그럼, 그분도 역시 마음을 정하셨구나.

시동   제 바로 뒤에서 오셨습니다. 공주님, 당신은 사랑받고 계십니다. 그토록 사랑받으신 분은, 여태껏 없었을 것이고, 앞으로도 없을 것입니다. 그분의 태도를 보셨더라면 좋았을 텐데!

공주   (감질 난다는 듯, 시동을 곁으로 오게 하여) 빨리 말해다오! 그분과 이야기를 나눴단 말이지? 빨리 들려다오. 뭐라고 하시더냐? 어떤 태도였느냐? 어쩔 줄 몰라 하시더냐? 깜짝 놀라셨느냐? 열쇠를 드린 것이 누군지, 아시더냐? 얼른! 아니면, 모르시더냐? 모르셨구나. 다른 여인이라고 생각하시더냐? 어느 편이지? 왜 대답이 없어? 정말, 답답하군. 마치 막대기처럼 서 있으니, 감질 나서 견딜 수가 없구나.

시동   그러시면 대답을 드릴 수가 없지 않습니까. 왕비님 방 앞의 대기실에서, 열쇠와 편지를 전달해드렸습니다. 어느 귀부인의 심부름이라고 얼떨결에 말씀드렸더니, 깜짝 놀라시며, 저를 찬찬히 바라보셨습니다.

공주   깜짝 놀라셨다고? 그걸로 됐어. 잘된 거야. 그래서 그다음은?

시동   제가 말씀을 더 드리려고 하자, 안색을 바꾸시며 편지를 잡아채시더군요. 그러고는 무서운 얼굴을 하고 저를 보시더니, 잘 알겠다고 말씀하셨습니다. 그리고 서둘러 편지를 보시더니 덜덜 떨기 시작하셨습니다.

공주   잘 알겠다고? 잘 알겠다고, 그렇게 말씀하셨느냐?

시동   그리고 그 부인이 직접, 분명히 본인 자신이 이것을 주셨느냐고, 세 번, 네 번씩 물어보셨습니다.

공주 　내가 직접 보낸 것이냐고 말이냐? 그럼, 그분이 내 이름을 말씀하셨느냐?

시동 　이름까지는 아닙니다, 이름까지는 말씀하시지 않았지만 밀고자가 엿듣고, 폐하에게 일러바칠지도 모른다고 말씀하셨습니다.

공주 　(미심쩍다는 듯이) 그런 말씀을 하셨다고?

시동 　이 편지에 대해서 폐하께서도 몹시 알고 싶어 하신다고 말씀하셨습니다.

공주 　폐하께서? 네가 잘못 들은 것은 아니겠지? 정말 폐하라고 말씀하셨느냐?

시동 　네. 이것은 매우 위험한 비밀이라고 하시며, 말이나 행동에 극도로 조심해서, 폐하께서 수상하게 여기지 않도록 하라고 주의를 주셨습니다.

공주 　(한동안 차분히 생각하다가, 미심쩍다는 듯이) 그랬던 거야! 틀림없이 그랬어! 분명히 그 일을 알고 계시는 거야! 그래도 이상하지 않은가? 누가 일러바쳤단 말인가? 도대체 누가? 아, 그렇구나, 분명해. 흠모하는 사람의 날카로운 눈으로 모조리 꿰뚫어보신 거야. 그래서 그다음에는? 편지를 다 읽으신 다음에는?

시동 　이 편지에는 온몸이 떨릴 수밖에 없는 행복이 깃들어 있다고 하셨고, 이것은 꿈에도 생각지 못했던 행복이라고 하셨습니다. 공교롭게 그때 마침 공작님이 들어오셔서 저는 어찌할 수 없었습니다.

공주 　(화가 난다는 듯이) 어쩌자고 그래, 공작 같은 사람이 나타났을까. 그건 그렇고 지금 그분은 어디에 계신 것이지? 무엇을 망설이고 계신 것이지? 어째서 오시지 않는 거지? 그대가, 적당히 둘러대고 있는 것은 아니겠지? 그분이 원하는 것을 내게 설명하는 동안에도 그분은 행복하셨을거야!

시동 혹시, 공작님이······.

공주 또 공작님이야? 공작이 무슨 볼일이 있는 것일까? 공작 따위는 내버려둬도 상관없는데. 쫓아버려도 말이야. 그분은 누구든지 그렇게 할 수 있는 분이 아닌가. 정말로 왕자님은 사랑도, 여자의 마음도 모르시는 걸까? 일 분 일 초가 얼마나 소중한지 모르신다는 말인가? 쉿, 조용히! 발소리가. 빨리 저리로. 왕자님이셔.

(시동, 서둘러서 나간다.)

빨리, 빨리! 라우테는 어디 있을까? 모르는 척하고 있자! 노래를 불러서 내가 방 안에 있다는 것을 알려야겠어!

제8장

공주, 잠시 후 돈 카를로스.

공주 (긴 의자에 가로누워서 라우테를 켜고 있다.)

카를로스 (뛰어들어온다. 공주임을 알고서, 벼락이라도 맞은 듯이 멈춰 서 있다.) 앗! 여기가 어디지?

공주 (라우테를 내던지고, 맞이한다.) 어머, 카를로스님 아니세요?

분명히 카를로스님이시군요.

카를로스 이런 어처구니없는 실수를 하다니! 방을 잘못 찾았습니다.

공주 카를로스님은 여자가 혼자 거처하는 방을 능숙하게 식별하시는가 봐요.

카를로스 에볼리 아가씨, 실례를 저질렀습니다. 실은 방문이 열려 있어서, 그만.

공주 그럴 리가 없습니다. 제가 직접 잠근 것으로 아는데요.

카를로스 아니, 그렇게 했다고 추측하는 것은 아닌가요. 잠갔다고 여기는 것이겠지요. 분명히 잠그려고 했겠지요. 그러나 과연 잠갔는지 어떤지는 확실하지 않지요. 잠그지는 않았던 것 같군요. 분명히 안 잠갔어요. 실은 라우테 소리 같은 것이 들려서…… 라우테가 아니었던가요?

(알 수 없다는 듯 주위를 둘러보고)

역시 그랬군요. 보세요, 저기 있잖아요? 라우테로 말하자면, 솔직히 말해서 정신을 잃을 만큼 좋아한답니다. 그만, 그 소리에 끌려서 저도 모르게 방 안으로 뛰어들어오기는 했는데, 들어온 김에 내 영혼조차 녹여버린 그 부드러운 연주자의 아름다운 눈동자를 보고 싶었는지도 모르겠습니다.

공주 그 사랑스러운 호기심이 어쩐지 갑자기 누그러진 것 같습니다.

(한동안 잠자코 있다가, 의미심장하게)

하지만 여성이 창피하지 않게 하시려고 그렇게 말을 꾸며대시다니, 상냥한 왕자님을 고맙게 생각해야 되겠군요.

카를로스 (솔직하게) 말을 꾸미려다 보니, 오히려 엉망진창이 된 것 같군요. 성격에 맞지 않는 이런 역할은 이제 그만해야겠습니다. 번거로운 세상을 벗어나, 방 안에 혼자 조용히 즐기고 계셨는데, 재수 없게도 내가 뛰어들어 아름다운 꿈을 망쳐버린 것 같습니다. 이것을 사죄하는 의미에서 한시라도 빨리……. (사라지려 한다.)

공주 (뜻하지 않은 말에 당황하다가, 얼른 마음을 가다듬고) 왕자님! 정말 깜짝 놀랐어요.

카를로스 에볼리 아가씨, 제가 이렇게 불쑥 나타났으니 당연히 깜짝 놀랐을 것입니다. 행실이 바른 숙녀가 당황해하는 것은 존경할 만한 일입니다. 숙녀 분이 수치심을 느낄 때 기다렸다는 듯 치근댄다면, 아마 염치없는 남자일 것입니다. 나 같은 경우는 숙녀 분이 불안해하시면 덩달아서 내 가슴도 조여옵니다.

공주 어머, 정말이십니까? 아직 젊은 청년이시고 게다가 왕자님이신데 그토록 조심스러워하시다니! 카를로스님! 그러시면 더더욱 되돌아가시게 할 수 없습니다. 이번에는 제가 부탁드려야겠습니다. 이렇게 조심스러우신 분이신데, 어느 여자인들 걱정할 필요가 있겠습니까? 하지만, 갑자기 들어오셔서 그 좋아하는 곡을 그만 도중에 멈추지 않을 수 없었습니다. (카를로스를 긴 의자로 이끌어 가서, 라우테를 집어 든다.) 왕자님, 그 아리아를 한 번 더 들으시는 벌을 내려야겠습니다.

카를로스 (귀찮다는 듯이 공주 옆에 앉는다.) 잘못을 저질렀으니, 벌을 받는다 이거지요. 그 노래는 정말 훌륭했습니다. 몇 번이고 다시 듣는다고 해도 절대로 질리지 않을 것입니다.

공주	어머, 전부 들으셨군요. 정말 너무했어요. 그건 분명 사랑의 노래가 아닐까요?
카를로스	내가 틀리지 않았다면 행복한 사람이 부르는 노래가 맞을 것입니다. 틀림없이 아름다운 입모습에 어울리는 가장 아름다운 가사일 것입니다. 하지만 아름다운만큼 그렇게 진실하게 느껴지지는 않았습니다만 말입니다.
공주	어머나, 진실하지 않은 것 같다고 말씀하셨나요? 그럼, 의심하고 계신다는 뜻이군요.
카를로스	(진지하게) 이 카를로스와 에볼리 공주가, 사랑을 두고 말이 통하리라고는 생각해보지 못했습니다.

(공주, 정신이 번쩍 든다. 카를로스, 그것을 눈치 채고 경쾌하고도 은근한 태도로 말을 계속한다.)

내 말뜻은, 당신의 장밋빛 뺨을 보고 있으면 절절한 괴로움을 가슴에 지니고 있지 않을 것 같은 생각이 든다는 뜻입니다. 에볼리 공주 같은 분이 이룰 수 없는 사랑 때문에 위험을 무릅쓸 일은 없겠지요? 절망적인 사랑을 하는 자만이 진정한 사랑을 아는 것 아니겠습니까.

| 공주 | (앞서의 쾌활함을 되찾은 태도로) 어머, 그렇게 무서운 말씀을 하시다니. 그런데 다름 아닌 왕자님 자신이 그런 처지에 빠져 있는 것 같군요. 그것도 바로 오늘 말이에요. |

(카를로스의 손을 잡고 아양 떠는 태도로)

즐겁지 않으신 것 같군요, 왕자님! 괴로워하고 계신 거 맞지요? 정말로 몹시 괴로우신 것 같습니다. 어찌 된 일인가요? 무엇이 괴로우십니까? 왕자님은 아무 거리낌 없이 즐겁게 지내실 수 있는 분이 아닌가요? 세상의 혜택을 흘러넘치도록 받으시고, 무엇 하나 원하는 대로 안 되는 것이 없는 훌륭하신 분이 아니십니까? 높으신 왕의 후계자이시고, 아니, 그 이상의 분이시고, 어릴 적부터 신분에서 뿜어 나오는 광채가 주위를 제압할 만큼 하늘의 혜택을 받고 계신 분이지 않습니까? 남성의 가치나 명성을 손아귀에 움켜쥐고 뒤흔드는 말 많은 여자들도 왕자님 앞에서는 뇌물을 받은 재판관처럼 돼버리고 맙니다. 왕자님께서 잠시만 눈을 주셔도 벌써 상대는 정복당하고, 냉담하게 계셔도 상대는 화끈하게 달아오릅니다. 그러한 왕자님께서 자칫 달아오르기라도 해보십시오, 그야말로 천당에라도 오른 심정이 되어, 꿈같은 행복에 도취되고 말 것입니다. 수천 명의 행복을 위하여, 이토록 하늘의 혜택을 받으신 분이 또 어디에 있겠습니까? 그러신 왕자님께서 설마 마음 상하실 일이 있겠습니까? 신은 모든 것을 내려주시면서, 어째서 왕자님이 스스로 당신의 승리를 직접 확인하는 안목을 베풀어주시지 않았을까요?

카를로스 (그녀가 말하는 동안 내내, 넋이 나간 사람처럼 듣고 있다가, 공주의 말이 끝나자마자, 돌연 정신을 차리고 훌쩍 일어난다.) 훌륭하오, 훌륭해. 그 대목을 다시 한 번 들려주시지요.

공주 (어이가 없어서, 그를 쳐다본다.) 어머, 카를로스님, 무엇을 듣고 계셨는데요?

카를로스 (퉁기듯 일어난다.) 아, 그랬었지! 때맞춰 생각나게 해주었군요. 이러고 있으면 안 되지! 얼른 가야 해!

공주 (붙잡는다.) 어디로 가시려고요?

카를로스 (몹시 불안해하며) 저 아래 바깥으로 갈 테니 내버려두세요.
공주! 화염 속에 있는 세상이 내 뒤에서 완전히 불타 없어진
것 같습니다.

공주 (억지로 붙잡는다.) 무슨 일이세요? 어째서 그렇게 이상한
행동을 하십니까?

(카를로스, 멈춰 서서 생각에 잠긴다. 공주는 재빨리 그를 긴
의자로 다시 데려온다.)

잠시 쉬어야 할 것 같아요. 카를 왕자님! 몹시 흥분하고 계
십니다. 제 옆에 앉으세요. 시커먼 환상의 열기일랑 떨쳐버
리세요. 당신 자신에게 물어보세요. 그러면 어째서 괴로운지
알게 될 것입니다. 설사 알게 된다 하더라도 이 왕궁의 기사
나 귀부인들 중에는 그 괴로움을 낮게 해줄 수 있는 사람은
없을 것입니다. 아니 그것을 이해해줄 사람조차 없을 거예요.

카를로스 (저도 모르게, 혼잣말로) 하지만 어쩌면 에볼리 공주는?

공주 (반가워하며, 얼른) 어머, 그게 정말이세요?

카를로스 탄원서를 한 통 써줄 수 있습니까. 아버님 앞으로 추천하는
글을 하나 부탁합니다. 당신의 말이라면 충분히 통할 거라고
말하더군요!

공주 어머나, 누가 그런 소리를? (아하, 당신을 그렇게 침묵하게 한
것은 바로 그런 불신 때문이었군요!)

카를로스 벌써 소문이 퍼졌는지 모르지만, 사실은 갑자기 브라반트로
가려는 생각을 했었습니다. 공을 세우고 싶었는데 아버님이
허락하시지 않는군요. 아버님은 원치 않으시는 것 같아요.
아버님은 내가 군대를 이끌다가 목청이 상하게 되면, 내 노

랫소리를 싫어하게 되지 않을까 염려하시는 것 같습니다.

공주 카를로스님, 그런 정도의 술책에는 넘어가지 않습니다. 은근 슬쩍 피해 가시려는 거죠. 제가 보기에는 위선자세요! 눈에 는 눈이랍니다! 기사의 명예만을 꿈꾸시는 분이 바로 품위에 맞지 않게 여인이 떨어뜨린 리본 따위를 음흉하게 남 몰래 주 워서 실례하는 분이라고 솔직히 고백하세요. 잠깐 실례하겠 어요!

(공주, 민첩하게 손가락을 움직여서 카를로스의 셔츠 칼라를 제 치고, 숨겨졌던 리본을 끄집어낸다.)

이토록 소중하게 간직하고 계신 건가요?

카를로스 (놀라서 뒷걸음치면서) 공주! 좀 심하군요. 기어코 들켰어요. 당신은 도저히 속일 수가 없군요. 마치 신령들과 뭔가 통하 는 것 같습니다.

공주 왕자님, 놀라셨나요? 왕자님의 일이라면 무엇이든지 말할 수 있어요. 시험해보세요. 무엇이든지 물어보세요. 건성으로 하 신 일이건, 별 생각 없이 하신 말씀이건, 얼른 지워버린 미 소, 우연한 몸짓, 어느 것 하나도 저는 놓친 적이 없습니다. 그런데도 제가 왕자님의 마음을 모르고 있다고 생각하시나 요?

카를로스 이건 생각지도 못했던 일이군요. 내 심중을 여러모로 헤아리 고 있다는 것은 분명하군요. 하지만 나로서는 기억나는 것이 전혀 없으니 어떻게 합니까.

공주 (좀 기분이 상해서, 진지하게) 아무런 기억도 없다고요? 생각 을 좀더 더듬어보세요. 여기가 어디라고 생각하세요? 여기는, 왕비님 방과는 다릅니다. 왕비님 방이라면 어리벙벙한 체할 수도 있을 것입니다. 어머, 어쩐 일이세요? 갑자기 발갛게 달아오르시는군요! 맞아요. 카를로스님이 아무도 보고 있지 않다고 안심하고 있을 때였습니다. 감히 누가 카를로스님의 말을 남몰래 엿듣는 따위의 뻔뻔스러운 짓을 할 수 있겠어요. 바로 얼마 전의 무도회에서도 파트너셨던 왕비님을 내버려두고, 다음 차례에 억지로 끼어들어 저에게 손을 내밀었던 것을 아무도 못 봤을 것 같지만, 그때 마침 들어오시던 폐하조차도 눈치를 채셨을 정도의 실수였답니다.

카를로스 (비꼬는 웃음을 띠며) 폐하조차도? 그 일은 달리 폐하에게 보이려고 한 일은 아닙니다.

공주 벌써 잊으셨는지는 몰라도, 그 왕궁의 예배당에서 있었던 일은 어떻게 생각하시나요? 마침 마리아상 앞에서 머리를 조아리며 기도에 열중하고 계셨을 때였습니다. 물론 그것이 당신 탓은 아니었지만, 갑자기 어느 여인의 옷자락 스치는 소리가 뒤에서 들려왔는데, 필립 폐하의 늠름한 왕자님께서 마치 종교재판정에 선 이단자처럼 덜덜 떨기 시작하셨습니다. 입술은 파랗게 질리시고, 기도는 떠듬거리시고 마치 열에 들뜬 희극배우 같아 보여 애처로울 정도였습니다. 마리아상의 손을 부여잡고 차가운 대리석에 뜨거운 입맞춤을 쏟아 부었으니까요.

카를로스 너무하십니다, 공주님! 그것은 신앙심에서 우러나온 것이었습니다.

공주 그렇다면, 얘기는 달라집니다만, 그러면 그것도 역시 게임에서 질 것 같아서 그런 것이었다고 하시겠군요. 왜, 왕비님과 저와 셋이서 카드놀이 하던 거 기억나시나요. 그때 엄청나게 재빠르게 제 장갑을 챙기셨던 것 말이에요. (카를로스, 당황해서 어쩔 줄을 모른다.) 하기야, 나중에 곧 카드패 대신에, 다시 내놓기는 했지만 말이에요.

카를로스 오, 하나님, 하나님, 신이시여, 내가 무슨 짓을 한 건가요?

공주 이미 일어나버린 일이에요. 장갑 속에 숨겨진 쪽지가 저도 모르게 제 손가락에 닿았을 때, 제가 얼마나 기뻐했는지 아시나요? 그것은 가슴에 와 닿는 사랑의 시였어요.

카를로스 (당황해서 상대의 말을 가로막는다.) 그저 시였을 뿐이죠! 그냥 해본 장난이었어요. 난 때때로 기발한 생각이 떠오르곤 하거든요. 언뜻 떠올랐다가, 금방 사라져버리는 그저 그런 거였어요. 이 이야기는 그만 하기로 합시다.

공주 (기가 차서 그의 곁을 벗어나, 멀리서 한동안 찬찬히 지켜보며) 이제는 기진맥진이에요. 아무리 올가미를 씌우려 해도 슬쩍 빠져나가시는군요.

(한동안 잠자코 있다.)

그래도 혹시? 일부러 소심한 척해 보이며 그만큼 즐거움을 더하려는 욕심쟁이 남자의 마음은 아닌가요. 그렇지 않나요? (다시 왕자에게로 다가서며 수심에 싸여 바라본다.)

이제 이 정도로 용서해주세요, 왕자님! 마치 어떠한 열쇠로도 열리지 않는 마술의 옷장 앞에 서 있는 느낌이에요.

카를로스 나 역시 당신 앞에선 그런 느낌이 드는군요.

공주 (서둘러 그의 곁을 벗어나면서 말없이 방 안을 여기저기 걸으며, 무언가 중요한 것을 깊이 생각하는 모습. 한참 후 진지하고 신중한 태도로) 큰 마음 먹고 말씀 올리겠습니다. 어차피 말 씀드리지 않을 수 없을 테니까 말이에요. 제 말 좀 들어주세요. 당신은 품위 있는 분이십니다. 남성다운 분이시고, 왕자 님이면서, 기사이시기도 합니다. 왕자님의 가슴에 의지한다 면 틀림없이 도움이 될 것 같습니다. 제가 어찌할 바를 모르고 있으니 그것을 가엾게 여겨주실 것이라고 믿습니다.

(왕자, 놀라서 관심과 동정을 보이며 가까이 간다.)

사실 어느 뻔뻔스러운 남성이 저에게 치근대고 있습니다. 바로 실바 백작이신, 루이 고메스님입니다. 폐하께서도 동의 하셔서 이미 거래도 끝이 났고 저는 그 남자에게 팔려버렸습니다.

카를로스 (놀라며) 뭐라고요? 팔려버렸다고? 또다시 팔려버렸다고요? 그 악명 높은 남국의 상인에게 말입니까?

공주 잠깐만, 끝까지 들어주세요. 정치의 희생양으로 삼는 것으로 모자라서, 저의 정조마저도 뺏으려 하고 있습니다. 왕자님, 이 편지를 보시면 위선자의 정체를 알 수 있을 겁니다.

(카를로스, 편지를 받아 들지만, 그녀의 말을 듣는 데에 열중하여, 그것을 읽으려고 하지 않는다.)

어쩌면 좋겠습니까, 왕자님? 이제까지는 여자의 자존심으로 몸을 지켜왔습니다만, 마침내…….

카를로스 마침내? 지키지 못했다는 말입니까? 안 돼, 안 돼! 절대로 안 됩니다!

공주 (콧대를 세우며 품위 있게) 저런, 누구에게 말인가요? 무슨 끔찍한 말씀이세요. 기개가 당당하신 왕자님답지 못한 옹졸한 말씀이십니다! 여성의 사랑과 애정의 행복을 값이 매겨진 상품처럼 생각하시다니 말입니다! 여성의 사랑이라는 것은 이 넓은 세상에서 자기 자신 이외의 어떠한 구매자에게도 팔지 않는 유일한 것입니다. 사랑의 대가는 사랑 이외에는 없습니다. 사랑이라는 것은 고귀한 다이아몬드와 같아서 무상으로 주든가, 아니면 그대로 땅속에 묻어버리든가, 둘 중의 하나일 뿐입니다. 사랑은 위대한 상인과도 같습니다. 너무 자부심이 강해서 값이 깎일 바에야 차라리 국왕들을 경멸하며 진주를 바다에 던져버렸다는 그 상인 말입니다. 그 상인에게 리알토의 황금과 같은 것이 사랑이라고 할 수 있겠습니다.

카를로스 (이렇게 놀라울 수가! 참으로 다시 봐야 할 여성이로군!)

공주 기분파라고 생각하시든, 허영이라고 말씀하시든, 저는 기쁨을 헐값에 팔 생각은 없습니다. 자신이 선택한 단 한 분에게, 저는 저의 모든 것을 바치겠습니다. 저는 단 한 번만, 그러나 이 진정함을 영원히 바치겠습니다. 저의 사랑은 오로지 한 분만을 행복하게 할 것입니다. 단 한 분만을 말입니다. 이 세상 다하도록 말입니다. 영혼이 서로 마주치는 기쁨, 감미로운 입맞춤, 밀회의 뿌듯한 즐거움, 품위 있고 거룩한 마법의 아름다움, 그것은 하나의 빛에서 번져 나오는 정겨운 색깔이며, 하나의 꽃에 달린 꽃잎일 뿐입니다. 그 아름다운 꽃망울에서, 꽃잎 하나를 뜯어낸다는 것은, 저로서는 도저히 못할 노릇입니다. 호색한에게 하룻밤의 즐거움을 제공하기 위해 여성의 고귀하고 품위 있는, 신이 창조하신 훌륭한 걸작을 망가뜨려서야 되겠습니까?

카를로스 (놀라운 일이다. 믿어지지 않는군! 마드리드에도 이런 아가씨가 있었단 말인가? 그것을 지금껏 모르고 있었단 말인가?)

공주 벌써 오래전에 궁중의 임무도 이 세상도 다 등져버리고 수도원으로 갈 작정이었습니다. 그런데 단 하나의 인연의 고리를 끊을 수 없어서, 아직도 이 인간 세상에 매어져 있는 것입니다. 덧없는 환상일지는 모르지만, 그래도 저로서는 그것이 대단히 소중한 것입니다. 실은 저는 어떤 분을 사랑하고 있는데 그분에게서는 사랑받지 못하고 있습니다.

카를로스 (흥분한 나머지 그녀에게 다가간다.) 아닙니다, 사랑받고 있어요! 사랑받고 있는 것이 틀림없어요! 당연히 사랑받고 있을 것입니다! 그것도 말로는 다 할 수 없을 만큼 말입니다.

공주 정말로, 그렇게 말씀하시는 겁니까? 아아, 이렇게 기쁠 수가! 카를 왕자님, 당신께서 그렇게 말씀해주시니 이제 확실하군요. 제가 사랑받고 있는 것이 말입니다.

카를로스 (부드럽게 그녀를 안는다.) 이 얼마나 귀엽고 마음씨 고운 아가씨란 말인가! 진정 고개가 숙여집니다. 얼마나 멋지고, 얼마나 진실합니까. 당신을 보면 어느 누구도 사랑하지 않고는 배길 수 없을 것입니다. 하지만 이런 필립의 궁정에서, 사제 놈들 패거리들이 판을 치고 있는 이곳에서 도대체 어쩌려고 그런 것입니까? 여기는 당신 같은 꽃이 필 장소가 아닙니다. 놈들은 이 꽃을 꺾으려는 것이 틀림없군요. 그게 틀림없어요! 하지만 그렇게 하지 못하도록 하겠어요. 절대로! 내가 당신을 지켜드리지요. 악마들의 한가운데를 뚫고 지나가 내가 당신의 수호신이 되어드리겠어요.

공주 (애정 어린 눈빛으로) 카를로스님, 제가 왕자님을 완전히 잘못 보고 있었던 것 같습니다. 당신의 아름다운 마음씨는 당신을 알고 싶어 하는 노력의 대가로 벌써 엄청나게 많은 보상을 해주고 계시는군요.

(그의 손을 잡고, 입 맞추려 한다.)

카를로스 (손을 빼며) 에볼리 공주, 뭘 하시려는 겁니까?

공주 (그의 손을 찬찬히 보며, 애교 넘치게) 정말 아름다운 손입니다!

이 얼마나 부유한 손입니까. 왕자님, 이 손은 조만간에 두 가지 커다란 선물을 하게 되겠지요? 왕관과 카를로스님의 마음, 이 두 가지 모두를 아마도 한 분에게 주게 되겠지요? 그 얼마나 소중한 선물입니까? 한 사람이 다 갖기에는 너무 과분해 보이지 않습니까. 어떠세요? 왕자님, 그것을 둘로 나누신다면? 왕비라는 자리는 매정한 자리가 아닙니까. 인정 많은 여성이라면 왕관에 대해서 알 리가 없을 것입니다. 그러니 왕자님, 나누어주는 것이 좋지 않을까요? 어떻습니까? 지금 당장 나누는 것은 어떨까요. 혹시라도 벌써 나누어버린 것은 아니겠지요? 정말로 그렇게 하신 것은 아니지요? 만약 그렇다면 훨씬 더 잘된 일일 것입니다. 그런데 그 행복하신 분은 제가 알고 있는 분인가요?

카를로스 좋습니다. 그럼 모두 털어놓고 말하겠습니다. 당신은 티 없이 맑은 분이니까요. 게다가 이 궁중에서 나를 이해해주신 유일한 최초의 사람이지 않습니까. 그럼 말씀드리지요. 실은 제가 누구를 사랑하고 있습니다.

공주 너무하세요! 털어놓는 것이 이다지도 어려운 일이었던 것입니까? 가련한 처지가 아니면 당신에게 사랑을 받을 수 없다는 말씀인가요?

카를로스 (깜짝 놀라며) 뭐, 뭐라고 말했지요?

공주 이렇게 사람을 놀리시다니! 왕자님, 정말 너무하셨어요. 열쇠에 대해서까지 모르는 체하시고.

카를로스 뭐라고? 열쇠? 열쇠에 대해서라고?

(잠시 어안이 벙벙해서 생각에 잠겨 있다가)

그런가? 그랬었던가? 이제 겨우 알았다! 내가 어처구니없는 일을 저지른 것이로군!

(무릎을 떨며, 의자를 붙잡고 얼굴을 가린다. 두 사람 다 오랫동안 말이 없다. 공주, 날카롭게 외치며, 무너져 내린다.)

공주 아아, 어쩌면 좋아? 내가 지금 무슨 짓을 저지른 것이지?

카를로스 (심한 고통을 드러내며 일어선다.) 모든 것이 무너져 내리는 것 같소! 이 얼마나 어처구니없단 말이오!

공주 (쿠션에 얼굴을 묻고) 맙소사, 일이 이렇게 될 줄이야!

카를로스 (그녀의 앞에 무릎을 꿇고) 에볼리 공주, 내 탓이 아니에요. 그만 흥분해서 오해한 것 같아요. 하나님 맙소사! 내 잘못이 아니에요.

공주 (그를 밀쳐낸다.) 돌아가주세요. 제발!

카를로스 아니, 그럴 수는 없습니다. 이렇게 당황해하는 당신을 내버려두고 갈 수는 없습니다.

공주   (억지로 밀어내며) 저를 불쌍히 여기신다면 돌아가주세요.
제 숨통을 조이실 생각이십니까? 얼굴을 뵙기도 싫습니다.
(카를로스, 가려고 한다.)
편지와 열쇠를 돌려주고 가세요. 다른 편지 하나는 어떻게
하셨나요?

카를로스   다른 편지 하나라니요? 무슨 편지 말입니까?

공주   폐하께서 주신…….

카를로스   (깜짝 놀라며) 누가 주신?

공주   아까 제가 드렸지 않습니까?

카를로스   폐하께서 주신? 누구한테? 당신한테 말입니까?

공주   아아, 어쩌다가 이 지경이 되어버린 것인가요? 그 편지 돌려
주세요. 그것은 무슨 일이 있어도 돌려주셔야 됩니다.

카를로스   폐하께서 편지를? 당신에게 말입니까?

공주   부탁입니다, 그 편지를 돌려주세요!

카를로스   누구인지 정체를 알게 된다는 이 편지 말입니까?

공주   잃어버리면 살아남지를 못합니다. 제발, 돌려주세요.

카를로스   이 편지는…….

공주   (절망적으로 손을 비비며) 어쩌다가 이런 경솔한 짓을 했단
말인가?

카를로스   이 편지는 폐하의 편지였단 말입니까? 에볼리 공주, 그렇다
면 모든 것이 송두리째 바뀝니다.
(뛸 듯이 기뻐하며, 편지를 높이 들어 올리며)
이것은 귀하고도 귀한 너무나도 소중한 편지란 말입니다. 필
립의 왕관을 능가하는 값어치가 있단 말입니다. 이 편지는

내가 가지고 가겠소. (사라져간다.)

공주　(그의 가는 길에 몸을 던지며) 아아, 이제는 끝이야!

제9장

공주 혼자뿐이다.

(여전히 망연자실한 상태다. 카를로스가 나가버리고 나자, 서둘러서 뒤를 쫓아 나가 불러오려 한다.)

공주　왕자님, 한 말씀만 더. 왕자님, 제 말씀 좀 들어보세요. 가버리셨어! 정말 너무해! 틀림없이 경멸하고 있을 거야! 이제난 외톨이야! 밀려나고, 내던져지고.
(안락의자에 몸을 묻는다. 한참 만에)
아냐, 떠밀려난 거야. 다른 연적에게 떠밀린 거야. 그분에게는 애인이 있는 게 틀림없어! 자신이 스스로 자백하셨잖아! 그런데, 도대체 누굴까? 그 행복한 여인은? 분명한 것은 사랑해서는 안 될 여인을 사랑하고 있는 게 틀림없어. 남에게 드러나는 것이 두려운 거야. 폐하 앞에서 감정을 감추고 있는 것도 수상해. 폐하께서는 오히려 기뻐하실 텐데. 왕자님이 두려워하고 있는 것은 어쩌면 아버지가 아닌지도 몰라. 내가 폐하의 음탕한 술수를 폭로했는데 어쩔 줄을 몰라 기뻐하며 행복해하시다니! 그 순간에 그 깔끔하신 분이 왜 분통을

90

터뜨리지 않았던 것일까? 이것 봐라, 정말로 수상하네! 폐하께서 왕비에게 책잡힐 짓을 하셨다고 해서 그것이 그분에게 무슨 득이 된다는 말인가?

(어떤 생각이 떠올라서, 갑자기 침묵한다. 그와 동시에 카를로스에게서 빼앗은 리본을 품에서 끄집어내서 얼른 그것을 들여다보고는 감이 잡힌다는 듯)

내가 얼마나 어리석은 짓을 저지른 것인가? 이렇게 멍청한 짓을 하다니, 그리고 이제야 겨우 눈치를 채다니! 내가 정신을 어디에 두고 있었던 거야? 이제는 분명해졌어. 두 분은 오랫동안 연인 사이였던 거야, 폐하께서 그분을 왕비로 맞이하기 이전에 말이야. 내가 처음 만났을 때에도, 언제나 두 분은 함께였어. 그분이 사랑한 상대는 바로 왕비였던 거야. 그런데 난 따뜻하고 진실한 사랑을 그분에게서 한없이 갈구하고 있었던 거야. 이렇게 어처구니없는 착각에 사로잡히다니! 덤으로 내 아픈 약점까지 그 여자에게 드러내고 만 거야. (침묵.)

그분 혼자만의 짝사랑일까? 도저히 생각할 수 없는 일이야. 그분만의 짝사랑이었다면 도저히 내 유혹을 이겨내지 못했을 거야. 이 세상에서 가장 훌륭하신 폐하에게조차도 차례가 오지 않는 성찬을 못 본 체할 리가 없어. 맞아! 짝사랑이었다면 그런 먹이를 못 본 체하지 않았을 거야. 그분의 입맞춤은 뜨거운 입맞춤이었어! 부드럽게 껴안았는데도 내 심장은 고동치고 있었어! 반응이 없는 짝사랑에 몸이 달아 있는 사람의 태도로 보기에는 너무나도 대담하신 행동이야! 왕비님이 보내주신 것이라고 생각하고, 의심 없이 열쇠를 받은 것이 틀림없어. 왕비님의 대담한 유혹이라 생각하고 별다른 생각 없이 믿으신 거야. 맞았어! 거기에는 그럴 만한 이유가 틀림 없이 있을 거야. 이제 분명해졌어. 그분은 필립의 아내가 엄청난 결심을 한 것이라고 굳게 믿은 거야. 가슴 두근거리는 이 어마어마한 시험을 그가 어찌 마다할 수 있었겠어? 대낮 같이 분명해. 그분의 사랑은 이루어진 거야. 왕비님이 그를 사랑하시는 거야. 지극히 얌전한 체하면서, 몰래 다른 남자를 사랑하다니! 그 얼마나 교활한 여자인가! 정숙하기 이를 데 없는 것으로 생각하고 나 같은 사람도 벌벌 떨고 있었는데. 도저히 미치지 못할 고상한 분이라 생각하고 몸을 움츠리고 있었는데. 아름다울 뿐 아니라 남들보다도 뛰어나게 행실도 단정하고 침착해서 시샘까지 했었는데. 그런데 이제 알고 보니 모두 겉치레였군. 실제로는 동시에 두 개의 식탁을 차려놓고 포식하려 했던 거야. 그럴듯하게 정숙한 척 가장하면서, 남몰래 죄 많은 쾌락에 탐닉하려 했던 거야. 이것을 이대로 그냥 두어야 한단 말인가? 이것을 못 본 체해야 하는 것인가? 아무도 추궁하지 않는다고 해서 협잡꾼과 놀아나도 되는 것일까? 게다가 아무런 처벌도 받지 않고? 안 돼, 절대로 안 돼. 도저히 묵과할 수 없어. 이 부정은 반드시 폐하께 알려야 해. 폐하께! (한참을 생각하다가) 그래, 그게 좋겠어. 그분의 귀에 들어가게 할 방법이 있어.

(퇴장.)

왕궁의 어느 방.

제10장

알바 공작, 도밍고 신부.

도밍고 무슨 일인가요?

알바 실은 오늘 중대한 발견을 했어요. 그것을 좀 확인하고 싶어서.

도밍고 발견이라고 말했습니까? 무슨 일인가요? 말씀해보세요.

알바 카를로스 왕자와 내가, 오늘 낮에 왕비 방 앞 대기실에서 마
주쳤어요. 왕자가 나를 모욕하는 바람에 좀 격분했지요. 말
다툼이 격렬해져서 서로 칼을 뽑았는데, 소란이 나자 이 소
식을 듣고 달려 나온 왕비가 둘 사이에 끼어들어 부드럽게 꾸
짖는 눈길로 왕자를 바라봤어요. 잠깐 바라보았을 뿐인데 왕
자가 팔을 늘어뜨리고 내 목에 매달려서 뜨겁게 입맞춤을 하
더니 얼른 사라지는 게 아니겠어요.

도밍고 (잠시 잠자코 있다가) 그것 참 수상쩍은 일이군요. 공작님,
그 말씀을 듣고 나니 저도 생각나는 일이 있습니다. 실은 벌
써부터 제 마음속에도 그런 의심이 들곤 했습니다. 하지만,
저는 그런 상상은 애써 하지 않으려고 했었어요. 그래서 지
금까지 그런 생각을 누구에게도 밝히지 않았습니다. 왜냐하
면 이 세상에는 양날의 검도 있으니까 말입니다. 다시 말하
면 믿지 못하는 한편도 있다는 뜻입니다. 저는 그런 게 두려
운 겁니다. 인간이라는 것은 분별하기도 어렵지만, 꿰뚫어본

다는 것은 더구나 어렵지 않습니까. 무심코 뱉은 말 한마디가 상대에게 상처를 주지 않는다고 어찌 장담할 수 있겠습니까. 그래서 저는 비밀을 이 가슴속에만 묻어두고, 때가 되어 밝혀지기만을 기다려왔습니다. 공작님, 국왕께는 함부로 말하시면 안 됩니다. 시위를 떠난 화살이 표적을 맞히지 못하면 되돌아오는 법이니까 말입니다. 제가 한 번 눈독을 들인 일은 만에 한 번이라도 빗나가는 일은 없습니다. 하지만 뭐니 뭐니 해도 말을 엿듣거나, 아니면 눈으로 확인할 만한 증거가 있거나, 종이쪽지 같은 것이 있다면 더 확실하지 않겠습니까. 스페인에 산다는 것이 그다지 편하기만 한 것은 아닌 것 같습니다.

알바 그건 또 어째서 그렇지요?

도밍고 다른 궁정 같으면 욕정을 제대로 발산할 수 있지 않습니까. 그런데 여기서는 까다로운 율법에 묶여 있습니다. 스페인의 왕비는 부정을 저지르기가 쉽지 않다는 말입니다. 물론 그것은 당연한 일이겠지요. 하지만 그것은 왕궁 안에 있을 때만 해당되는 것 같습니다. 궁정에서는 눈에 띄기 쉽기 때문에 부정을 저지르기 어렵다는 말입니다.

알바 내 말을 마저 들어보세요. 카를로스는 오늘 폐하를 알현했어요. 줄잡아 한 시간은 걸렸을 겁니다. 네덜란드를 통치하게 해달라는 청원이었지요. 나는 회의실에서 듣고 있었는데, 감정이 격해서 큰 소리로 청원하더군요. 물러나왔을 때에는 눈시울을 붉히며 울고 있었습니다. 그런데 어찌 된 셈인지 낮에 만났을 때에는 개선장군처럼 폐하께서 나에게 대임을 맡긴 것을 오히려 잘됐다고 기뻐하고 감사하더군요. 사정이 바뀌어서 차라리 잘됐다고 하더라고요. 왕자는 거짓말을 못하는 성품이지 않습니까. 이 모순을 어떻게 이해해야 할지 모르겠습니다. 무시당한 것을 왕자는 도리어 기뻐했고, 폐하께서는 분을 참지 못하는 태도로 나에게 대임을 내렸으니 이게 도대체 어떻게 돌아가는 걸까요? 어쩐지 이번 임무는 은총이라기보다는 추방에 가까운 것 같습니다.

도밍고 　결국 그렇게 되었단 말입니까? 오랜 세월에 걸친 노력이 하루아침에 수포로 돌아가려고 하는 것 같군요. 그것을 태연히 바라보고만 있단 말씀입니까? 그 젊은이를 모르신다고 하지는 않겠지요? 그가 권력을 장악하는 순간 우리들이 어떻게 될 것인지를 모르신다고 하지는 않겠지요? 저는 물론 왕자의 적은 아닙니다. 제가 걱정하는 것은 다른 일입니다. 왕좌에 관한 것, 신에 관한 것, 교회에 관한 것입니다. 톨레도님! 그 왕자는(저는 그를 압니다. 뱃속 구석구석까지 꿰뚫어보고 있습니다) 무시무시한 음모를 꾸미고 있습니다. 자신이 권좌에 앉게 되면 우리들의 신성한 신앙을 파괴하려는 광기 어린 음모를 꾸미고 있습니다. 불손하게도 자신에게만 의지하면서 어떠한 신앙에도 의지하지 않으려는, 새로운 도덕관에 열중하고 있답니다. 의심의 지옥에 떨어진 것입니다. 기괴한 망상에 사로잡힌 나머지 인간을 숭배하는 지경에 이른 것입니다. 공작님, 이래도 그가 우리의 왕으로서 자격이 있다고 보십니까?

알바 　황당한 공상이지요. 별것 아닐 겁니다. 그것이 아니라면 업적을 이루고 싶은 젊은 친구들이 갖는 공명심일지도 모르지 않습니까. 어찌 달리 생각되지 않는군요. 그러다가 자기가 권좌에 앉게 되면 그런 조바심이 없어지지 않습니까.

도밍고 말씀하신 대로 잘될까요? 여하간에 왕자는 지나치게 자유를 들먹거리고 있는 것은 분명합니다. 남을 통제하려면 먼저 통제당해보지 않으면 안 되는데, 그에게는 그런 경험이 없으니 문제입니다. 이래 가지고서야 왕이 될 자질이 있는 건지 잘 모르겠습니다. 그 당돌한 정신이 지금까지 이룩해놓은 정치의 틀을 단번에 뒤엎을 수 있음이 불을 보듯 빤하군요. 실은 그 격렬한 기풍을 요즘 유행하는 여색 놀이로 흐물흐물하게 녹여볼까 하고 손도 써봤는데 그는 쳐다보지도 않더군요. 그 육체에 그 정신이라면 가히 두렵지 않겠습니까. 게다가 필립도 이제는 육십이 되어가니까 말입니다.

알바 그렇게까지 먼 앞날을 내다보고 계시는군요.

도밍고 왕자와 왕비님은 하나입니다. 두 사람의 가슴속에는 아직 겉으로 나타나지는 않았지만 신교도의 지독한 독이 숨겨져 있어요. 때가 되면 금방 왕좌를 침탈할 것이 틀림없습니다. 그 발루아 여인의 정체는 이미 알고 있지요. 얌전하게 있는 것 같지만, 필립이 약점이라도 드러내는 날에는 어떤 보복을 가해올지 알 수 없습니다. 하지만 운명은 아직 우리 편이에요. 선수를 써서 두 사람을 한꺼번에 일망타진해야겠어요. 증거가 있건 없건 상관없습니다. 슬며시 폐하를 부추겨서 그들을 의심하게 하면 그것으로 일은 성사된 것이나 다를 바 없으니까 말입니다. 적어도 우리 두 사람은 서로를 신뢰하고 있지 않습니까. 우리의 신뢰가 있으면 다른 사람을 믿게 하는 것은 그리 어렵지는 않을 것입니다. 폭로하고자 하면 증거는 얼마든지 조작할 수 있으니까 말입니다.

알바 그런데, 가장 중요한 문제인데 폐하에게 알리는 일을 누가 맡아야 한다고 생각하십니까?

도밍고 저도 아니고 당신도 아닙니다. 미래의 대사를 위해 제가 전부터 짜놓은 계획이 있으니 한번 들어보십시오. 우리 두 사람만으로는 부족합니다. 중요한 역할을 할 또 한 사람이 반드시 필요합니다. 실은 폐하께서 에볼리 공주에게 관심이 있다는 것을 알고 그 욕정을 부추겨서 제 소원을 이루고자 요즘 노력하는 중입니다. 말하자면 제가 폐하의 특명대사가 된 셈이지요. 이 에볼리를 우리 계획에 이용해봅시다. 이 젊은 여인을 우리 편으로 끌어들여서 우리의 계획을 성사시키는 겁니다. 그리고 그녀를 왕비로 삼아 우리의 앞날을 보장받읍시다. 지금 이 방으로 저를 부른 것도 다름 아닌 그녀입니다. 앞길은 훤히 열려 있습니다. 어쩌면 어느 하룻밤 사이에 발루아의 백합을 스페인의 딸이 꺾어버릴지도 모릅니다.

알바 정말입니까? 그게 정말이란 말입니까? 정말 놀라운 일이군요. 정말 그것이 사실이라면 이미 성공한 것이나 다름없지 않습니까. 도미니코의 사제님! 참으로 대단하십니다. 이제 승리는 우리의 것이나 다름없군요.

도밍고 쉿, 누가 왔나 봅니다. 흠, 에볼리군요.

알바 나는 옆방에 있겠소. 혹시 무슨 일이 있으면…….

도밍고 알겠습니다. 그때 부르겠습니다.

(알바 공작 퇴장.)

제11장

공주, 도밍고.

도밍고	공주님, 무슨 일이십니까?
공주	(공작의 뒷모습을 수상쩍게 바라보며) 두 분만 있었습니까? 또 한 분, 누군가 있었던 것 같은데요?
도밍고	무슨 말씀이신지?
공주	지금 나가신 분은 누구신가요?
도밍고	알바 공작이십니다, 공주님. 나중에 만나뵙겠다고 말씀하셨습니다.
공주	알바 공작께서? 나를 말입니까? 무슨 일로? 혹시 알고 계시나요?
도밍고	아니, 그것은 나중으로 미루기로 하지요. 그보다도 무슨 중요한 일이 있길래 한동안 뵙지 못했던 에볼리 공주님을 이렇게 다시 뵙는 영광을 얻게 되었는지 우선 말씀해주십시오. (사이. 도밍고, 공주의 대답을 기다린다.) 드디어, 폐하의 말씀을 따르실 마음이 생긴 것인가요? 일전에는 공주님의 성미와 자존심 때문에 거부하기는 했지만, 곧 생각을 바꾸리라고 생각하고 있었습니다. 오늘은 기대가 대단히 큽니다.
공주	전날의 회답을, 폐하께 전해드렸습니까?
도밍고	아닙니다. 폐하께서 서운해하실 것 같아서 아직 보류하고 있었습니다. 공주님! 지금도 늦지 않았습니다. 조금 더 부드러

운 회답을 주실 수는 없는지요?

공주 그러시면 기다리고 있다고 전해주세요.

도밍고 그 말씀을 진심으로 받아들여도 되겠습니까?

공주 설마 농담이야 하겠습니까? 어머! 어떻게 된 거예요? 왠지 걱정스러워지네요. 제가 드린 말씀 때문에 충격이라도 받으신 건가요? 신부님까지 안색을 달리하시니 말입니다.

도밍고 아니, 너무나 예상 밖이라서 그렇습니다. 그리고 납득이 잘 안 되기도 하고요.

공주 네, 신부님, 납득이 잘 안 되시는 편이 오히려 좋습니다. 당신께서 이해해주실 거라고는 전혀 기대하지 않았으니까요. 누군가에게 설득 당해서 마음이 바뀐 게 아닌가 하고 쓸데없이 신경 쓰실 필요는 없을 것 같습니다. 다만 안심하실 수 있도록 한 말씀만 드리겠습니다. 이 죄는 당신과는 아무런 관계가 없습니다. 교회도 마찬가지입니다. 당신께서는 교회는 보다 높은 목적을 이루기 위해서라면 젊은 처녀의 육체일지라도 이용할 수 있다고 말씀하셨지 않습니까. 하지만 이번 일은 그 교회와도 상관이 없습니다. 그런 고매한 핑계 같은 것은 제게는 너무 고상합니다.

도밍고 혹시 불쾌하셨다면 그런 말은 기꺼이 거둬들이겠습니다.

공주 제발, 폐하께서 이번 일로 저를 오해하지 않도록 잘 말씀드렸으면 합니다. 저는 조금도 달라지지 않았습니다. 단지 사정이 달라진 것뿐입니다. 그때는 폐하께서 아름다우신 왕비님이 계셔서 지극히 행복하신 것으로만 알고 있었습니다. 그래서 정숙한 부인을 위해서는 제 자신을 희생해야 한다고 생각하고 있었습니다. 그 당시에는 정말 그렇게 생각하고 있었습니다. 물론 지금은 그렇게 생각하지 않습니다만.

도밍고 공주님, 계속하십시오. 알고 있습니다. 당신의 기분을 잘 알고 있습니다.

공주 사실은 왕비님의 정체가 밝혀졌어요. 이제 더 이상 그분을 감쌀 수가 없습니다. 교활한 도둑의 정체를 알아냈어요. 폐하도, 모든 스페인 사람들도, 저도, 모두가 속고 있었습니다. 왕비님은 누군가를 사랑하고 있는 게 틀림없습니다. 증거를 들이대고 반드시 두려움에 떨게 하고 말 겁니다. 폐하는 속고 계세요. 그 복수는 제가 꼭 해드리고 말겠어요. 왕비님의 그 정숙한 성녀의 가면을 벗겨서 고상한 척하지만 사실은 죄 많은 여인의 적나라한 모습을 세상에 보여드릴 것입니다. 저 역시 커다란 희생을 각오하고 있습니다. 하지만 그분은 더욱 커다란 희생을 치러야 할 것입니다. 속이 다 후련하군요. 저의 승리가 분명합니다.

도밍고 이것으로 때는 무르익었군요. 그러면, 얼른 공작을 모셔오겠습니다. (나간다.)

공주 (놀라며) 어쩌려고 그러시는 건가요?

제12장

공주, 알바 공작, 도밍고.

도밍고 　(공작을 안내해온다.) 공작님, 우리 쪽에서는 말할 필요조차
　　　없었습니다. 우리가 얘기하려고 했던 것을 에볼리 공주가 먼
　　　저 털어놓았으니 말입니다.

알바 　그렇다면, 제가 함께해도 이상하게 생각하지 않으시겠군요. 내
　　　눈 같은 것은 별로 쓸모가 없는 것 같습니다. 이런 비밀을 간파
　　　하는 데는 역시 여자의 눈을 따라잡을 수 없으니 말입니다.

공주 　지금 간파라고 하셨나요?

도밍고 　공주님, 우리 두 사람은 궁금했었습니다. 편하신 장소와 시
　　　간을 알려주세요.

공주 　그렇군요. 그럼, 내일 점심때쯤 기다리고 있겠습니다. 이 어
　　　마어마한 비밀을 더 이상 숨길 필요가 없어진 것 같습니다. 한
　　　시라도 빨리 폐하께 말씀드려야 할 이유가 생겼으니 말입니다.

알바 　실은 그일 때문에 찾아뵌 것입니다. 이것은 당장 폐하에게
　　　알려드려야 합니다. 공주님 말씀이시라면 폐하께서는 다른
　　　누구의 말보다도 신뢰하실 것입니다. 언제나 왕비님 시중을
　　　들면서 엄중하게 감시하고 계셨으니까 말입니다.

도밍고 　마음만 먹으면 폐하를 원하는 대로 하실 수 있는 분 아니십
　　　니까.

알바 　저와 왕자와는 누가 뭐라 해도 공공연히 서로 미워하는 사이
　　　라서……

도밍고 저 역시 비슷한 처지입니다. 에볼리 공주님이라면 그런 걱정을 할 필요가 없을 것입니다. 우리는 잠자코 있어야 할 입장입니다. 하지만 공주님은 직책도 그렇고 하니, 아무래도 알려드리는 것이 당연한 의무일 것 같습니다. 폐하는 이미 우리 손아귀에 있는 것이나 다름없습니다. 당신이 냄새만 풍겨 주신다면 끝마무리는 우리가 하겠습니다.

알바 그것도 빠를수록 좋아요. 당장이라도 착수합시다. 한시가 급합니다. 저는 언제 출발 명령을 받을지 모르거든요.

도밍고 (잠시 생각하고 나서 공주를 향하여) 무언가 편지 같은 것이라도 확보할 수 없을까요? 물론 왕자가 쓴 편지여야 하지만 말입니다. 만약 그것이 수중에 들어온다면 유용하게 쓰일 텐데. 그런데 어떻게 한다? 으흠, 그렇지. 공주님은 분명히 왕비님과 같은 방에서 주무셨지 않습니까?

공주 그 옆방입니다. 그런데 그게 어떻다는 거죠?

도밍고 열쇠에 대해서 잘 아는 분이 없을까요? 왕비님이 책상 서랍 열쇠를 어디에 두시는지 혹시 모르십니까?

공주 (생각에 잠기며) 네 그게 쓸모가 있겠군요. 열쇠라면 어떻게든 찾을 수 있을 것 같아요.

도밍고 편지를 보내려면 심부름꾼이 있어야 합니다. 왕비에게 딸린 사람이 많지 않습니까. 그중에 심부름꾼을 찾아낼 방법이 없을까요? 돈을 집어 주면 대단한 효과를 볼 수가 있을 것입니다.

알바 왕자에게 심복이 있을 텐데요. 혹시 모르십니까?

도밍고 심복은 한 명도 없습니다. 마드리드 전체를 뒤져도 한 명도 찾을 수 없을 겁니다.

알바   그것 참 이상한 일이군요.

도밍고   아니, 그건 틀림없습니다. 왕자는 왕궁에 있는 모든 사람을 경멸하고 있습니다. 제가 확실하게 확인했습니다.

알바   가만있자. 이제 생각났습니다. 내가 왕비의 방에서 나왔을 때 왕자는 왕비 직속의 시동 옆에 서서 뭔가 소곤소곤 말하고 있었어요.

공주   (당황해서 가로막는다.) 아니에요. 그건 뭔가 다른 일 때문이었을 겁니다.

도밍고   그건 확실히 알아봐야 해요. 어딘지 수상하지 않습니까.

(공작에게)

그래! 그 시동이 누군지 알겠습니다.

공주   그것은 별로 중요한 일 같지 않습니다. 틀림없어요. 확실해요. 그럼 폐하께 말씀 올리기 전에 다시 한 번 만나뵙기로 하지요. 그때까지는 좀더 여러 가지를 알게 될지도 모르지 않습니까.

도밍고   (공주를 한쪽 옆으로 데리고 가면서) 그럼 폐하의 소망은 들어주시는 거지요? 그렇게 전달해도 무방하겠습니까? 그분의 소원이 마침내 이루어진다면 얼마나 아름다운 시간이 될까요?

공주   이삼일 내로 제가 앓아눕겠습니다. 그러면 왕비의 곁을 떠날 수 있으니까요. 그것이 이 궁정의 규칙이라는 것은 잘 알고 계시겠지요? 그렇게 되면 저는 제 방에 틀어박혀 있겠습니다.

도밍고   참으로 명안이십니다! 이것으로 승리는 이제 우리의 것입니다. 왕비라 할지라도 맞설 방법이 없을 것입니다.

공주　어머! 저를 부르고 있어요. 왕비님이 부르시는 것 같습니다.
　　　그럼 다음에 뵙지요.
　　　(서둘러 사라진다.)

제13장

알바, 도밍고.

도밍고　(잠시 사이를 두고. 그동안 공주의 뒷모습을 바라본다.) 공작
　　　님, 이 장미와 당신의 전투 경험…….
알바　그리고 거기에 당신의 신까지 곁들이면 설사 벼락이 떨어진
　　　다 해도 두려워할 것이 없을 것입니다.
　　　(두 사람, 퇴장.)

카르토지오파의 수도원

제14장

돈 카를로스, 수도원장

카를로스　(들어서며, 수도원장에게) 불행하게도 벌써 다녀가셨군요.
수도원장　아침부터 세 번씩이나 보이셨는데 한 시간쯤 전에 돌아가셨

습니다.

카를로스 하지만 다시 올 것입니다. 뭔가 남기신 말씀은 없었습니까?

수도원장 점심 전에 다시 온다고 말씀하셨습니다.

카를로스 (창가로 가서 주위를 둘러본다.) 이 수도원은 큰길에서 많이 떨어져 있군요. 저쪽에 보이는 것이 마드리드의 탑인 것 같군요. 맞군요! 이쪽으로는 만사나레스 강이 흐르고 있고, 정말 좋은 곳입니다. 무덤 속처럼 조용합니다.

수도원장 저승 가는 입구와도 같은 곳이죠.

카를로스 원장님! 당신의 성실함을 믿고 나의 가장 귀중하고 신성한 비밀을 당신께 털어놓았습니다. 내가 여기서 누구와 몰래 만났는지 절대로 다른 사람이 알아서는 안 됩니다. 내가 지금부터 만나고자 하는 동지를 세상에 숨겨두는 데는 은밀한 까닭이 있습니다. 바로 그 때문에 이 수도원을 선택한 것입니다. 밀고나 습격의 두려움은 없겠지요? 그리고 나에게 한 맹세를 잊어버리지는 않았겠지요?

수도원장 안심하십시오. 국왕의 시기심조차도 이 무덤 속까지는 들여다보려고 하지 않습니다. 행복도 번뇌도 없는 곳에서는 호기심이 동하지 않는 법이니까요. 이 담의 안쪽은 더 이상 속세가 아닙니다.

카를로스 이렇게까지 조심도 하고 두려워도 하는 것을 보면 뭔가 음흉한 일을 꾸미고 있을 것이라는 생각이 들지 않습니까?

수도원장 아니, 전혀 그렇지 않습니다.

카를로스 혹시라도 그런 생각을 했다면 존경하는 원장님께서는 한참 잘못 본 것입니다. 나의 비밀은 인간을 두려워하기는 하지만, 결코 신을 두려워하는 것은 아닙니다.

수도원장 아닙니다, 왕자님, 저희들은 그런 일에 대해서는 전혀 개의
치 않습니다. 이 피난처는 죄 있는 자에게나 죄 없는 자에게
나 개방되어 있습니다. 당신께서 하시는 일이 선이 되었건
악이 되었건, 옳건 그르건 간에 그 모든 것은 스스로의 마음
으로 정하셔야 할 일입니다.

카를로스 (열정적으로) 우리들이 숨기고자 하는 일은 결코 신을 더럽
히는 일이 아닙니다. 그것은 오히려 신을 위한 가장 아름다
운 사업이라고 할 수 있을 것입니다. 당신에게라면 밝히는
것이 더 낳을 것 같군요.

수도원장 그러지 마십시오. 그게 무슨 도움이 되겠습니까? 왕자님. 속
세와 속세의 일은 저 세상으로 길을 떠날 준비를 하면서 벌써
옛날에 접어두었습니다. 얼마 안 있어 이 세상을 하직할 사
람이 그것을 듣는다 한들 무슨 소용이 있겠습니까? 기도를
알리는 종 소리입니다. 가봐야겠습니다!

(수도원장 퇴장.)

제15장

돈 카를로스, 포사 후작 등장.

카를로스 드디어 와줬군, 드디어.

후작 나를 이렇게 조바심 나게 만들다니. 카를로스의 운명이 정해

지고 나서 태양이 두 번 뜨고 두 번 가라앉았는데 이제야 겨우 소식을 듣게 되었군. 그래 화해는 했겠지?

카를로스 누가?

후작 너와 필립 왕이지. 플랑드르 행도 결말이 났겠지?

카를로스 알바가 내일 출발하는 것 말인가? 그거라면 결말 났지.

후작 그럴 리가 없어! 그건 거짓말이야! 온 마드리드 사람들이 모두 속고 있단 말인가? 남몰래 폐하를 뵈었다고 하던데. 그래서 폐하는 뭐라고 하시던가?

카를로스 전혀 움직이지 않아. 우리는 영원히 결별했네. 지금까지보다 훨씬 더 멀어졌네.

후작 플랑드르에는 안 가는가?

카를로스 가기는커녕.

후작 아아, 나의 희망도 여기까지구나!

카를로스 그건 그렇고, 로데리히! 너와 헤어지고 나서 난 몹쓸 꼴을 당했어. 우선 자네의 지혜를 빌리고 싶네. 난 무슨 일이 있어도 그분을 만나야만 해.

후작 어머님을? 안 돼! 무엇 때문인가?

카를로스 희망이 생기기 시작했어. 자! 그렇게 놀라지 말고 안심하게. 나는 행복해질 것 같아. 하지만 그일은 뒤로 미루고 우선은 어떻게 하면 만날 수 있는지 지혜를 빌려주게.

후작 도대체 어떻게 됐다는 건가? 또다시 열에 들떠 백일몽을 꾸고 있으니 말이네.

카를로스 아니! 이것은 꿈이 아닐세. 결코 꿈이 아니란 말일세! 사실이야! 현실이란 말이야!

(에볼리 공주에게로 보낸 국왕의 편지를 끄집어내면서)

이 귀중한 편지를 보게. 여기에 모두 씌어 있네. 왕비님은 이
제 자유의 몸이야. 인간의 눈에도, 신의 눈에도, 자유의 몸이
란 말일세. 이걸 읽어보고 놀라지 말게나.

후작 (편지를 펴 보고) 음, 이건? 폐하의 친필이란 말이지?

(다 읽고 나서)

이건 누구 앞으로 쓴 것인가?

카를로스 에볼리 공주에게 쓴 편지일세. 그저께 왕비 직속 시동 하나
가 못 보던 필적의 편지와 열쇠를 가지고 내게로 왔었네. 왕
비 저택의 한쪽 구석 방에서 내가 오래전부터 사모하고 있던
어느 부인이 기다리고 있다는 전갈에 얼른 가보았었네.

후작 못 말릴 작자로군. 그래서 갔는가?

카를로스 필적은 아직 본 적이 없었지만 그러리라고 짐작 가는 분이 적
어도 한 분은 실제로 있지 않느냐 말일세. 이 카를로스가 연
정을 느끼고 사모한다면 당연히 그 한 분밖에 더 있겠나? 난
허공에 들뜬 기분으로 그 장소로 달려갔네. 방 안에서 흘러
나오는 절묘한 노랫가락을 길잡이로 삼고서 문을 열었는데,
내가 거기서 누구를 봤는지 아나? 내가 얼마나 놀랐을지 짐
작해보게!

후작 그것으로 충분하네, 알 만하군.

카를로스 천사 같은 그 여자 분이 날 도와주지 않았다면 지금쯤 내가
어떻게 됐을지 알 수 없네. 우연이란 건 참으로 기구한 것 같
네. 그 여인은 내 눈에 드리워진 불확실한 표정에 속아서 자
신이 내 사랑을 받고 있는 것으로 착각해버렸지 뭔가. 그리

고 내 마음속의 남모르는 고뇌에 감동해서 자진해서라고나 할까, 아니면 경솔해서라고 할까, 아무튼 내 사랑에 보답해 줘야겠다는 생각을 하게 된 걸세. 그 상냥한 마음씨에 경의를 표하는 셈 치고 난 아무 말 없이 가만히 듣고 있었네. 그러니까 대담하게도 상대방이 먼저 침묵을 깨뜨리고 그 아름다운 속마음을 나에게 송두리째 열어 보이지 않겠나.

후작 태평스럽게 그런 말을 늘어놓다니! 에볼리는 그대의 심중을 꿰뚫어보았을 거네. 틀림없이 깊숙이 숨긴 사랑의 비밀을 간파했을 거야. 자네는 그 여자에게 치명적인 모욕을 준 것이나 다름이 없네. 그녀는 폐하를 마음대로 다룰 수 있는 여자란 말일세.

카를로스 (자신만만하게) 아니네, 그녀는 고매한 품성을 가진 여성이야.

후작 그녀의 고매한 품성은 사랑의 이기심에서 비롯된 것이네. 나는 그런 고매함을 잘 알고 있지. 그런 품성은 이상적인 것에 조금밖에 다가서지 못한 고매함이네. 이상적인 모든 것은 영혼으로 이루어진 어머니 같은 대지로부터 당당하고 아름다운 우아함을 받아들여, 싹을 트게 하고, 정원사의 도움 없이도 호화로운 꽃을 피우는 것이 아니겠나? 그것은 가짜 남풍을 맞으며 거친 풍토에서 자란 낯선 가지일 뿐이네. 원한다면 고양, 원칙이라고 부르게. 그것은 더러워진 피로부터 술수와 격렬한 투쟁으로 쟁취한 후천적 순결함일세. 신에게서 보상받으려고, 빠짐없이 세심하게 청구서에 적어 넣은 그런 순결이란 말이야. 생각 좀 해보게. 그녀가 과연 여왕에게 양보할 수 있을까? 한 남자가 어렵게 쟁취한 그녀의 고매한 품성에 관심이 없는 것을 그리고 돈 필립의 아내를 위해 희망 없는 불꽃 속에서 사라지는 것을 용서할 수 있을까?

카를로스 그럼 자네는 에볼리를 그 정도로 잘 알고 있다고 생각하는가?

후작 아주 잘 알지는 못하겠지. 두어 번 만났을 뿐이니까. 그러면 한마디만 더해볼까. 그 여인은 자기의 약점은 재치 있게 감추고, 자기의 덕목만을 번드르르하게 나타내는 그런 여인으로 느껴지네. 하지만 왕비님은 전혀 다른 분이네. 선천적으로 침착한 기품이 있고, 그 속에 밝고 명랑한 성격을 갖추고 있어 일부러 고상한 체하는 그런 면은 전혀 볼 수 없단 말이네. 되바라지지도 않았거니와, 뒤처지지도 않았고, 차분한 발걸음으로 알맞은 중용의 길을 걷고 계시는 분이란 말일세. 남들이 떠받들어주기를 전혀 원하지 않기 때문에, 사람들이 숭배해도 눈치도 채지 못하시는 분이란 말이네. 어떤가? 이래도 아직 자네의 에볼리가 왕비님과 얼마간이라도 닮았다고 생각하는가? 에볼리가 차분할 수 있었던 것은 애정 때문이었다고 생각하네. 에볼리의 덕목은 말 그대로 애정을 전제로 하고 있었다는 말일세. 그런데 자네는 거기에 보답하지 않았다는 말이야. 그 덕목이 무너져버릴 수밖에 없지 않겠나.

카를로스 (약간 격해져서) 아냐, 그렇지 않아!

(거칠게 방 안을 왔다갔다하다가)

그럴 리가 없어. 아아, 로데리히, 인간의 높은 기품을 믿는, 인생 최고의 기쁨을 내게서 빼앗으려고 하는가? 이게 얼마나 자네답지 않은지 모르겠나?

후작 그건 잘못 생각하고 있는 걸세. 친애하는 카를에게 내가 그런 짓을 할 리가 있겠는가. 난 그런 짓은 절대로 하지 않네. 나 역시 에볼리를 천사로 받들어 모실 수도 있네. 자네처럼 말일세. 그 발아래 엎드릴 수도 있단 말일세. 단 자네의 비밀이 새어 나가지만 않는다면 말이야.

카를로스 아니, 그건 기우일세. 에볼리가 알고 있는 것은 동시에 자신의 수치이기도 하지 않은가? 과연 자신의 명예를 희생하면서까지 복수의 서글픈 만족을 찾으려 할까?

후작 수치를 감추기 위해서 그걸 덧씌우는 일은 얼마든지 있을 수 있네.

카를로스 (거칠게 일어나며) 그건 너무하군, 너무하지 않은가 말이야! 그 여인은 자랑스럽고 품위 있는 사람일세. 그것을 알고 있기 때문에 난 조금도 두렵지가 않아. 내 희망에 재를 뿌리려 해도 헛일일세. 난 어머님을 만나겠어.

후작 지금부터? 무엇 때문에?

카를로스 이제는 주저할 것이 뭐가 있겠나. 나는 내 자신의 운명을 알아내야만 하네. 자네는 어떻게 하면 내가 그녀를 만날 수 있는지, 그것만 걱정해주면 되네.

후작 만나서 그 편지를 보여주려고 그러는가? 정말로 보여줄 생각이야?

카를로스 그건 묻지 말게. 방법이 뭐가 있을까? 어떻게 하면 만날 수 있을까?

후작 (의미심장하게) 자네는 어머님을 사랑한다고 말하지 않았던가? 그러면서 그 편지를 보여줄 생각인가?
(카를로스, 눈을 내리깔고 있다.)

카를, 자네의 얼굴에 무언가 나로서는 처음 보는, 여태껏 본
적이 없는 그런 그늘이 드리워지는 것 같네그려. 왜 고개를
돌리나? 왜 똑바로 쳐다보지 않는 거지? 그렇다면 잘못 본
것이 아니란 말이지? 어디 좀 보여주게!

(카를로스, 그에게 편지를 건네준다. 후작, 그것을 찢는다.)

카를로스　무슨 짓을 하는 거냐! 정신이 나갔나?

(화를 억누르며)

솔직히 말해서 이 편지에 거는 기대가 컸었는데.

후작　어쩐지 그런 것 같았어. 그래서 찢은 거네.

(후작, 꿰뚫어보는 듯한 눈길을 곧바로 미심쩍다는 듯이 그를
보고 있는 왕자에게 보낸다. 긴 침묵의 시간.)

말 좀 해보게. 왕의 침상이 더럽혀진 것이 자네의, 자네의 연
정과 도대체 무슨 관련이 있다는 말인가? 필립이 자네에게
위험한 존재이기라도 하다는 것인가? 왕이 지아비의 의무를
저버린 것이 자네의 그 거창한 소망과 무슨 관계가 있다는 말
인가? 자네는 사랑을 하는데 그 사람은 죄를 저질렀다 이건
가? 그렇다면 결국은 무엇이 다르단 말인가? 이제야 겨우
자네라는 인간을 알 것 같네. 자네의 사랑을 나는 지금까지
잘못 알고 있었던 것 같네.

카를로스　무슨 말을 하는 건가, 로데리히? 무슨 생각을 하고 있는 거지?

후작　아아, 내 생각을 바꾸지 않으면 안 되겠군. 예전에는, 예전에
는 그렇지 않았었는데. 자네의 가슴은 정말이지 풍성하고,
정말이지 따스하고 풍요로웠네. 전 세계가 자네의 넓은 가슴
에 안겨 있었는데. 그런데, 지금은 어떤가? 모든 것이 사라

져버리고 없단 말이네. 한 가지 번뇌와 보잘것없는 이기심에 삼켜지고 말았지 않은가. 여러 나라의 비참한 운명에 대해서는 자네는 더 이상 한 방울의 눈물도 흘리지 않는 사람이 되었단 말일세. 이것 보게 카를, 자네는 자신만을 사랑하게 되면서부터, 말할 수 없이 가련한, 거지처럼 가련한 인간이 되고 말았단 말이네!

카를로스 (의자에 몸을 던진다. 한참 후에, 겨우 눈물을 억제하며) 자네가 더 이상 나를 존경하지 않는다는 것은 잘 알고 있네.

후작 경멸하다니 말도 안 돼. 자네가 흥분하는 것도 무리는 아닐 걸세. 자네의 고귀한 감정은 혼란스러워지고 말았군. 왕비님은 자네의 여인이었지. 하지만 폐하가 가로채고 만 것 아니겠나. 그런데도 자네는 이 순간까지도 자신의 권리의 한계를 겸허하게 인정하려 들지 않았단 말이네. 필립이야말로 그분에게는 어울리는 짝이 아닌가 생각해보았네. 그리고 자네 생각을 해보았지. 자네는 분명하게 밝힐 만한 용기를 갖고 있지 않았네. 그러다가 이 편지가 나온 것이야. 사랑받을 가치가 있는 사람은 바로 자네 자신이라는 것을 알게 되었지. 자네는 압제와 약탈의 말로를 바라보며 자랑스러운 기쁨을 느꼈던 것이네. 자네는 상처받은 것이 자신임을 알고 뛸 듯이 기뻐했던 것일세. 위대한 심성의 소유자일수록 부당하게 취급당하면 오히려 기분이 상쾌한 것을 느끼는 것 아니겠나. 그러나 이 시점에서 자네의 공상은 옆길로 새어버린 것 같네. 이제 충만감을 느끼게 되면서 자네의 마음에는 희망이 싹트기 시작한 것 아닌가. 어떤가? 내가 말하는 대로라면 이번 일은 자네의 실수라고 말할 수 있지 않겠나?

카를로스 (감동한 나머지) 아니, 로데리히, 터무니없는 오해일세. 내 생각이라는 것이 지금 그대가 분석해준 것처럼 그렇게 고상한 것은 아니었네. 결코 그렇게 고상한 것이 아니었단 말이네.

후작 내가 그렇게도 자네를 모르리라고 생각하는가? 잘 보게, 카를, 자네가 실수를 저지르면 난 반드시 그 실수의 동기가 된 미덕을 수많은 미덕 중에서 찾아내 보이겠네. 하지만 이것으로 이제는 서로의 기분을 알게 되었다고 생각하네. 자아 이제 자네는 왕비님에 대해서 말하는 것이 더 낳지 않겠나. 자네는 그녀에 대해서 말하는 것이 좋을 것 같네.

카를로스 (그의 목에 매달리며) 자네와 비교해보면 난 정말로 부끄럽군.

후작 내 약속하지. 모든 것을 내게 맡겨주게. 그래 거칠고 사나운 방법이긴 하지만 기막힌 묘안이 떠올랐어. 어떤 묘안인지는 그분의 아름다운 입을 통해서 들어보게나. 내가 그분을 만나 뵙겠네. 아마도 내일이면 결과를 알게 될 걸세. 카를, 그때까지 잊지 않고 생각해주면 좋겠네. 고통 받는 인류를 구하기 위해서 고상한 이성이 생각해낸 계획은 비록 수천 번의 실패를 되풀이하더라도 결코 포기되어서는 안 된다는 사실을 생각해주기 바라네. 알겠나! 플랑드르를 잊지 말게.

카를로스 그대와 고귀한 덕성이 시키는 일이라면 절대로 잊지 않겠네.

후작 (창가로 간다.) 시간이 됐어. 자네를 데리러 왔군.

(두 사람, 껴안는다.)

이제는 다시 왕자와 신하의 사이일세.

카를로스 곧장 시내로 돌아갈 건가?

후작	곧장 돌아가겠네.
카를로스	잠깐! 한마디만 더! 하마터면 잊을 뻔했네. 소식이 하나 있어. 자네에게는 중요할 걸세. "브라반트로 가는 편지는 모두 폐하가 직접 열어본다"고 하더군. 조심하게! 내가 알기에는 우체국이 이 비밀 명령을 수행하고 있네.
후작	어디서 들었나?
카를로스	우체국장 돈 라이몬드 데 탁시스와는 친한 사이일세.
후작	(한동안 생각에 잠겼다가) 그렇군. 그렇다면, 독일로 우회해서 통과해야겠군. (두 사람, 각자 다른 문으로 퇴장.)

제3막

왕의 침실

제1장

(침대 옆 조그만 탁자 위에 양초 두 자루가 타오르고 있다. 방의 뒤쪽에는 몇 명의 시동들이 웅크리고 잠들어 있다. 왕, 웃옷을 벗은 채 한 팔을 안락의자에 기대고 생각에 잠긴 자세로 조그만 탁자 앞에 서 있다. 거기에는 메달과 몇 통의 편지가 놓여 있다.)

왕 그녀는 언제나 무엇인가에 열중하기 쉬운 성격이었어. 아마 누구든지 그것은 인정하지 않을 수 없을 거야. 난, 그녀에게 상냥하게 대해준 적도 없었지만, 불만스러운 태도를 보인 적도 없었어. 혹시 속에 불손한 생각을 품고 있는 것은 아닐까? 틀림없을 거야.

(몸을 움직거리다가 번쩍 정신을 차리고 모르겠다는 듯 위쪽을 본다.)

응? 꿈을 꾸고 있었나. 나 말고는 잠에서 깬 사람이 아무도 없지 않은가? 어떻게 된 거지? 양초는 다 타버렸는데 아직 날이 밝아오지 않았으니. 또 잠을 설치고 말았군. 그래도 잠잔 것으로 해두어야겠다. 왕이라는 자에게는 잠을 설친 밤을 되찾을 시간 여유가 없단 말이야. 눈을 떴으니 이제는 아침이다.

(양초를 불어서 끄고 커튼을 연다. 방 안을 왔다갔다하면서 잠들어 있는 시동들에게 눈길을 준 채 잠시 말없이 그 앞에 서 있다. 이윽고 요령의 끈을 당긴다.)

대기실에서도 아직 누군가가 잠들어 있나?

제2장

왕, 레르마 백작.

레르마 (왕의 모습을 알아보고 깜짝 놀란다.) 폐하! 편치 않으십니까?

116

왕　왼쪽에 있는 건물에 화재가 있었는데 그 소동을 듣지 못했나?

레르마　못 들었습니다. 폐하!

왕　못 들었다고? 허허. 그럼, 꿈이라도 꾸었단 말인가? 하지만 그냥 꿈이기만 한 것은 아니겠지. 왕비가 그쪽에서 자고 있지 않은가?

레르마　그렇습니다. 폐하.

왕　끔찍한 꿈이었어. 앞으로, 앞으로 그곳에 경비를 두 배로 늘려라, 알았나? 밤이 되면 아주 은밀하게 시행하라. 그런 일을 당하고 싶지 않으니까 말이야.

레르마　눈가에 핏발이 서 있습니다. 잠이 부족하신 것은 아닙니까? 황공하오나, 폐하! 소중하신 옥체와 백성을 잊지 마옵소서. 그러한 폐하의 얼굴을 보면 백성들은 하룻밤 내내 못 주무신 것이 아닌가 하고 걱정할 것입니다. 그리고 무슨 일이 있다고 염려할 것입니다. 아침 나절에 한두 시간 주무시는 것이 어떨는지요.

왕　(흐트러진 눈길로) 자라고? 어차피 무덤 속에 들어가면 충분히 자게 될 것이다. 잠든 사이에 왕은 왕관을 잃고, 지아비는 아내를 잃는 법이다. 아냐, 아니야. 그건 비방이었을 뿐이야. 그걸 속삭인 것은 여자였지 않은가. 여자의 또 다른 이름은 비방이 아니던가. 남자가 증언하지 않는 한 죄는 확정되지 않는다.

（그동안에 눈을 뜬 시동들을 향해서）

알바 공작을 불러라.

（시동들 퇴장.）

가까이 오너라, 백작. 이게 사실인가?

(탐색하듯 백작의 코앞에 서서)

아아, 단 한 순간만이라도 좋으니 모든 것을 다 아는 신통력이 있었으면! 말해봐라, 이게 정말 사실이란 말이냐? 내가 속고 있단 말이냐? 어떤가? 그게 진실인가?

레르마 영민하신 폐하!

왕 (펄쩍 뒤로 물러나며) 폐하, 폐하, 폐하라는 말뿐이로군. 그런 속 빈 메아리보다 좀더 나은 대답은 없단 말이냐? 내가 이 암벽에 부딪혀서 찾고 있는 것은 물이야. 타는 듯한 갈증을 풀어줄 물 말이야. 그런데 내게 주는 것은 뜨겁게 달아오른 황금뿐이야.

레르마 무엇을 두고 진실인지를 물으시는 것인지 말씀해주십시오, 폐하!

왕 아무것도, 아무것도 아냐. 이제 됐으니 물러가거라.

(백작, 가려고 한다. 왕, 다시 불러 세운다.)

그대는 아내가 있는가? 그대는 아버지인가? 어떤가?

레르마 말씀하신 대로입니다. 폐하!

왕 아내가 있는데도 주인을 위해서 야간 근무를 잘도 해내는구나. 보아하니 그대의 머리도 이미 허옇게 셌는데, 그런데도 일고의 두려움도 없이 자네는 자네 아내의 정절을 믿을 수 있는가? 집에 한번 가보게. 아내와 아들이 근친상간하는 장면을 보게 될지도 모르지 않는가. 내 말이 틀림없을 거야. 이제는 가보게! 놀랐는가? 의미심장한 눈빛으로 날 보고 있군. 이렇게 말하는 것은 나도 역시 머리가 허옇다는 뜻이란 말일세. 못된 녀석! 알겠나? 왕비는 정조를 더럽히지 못하는 법이지 않나. 그것을 의심하는 자는 목숨이 없어질 테니 말이야.

레르마 (분개하여) 누가 감히 그런 짓을 하겠습니까? 저 천사처럼 깨끗하신 왕비님에게 그런 불손한 혐의를 덮어씌우는 놈은 온 나라를 다 뒤져본다 한들 찾을 수 없을 것입니다. 저 훌륭하신 왕비님이…….

왕 훌륭해? 그대에게도 그렇게 보이는 모양이군. 내 주위에는 그녀의 숭배자가 수도 없이 많은 것 같군. 그렇게 하기 위해서는 적지 않은 밑천이 들었을 텐데. 내가 생각지도 못할 정도의 밑천이 말이야. 물러가도 좋다. 공작을 불러다오.

레르마 벌써 대기실에 와 계시는 듯하옵니다.

(물러가려 한다.)

왕 (부드러운 어조로) 그대가 아까 한 말이 역시 맞는가 보네. 어젯밤에 잠을 못 잤더니 머리가 지끈지끈 아프군. 내가 몽롱한 정신으로 내뱉은 말은 잊어버리게나. 알겠나? 잊어버리게. 이것은 그대를 위해서 하는 말이네.

(왕, 손을 내밀어 입을 맞추게 한다. 레르마, 물러나서 알바 공작을 위해서 문을 연다.)

제3장

왕, 알바 공작.

알바 (애매한 표정을 지으며 왕에게 다가간다.) 갑자기 부르셔서 깜
      짝 놀랐습니다. 이 시간에 무슨 일이시옵니까?
      (왕의 얼굴을 찬찬히 보다가 멈칫한다.)
      폐하의 얼굴이…….
왕   (의자에 앉아, 탁자 위의 메달을 들어 올리고 있다가, 오랫동안
      말없이 공작을 지켜본다.) 역시 정말이었군. 충실한 신하는
      단 하나도 없단 말인가!
알바 (당황하며) 무슨 말씀이십니까?
왕   난, 심하게 모욕당했어. 모두 알고 있으면서 어느 누구 하나
      나에게 경고해주는 사람이 없으니 말이야.
알바 (뜻밖이라는 표정으로) 폐하께서 중요시하는 것 중에 제가 모
      르는 상심이 있었단 말입니까?
왕   (그에게 편지를 보인다.) 이 필적을 알아보겠는가?
알바 이것은 카를로스 왕자의 글씨입니다.
왕   (뜸을 들이면서 공작을 날카롭게 주시한다.) 아직도 짐작 가는
      것이 없는가? 이미 그대는 녀석의 야심에 대해서 경고했었지
      않은가? 내가 두려워해야 할 것이 단지 그것뿐일까?
알바 야심이란 말은 엄청나게 많은 것을 내포할 수 있는 넓은 의미
      의 단어입니다.
왕   그러면 그대는 내게서 아무것도 특별한 것을 눈치 챌 수가 없

단 말인가?

알바   (잠시 잠자코 있다가, 씁쓰레한 표정으로) 폐하께서는 이 못난 저에게 국가를 지키도록 맡겨주셨습니다. 국정에 관한 일이라면 그것이 아무리 비밀스러운 정보라고 할지라도 그리고 그것에 대한 저의 어떠한 견해라도 들려드리는 것이 저의 의무입니다. 하지만 그밖에 일에 대하여 제가 추측하고, 생각하고, 알게 된 일은 저 개인의 것입니다. 말하자면 그것은 신성한 사유물로서 신하는 말할 것도 없고 팔려온 노예라 할지라도, 설사 국왕의 요구가 있을지라도 말씀드리지 않을 특권이 있다고 생각하옵니다. 저로서는 분명한 일이라도 폐하께 들려드릴 만큼 무르익었다고 단정하기 어려운 일도 있습니다. 그래도 기어이 듣고 싶으시면 저는 군주로서 묻지 말아달라고 간청드릴 수밖에 없습니다.

왕   (편지를 건네주며) 이걸 읽어봐라.

알바   (다 읽고 나서 놀랍다는 표정으로) 어떤 자입니까? 이 상서롭지 못한 편지를 가져다드린 정신 나간 녀석이 어떤 자입니까?

왕   뭐라고? 그럼 그대는 이 내용이 의미하는 자가 누구인지 알고 있다는 말이군. 보다시피 수신인의 이름을 일부러 쓰지 않은 것 같은데도 말이야.

알바   (들켰다는 듯이 뒷걸음치며) 제가 너무 서두른 것 같습니다.

왕   알기는 알고 있다는 말이지?

알바   (잠시 주저하다가) 그럼 말씀 올리겠습니다. 어명이시라면 더 이상 말씀드리지 않을 수 없군요. 그분을 알고 있습니다.

왕   (안색이 확 바뀌며 일어선다.) 오오, 새로운 죽음이 떠오르게 하는구나. 복수의 신이시여! 생각할 것도 없이 첫눈에 알아볼 정도로 분명하단 말이지? 세상이 다 알고 있는 일이란 말이지? 너무 심하지 않은가. 나만 그것을 몰랐다는 것이지! 그것을 말이야! 그것을 알게 된 것이 내가 마지막이란 말이지? 온 나라에서 내가 마지막으로 말이지?

알바 (왕의 발치에 엎드려서) 폐하! 제 불찰이었습니다. 폐하의 명예와 정의와 진실을 위해서 말씀드려야 한다고 생각하면서도, 마음이 모질지 못하여 입을 다물고 있도록 한 저의 비겁한 잔꾀가 민망스럽습니다. 하지만 어느 누구도 입을 열지 않았기 때문에 그리고 그분의 아름다움이 모든 남성의 혀를 묶어버렸기 때문에 할 수 없이 제가 감히 말씀드릴 수밖에 없을 것 같습니다. 설혹, 아드님의 맹세가 아무리 폐하의 귀를 솔깃하게 할지라도, 또 왕비님의 눈물이…….

왕 (재촉하며, 격렬하게) 일어서라! 왕의 명령이다. 일어나 지체 없이 말하라.

알바 (일어서며) 그 아란후에스 정원에서 있었던 일을 잊지 않으셨지요? 왕비님이 궁녀들에게서 떨어져 흐트러진 매무새로 혼자서 별채 한쪽 끝에 서 계셨던 것을 말입니다.

왕 아아, 무슨 말을 듣게 될 것인가? 그래서 어떻게 되었단 말이냐?

알바 몬데카르 후작 부인이 희생양이 되었습니다. 재빨리 왕비님을 감쌌기 때문에 국외로 추방당했습니다만, 그 뒤에 듣게 된 바에 의하면 후작 부인은 그저 왕비님이 시키는 대로 따랐을 뿐이었다고 합니다. 그 자리에는 왕자님도 계셨습니다.

왕   (격분하며) 왕자가 있었다고? 그랬었나?

알바   그 별채의 왼편 출구 쪽에 깔려 있는 모래 위에 남자의 발자국이 남아 있었는데, 그것이 동굴 쪽에서 없어졌습니다. 거기에 손수건이 떨어져 있었는데 그게 왕자님 것이라고 판명되었고, 그래서 왕자님에게 혐의를 두고 있었습니다. 왕자님의 모습을 봤다는 정원사도 있습니다. 그때가 공교롭게도 폐하께서 별채에 오신 시각과 딱 들어맞습니다.

왕   (수심에 싸여 말이 없다가, 제정신이 들며) 그때 내가 수상쩍게 여기려니까, 그녀가 눈물을 흘려서 신하들 앞에서 나를 부끄럽게 하지 않았던가? 나도 부끄러웠었지! 정말로! 나는 재판관 앞에 서 있듯이 그녀의 정숙함 앞에 서 있었어.
(무덤 속 같은 오랜 침묵. 왕, 의자에 앉으며 얼굴을 가린다.)
공작! 그대의 말 그대로다. 내가 무슨 일을 저지를지 알 수 없어. 잠시 혼자 있게 해다오.

알바   폐하! 하지만 아직 결론이 난 것은 아닙니다.

왕   (편지를 움켜쥐며) 이래도 말인가? 이래도 아직이란 말인가? 불결한 증거가 이렇게 있는데도 말인가? 그렇지 않아. 이제는 대낮처럼 분명해졌어! 난 이전부터 짐작은 하고 있었는데, 이 괘씸한 행동이 그녀를 마드리드에서 처음 맞이했을 때부터 이미 시작되고 있었던 거야. 그녀가 이 반백이 된 머리를 유령처럼 창백한 얼굴로 그리고 겁먹은 눈으로 보고 있었던 것을 난 지금도 또렷하게 기억하고 있어. 이 배신은 그때부터 시작됐던 거야!

알바   왕자님 입장에서 보자면 약혼녀가 별안간에 젊은 어머님이 된 셈입니다. 두 분께서는 뜨거운 사연을 서로 나누며 즐거운 희망을 그리고 있다가 새로운 신분의 변화 때문에 그것이 무너져버렸던 것입니다. 처음 하는 사랑의 고백에서는 두려움이 앞서는 것입니다. 하지만 그런 마음은 이미 과거의 일이 아닙니까. 그리운 생각을 품고 있는 동안에 결국 악마가 끼어든 것 같습니다. 나이도 사고방식도 비슷할 뿐 아니라 두 분이 모두 똑같은 구속에 분노를 느끼고 있었던 때라서 타오르는 정열에 대담하게 몸을 맡기셨을 것입니다. 두 분 사이를 갈라놓은 것은 정략이었지만 왕비님이 추밀원이 행사하는 권리를 인정했다고는 생각하지 않습니다. 추밀원의 결정에 순순히 따르려고 정욕을 억제했다고는 생각할 수가 없습니다. 왕비님은 사랑을 소망했는데 받으신 것은 왕비의 관이었다는 것이지요.

왕 (감정이 상해서 표정을 찡그리며) 그대의 관찰력은 대단히 날카롭군. 언변도 매우 뛰어나. 고맙게 여기겠다.

(일어서면서, 차디차게, 자존심을 가지고)

그대의 말 그대로야. 이런 내용의 편지를 나 모르게 감춰두고 있었다는 것은 왕비의 중대한 실수였어. 왕자가 정원에 나타난 것도 용서 못할 일인데 감싸줄 생각이었단 말이지. 그렇지만 그것을 숨겨뒀다는 것은 역시 중대한 실수야. 왕비는 내가 처벌하겠다.

(요령의 끈을 당긴다.)

누가 대기실에 있는가? 공작! 그대에게는 더 이상 볼일이 없으니 물러나도 좋다.

알바   제 조바심이 지나쳐서, 폐하의 심사를 그르치게 한 것은 아
         닌지 모르겠습니다.

왕   (들어온 시동에게) 도밍고를 불러라.

         (시동, 퇴장.)

         나를 몇 분 동안이나마, 그대에게 일어나게 될는지도 모르는
         두려움에 떨게 한 그대의 죄를 용서해주겠다.

         (알바, 자리를 떠난다.)

제4장

왕, 도밍고.

왕   (애써 침착해지려고, 방 안을 몇 번 왔다갔다한다.)

도밍고   (공작이 물러나고 이삼 분 있다가 들어온다. 왕에게 다가가서,
         한동안 읍하고 왕의 눈치를 살핀다.) 생각한 것보다 편안하고
         침착하게 보이시니 그저 기쁠 따름입니다.

왕   생각한 것보다라니?

도밍고   제 염려가 기우로 끝난 것은 신의 은총인가 봅니다. 그래서
         바야흐로 희망이 생기게 되었으니 말입니다.

왕   염려라니? 무슨 염려 말인가?

도밍고   숨김없이 말씀 올리겠습니다. 실은 이전부터 어떤 비밀을 알
         고 있었는데……

왕   (우울하게) 그 비밀을 들려달라고 내가 부탁이라도 했단 말

인가? 부탁하지도 않았는데 주제넘은 짓을 하다니, 뻔뻔스럽구나!

도밍고 황공하오나 소인이 그것을 알게 된 배경과 절대로 남에게는 새어 나갈 수 없음을 아시게 된다면, 소인을 꾸짖을 일이 아니라는 것을 인정하시게 될 것입니다. 실은 고해성사에서 털어놓은 것입니다. 이것을 알게 된 분이 양심의 가책을 이겨 내지 못하고 신의 용서를 빌면서 자기 자신의 죄라며 고해하신 것입니다. 때늦은 일이기는 하지만 에볼리 공주님께서는 왕비님에게 얼마나 무서운 결과를 가져다줄지 모르는 일이라고 걱정하시며 자신이 저지른 일을 후회하고 계셨습니다.

왕 정말인가? 굉장하군. 지금 오라고 한 것도 바로 그대가 추측한 그 용건 때문이네. 나를 이 의혹의 구렁에서 빼내줄 수 없겠는가? 그대라면 진실만을 말해주리라 믿는다. 숨김없이 말해주게. 나는 어찌 생각해야 하는가? 나는 어찌해야 한단 말인가? 그대가 맡은 직책에 걸맞은 진실을 말해다오.

도밍고 폐하! 제 신분 때문에 제가 의무적으로 관대해져야만 하는 것은 아닙니다. 그렇다고 할지라도 저는 폐하께 간청 드립니다. 폐하의 심신의 평안을 위하여 간청 드립니다. 이번에 드러난 사실은 그대로 묻어두시고, 결코 바람직한 결과를 기대하기 어려운 비밀들은 영원히 덮어두시기를 간청 드립니다. 폐하의 말씀 한마디면 그것으로 왕비님은 결백해지십니다. 국왕의 의지는 행복만이 아니라 은덕까지도 베풀 힘이 있습니다. 평소와 다름없이 냉정함을 유지하시는 것만이 비방에 뿌리를 둔 소문을 지우는 길입니다.

126

왕　소문이라고? 나에 대해서 말인가? 백성들 사이에서 말이지?

도밍고　그것은 거짓이옵니다. 터무니없이 날조된 것입니다. 맹세할 수 있습니다. 다만 확실한 증거가 없는 일이라도 일단 백성들이 믿어버리면 귀찮은 일이 생기옵니다.

왕　맙소사! 바로 그거란 말이야!

도밍고　남들이 정숙하다고 믿어주는 것은 여성으로서는 제일가는 보배가 아닙니까. 그 점에 있어서는 왕비님도 다를 바가 없을 것입니다.

왕　그런데 설마 내가 그런 것을 걱정해야 한다는 것은 아니겠지? (불안한 듯이 도밍고를 바라본다. 한동안 침묵하다가) 도밍고 신부, 이제 더 나쁜 얘기를 듣게 될 차례인 것 같군. 그러지 말고 빨리 말하라. 그대의 불길한 표정 때문에 내 벌써부터 짐작은 하고 있으니까. 그것이 무엇이든 간에 어서 밝혀라. 더 이상 마음 졸이게 하지 말란 말이다. 백성들이 무엇을 믿고 있단 말인가?

도밍고　다시 한 번 아뢰옵니다만, 폐하! 백성들이 잘못 알고 있는 것인지도 모릅니다. 틀림없이 잘못 알고 있을 것입니다. 그들이 하는 이런저런 말에 폐하께서 흔들려서는 안 되옵니다. 다만 그들이 되지 못하게 감히 그런 것을 주장했다는 자체는 문제가 있습니다.

왕　이거야 원. 단 한 방울의 독을 구걸하기 위해 언제까지 애원해야 한단 말인가?

도밍고　백성들은 폐하께서 병환이 위중하셨던 지난날을 생각하고 있습니다. 30주가 지난 후에 공주께서 태어나셨다는 소식을 알게 되었습니다.

(왕, 일어나서 요령의 끈을 당긴다. 알바 공작 들어온다. 도밍
고 놀라며)

깜짝 놀랐습니다. 폐하!

왕 (알바 공작 쪽으로 걸어가며) 톨레도에서의 일이군! 그대는
진정 남자가 아닌가. 이 성직자로부터 날 보호해주게!

도밍고 (알바 공작과 교활한 눈짓을 나눈다. 잠시 있다가) 이런 말씀
을 올리는 것이 바로 죄가 된다는 사실을 우리들이 미리 알았
어야만 했습니다.

왕 애비를 모르는 자식이란 말이지? 그녀가 잉태한 것이 내가
겨우 목숨을 건진 그 즈음이란 말이지? 거 참 이상한 일이
군. 내가 착각한 것이 아니라면 그때 그대들은 기적이라 하
면서 온 나라의 교회에서 성 도미니쿠스를 칭송하지 않았던
가? 그 당시에는 기적이었는데 지금은 그렇지 않다는 말인
가? 그렇다면 그때든 지금이든 어느 쪽이든 그대들은 나를
속인 것이 되는데. 오, 이제는 알 만하군. 그 음모가 이미 그
당시에 꾸며지고 있었다면 성자의 은총은 거짓이었단 말이지?

알바 음모라고요?

왕 그대들은 신기할 정도로 호흡이 잘 맞지 않나. 지금도 같은
생각인 모양인데, 서로 뜻이 통하지 않을 리가 없지 않은가?
그대들은 이제 나를 속일 작정인가? 나를 말이야? 그대들이
탐욕스럽게 먹이를 덮치는 것을 내가 못 보는 줄 아는가? 내
가 괴로워하고 번민하는 것을 재미 삼아 구경한다는 것을 내
가 모르고 있는 줄 아나 보지? 내가 왕자에게 조금이라도 베

풀려고만 하면 알바가 쌍지팡이를 짚고 막아서고, 경건해야 할 사제가 사소한 개인적인 원한을 풀려고 나의 노여움을 이용하려 하다니 혹여 나를 제멋대로 당길 수 있는 활쫌으로 생각하고 있는 것은 아닌가? 나는 아직 스스로의 의지를 가지고 있다! 내가 남을 의심해야 한다면 그대들이 첫번째가 될 것이야.

알바 우리의 충성을 그렇게밖에 받아들이지 못하시다니 당치도 않습니다.

왕 충성이라고 했나? 그렇다면 죄가 저질러지기 전에 경고했어야 하지 않은가? 나중에 와서 이러니저러니 하는 것은 복수에 지나지 않아. 도대체가 그대들의 그 충성심이란 것이 조금이라도 나에게 도움이 됐는지 묻고 싶다. 그대들이 주워섬긴 말이 진실이라면 나로서는 이별이라는 깊은 상처를 입거나 복수라는 서글픈 승리를 얻거나 하는 수밖에 없을 것이 아닌가? 아니, 아니야. 그대들은 그저 마음 내키는 대로 말하고 있을 뿐이야. 장난삼아 나를 헷갈리게 하고 있을 뿐이야. 나를 지옥의 가장자리에 세워둔 채 자기들은 도망치려 하고 있어.

도밍고 그렇다는 증거라도 있단 말씀입니까?

왕 (오랜 침묵 후에, 엄숙하게 도밍고 쪽으로 향하며) 전국의 귀족을 집합시키고 내가 친히 재판을 하겠다. 그들 앞에 나서서 용기 있게 고발해라! 왕비를 간통한 여자로 고소하라! 왕비에게 사형을 선고하겠다. 왕자 역시 마찬가지다. 알겠는가? 하지만 만일에 왕비가 결백하다는 것이 증명되는 날에는 그대들이 사형될 것이다. 진실을 위해서 그만한 희생을 치를

각오는 되어 있겠지? 어떤가? 싫은가? 어째서 잠자코 있는
가? 싫은 건가? 이것 봐라. 섣부른 거짓말이 아니냐.

알바 (멀찌감치 말없이 서 있다가 냉정하고 침착하게) 그 역할은 제
가 맡겠습니다.

왕 (놀라서 돌아서며 한동안 공작을 찬찬히 바라본다.) 결단을 잘
내렸다. 하지만 잘 생각해보면 그대는 전쟁터에서 더 보잘것
없는 일에도 목숨을 걸어온 사내가 아닌가. 노름꾼처럼 아무
렇지도 않게 명예라는 보잘것없는 일에 목숨을 걸어왔단 말
이다. 아마도 목숨 따위는 아까울 것도 없을 거야. 별로 아까
울 것도 없는 목숨이기 때문에 죽음에 꽃을 피우는 일밖에 바
라지 않는 정신병자에게 왕실의 피를 맡기지는 못하겠다. 그
대의 청원은 기각한다. 물러가라! 물러가서 접견실에서 따로
부를 때까지 기다리고 있어라.

(두 사람 퇴장.)

제5장

왕 혼자.

왕 자애로우신 신이시여 지금 내게 한 인간을 점지해주소서! 지
금까지 많은 것을 나에게 베풀어주셨습니다. 하지만 지금은
한 인간이 필요합니다. 당신은, 당신이야말로 숨겨진 것을
꿰뚫어보는 유일한 분이 아니십니까. 한 사람의 벗을 점지해

주시오. 나는 당신과 달리 전능하지 못하나이다. 당신이 점지하신 조력자들이 어느 정도의 능력이 있는지는 당신 스스로가 잘 아실 것입니다. 그들은 분명히 그만한 일은 해낼 수 있을 것입니다. 그들의 나쁜 꾀도 잘 통제만 하면 폭풍우가 이 세상을 깨끗이 청소하듯이 내가 하고자 하는 일에 도움이 될 것입니다. 하지만 지금은 진실을 알지 않으면 안 됩니다. 뒤얽힌 미망(迷妄)의 바다에서 잔잔한 샘물을 찾아내는 것은 국왕의 힘으로도 도저히 할 수 없는 일입니다. 깨끗하고 성실한 마음을 가진 자를 저에게 보내주십시오. 맑은 정신과 편협하지 않은 눈을 지녔으며 보기 드문 뛰어난 자가 저를 돕도록 해주시오. 이제 제대로 사람을 뽑아야만 합니다. 둥근 태양과도 같은 왕좌의 주변에 몰려드는 수천의 사람들 중에서 그 단 한 사람을 찾아내게 해주십시오.

(서랍을 열고 비망록을 끄집어낸다. 한동안 그것을 뒤적이다가)
공허한 이름뿐이구나. 이름만 있고 공적에 대한 언급은 하나도 없어. 공적이 있었기 때문에 등재했을 텐데. 정말이지 입은 은혜만큼 잊기 쉬운 것은 없군. 그런데 이쪽 페이지에는 잘못들이 낱낱이 적혀 있군. 너무하군. 처신이 좋지 않군! 구제해주었으니 처벌에 대한 기억을 되살릴 필요는 없을 것 같군. (계속 읽는다.) 에그몬트 백작이라. 이 자에게는 볼일이 없군. 생캉탱에서의 승리는 이미 시효가 지났으니 말이야. 이자는 죽은 자들의 반열에 넣어둬야겠어.

(그 이름을 지워서 다른 페이지에 적어 넣고, 다시 계속 읽는다.)
포사 후작이라? 가만 있자, 포사라면? 아무리 해도 생각이 안 나는데. 두 겹으로 줄이 쳐 있는 것을 보면 중요한 일에 기용할 생각이었다는 표시인데. 그래도 참 이상한 일이야. 이자가 아직까지 내 앞에 나타나지 않았다니? 받을 것이 있는 주제에 자기 왕의 눈을 피하고 있었단 말이지? 틀림없이 내 영토에서 나한테 볼일이 없는 유일한 사람인 것 같군. 재물이나 명예에 욕심이 있었다면 벌써 내 앞에 나타났을 텐데. 이 별종을 한번 만나보기로 하자. 나를 필요로 하지 않는 자라면 틀림없이 진실을 이야기할 것이다.

(퇴장.)

접견실.

제6장

돈 카를로스, 파르마 왕자와 이야기 중이다. 알바, 페리아, 메디나 시도니아 등 여러 공작들. 레르마 백작과 다른 귀족들은 손에 서류를 들고 있다. 모두 왕이 오기를 기다린다.

메디나 시도니아 (주변 사람들이 눈치 못 채게 하면서 생각에 잠겨 이리저리 거닐고 있는 알바 공작을 향하여) 공작, 폐하를 뵈었다고 하던데, 폐하의 기분이 어떠셨습니까?

알바 당신과 당신의 보고에 대해 몹시 언짢아하셨어요.

메디나 시도니아 이 문지방을 밟고 있는 것보다 영국군의 포화를 맞고 있는 편이 차라리 낳을 뻔했군요.

(은밀하게 동정의 눈으로 그를 보고 있던 카를로스, 이때, 그에게 다가가서 악수한다.) 꾸짖지도 않으시고 동정해주시니 진심으로 감사드립니다. 보시다시피 너나없이 저를 피하고 있지 않습니까. 제 운명도 여기서 끝인 것 같습니다.

카를로스 너무 낙담하지 마세요. 아버님은 관대한 분이시고 당신도 잘못이 없으니 말입니다.

메디나 시도니아 저는 국왕의 함대를, 일찍이 유례가 없는 강력한 함대를 잃었습니다. 바다 속에 가라앉은 70척의 함선과 비교한다면 저의 이 늙은 머리 따위는 보잘것없는 존재입니다. 하지만, 왕자님! 저는 자식 다섯을 모두 잃었습니다. 왕자님같이 전도유망한 청년들이었습니다만 그것을 생각하면 가슴이 찢어질 것만 같습니다.

제7장

왕, 정장을 하고 나타난다. 앞의 사람들.

(일동 모자를 벗으며 좌우로 물러서서 왕의 주위에 반원을 그린다. 침묵.)

왕 (일동을 휙 둘러본다.) 모자를 써라.

(돈 카를로스와 파르마 왕자가 우선 다가가서 왕의 손에 입 맞춘다. 왕은 카를로스에게는 눈길조차 주지 않고, 파르마 왕자를

향하여 다정스럽게)

조카야, 마드리드에서 사람들의 마음에 들었는지 그대의 모친이 걱정하고 있더구나.

파르마 그런 일보다는 제 첫 출전 때의 모습을 들어주셨으면 합니다.

왕 자아, 너무 서두르지 말거라. 이 노장들이 물러나면 어차피 그대의 차례가 될 것이다.

(페리아 공작에게)

그대는 무슨 볼일인가?

페리아 (왕의 앞에 한쪽 무릎을 꿇고) 칼라트라바 기사단의 단장께서 오늘 아침에 돌아가셨습니다. 이것은 반납하는 기사 휘장입니다.

왕 (휘장을 받아 들고 일동을 둘러본다.) 그의 뒤를 이어서 이것을 착용하기에 가장 어울리는 자가 누군가?

(알바를 곁으로 부른다. 알바, 왕의 앞에 한쪽 무릎을 꿇는다. 왕은 그의 목에 휘장을 걸어준다.)

공작, 그대는 내가 가장 아끼는 장군이다. 그 이상은 바라지 마라. 그러면 내 총애가 부족한 것은 아니겠지?

(메디나 시도니아의 모습을 보고)

이런, 제독이 아닌가!

메디나 시도니아 (비틀거리며 다가가서 고개를 늘어뜨린 채 왕의 앞에 무릎을 꿇는다.) 폐하, 스페인의 용사들과 무적 함대 중에서 돌아온 것은 이 늙은이뿐이옵니다.

왕 (오랜 침묵 끝에) 신이시여, 살펴주소서. 나는 그대를 인간들과 대항하라고 내보낸 것이다. 폭풍우나 암초를 향해서가 아니란 말이야. 그대를 기꺼이 마드리드에 맞아주겠다.

(입맞춤을 위하여 그에게 손을 내민다.)

그대가 직책을 욕되게 하지 않았던 것을 고맙게 여긴다. 모두 들어라. 제독은 직분을 다한 것으로 인정하겠다. 모두들 그렇게 인정해주기 바란다.

(제독에게 일어서서 모자를 쓰도록 손짓하고 다른 사람들을 향하여)

또 볼일이 있는가?

(돈 카를로스와 파르마 왕자에게) 수고했다.

(두 사람, 퇴장. 남은 귀족들, 왕에게 다가가서 무릎을 꿇고 각자의 서류를 건네준다. 왕, 죽 훑어보고 알바 공작에게 넘긴다.)

회의실의 책상 위에 놓아주게. 볼일은 이것뿐인가?

(아무도 대답 않는다.)

그대들 사이에 포사 후작이라는 자는 기어코 모습을 드러내지 않는데 어찌 된 셈인가? 포사 후작에게 공로가 있었다는 사실은 잘 알고 있다. 어쩌면 살아 있지 않은 건가? 어째서 모습을 비추지 않는가?

레르마 그 기사라면 유럽 여러 나라를 돌아다니다가 최근에 돌아왔습니다. 지금은 마드리드에 머물면서 언제고 폐하 앞에 꿇어 엎드릴 영광의 날을 고대하고 있습니다.

알바 포사 후작이라 하면 분명히 그 환상적인 무용을 자랑하는 말타 기사단 소속의 기사가 틀림없습니다. 말타 섬이 터키 왕 졸리만에게 포위되자 기사단장의 명령으로 기사들이 섬으로 집합했을 때 그는 갓 18세의 청년이었는데, 갑자기 알칼라

대학에서 모습을 감추었다고 합니다. 그리고 소집 받지도 않았는데 라 발레트 단장 앞에 서서 "저는 이전에 십자가를 돈으로 사서 달았습니다만, 이번에는 제 힘으로 손에 넣어 보여드리겠습니다"라고 큰 소리로 말했다고 합니다. 피알리, 울루키알리, 무스타파, 하셈 등 적장으로부터 세 번에 걸친 대낮의 맹공을 받고도 성 엘모 요새를 방어했던 40인 중의 하나입니다. 마침내 요새가 함락하고 모든 기사들이 모조리 전사했을 때 그는 바다에 몸을 던져서 라 발레트에게로 살아 돌아갔고, 그 뒤 두 달 만에 적군이 말타에서 퇴군하자 알칼라로 돌아가 다시 학업을 계속했다고 합니다.

페리아 그 뒤에 카탈루냐의 악명 높은 모반을 사전에 탐지하여 혼자 힘으로 맞서 그 소중한 영토를 보존토록 한 것도 역시 그였습니다.

왕 놀라운 사나이로다. 그만한 공로를 세우고도 지금 대담한 세 사람 중에서 아무도 시샘하는 자가 없다니 드문 사내로다. 남다른 성격의 소유자이거나 아니면 전혀 성격을 지니지 않은 자임이 분명하지 않은가. 신기한 인물이로군. 꼭 한번 만나 보고 싶다!

(알바 공작에게)

미사가 끝나거든 내 회의실로 데려오너라.

(공작, 퇴장. 왕, 페리아를 불러서)

그대가 추밀회의에서 내 대신 회의를 진행하라.

(퇴장.)

페리아 폐하께서 오늘은 보기 드물게 관대하신 것 같습니다.

메디나 시도니아	아니, 신과 같았다고 말씀해주시오. 나에게는 바로 신이나 다름없었습니다.
페리아	오늘 일이 잘 마무리되었군요. 제독, 진심으로 축하드립니다.
귀족 갑	저 역시.
귀족 을	저도 충심으로.
귀족 병	경하해 마지않습니다. 혁혁한 공훈이십니다.
귀족 갑	폐하께서는 관대하신 게 아니라 공정하셨을 뿐입니다.
레르마	(퇴장하며 메디나 시도니아에게) 폐하의 말씀 한마디로 졸지에 부자가 되셨습니다.
	(일동 퇴장.)

왕의 회의실.

제8장

포사 후작, 알바 공작.

후작	(들어오면서) 저에게 볼일이 있다고요? 저에게? 그럴 리가 없는데요? 이름을 잘못 아신 것은 아닙니까? 대체 저에게 무슨 볼일이?
알바	당신을 뵙고 싶다는 말씀이 있었소.
후작	단순한 호기심이겠지요. 그런 거라면 공연한 시간 낭비일 뿐입니다. 인생은 화살처럼 빨리 지나가거든요.

알바 자! 자! 잘해보시오. 폐하는 당신의 손바닥 안에 있는 거나 진배없지요. 이 절호의 기회를 최대한 이용하는 게 좋을 거요. 놓치면 자기만 손해 아니겠소.

(그가 사라진다.)

제9장

후작 혼자.

후작 공작이 좋은 말을 해주었어. 절호의 기회는 물론 이용해야지. 간신 녀석, 정말 좋은 걸 알려줬단 말이야. 녀석이 말하는 그런 뜻에서가 아니라도 적어도 내가 해석하는 의미에서 말이야.

(한동안 왔다갔다하며 걷는다.)

그건 그렇다 치고, 무슨 바람이 불어서 내가 여기까지 오게 된 것일까? 내가 이렇게 이 방의 거울에 모습을 비추고 있는 게 우연의 장난인 것만은 아니겠지? 백만 명 속에서 다름 아닌 이 나를 왕의 희미한 기억 속에서 되살리게 한 것은? 도저히 일어날 수 없을 것 같은 일인데. 아니지, 아니야, 어쩌면 단순한 우연 이상일는지도 몰라! 도대체가 우연이라는 것은 조각가의 손끝을 통해서 비로소 살아 숨 쉬게 되는 투박한 돌과 같은 것이 아닌가? 우연은 하늘이 내리는 것이야. 하지만, 그것을 목적에 맞춰서 모습을 드러내게 하는 것은 인간이 아닌가. 왕이 내게 바라는 것이 무엇이건 내가 무슨 상관인가. 나는 왕을 만나서 해야 할 일이 있지 않은가. 비록 깃털만 한 한 조각의 진리라 할지라도 마음먹고 전제군주의 영혼 속에 던져 넣을 수만 있다면 신의 손을 통해서 얼마나 풍요로운 열매를 맺게 될는지는 알 수 없는 거야. 그렇게 생각하니 처음에는 장난삼아 한 일로 보였지만, 사실은 치밀한 계획을 세우고 저지른 일인지도 몰라. 어쨌든 간에 그런 신념을 가지고 행동해야겠어.

(한동안 방 안을 서성거리다가 한 폭의 그림 앞에 멈춰 서서 찬찬히 들여다본다. 왕, 옆방에 모습을 나타내고 두세 가지 지시를 내린 다음, 들어서서 입구에 멈춰 선 채 한동안 후작을 뚫어지게 바라본다. 후작은 모르고 서 있다.)

제10장

왕, 포사 후작.

(후작, 왕을 알아보자 얼른 다가가서, 한쪽 무릎을 꿇고 절한 다음, 일어나서, 겁먹은 기색도 없이 왕 앞에 서서 분부를 기다린다.)

왕 (놀랍다는 표정으로 그를 바라본다.) 전에 나를 만난 적이 있는가?

후작 없습니다.

왕 훌륭한 공로가 있으면서도 어째서 나의 감사를 받아들이지 않았는가? 내 기억 속에는 수많은 인간들이 가득 차 있어 신이 아닌 한 일일이 기억할 수가 없단 말이야. 그대 쪽에서 나를 찾는 것이 당연하다고 생각되는데 어째서 그렇게 하지 않았는가?

후작 폐하! 저는 불과 이틀 전에 스페인에 돌아왔습니다.

왕 난 신하에게 빚지고 있을 생각은 없어. 소원이 있으면 말해보라.

후작 저는 국법의 은총을 입고 있습니다.

왕 그런 권리라면 살인자도 가지고 있어.

후작 선량한 시민은 그 몇 배를 가졌습니다. 폐하! 저는 달리 부족한 것이 없습니다.

왕 (혼잣말로) 무척이나 긍지가 강하고 대담한 녀석이로군. 그럴 거라고 생각은 했지만 자존심 강한 스페인 사람이 자랑스럽군. 다소 지나친 것 같지만 그래도 난 그편이 좋아!
듣자하니 관직을 떠났다던데.

후작 좀더 나은 인재에게 자리를 물려주려고 떠났습니다.

왕 유감이구나. 그대와 같은 인재가 쉬고 있다는 것은 국가로서 커다란 손실이야. 능력에 걸맞은 지위가 주어지지 않아서인가?

후작 당치도 않습니다. 폐하께서는 등용하려는 자의 마음을 능히 통찰하시는 데다 안목이 높으신지라, 제가 과연 어느 정도 쓸모가 있을지 또한 첫눈에 알아보셨을 것이 틀림없습니다.

그런 폐하께서 이렇게 분에 넘치는 말씀을 해주시니 분에 넘치는 영광이옵니다. 하오나! (말끝을 흐린다.)

왕 무엇을 주저하느냐?

후작 폐하! 너무나 갑작스러운 일이라서 실은 제가 세계시민으로서 생각하고 있는 바를 신하의 언어로 말씀드릴 마음의 준비가 되어 있지 못하옵니다. 전에 궁정과 영원히 결별할 때에도 관직을 떠나는 이유를 말씀드리지 않은 것 또한 같은 이유에서였습니다.

왕 그런 막연한 이유 때문인가? 아니면 무언가를 두려워하고 있어서인가?

후작 상세하게 말씀드릴 충분한 시간을 주실 수만 있다면 말씀드릴 수 있습니다. 말씀드리면 기껏해야 이 목숨을 거두시는 것만으로 끝날지도 모를 일이긴 합니다. 하지만 그만한 시간을 허락하지 않으신다면 오히려 진실을 더럽힐 우려가 있사옵니다. 만약 폐하의 노여움을 사든가, 경멸을 당하든가, 그 중의 어느 것을 선택해야 한다고 하면, 어리석은 자가 되기보다는 차라리 죄인으로서 어전을 떠나고 싶습니다.

왕 (기대에 찬 표정으로) 그래?

후작 저는 제왕의 하인은 되고 싶지 않습니다.

(왕, 놀라서 그를 바라본다.)

폐하! 저는 주인을 속일 생각은 없습니다. 폐하께서 저를 써주신다 해도 미리 결정된 행위를 요구하실 뿐입니다. 전장에서는 저의 전략과 용기를, 직무에 있어서는 저의 두뇌를 요구하실 따름입니다. 저는 제 행위 그 자체가 아닌, 제 행위에 대한 폐하의 칭찬을 궁극적인 목표로 삼지 않으면 안 될 것입니다. 그렇지만 덕성이란 것은 그 자체로서 값어치가 있는 것이라고 생각합니다. 따라서 폐하께서 제 손을 통하여 베푸시는 덕은 필연적으로 제 자신의 창조물이 될 것입니다. 단지 의무라고 맡겨졌던 것이 저에게는 스스로의 기쁨이 되고 선택이 될 것입니다. 그렇다면 과연 폐하께서 생각하는 것이 옳은 것일까요? 폐하께서는 당신 자신의 창조 행위에 타인이 창조자로서 끼어드는 것을 참으실 수 있으실는지요? 저 또한 한 사람의 조각가가 될 수 있을지도 모르는데 단지 조각 끝에 머물 수 있겠습니까? 저는 인류를 사랑합니다. 그런데, 왕국의 녹을 먹게 된다면 제 자신 이외에는 아무것도 사랑하지 못하게 될 것 같습니다.

왕 그 열성은 높이 사겠다. 그대는 선을 행하고 싶어 하는구나. 그렇다면 애국자건 현자건 그 자격이 무슨 문제가 되겠느냐. 그대의 고귀한 염원을 이루어줄 알맞은 지위를 이 왕국 안에서 골라보아라.

후작 하나도 눈에 띄지 않습니다.

왕 어째서 그러한가?

후작 폐하께서 제 손을 통하여 펼치려 하시는 것이 과연 인류의 행복일까요? 저의 순수한 사랑이 인간에게 주려고 하는 것과 과연 동일한 것일까요? 제가 바라는 행복에 대해서 폐하께서는 아마도 전율을 느끼실 것입니다. 아닙니다, 폐하의 선정(善政)이 만들어낸 것은 그것과는 별개의 새로운 행복입니다. 그 행복을 구석구석까지 전할 만큼 폐하의 선정은 아직도 충

142

분히 자애롭고, 인간의 마음 또한 오직 그 행복만을 욕망하게끔 만들 수 있을 것입니다. 그것은 허용되는 범위 내의 진리만을 형틀에 넣어서 찍어내고 형틀에 맞지 않는 것은 모조리 배척하려 할 것입니다. 그러나 폐하에게 쓸모 있는 것이 저에게도 알맞은 것이라고는 단정할 수 없습니다. 저의 동포애를 동포를 해치는 데에 사용해도 되는 것은 아니지 않습니까? 동포에게 사상의 자유가 허용되지 않는 한, 저는 동포가 행복하다고는 생각할 수 없습니다. 폐하! 저에게 폐하께서 찍어내는 행복을 전파하는 소임을 맡기지는 말아주십시오. 저는 그렇게 틀에 박힌 것을 나누어주는 일은 할 수가 없습니다. 그렇기 때문에 저는 군주의 신하가 되기에는 적당하지 못하옵니다.

왕 (약간 성급하게) 그대는 신교도로구나.

후작 (잠시 생각하고 나서) 폐하의 신앙은 바로 저의 신앙입니다.
(뜸을 들이고)
그러고 보니 오해가 있었던 것 같습니다. 제가 두려워한 것이 바로 그것이었습니다. 저는 그저 폐하의 신비스러운 베일을 벗겨 보여드렸을 뿐입니다. 제가 더 이상 두려워하지 않게 된 것은 저에게 더 이상 신성하게 보이지 않기 때문입니다. 제가 위험해 보이는 것은 제가 자아에 눈뜨고 있기 때문입니다. 하오나, 폐하! 사실 저는 위험하지가 않습니다. 저의 소망은 여기에서 소멸되어버렸기 때문입니다.
(한쪽 손을 가슴에 댄다.)
속박의 사슬을 끊을 힘도 없으면서 점점 더 그 짐의 무게에 짓눌리기만 하는, 우스꽝스러운 혁신의 열기가 저의 피를 끓어오르게 하는 일은 절대로 없을 것입니다. 이 세기는 아직 저의 이상을 실현시킬 만큼 성숙하지 못한 것 같습니다. 저는 다가오는 시대의 시민으로서 살아가는 수밖에 없을 것 같습니다. 겨우 한 장의 밑그림이 폐하의 심사를 어지럽히기야 하겠습니까? 폐하께서 입김만 불어넣어도 금방 꺼져버릴 테니 말입니다.

왕 그대의 그러한 생각을 알게 된 게 내가 처음인가?

후작 그러하옵니다.

왕 (일어나서 몇 발자국 걷다가 후작의 정면에 멈춰 선다. 혼잣말.) 적어도 입심은 대단하군. 무조건 추종하는 것은 이제 낡은 수법이다 이건가. 머리가 있는 자라면 남의 흉내를 내면서 굴종하지는 않겠지. 그래서 의표를 찌르겠다는 것인가? 그것도 좋겠지. 의표를 찌르는 것이 성공의 비결이다.

그대의 생각이 그러하다면 한번 새로운 관직을 연구해보게. 그대와 같은 인재에게 어울릴 만한 관직을!

후작 그 말씀을 들으니 폐하께서 인간의 가치를 얼마나 보잘것없게 여기시는지 알 것 같습니다. 자유 의지를 가진 한 인간의 말에서 단지 간신배들의 술수밖에는 찾아내시지 못하시니 말입니다. 하오나, 누가 폐하를 그리로 유도했는지 저는 알 것 같습니다. 인간들이 폐하가 그렇게 되도록 부추긴 것입니다. 그들은 자진하여 자신의 존엄을 내던지고 스스로를 천박한 존재로 만들었습니다. 그들은 자신 속의 위대함을 마치 유령이라도 마주친 듯이 두려워하고 스스로를 보잘것없는 존재로 여기는 비굴함으로 자기들의 사슬을 장식했습니다. 그 사슬을 대견하다는 듯이 몸에 달고서 덕이니 뭐니 떠들어대고 있습니다. 폐하께서 계승하신 세계는, 폐하의 부왕께서 물려주신 세계는 그러한 세계인 것입니다. 이렇게 비참한 인간 세상에서 폐하께서 인간을 존경하지 않으시는 것이 오히려 당연한 것이라고 생각되옵니다.

왕 그대가 하는 말에 일리가 있는 것 같다.

후작 하오나 유감스러운 것은, 폐하께서 조물주가 만드신 인간을 당신의 손으로 다시 만드시고 이 새로운 인간 위에 신으로 군림하시면서 그만 조그마한 실수를 저지르고 만 것입니다. 그것은 다름이 아니라 당신 스스로가 아직 인간임을, 조물주의 손에서 태어난 인간임을 잊고 계신 것입니다. 폐하 또한 인간인 이상 어쩔 수 없이 괴로움도 욕망도 느끼실 것이고 남의 동정도 필요하실 것입니다. 그러나 폐하께서는 이제 신이 되셨기 때문에 사람들은 그저 제물을 바치거나 두려움에 떨거나 아니면 기도하는 것 외에는 달리 도리가 없는 것입니다. 신과 인간의 모습이 뒤바뀐 것은 참으로 유감스러울 따름입니다. 불운하게도 자연의 비뚤어진 모습이라고 보지 않을 수 없습니다. 폐하께서 인간을 비하시켜서 당신의 단순한 악기로 삼으신다면 그 누가 폐하와 더불어 선율을 연주할 수가 있겠습니까?

왕 (참으로 이자가 나의 폐부를 찌르는구나.)

후작 하오나 이만한 희생도 폐하로서는 그리 대단한 것은 아닐 것입니다. 그 대가로 폐하께서는 유일한 분이 되셨으며 으뜸가는 존재가 되셨으니까 말입니다. 그 대가로 신이 되신 것입니다. 만일 그렇지 않았더라면 견딜 수 없었을 것입니다. 수백만 명의 행복을 짓밟고도 아무것도 얻지 못했더라면 어쩔 뻔했습니까. 자유를 박탈하는 것이 폐하를 만족시키는 유일한 수단이라면 이쯤에서 물러날까 하옵니다. 폐하! 말씀드리는 중에 그만 흥분하여 가슴이 미어질 지경입니다. 그 생각을 털어놓고 싶은 단 한 분 앞에 서 있다니 감격이 벅차오를 따름이옵니다.

(레르마 백작, 들어와서 작은 소리로 왕과 두세 마디 말을 주고받는다. 왕, 레르마 백작에게 물러가라고 손짓하고 제자리로 돌아온다.)

왕 (레르마 백작이 물러가는 것을 기다렸다가 후작에게) 마음껏 말해보라.

후작 (잠시 침묵한 다음) 다시없는 기회라고 생각이 드옵니다.

왕 남김없이 말하라. 아직도 하고 싶은 말이 있을 것이다.

후작 폐하! 저는 최근에 플랑드르와 브라반트로부터 돌아왔습니다. 대단히 풍족하게 번영한 나라들입니다. 백성들은 힘이 있고 위대하며 게다가 선량하여 이러한 백성의 아버지로 불릴 수 있다면 그 얼마나 멋진 일일까 하고 생각했었습니다. 그런데 본의 아니게 그곳에서 화형 당한 인간의 시체와 마주친 적이 있습니다.

(여기서 말을 중단하고, 가만히 왕을 바라본다. 왕, 그 시선을 되받아치려고 하지만 실패하고 당황한 듯 눈을 내리깐다.)

그것이 정당하며 어쩔 수 없는 일이었다고 생각하고는 있습니다. 폐하로서는 하셨어야 할 일을 했을 따름이겠지요. 그렇기는 하오나 폐하께서 어쩌다가 그런 일을 하실 수 있었을까 하고, 한편으로는 놀라고 또 다른 한편으로는 전율하기도 했습니다. 단 하나 유감스러운 것은 피투성이가 된 희생자는 사형을 지시한 사람의 정신을 결코 찬미하지 않는다는 것입니다. 세계사를 기술하는 것은 인간입니다. 인간은 그 이상 고귀한 존재는 아닙니다. 시간이 지나면 좀더 온건한 시대가 폐하의 치세를 대신할 것입니다. 그 시대는 좀더 온화한 지혜를 가져다줄 것입니다. 백성의 행복은 군주의 권력과 서로 협력하며, 현명한 국가는 백성을 소중하게 다룰 줄 알고, 법도도 역시 인간미 있는 것으로 바뀌게 될 것입니다.

왕 　내가 지금 다음 시대의 저주를 두려워한다고 치자. 그대가 말하는 인간다운 시대가 언제쯤 올 것이라고 생각하는가? 나의 스페인을 두루 살펴보아라. 구름 한 점 없는 자유로움 속에서 백성의 행복이 꽃피고 있지 않은가? 이 평온한 생활을 플랑드르의 백성에게도 베풀어주려는 것이다.

후작 　(다그치듯이) 무덤 속의 평온과 다를 바 없습니다. 폐하께서는 시작하신 사업을 끝내 밀어붙일 작정이십니까? 때맞춰 찾아온 그리스도교 혁신의 기운과 세계의 모습을 다시 젊게 만들 봄을 영원히 못 오게 막을 작정이십니까? 온 유럽에서 노도처럼 밀려 들어오는 숙명의 수레에 외로이 홀로 맞서려 하십니까? 인간의 팔뚝으로 그 수레바퀴를 멈추려 하십니까? 설마 그렇게는 하지 않으시겠지요. 이미 수천의 사람들이 가난을 무릅쓰고도 기쁜 마음으로 폐하의 영토로부터 도피해갔습니다. 폐하의 가장 소중한 보배는 바로 폐하께서 신앙과 맞바꾸어 잃어버린 백성이 아닙니까. 엘리자베스 여왕은 이 망명자들을 자애로운 어머니처럼 받아들였습니다. 그렇기 때문에 영국은 이제 우리 스페인의 기술로 놀랍도록 번영하고 있는 중입니다. 부지런한 신교도들이 버리고 떠난 이 그라나다는 이제 황폐해지고 있습니다. 유럽은 자기 스스로 입힌 깊은 상처에 숨을 헐떡이고, 적들은 이 몰골을 보고 환성을 지르고 있습니다.

(왕, 마음이 동요한다. 후작, 그것을 알아채고 몇 발자국 다가선다.)

폐하께서는 영원불멸의 주춧돌을 놓기보다는 죽음의 씨앗을 뿌리고 계신 것은 아니십니까? 억지로 진행되는 일은 그 주재자의 정신과 더불어 필연적으로 망하게 되어 있사옵니다. 그런 일이 불경스러운 반발을 사는 것은 당연한 이치가 아니옵니까? 폐하께서는 자연에 역행하는 힘든 싸움을 헛되이 하고 계신 것이옵니다. 폐하께서는 위대한 군주의 생애를 파괴의 사업에 바치고 계십니다. 인간은 폐하께서 생각하시는 것보다 훨씬 더 우수합니다. 그들은 틀림없이 오랜 금단의 잠에서 깨어나 그 신성한 권리를 요구해올 것입니다. 그렇게 되면 폐하의 명성은 네로나 부시리스*와 동일한 반열에 놓이게 될 것입니다. 폐하의 인품을 존중하는 저로서는 이 사실이 안타깝습니다.

---

* Busiris: 그리스 신화에 나오는 이집트 왕.

왕 누가 그대에게 그러한 확신을 품게 했는가?

후작 (열정적으로) 그것은 불을 보듯 빤한 일이옵니다. 참으로 그렇사옵니다. 그것은 그렇게 될 수밖에 없는 것입니다. 우리에게서 가져가신 것을 되돌려주십시오. 강력하시고도 관대하신 폐하께서 인간의 행복이 폐하의 풍요의 뿔에서 쏟아져 나오게 해주십시오. 폐하의 영토에서 인간의 정신이 성숙될 수 있도록 해주십시오. 가져가신 것을 되돌려주어야 합니다. 폐하께서는 수백만의 군주 위에 군림하는 군주가 되셔야 합니다. (타오르는 눈빛으로 왕을 쏘아보며 대담하게 다가가서)

아아! 지금 이 중대한 순간을 지켜보고 있는 수천의 사람들의 웅변이 저의 입을 통해서 폐하의 눈에서 솟구치는 빛을 활활 타오르게 할 수만 있다면 얼마나 좋겠습니까? 아무튼 자연을 거역하고 당신 자신을 신으로 숭배하도록 강요하시는 것만은 그만 거두어주십시오. 그것은 우리를 멸망시킬 뿐입니다. 우리들에게 영원한 것과 참다운 것의 모범을 보여주십시오. 일찍이 어떠한 인간도 폐하만큼 신에 버금가는 힘을 쓸 수 있는 사람은 없었습니다. 온 유럽의 군주들이 스페인의 명성을 부러워하고 있습니다. 제발 제일 앞에 서주십시오. 폐하께서 포고문 한 장을 써 보내신다면 세상은 완전히 달라질 것입니다. 부디 사상의 자유를 베풀어주옵소서. (왕의 발아래 엎드린다.)

왕 (허를 찔려서 외면하지만, 이윽고 다시 찬찬히 후작을 지켜보면서) 유별난 몽상가로구나! 그러지 말고, 자! 일어서라! 나는⋯⋯.

후작 이 멋진 자연을 보십시오. 자연은 자유 위에 세워져 있습니다. 그리고 자유에 의해서 모든 것이 넘치도록 풍요롭습니다. 위대한 조물주는 한 방울의 이슬로도 벌레를 살게 하고, 썩은 거적대기 속에까지 구더기가 꿈틀거리도록 허락하고 있습니다. 이에 비하면 폐하의 세계는 얼마나 답답하고 빈약합니까? 그리스도교 세계의 주인 되시는 분께서 나뭇잎만 흔들려도 두려워하시고 모든 덕에 대하여 전전긍긍하고 계십니다. 조물주는 자유가 만들어내는 미세한 현상조차 방해하지 않기 위해서 그 세계에 무시무시한 해악이 번지는 것조차도 마다하십니다. 이 예술가는 영원의 법칙 속에 겸허하게 몸을 숨기고 있기 때문에 우리는 그 모습을 알아볼 수가 없는 것입니다. 법칙은 볼 수 있지만 법칙을 만든 조물주를 보지 못하는 무신론자는 신은 무용지물이라고 말합니다. 그리고 세계는 그 자체만으로 충분하다고 말합니다. 하지만 이 무신론자가 말하는 신에 대한 모독이야말로 어떤 그리스도 교도의 신앙보다도 더 신을 칭송하는 것이라고 할 수 있을 것입니다.

왕 그래서 그대는 그 숭고한 이상을 내 나라의 국민들 사이에 실현시키고 싶어 하는 것인가?

후작 폐하! 폐하께서는 그렇게 하실 수가 있습니다. 어느 누가 그렇게 할 수 있겠습니까? 국민의 행복을 위해서 통치권자의 힘을 쏟아주십시오. 그 힘은 유감스럽게도 너무도 오랫동안 오로지 폐하의 위대함을 더욱 키우는 데에만 사용되어왔습니다. 잃어버린 인간의 고귀함을 다시 회복시켜주십시오. 또다시 백성은 본래대로 왕권의 목적이 될 수 있도록 해주십시오.

동포의 평등에 보탬이 되는 권리 이외에는 어떠한 의무도 백성을 속박하는 일이 없도록 조치를 취해주십시오. 그리하여 인간이 본래의 모습으로 돌아가서 스스로의 가치에 눈뜨고 자유의 고귀하고 자랑스러운 덕이 번성하게 되었을 때, 그리고 폐하께서 당신의 왕국을 세계에서 가장 행복한 왕국으로 만드셨을 때, 바로 그때에 세계를 따르게 하는 것이 폐하의 의무가 될 것입니다.

왕 (오랜 침묵 끝에) 이야기는 충분히 들었다. 과연 그대의 머리는 보통의 인간과는 다른 세상을 그리고 있는 것 같구나. 나 역시 특별히 다른 잣대로 그대를 재볼 생각은 없다. 그대가 속내를 털어내 보인 것은 내가 처음이라고 하는데 그것은 거짓이 아니라고 믿는다. 그만큼 열성이 가득한 생각을 오늘까지 남에게는 밝히지 않았다는 신중함을 감안하여 그리고 그 겸손한 사려 깊음을 감안하여 그것을 알았다는 사실도 그리고 알게 된 경위도 나는 잊어버린 것으로 하겠다. 젊은이여! 자아, 일어서라. 하지만 성급한 젊은이의 말은 국왕으로서가 아니라 노인으로서도 승복할 수가 없다. 승복하기 싫어서 승복하지 않는 것이다. 품성이 착한 자의 머릿속에서는 비록 독이라 할지라도 그것이 약간의 도움이 된다는 사실을 깨달았다. 하지만 종교재판은 조심하라. 최악의 사태를 초래해서는 안 되니까.

후작 그것이 진심이십니까? 이렇게 저를?

왕 (후작에게 반해서) 이런 사나이는 처음이야. 아니지, 아니야, 후작, 그대가 좀 지나친 것 같아! 난 네로는 되고 싶지 않아.

그런 인간은 되고 싶지 않다고. 적어도 그대를 마주하고는 그런 인간이 되고 싶지 않아. 게다가 인간의 행복의 씨를 모조리 없애버릴 생각은 추호도 없네. 그대는, 그대만은, 내 앞에 남아서 언제까지고 인간으로 있어주게.

후작 (틈을 주지 않고) 그러시면, 저의 동포는요? 폐하! 이것은 저 하나만의 문제가 아닙니다. 제 개인의 일을 말씀드린 것이 아니옵니다. 폐하의 백성들은 어찌 되는 것입니까? 폐하!

왕 훗날 다음 세대가 나를 어떻게 판정할는지 그대가 그렇게도 잘 알고 있다면, 내가 한 인간을 찾아냈을 때 그 인간을 내가 어떻게 다루었는지 그대 자신을 본보기로 하여 후세에 알리도록 하라.

후작 누구보다도 공정한 국왕이신 폐하께서 갑자기 가장 불공정해지시는 것은 안 되옵니다. 폐하의 플랑드르에는 저보다 뛰어난 자들이 얼마든지 있습니다. 솔직하게 말씀드리는 것입니다만, 폐하께서는 온건한 모습으로 나타난 자유를 여태껏 맛보지 못하셔서 그러신 것 같사옵니다.

왕 (약간 느긋해져서) 이 이야기는 여기까지 하자. 젊은이! 그대도 나만큼 인간을 알게 되면 또 생각이 달라질 것이야. 아무튼 그대를 만나는 것을 이번만으로 끝내고 싶지 않다. 그대를 매어두려면 대체 어찌하면 되겠는가?

후작 원컨대, 이대로 내버려두십시오. 폐하에게 설득 당해버리면 별로 쓸모가 없어질 것입니다.

왕 그런 자만심은 허락할 수 없다. 그대는 오늘부터 나를 섬겨라. 안 된다고는 하지 말라. 이건 내 명령이다.

(사이를 두고)

저런, 내가 지금 도대체 무엇을 하려던 참이었지? 그 진상을 알고 싶었던 게 아닌가? 그러다가 생각지도 않은 녀석을 얻었구먼.

후작, 그대는 방금 왕좌에 앉은 나를 꿰뚫어보았네. 그렇다면 한 가정의 가장으로서의 나는 어떻게 보이는가?

(후작이 주저하는 것을 보고)

무리도 아니지. 그래 내가 이 세상의 아버지 중에서 가장 불행한 아버지라 하자! 그런데 남편으로서는 행복하다고 할 수 있을까?

후작 앞날이 창창한 아들과 절세미인 아내를 갖는 것이 인간에게 있어서의 행복이라 한다면 폐하께서는 양쪽 모두에서 더 바랄 수 없이 행복하시옵니다.

왕 (어두운 표정으로) 아니야, 난 행복하지 않아. 내가 행복하지 못하다는 것을 요즘처럼 통렬하게 느껴본 적이 없어.

(슬퍼 보이는 눈길을 후작에게 보낸다.)

후작 왕자님은 기품이 있고 심성이 따뜻한 분이십니다. 만나뵐 적마다 그렇게 느껴집니다.

왕 그런데 그렇지가 않아. 그놈은 왕관과도 바꿀 수 없는 그 정숙한 왕비를 나에게서 빼앗아 갔어!

후작 폐하! 누가 감히 그런 말씀을?

왕 온 세상이! 나쁜 소문이! 그리고 나 자신도! 여기에 증거가 있다. 이것을 본다면 아무도 부정하지 못할 거야. 그리고 다른 증거도 있어. 세상에도 끔찍한 죄를 풍기는 증거가 있어.

그러나 후작! 나로서는 아무리 생각해도 정말로 믿어지지 않
아. 도대체 이것을 일러바친 자가 누군가? 왕비가 그런 끔찍
한 죄를 저지를 수 있었다 하더라도 에볼리 같은 여자가 중상
하는 것을 어떻게 믿고 받아들인단 말인가? 신부 역시도 왕
자와 왕비를 미워하지 않는가? 알바가 보복을 획책하고 있다
는 것도 알고 있어. 이 녀석들을 한 줄로 엮은 것보다도 나에
게는 왕비가 훨씬 더 소중하단 말이야.

후작　폐하! 여성의 심중에는 겉보기와 달리 뜬소문을 모두 초월하
는 고귀한 것이 있습니다. 그것이 정절이옵니다.

왕　그렇다. 나도 그렇게 생각하고 있어. 지금 왕비가 남들의 입
에 오르내리는 것처럼 심하게 타락한다는 것은 그리 단순한
일이 아니야. 신성한 부부의 인연이라는 것은 놈들이 나를
설득하려고 하는 것처럼 그렇게 간단하게 끊기는 것이 아니
란 말이야. 후작, 그대는 사람을 보는 안목을 가졌어. 그대와
같은 남자가 나는 벌써부터 필요했었네. 그대는 마음가짐이
따뜻하고 밝은 사람이네. 더구나 자네는 인간을 알고 있어.
그래서 내가 그대를 선택하려 하는 거야.

후작　(화들짝 놀라며) 폐하! 저를 말씀이십니까?

왕　그대는 내 앞에서 자신에 대해서는 아무것도 바라지 않았네.
무엇 하나도. 이런 일은 내게 처음 있는 일이야. 그대는 올바
른 인간임이 분명해. 다른 사람처럼 정열 때문에 눈이 머는
일은 없을 거야. 왕자에게 접근해라. 그리고 왕비의 마음을
떠보아라. 은밀하게 왕비를 만날 전권을 주겠다. 그럼, 이만
물러가라.

(요령의 끈을 당긴다.)

후작 저의 희망을 받아들이신 다음의 일입니까? 그렇다면 오늘은 제 생애 최고의 날입니다.

왕 (손을 내밀어 입을 맞추게 한다.) 내 생애에 있어서도 헛된 날은 아니었다. (후작, 일어서서 퇴장. 레르마 백작 등장.) 저 기사는 앞으로 아무 절차 없이 통과시켜라.

제4막

왕비 거처의 넓은 홀.

제1장

왕비, 올리바레스 공작 부인, 에볼리 공주, 후엔테스 백작 부인, 그밖에 귀부인들.

왕비 (일어서며, 궁녀장에게) 열쇠는 못 찾았지? 그럼 서랍을 억지로라도 열어야겠네. 그것도, 당장에 말이야.
(에볼리 공주의 모습을 본다. 공주, 왕비에게 다가가서 그 손에 입 맞춘다.)
잘 왔어요, 에볼리! 몸이 좋아져서 다행이야. 아직 안색은 창백해 보이는군요.

후엔테스   (좀 심술궂게) 열 때문입니다. 그게 얼마나 신경에 거슬리는
데요, 안 그런가요? 공주님?

왕비   병문안 가고 싶었는데, 그러지 못했군요.

올리바레스   에볼리 아가씨는 혼자서도 쓸쓸하지는 않았을 거예요.

왕비   그랬으면 다행이고. 어머, 왜 그래요? 떨고 있는 거 아닌가요?

에볼리   아무것도, 아무것도 아니옵니다. 왕비님. 좀 물러가 있었으
면 좋겠습니다만.

왕비   숨기지 않아도 되는데. 보기보다 건강이 안 좋은 것 아닌가
요? 서 있기도 괴로운 것 같은데. 후엔테스! 그 의자에 앉혀
주세요.

에볼리   아닙니다. 바깥이 더 좋습니다. (퇴장.)

왕비   증세가 심해 보이니 같이 가보세요! 후엔테스!

(시동 하나가 들어와서, 공작 부인에게 무언가 말한다. 공작 부
인, 얼른 왕비를 향하여)

올리바레스   왕비님! 포사 후작님이 폐하의 심부름으로 와 계십니다.

왕비   안내해드려라.

(시동, 물러서서 후작을 위하여 문을 연다.)

제2장

포사 후작, 앞서의 사람들.

(후작, 왕비 앞에 한쪽 무릎을 꿇는다. 왕비, 일어서라고 신호

156

한다.)

왕비 폐하의 심부름이라고요? 여러 사람 앞에서도 상관없나요?

후작 왕비님 한 분에게만 전할 말씀이 있사옵니다.

　　　(귀부인들, 왕비의 손짓으로 물러난다.)

제3장

왕비, 포사 후작.

왕비 (미심쩍은 표정으로) 무슨 일인가요? 내가 잘못 본 것은 아
　　　니겠지요?

　　　후작께서 폐하의 심부름으로 오시다니.

후작 그렇게도 이상해 보이십니까? 저로서는 별로 이상하지 않은
　　　데요.

왕비 그럼, 세상이 궤도를 벗어난 것이 틀림없군요. 당신과 폐하
　　　라니, 나로서는 도무지.

후작 납득이 안 간다는 말씀이십니까? 어쩌면, 그럴지도 모르지
　　　요. 지금 세상에는 이것 말고도 신기한 일들이 많이 있으니
　　　까요.

왕비 하지만 이보다 신기한 일은 없을 것 같아요.

후작 제가 마침내 정치적 입장을 바꿔서 그랬다면, 그리고 필립
　　　왕의 궁정에서 별난 놈 취급을 받는 것이 싫증나서 그랬다면,

별로 신기한 일도 아니겠지요. 어떻게 표현할까요? 남을 위해서 일을 하려면 아무래도 남들과 다르지 않게 되도록 노력해야 하지 않겠습니까? 남과 다른 옷을 걸치고 뽐내봐야 될 일이 뭐가 있겠습니까? 자기의 신념을 펼치고 싶어 하지 않는 사람만큼 긍지 없는 인간도 없을 것입니다. 그러니 제가 저의 신념을 폐하에게 불어넣으려 힘쓴다고 해서 별로 이상할 것이 없지 않겠습니까?

왕비 아닙니다. 후작님! 당신이 그런 아이들 같은 일을 생각하리라고는 도저히 믿어지지 않습니다. 가망도 없는 일에 매달릴 그런 몽상가가 아니시잖아요.

후작 글쎄요, 과연 그럴까요?

왕비 후작님, 내가 마음이 편치가 않은 것은…… 평상시의 후작님답지 않다고 생각하는 것은…… 저어…… 뭐라고 말해야 할까요?

후작 태도가 뭔가 수상쩍다, 그런 말씀이신가요? 그럴지도 모릅니다.

왕비 적어도 정직하지는 않으신 것 같아요. 지금부터 말하시려는 것이 폐하의 전언은 아니겠지요?

후작 그게, 그렇지가 않습니다.

왕비 그렇다면 좋은 일이라면 수단 방법을 안 가려도 된다는 말씀인가요? 유감스럽게도 믿기가 쉽지 않군요. 당신처럼 긍지 높으신 분이 그런 역할을 맡으시다니 나로서는 도저히 믿을 수가 없군요.

후작 저 자신도 믿을 수가 없습니다. 단지 폐하를 속이는 것이 이

158

심부름의 목적이라면 말입니다. 그러나 폐하를 속일 작정은 아니옵니다. 이번만은 폐하께서 당부하신 이상으로 성실하게 폐하께 충성을 바칠 생각입니다.

왕비 이제야 당신답군요. 그래 폐하께서 무슨 말씀을 하셨나요?

후작 폐하께서 말씀입니까? 방금 하신 따끔한 말씀에 즉시 보답해 드릴 수 있을 것 같습니다. 왕비님께서는 제가 보기에는 얼른 듣고 싶으신 생각이 그다지 없으신 것 같습니다. 그래서 저도 서둘러서 말씀을 전할 생각은 별로 없습니다. 하지만 어차피 말씀은 전해드려야 하지 않겠습니까? 전하는 말씀은 왕비님께서 오늘은 프랑스 대사님을 접견하지 말아주셨으면 하는 것이었습니다. 이것이 제가 전달해드릴 내용입니다. 이 것뿐입니다.

왕비 후작님, 폐하의 전언이 정말로 그것뿐이었습니까?

후작 제가 공개적으로 폐하로부터 들은 용무는 우선은 그것뿐이었습니다.

왕비 후작님, 혹시라도 내가 들어서는 안 될 말이라면 억지로 들을 생각은 없습니다.

후작 물론입니다. 하기야, 왕비님 아닌 다른 분이었으면 늦기 전에 얼른 몇몇 사람을 경계하라고 당부라도 드리겠지만, 왕비님에게는 그럴 필요가 없습니다. 비록 신변에 위험이 다가온다 하더라도 그것을 아셔야 할 필요가 전혀 없습니다. 그런 것들은 천사와 같으신 분의 편안한 수면을 방해할 것이기 때문입니다. 제가 찾아뵙게 된 것은 실은 그 말씀을 드리려는 것이 아니고, 카를로스님이……

왕비   그분은 어떻게 지내고 계시던가요?

후작   진리를 지키려다가 문초 당한, 저 고대의 현자처럼 지내고 계십니다. 그리고 그 현자가 진리를 위하여 목숨을 바쳤듯이 사랑을 위하여 한 목숨을 버리실 각오가 돼 있으신 듯했습니다. 따로 전하신 말씀은 없었고 다만 왕자님께서 여기에 직접 쓰셨습니다.

(왕비에게 편지 한 통을 건네준다.)

왕비   (그것을 다 읽고 나서) 꼭 좀 나를 만나고 싶다고 하시는군요.

후작   그것은 저 역시 부탁드리옵니다.

왕비   내가 행복하지 못한 것을 보신다면 그분도 행복하지 않으실 텐데…….

후작   그것은 말씀하신 그대로입니다. 하지만 왕자님의 감정은 더욱 적극적이 될 것이고, 결심은 더욱더 굳어질 것입니다.

왕비   그것은 또 무슨 뜻인가요?

후작   알바 공작이 플랑드르 출정의 대명을 받았습니다.

왕비   그것은 나도 들어서 알고 있어요.

후작   폐하는 명령을 번복하는 일이 없습니다. 원래 성품이 그러시니까 말입니다. 그러나 왕자님이 지금 이곳에 머물러 계셔서는 안 된다는 것도 분명합니다. 그리고 또 플랑드르를 죽음으로 내몰아서도 안 된다는 것도 분명한 사실입니다.

왕비   죽음으로 내몰지 않을 방법이라도 있는지요?

후작   네! 있기는 있습니다만. 하지만 위험하기 그지없고 무모하기 그지없습니다. 그러나 다른 방법이 없습니다.

왕비   그것을 알려주세요.

후작 왕비님, 이것은 왕비님에게만 알려드리는 것입니다. 허심탄회하게 왕자님께 말씀드릴 수 있는 분은 왕비님 말고는 안 계신 것 같습니다. 전달할 내용이 물론 좀 건전하지 못한 것이옵니다만······.

왕비 그러면, 모반을?

후작 왕자님이 폐하의 뜻을 거역하고 몰래 브뤼셀로 떠나시는 것입니다. 플랑드르의 국민은 쌍수를 들어서 환영할 것입니다. 네덜란드 전 국토가 왕자님의 말씀 하나로 일어설 것입니다. 거사는 왕자를 맞이하여 그 세를 불릴 것입니다. 왕자님이 무력으로써 스페인을 위협하시면 폐하는 마드리드에서 거절하신 것을 브뤼셀에서는 인정하시게 될 것입니다.

왕비 오늘 폐하를 겨우 한 번 만났을 뿐인데 그런 말씀을 하시는 것입니까?

후작 오늘 만났기 때문에 드리는 말씀입니다.

왕비 (뜸을 들이고) 정말 온몸을 오싹하게 하는 계획이군요. 하지만 흥미가 있을 것 같습니다. 옳은 생각인 것 같아요. 매우 과단성 있는 생각이라서 오히려 마음에 드는지도 모르겠습니다. 저도 할 수 있는 일은 하겠습니다. 왕자님도 알고 계시나요?

후작 왕비님을 통해서 말씀드리게 할 참이었습니다.

왕비 정말 멋진 생각이세요. 하지만 왕자님이 너무 젊으신데 괜찮을까요?

후작 염려 안 하셔도 됩니다. 그쪽에는 에그몬트나 오라니엔 등과 같은 카를 황제의 훌륭한 기사들이 있어서, 싸움터에서는 용감하고 정치에서는 현명하니까 걱정하지 않으셔도 됩니다.

왕비 (생기에 넘쳐서) 참으로 멋지고 훌륭한 생각입니다. 왕자님이 뭔가를 하셔야 한다고 내내 생각을 하고 있었습니다. 여기 마드리드에서의 역할은 내가 옆에서 보기에도 참으로 딱한 것이었습니다. 프랑스를 우리 편으로 끌어들이지요. 그리고 사보아도 끌어들이지요. 나는 전적으로 당신과 같은 의견입니다. 왕자님은 뭔가를 하셔야 합니다. 하지만 이 계획에는 자금이 필요합니다.

후작 그것도 이미 준비해두었습니다.

왕비 나도 마련해볼 만한 데가 있습니다.

후작 그럼 만나주신다고 말씀드려도 좋겠습니까?

왕비 글쎄 그것은 좀 생각해봐야겠습니다.

후작 카를로스님은 대답을 고대하고 계십니다. 저 역시 빈손으로는 돌아가지 않겠다고 약속하고 왔습니다. (수첩을 왕비에게 내밀고) 우선은 한 말씀만이라도 좋습니다.

왕비 (적어주고 나서) 당신을 다시 만날 수 있을까요?

후작 언제든지 불러만 주십시오.

왕비 언제든지 내가 부르기만 하면 마음대로 오실 수 있는 것입니까? 후작님, 어떻게 해서 그렇게까지 자유롭게?

후작 거기 대해서는 조금도 염려 마십시오. 자유롭게 만나뵐 수 있다는 것만으로도 충분합니다. 왕비님은 부르시기만 하면 됩니다.

왕비 (그 말을 가로막으며) 자유의 마지막 피난처가 유럽에 생기다니! 이 얼마나 기쁜 일입니까. 더구나 그분의 손으로 말입니다. 나도 역시 음지에서나마 반드시 힘이 되어드리겠습니다.

후작　（감격해하며）꼭 이해해주실 것이라고 믿고 있었습니다.

올리바레스　（입구에 나타난다.）

왕비　（후작을 보고, 태도를 바로하며）폐하의 말씀은 나에게는 율법과도 같은 것입니다. 폐하를 뵙고 정중히 받들어 모시겠다고 전해주세요.

（후작에게 손짓한다. 후작 퇴장.）

복도

제4장

돈 카를로스, 레르마 백작.

카를로스　여기라면 안전하겠지. 하고 싶은 말이 뭡니까?

레르마　왕자님, 여기 궁정에 친구 분이 계시지 않습니까?

카를로스　（긴장하며）새삼스럽게 왜? 그래서 그게 어쨌다는 겁니까?

레르마　실은 알아서는 안 될 것을 알아버렸습니다. 하지만 마음 놓으십시오. 결코 수상한 자로부터 들은 것은 아니라 제가 직접 들은 것이니까요.

카를로스　도대체 누구를 말하는 것이오?

레르마　포사 후작의 일입니다.

카를로스　그래서요?

레르마	혹시라도 왕자님께서 아무도 알아서는 안 될 일을 그분에게 흘리신 적은 없습니까? 저는 아무래도 걱정스러워서 그렇습니다.
카를로스	걱정이라고요?
레르마	후작이 폐하를 뵈었습니다.
카를로스	그랬었군.
레르마	두 시간 남짓 아주 은밀하게 말씀을 나누셨습니다.
카를로스	그래서요?
레르마	대화의 줄거리가 사소한 정도가 아니었습니다.
카를로스	그야 그랬겠지.
레르마	왕자님의 이름도 몇 차례 나왔습니다.
카를로스	설마 나쁜 일은 아니겠지요.
레르마	그리고 아침 나절에 폐하께서 침실에서 왕비님 문제로 묘한 말씀을 하셨습니다.
카를로스	(놀라서 뒷걸음친다.) 뭐라고요?
레르마	후작이 물러가고 난 후에 앞으로는 폐하를 거치지 않고도 왕비님을 직접 접견할 수 있게 하라고 분부하셨습니다.
카를로스	그건 대단한 일이군요.
레르마	제가 모시게 된 이후로 그것은 전례가 없는 일입니다.
카를로스	정말로 대단한 일이군요. 그래서 왕비님에 대해서 뭔가 말씀이 있었다는데 그건 무슨 말씀이었습니까?
레르마	(뒷걸음치며) 그건 말씀드릴 수 없습니다. 왕자님! 그것을 말씀드리면 제 의무를 저버리는 것이 되옵니다.
카를로스	이상하지 않소? 절반은 말하고, 절반은 숨긴단 말이오?

레르마	절반은 왕자님에 대한 것이지만, 나머지 절반은 폐하에 대한 것이라 말씀드릴 수가 없습니다.
카를로스	그럴 수도 있겠군요.
레르마	후작은 명예를 존중하시는 분으로 알고 있었습니다만.
카를로스	그렇게 보았다면 잘못 본 것 같지는 않은 것 같습니다.
레르마	어떠한 덕성도 더럽혀지지 않는 것은 시련의 순간까지만일 것입니다.
카를로스	그 시련을 이겨내는 덕성도 적지는 않습니다.
레르마	높으신 폐하의 총애라는 것은 변덕스러운 것이라서 굳건한 덕성도 이 황금 바늘에는 걸려들고 마는 것입니다.
카를로스	맞는 말입니다.
레르마	어차피 감춰두지 못할 것이라면 얼른 털어놓는 것도 현명한 일일 수 있을 것입니다.
카를로스	그건 분명히 그렇습니다. 그런데 당신은 후작이 명예를 존중하는 사나이라고 말하지 않았습니까?
레르마	지금도 역시 그렇게 생각하신다면 제가 한때 의심했다 해서 별로 손해 볼 일은 아닌 것 같습니다. 왕자님께서는 이중으로 덕을 받는 것이 될 테니까요. (물러가려 한다.)
카를로스	(감동하여 그를 따라가서 그의 손을 꽉 잡는다.) 아니 세 배를 얻은 것입니다. 백작, 당신은 보기 드문 기품을 가진 훌륭한 분이시오. 나는 친구 하나가 많아진 것이오. 더구나 옛 친구를 잃지 않은 채로 말입니다.
	(레르마 퇴장.)

제5장

포사 후작, 복도를 따라서 등장. 카를로스.

후작 카를, 카를!

카를로스 누구냐 부르는 사람이? 아아, 그댄가! 마침 잘됐어. 나 먼저
수도원으로 갈 테니. 곧 따라오게.
(가려고 한다.)

후작 잠깐이면 돼. 기다려봐.

카를로스 하지만, 누가 오면 어쩌려고 그러나?

후작 누가 온다고 그러나. 금방 끝난다니까. 왕비님이…….

카를로스 아버님을 만났지?

후작 그래! 불러서 갔었지.

카를로스 (기대감에 가득 차서) 그래서?

후작 일이 잘 풀렸어. 자네는 이제 왕비님을 만날 수 있게 됐네.

카를로스 그런데 폐하는? 대체 무엇을 원하시던가?

후작 폐하 말인가? 대수로운 일은 아닐세. 호기심이지. 내가 어떤
사낸지 알고 싶다는 거야. 부탁도 안 했는데 쓸데없는 말을
한 녀석이 있었던 모양이야. 내가 관여할 일이 아닌 것 같네.
폐하께서 나보고 감투를 쓰라고 하시더군.

카를로스 자네는 거절했겠지?

후작 물론이지.

카를로스 그래서, 무슨 말들이 오고 갔나?

후작 꽤 많은 얘기들을 했네.

카를로스	그럼, 내 얘기는 안 나왔었나?
후작	자네 이야기? 나오기는 나왔지. 하지만 특별한 것은 없었어. (수첩을 꺼내서 왕자에게 건넨다.) 우선은 왕비님한테 몇 자 받아왔네. 장소와 시간은 내일 물어보기로 했고.
카를로스	(건성으로 읽고 수첩을 호주머니에 넣고서 가려고 한다.) 그럼 수도원에서 기다리고 있겠네.
후작	좀 기다려봐. 왜 그렇게 서두르는 건가? 아무도 오지 않는데 말이야?
카를로스	(억지로 웃어 보이며) 우리는 어쩐지 역할이 뒤바뀐 것 같네. 자네는 오늘 무척 침착하군.
후작	오늘? 오늘이라니 무슨 뜻인가?
카를로스	그래, 왕비의 편지라 했나?
후작	방금 읽었지 않나?
카를로스	내가? 맞아, 그랬지.
후작	도대체 어떻게 된 건가? 뭔가가 잘못됐군.
카를로스	(편지를 한 번 더 읽고, 너무 기쁜 나머지 열광적으로) 천사여! 반드시, 반드시, 당신께 부끄럽지 않은 인간이 될 것입니다. 애정은 위대한 영혼을 한층 더 위대하게 해줍니다. 당신이 시키는 일이라면 무슨 일일지라도 나는 반드시 따를 것입니다. 뭔지는 모르겠지만 중대한 결심을 할 준비를 하라고 씌어 있는데 도대체 무슨 일일까? 자네도 모르는가?
후작	설사 내가 알고 있다 해도 자네는 지금 이런 장소에서 들을 셈인가?

카를로스	안 되지! 잠깐 얼이 빠졌었나봐. 로데리히, 용서하게.
후작	얼이 빠졌다고? 어째서?
카를로스	나도 모르겠어. 이 수첩은 가져도 되겠지?
후작	곤란한데. 이게 전부가 아닐세. 난 자네 것을 받아가려고 왔어.
카를로스	내 것이라고? 어떻게 하려고 그러는데?
후작	편지라든가, 간단하게 낙서한 것이라도 남의 손에 넘어가면 곤란한 것이 있으면 무엇이든 상관없네. 자네의 서류철을 있는 그대로 주게.
카를로스	그것을 어쩌려고?
후작	유비무환이지. 자네는 언제 습격 받을지 모르지 않는가? 나는 그럴 염려가 없으니, 자! 이리 주게!
카를로스	(몹시 불안한 듯) 알 수가 없군. 어째서 갑자기 이러는가?
후작	걱정할 건 없네. 대수로운 일이 아니니까, 안심하게. 단지 위험에 대비하려는 것뿐이니까 말이야. 자네를 놀라게 할 생각은 없으니까 걱정하지 말게.
카를로스	(서류철을 건네준다.) 소중하게 다루게.
후작	말 안 해도 알아.
카를로스	(그를 찬찬히 본다.) 로데리히, 난 그대에게 소중한 것을 맡긴 거야.
후작	지금껏 자네에게 받은 것에 비하면 별로 대단한 것 같지 않은데! 그럼 나머지 얘기는 나중에 거기서 하세. 있다 보자고. (가려고 한다.)
카를로스	(마음을 정하지 못하고 망설이다가 기어코 그를 불러 세운다.)

168

그 편지 다시 돌려주게. 그중에는 내가 중병을 앓고 있었을 때 알칼라로 보내주신 것이 들어 있어. 언제나 몸에 지니고 있었던 편지일세. 떼어놓으려니까 마음이 아프군. 그것만은, 그것만은 남겨두고 가게. 나머지는 모두 가져가도 좋네.

(그 편지를 뽑아내고, 서류철을 후작에게 돌려준다.)

후작 할 수 없지. 실은 그것이 가장 필요했는데.

카를로스 그럼, 이만.

(천천히 사라지다가, 문 앞에서 잠시 멈춰 서서 되돌아와 편지를 후작에게 준다.)

역시 가져가는 게 좋겠어.

(손이 떨리고 눈에는 눈물이 맺힌다. 후작의 목덜미에 매달려서 가슴에 얼굴을 묻는다.)

그렇지, 로데리히, 아버님은 이렇게는 못하겠지? 아버님이 이렇게 할 리가 없어.

(얼른 사라진다.)

제6장

후작, 멍하니 카를로스의 뒷모습을 본다.

후작 그럴 리가 없는데. 어찌 된 일이지? 나는 아직도 저 사나이를 몰랐단 말인가? 속속들이 알지 못했단 말인가? 저 사나이의 마음속과 그 결점을 보지 못했단 말인가? 친구인 나를 의심하다니. 아니지, 아니야. 의심한다는 자체가 죄악이야.
도대체 그가 뭘 어쨌다고 내가 이러는 것인가? 인간의 약점
중의 약점을 나에게 추궁 받을 만한 무슨 일을 저지른 것인
가? 의심하면 나 역시 같은 죄를 저지르는 셈이겠지. 미심쩍
게 생각한 것도 무리는 아닐 거야. 남도 아닌 내가 그런 이상
하고 서먹한 태도를 보이리라고는 전혀 예상하지 못했을 테
니까. 아마도 가슴이 쓰렸을 거야. 하지만, 카를, 달리 방법
이 없어. 난 앞으로도 더 자네의 연약한 가슴을 괴롭혀야만
할 거야. 폐하는 나를 신뢰하고 귀중한 비밀을 털어놓지 않았
나. 신뢰에는 감사로써 보답하지 않으면 안 되는 것이지. 내
가 침묵하기만 하면 자네는 괴로워하지 않아도 될 거야. 그런
데 일부러 이것을 말할 필요가 있을까? 잠자코 있는 게 좋지
않을까? 잠자는 자를 흔들어 깨워서 머리 위의 검은 구름을
보여줄 필요가 있을까? 그 구름을 슬쩍 지나가게 해서 눈을
떴을 때 맑은 하늘을 볼 수만 있다면 그것이 더 낫지 않을까?
(퇴장.)

왕의 회의실.

제7장

왕, 안락의자에 앉아 있다. 그 곁에 공주 클라라 오이헤니아.

왕   (깊은 침묵 후에) 아니야, 분명히 내 딸이야. 이 분명한 사실
     을 자연의 속임수라고는 생각할 수 없어. 이 푸른 눈은 내 눈
     이 아닌가. 이 얼굴은 나를 빼닮았어. 너는 분명히 사랑하는
     내 딸이야. 어디 내가 안아주마. 너는 내 핏줄이야.
     (섬뜩한 생각으로 입을 다문다.)
     내 피라고? 그게 무엇보다도 두려운 거야. 내 얼굴은 그대로
     그의 얼굴이 아닌가.
     (목걸이의 메달을 손에 들고, 그 속의 카를로스의 초상과, 정면
     거울 속의 공주의 얼굴을 서로 비교해본다. 마침내 메달을 마루
     에 내던지고, 자리를 박차고 일어나 공주를 밀어낸다.)
     저리 가라! 난 지옥 속으로 들어가고 말겠다!

제8장

레르마 백작, 왕.

레르마   지금, 왕비님이 옆방에 와 계십니다.
   왕   이 시간에?
레르마   뵙고 싶어 하십니다.
   왕   이 시간에? 무엇 때문에? 이런 늦은 시각에 보려고 하는 거
        지? 안 돼! 지금은 만날 수 없어. 지금은 안 돼.
레르마   벌써, 오셨습니다.
        (퇴장.)

제9장

왕. 왕비, 들어온다. 아기 공주.

　　(아기 공주 달려와서 왕비에게 매달린다. 왕비, 왕 앞에 무릎을
　　꿇는다. 왕, 곤혹스러워하며 말없이 서 있다.)

왕비　제 지아비이신 폐하! 저는 폐하에게 호소하려고 어쩔 수 없
　　이 왔습니다.

왕　호소하려고?

왕비　이 궁정에 저를 모욕한 자가 있습니다. 제 서랍을 부순 자가
　　있습니다.

왕　뭐라고?

왕비　그리고 저의 소중한 물건들이 없어졌습니다.

왕　당신의 소중한?

왕비　내용을 모르는 자가 엉뚱한 소문을 내서는 안 되기 때문
　　에…….

왕　엉뚱한 소문을? 하지만 우선 일어서시오.

왕비　아닙니다. 폐하께서 폐하의 힘으로 범인을 찾아내주시고 저
　　의 명예를 회복해주시든지, 아니면 도둑을 숨겨주고 있는 제
　　측근의 누군가를 멀리 떼어놓아주십시오. 어느 것이든 하나
　　를 약속해주시기 전에는 일어서지 않겠습니다.

왕　그러지 말고 일어서시오! 이대로 있지 말고, 자아, 일어서
　　시오.

왕비 (일어선다.) 범인은 지체 높은 자가 틀림없습니다. 백만금 이상의 값어치가 있는 진주나 다이아몬드는 서랍 속에 그대로 두고 편지들만 가져가버렸으니까요.

왕 하지만 그것은 내가······.

왕비 읽어보셔도 괜찮습니다. 저의 남편이지 않습니까! 그것은 왕자님으로부터 받은 편지들과 메달입니다.

왕 누구의?

왕비 왕자님이 보내신 것입니다. 폐하의 아드님이신.

왕 당신에게 보낸 건가?

왕비 네, 저에게 보내신 것입니다.

왕 왕자가 보낸 거라고? 그 말을 태연하게 하는가?

왕비 어째서 안 되옵니까?

왕 저렇게 태연하다니!

왕비 참 묘한 말씀을 하십니다. 폐하께서도 기억하시리라 생각되옵니다만, 양쪽 왕실의 승낙을 얻어 카를로스님이 생 제르맹에 있던 저에게 보내주신 편지입니다. 그 편지에 동봉한 그림 역시 이런 자유로운 조건하에서 허락되었던 것이옵니다. 그리고 그의 희망이 너무 성급했기에 이렇게 개인적으로 과감했던 것입니다. 저는 이것이 사실인지를 감히 판단하고 싶은 생각은 없습니다. 왜냐하면 혹시라도 그런 행동이 성급했던 것이라 해도 그것은 사소한 것이었기 때문이옵니다. 그것은 제가 보증하겠습니다. 왜냐하면 아마도 그 당시에 왕자님은 자신이 보낸 것들이 자신의 어머니를 위한 것이 되리라고는 꿈에도 생각지 못했을 테니까요.

(왕의 태도를 눈여겨보다가)

이게 무엇입니까? 무엇을 가지고 계십니까?

아기 공주 (어느새 마루 위의 메달을 찾아내서 가지고 놀다가 그것을 왕비에게 내민다.) 야! 여기 보세요, 엄마예요! 이렇게 예쁜 그림이…….

왕비 어머, 클라라, 뭐냐, 그게? (메달을 알아채고, 말없이 화석처럼 서 있다. 두 사람은 시선을 피하지 않고 서로의 눈을 들여다보고 있다. 오랜 침묵 끝에)

폐하! 제 마음을 알아보려고 이런 일을 하시다니 참으로 왕다운 품위 있는 방법이군요. 아직 한 가지만 더 여쭙고 싶은 것이 있습니다.

왕 물어보고 싶은 것은 오히려 내 쪽이오.

왕비 저는 죄 없는 자에게 혐의를 두고 싶지는 않습니다. 그러나 이 도난 사건이 혹시라도 폐하의 분부였다면…….

왕 내가 시킨 일이오.

왕비 그렇다면 저로서는 누구를 책망할 생각이 없습니다. 누구를 안됐다고 생각할 수도 없군요. 다만 저에게 그런 방법을 쓰시다니 판단이 흐려지신 폐하를 안됐다고 생각할 따름입니다.

왕 그래도 말은 잘하는군. 하지만, 왕비, 아란후에스에서는 한 방 먹었지만 더 이상 그 수법은 통하지 않소. 그때는 마치 천사와 같이 깨끗하게 증명해 보였지만 이번에는 그렇게는 안 될 것이오.

왕비 무슨 말씀을 하시는 것입니까?

왕 그러면, 단도직입으로 묻겠소, 거기서 아무하고도 만나지 않왔다고 한 것은 사실이오? 지금도 그것은 진실이라고 말할 수 있소? 분명히 아무도 안 만났단 말이오?

왕비 왕자님과 만났습니다.

왕 뭐라고? 만났다고? 그렇다면 더욱더 분명하지 않은가. 이제는 의문의 여지가 없군. 뻔뻔스럽게 잘도 내 명예를 더럽혔구나!

왕비 명예라 하셨습니까? 명예가 손상된 것으로 말하자면 카스티야에서 저에게 결혼 예물을 가져왔을 때 이미 크게 손상된 것이 아닐까요?

왕 어째서 만난 일을 숨겼는가?

왕비 신하들 면전에서 죄인처럼 추궁 받는 일에 익숙하지 않아서입니다. 왕비의 신분에 맞게 정중하게 저에게 물어보셨다면 저는 아무것도 숨기지 않았을 것입니다. 아란후에스에서 물어보신 태도가 그러셨던가요? 왕비라는 직책이 배석한 귀족들의 면전에서 시시콜콜 사사로운 일을 해명해야 할 정도밖에는 안 되는 것인가요? 저는 왕자님을 만나드렸습니다. 이전부터의 희망이었으니까요. 또, 저 역시 만나뵙고 싶던 차였습니다. 제가 지장이 없다고 생각했기 때문에 법도에 얽매이지 않고 만나뵌 것입니다. 폐하께 그 사실을 숨긴 것은 신하들 앞에서 저의 자유로운 처신을 가지고 언쟁하기 싫었기 때문입니다.

왕 아주 대담하게 말하는군요, 부인!

왕비 그리고 한 말씀 더 드리자면 왕자님이 아버님으로부터 아들다운 대접을 받고 있지 못하기 때문입니다.

왕 아들다운?

왕비 그렇지 않았다면 어째서 감췄겠습니까? 저는 왕자님을 지금
은 아들이지만 이전에는 그 이상으로 친숙한 이름으로 부른
적이 있었습니다. 저는 그분을 누구보다도 소중한 가족으로
서 존경하고 다정하게 생각하고 있습니다. 이전에 누구보다
도 저에게 소중한 분이었다는 이유 때문에 어째서 다른 사람
보다 더 서먹서먹하게 대하지 않으면 안 되는지 저로서는 도
저히 납득이 되지 않습니다. 폐하께서는 정략적으로 마음먹
은 대로 인연을 맺기도 하고, 단절하기도 하지만 그것은 그
리 쉬운 일은 아니지 않습니까. 저는 미워하라는 지시에 따
라 누군가를 미워하고 싶지 않습니다. 어차피 이렇게 됐으니
분명히 말씀드리겠습니다. 제가 누구와 친하게 지내는가에
대해서 이런저런 말을 듣는 것은 싫습니다.

왕 엘리자베스! 그대는 내 마음이 약했던 때를 생각하면서 그렇
게 대담하게 말을 하는 거겠지. 항상 내 마음을 흔들리게 할
정도로 전능의 힘을 가지고 있으니까 말이야. 하지만 그런
것이라면 이제 조심하는 게 좋아. 내 마음을 약하게 하던 그
힘이 이제 나를 미치게 할 수도 있으니까 말이야.

왕비 도대체 제가 무엇을 했다고 그러시는 겁니까?

왕 (왕비의 손을 잡고) 만일에 그것이 사실이라면, 아냐 어차피
사실이겠지. 아니, 이제는 그렇게 생각할 수밖에 없겠어. 만
일에 혐의가 바늘 끝만큼이라도 붙어난 것이라면 내가 속고
있었다는 사실을 알게 된다면 몰라도…….

(손을 놓고)

나는 이 최후의 약점도 이겨낼 수 있을 거야. 이겨낼 수 있어. 아니 반드시 이겨내고 말겠어! 그렇게 된다면 엘리자베스! 나도 그대도 마음이 아플 거야.

왕비 도대체 제가 무엇을 했다고 그러시는 겁니까?

왕 그렇게 되면 피를 보지 않고는 끝나지 않을 거야.

왕비 맙소사 그렇게까지 말씀하시다니!

왕 난 이제 내 자신조차도 알 수가 없어. 이제 관례도 중요하지 않고, 본성의 소리도, 국가 간의 계약도 이제는 상관하지 않겠어.

왕비 참으로 딱하십니다.

왕 (벌컥 화를 내며) 딱하다고! 요부의 동정인가?

아기 공주 (겁을 먹고 어머니에게 매달린다.) 폐하께서 화를 내시니까 예쁜 우리 어머님이 울고 계시잖아요.

왕 (공주를 거칠게 왕비로부터 떼어낸다.)

왕비 (차분하게, 품위를 잃지 않고, 그러나 떨리는 목소리로) 이 아이에게만은 거칠게 대하지 마세요. 클라라! 자아, 가자.
(공주를 안아 올린다.)
폐하께서 더 이상 너를 돌봐주지 않으신다면 피레네 저편에서 우리를 지켜줄 사람을 불러와야 해.
(가려고 한다.)

왕 (당황하여) 무슨 말을 하는 것이오, 왕비?

왕비 더는 듣지 않겠습니다. 너무하십니다.
(문에 거의 다 가서, 공주를 안은 채로 문지방에 걸려 넘어진다.)

왕 (놀라서 달려와서) 이봐, 어떻게 된 건가?

아기 공주	(놀라서 소리친다.) 어머, 엄마가 피가 난다!
	(서둘러 밖으로 나간다.)
왕	(마음에 걸리는 듯, 돌보며) 큰일이군! 피잖아! 이렇게까지 나를 골탕 먹이는가? 자, 일어나시오! 정신 차리고 일어나니까! 사람들이 오는군! 사람들이 오고 있어. 자, 일어나라니까! 이런 모습을 궁정 사람들에게 보여서는 안 되지 않겠나? 일어서라고 내가 부탁해야 한단 말인가?
	(왕비, 왕의 도움을 받고 일어난다.)

제10장

앞의 사람들. 알바, 도밍고 놀라서 등장. 궁녀들, 그 뒤를 따른다.

왕	왕비를 방으로 모시고 가라. 기분이 언짢은 것 같다.
	(왕비, 궁녀들에게 부축 받으며 퇴장. 알바와 도밍고, 다가온다.)
알바	왕비님은 눈물을 보이시고 얼굴에는 피가…….
왕	그 이유를 묻는 건가? 나를 헛갈리게 만든 악마 녀석들!
알바, 도밍고	그것은 저희들을 두고 하시는 말씀이십니까?
왕	내 정신을 미치게 하는 말만 하는 주제에 그러면서도 확실한 것은 아무것도 보여주지 않는 악마 녀석들 같으니라고!
알바	저희들은 알고 있는 사실을 말씀드린 것뿐이옵니다.
왕	보답은 지옥에서나 받아라. 난 되돌릴 수 없는 짓을 저지르고 말았단 말이다. 그런데도 저것이 양심에 가책을 받는 자

의 말이란 말인가?

포사 후작　(무대 뒤에서) 폐하를 뵈올 수 있을까요?

제11장

포사 후작, 좀 전에 있던 사람들.

　　왕　(그 소리를 듣자, 갑자기 기운이 나서 일어나, 후작 쪽으로 몇
　　　　발자국 걸어간다.) 아, 와주었구나! 잘 왔다, 후작. 알바! 지
　　　　금은 그대들에게 볼일이 없으니 물러가라.
　　　　(알바와 도밍고, 왕의 태도에 놀라서 말없이 눈짓을 교환하며
　　　　퇴장.)

제12장

왕, 포사 후작.

　　후작　폐하! 무수한 전투에서 폐하를 위하여 목숨을 걸어온 노인을
　　　　그렇게 밀어내시다니, 참으로 마음이 서글퍼지는 것 같습니다.
　　왕　그대다운 생각이로군. 나를 대하는 그대다운 처신이야. 하지
　　　　만 그대는 얼마 안 되는 사이에 누구와도 바꿀 수 없는 인물
　　　　이 되었네. 하지만 저 녀석은 평생이 걸려도 그렇게는 못 될

거야. 난, 내 호의를 숨길 생각은 없네. 난, 내 총애의 표시

를 그대의 이마에 찬란히 빛나게 해주겠네. 난, 내 심복으로

선택한 자를 남들이 부러워하게 할 것이야.

후작 그 심복의 이름값을 하기 위해서는 검은 베일을 덮어쓰고 있

어야만 하는데도 말씀입니까?

왕 그래 뭔가 단서는 찾았나?

후작 대기실을 지나쳐 갈 때 설마 할 정도로 무시무시한 소문을 들

었습니다. 심한 말다툼이 있었으니, 피를 흘렸으니, 왕비님

이 어떻게 되었다느니 하는 소리를 말입니다.

왕 왕비를 만나고 왔는가?

후작 이 소문이 거짓이 아니라면, 그리고 폐하께서 이미 뭔가를

행하셨다면 안타깝기 그지없는 일입니다. 저는 모든 정황을

송두리째 뒤엎을 중요한 증거를 입수했습니다.

왕 그래?

후작 몇 가지 서류가 든 왕자님의 서류철을 입수했습니다. 무언가

의 단서가 될지도 모른다는 생각으로 가지고 왔습니다만.

(카를로스의 서류철을 왕에게 건넨다.)

왕 (정신없이 그 속을 뒤진다.) 이건 우리 아버지이신 황제가 쓰

신 편지다. 이 편지에 대해서는 들어보지 못했는데.

(훑어보고 옆에 놓아두고, 다른 서류를 뒤진다.)

이것은 요새의 설계도 아닌가. 이것은 타키투스의 약도이고.

응? 이것은? 본 적이 있는 글씨인데. 여자 글씨야.

(조심스럽게, 때로는 크게, 때로는 작게 읽는다.)

"이 열쇠는, 왕비의 뒷방." 아하, 이것은 뭐지? "이곳에서 사

랑은 자유롭고, 기도의 보답이, 보다 아름다운 대가가" 사탄의 배반이 아닌가! 이제야 알겠다! 그녀가 아닌가! 그녀의 글씨야!

후작 왕비님의 필체입니까? 설마 그럴 리가.

왕 에볼리 공주야!

후작 그렇다면 그 편지와 열쇠를 전달해준 시동 헤나레스가 한 말이 사실일 것입니다. 얼마 전에 저에게 그렇게 자백했습니다.

왕 (후작의 손을 잡고, 몹시 흥분하여) 후작, 난 무서운 놈들의 함정에 빠져 있어. 이 여자가? 내가 무엇을 숨기겠나? 그녀가 왕비의 서랍을 부순 거야. 처음에 혐의를 고자질한 것도 그녀란 말이야. 한쪽 구석에서 신부가 실 끝을 당기고 있을지도 모르고…… 난 흉악스러운 함정에 빠진 거야.

후작 그렇다면 아직은 다행입니다.

왕 후작! 아, 후작! 내 아내에게 너무 거칠게 대한 게 아닌지 걱정되기 시작하네.

후작 왕비님과 왕자님 사이에 은밀한 양해가 있다고 하더라도, 그것은 사람들이 의심하고 있는 것과는 전혀 다른, 전혀 별개의 것임에 틀림없습니다. 플랑드르로 가시려는 왕자님의 소망은 원래 왕비님 생각이라는 확실한 정보가 있습니다.

왕 나도 그럴 거라고 생각했다.

후작 왕비님은 명예욕이 있으신 분입니다. 좀더 말씀드려도 될지 모르겠습니다만, 왕비님은 정사의 울타리 밖에 놓이게 된 것을 불만으로 생각하고 계십니다. 뜻을 펴실 가망이 없게 된 것을 말입니다. 그런데 그 원대한 계획을 맡기기에 가장 알맞은 혈기왕성하신 왕자님이 나타나신 것입니다. 왕비님이 연정 따위를 품으실 분이라고는 생각되지 않습니다.

왕 그렇다고 내가 그녀에게 국가 대사에 대해 조언을 구해야겠나?

후작 하지만 왕자님 쪽에서 왕비님을 연모하고 계시는지, 아니면 실제로 그러실 우려가 있는지 어떤지는 좀더 조사할 필요가 있는 것 같습니다. 그래서 엄중한 감시가 필요하다고 생각됩니다.

왕 왕자의 일은 그대에게 맡기겠다.

후작 (잠시 생각하다가) 제가 그 소임을 다할 수 있다고 생각하신다면 아무쪼록 전적으로 제게 맡겨주셨으면 합니다.

왕 맡기겠다.

후작 그렇다면 어느 누구도, 어떠한 지위에 있는 사람이라도 제가 필요하다고 생각하고 있는 조치를 방해하지 않도록 해주십시오.

왕 좋아, 약속하지. 그대는 나의 수호신이네. 오늘 알려준 것에 깊이 감사하네.

(말이 끝나기 무섭게 들어온 레르마를 향하여)

왕비의 상태는 어떤가?

레르마 실신하셨을 때의 피로가 아직 가시지 않으신 듯합니다.

(후작을 수상쩍다는 눈으로 보면서 퇴장.)

후작 (한동안 뜸을 들이다가 왕에게) 한 가지 더 대비가 필요할 듯싶습니다. 어쩌면 왕자님에 대한 감시가 필요하지 않을까 생각합니다. 왕자님에게는 든든한 우군이 많습니다. 어쩌면 겐트의 반란군과 내통하고 있을지도 모릅니다. 위험을 느끼게 되면 어떤 무분별한 행동을 하실지도 모릅니다. 그래서인데 만일의 경우를 대비해서 신속하게 조치를 취할 수 있도록 지금 즉시 예방책을 마련하는 것이 어떨는지요?

왕 일리가 있군. 그러면 어떻게 하면 좋겠나?

후작 비밀 체포영장을 저에게 주셔서 위급할 경우에 제가 즉각 그것을 행사할 수 있도록 해주신다면, 그리고……

(왕이 주저하는 것을 보고)

물론 지금으로서는 일급 국가 기밀로 해두십시오.

왕 (책상에 앉아, 체포영장을 쓰면서) 국가 존망의 위기다. 위급한 경우에는 비상수단도 어쩔 수 없겠지. 후작, 자, 이것은 말할 필요도 없겠지만, 아주 신중하게 사용하도록 하게.

후작 (체포영장을 받아 들며) 물론 비상시를 위한 것입니다, 폐하.

왕 (후작의 어깨에 손을 얹는다) 그럼, 후작, 가도 좋으니 이제 물러가라. 내 마음의 안정과 밤잠을 돌려다오.

(두 사람, 서로 다른 문으로 나간다.)

복도.

제13장

카를로스, 매우 불안한 상태로 등장. 레르마 백작과 마주친다.

카를로스 그대를 찾고 있었소.

레르마　저 역시 왕자님을 찾고 있었습니다.

카를로스　정말이오? 제발 말 좀 해보시오. 사실이란 말이오?

레르마　도대체 무엇이 말씀입니까?

카를로스　아버님이 어머님에게 칼을 들이댔다는 것 말이오? 폐하의 방에서 피투성이가 된 왕비가 업혀 나갔다는 것이 정말이오? 제발 좀 말해주시오. 누구의 말을 믿어야 할지 모르겠소. 무엇이 진실인지 말 좀 해주시오.

레르마　왕비님은 졸도하셔서 약간 상처가 나셨을 뿐입니다. 그게 전부입니다.

카를로스　그것뿐이었소? 분명히 다른 일은 없었단 말이오? 분명히 아무 일도 없었단 말이지요?

레르마　네, 왕비님에게는 아무 일도 없었습니다. 하지만 왕자님에게는 오히려 더 많은 일이…….

카를로스　어머님은 무사하다는 말이지요? 이제 마음이 놓이는군. 난, 무서운 소문을 들었어요. 폐하가 공주와 어머님에 대해서 화가 잔뜩 나셨다느니, 무언가 비밀이 탄로 났다느니 하는 소문 말이오.

레르마　그 뒷얘기는 사실일지도 모릅니다.

카를로스　사실이라고요? 어째서 그렇습니까?

레르마　왕자님, 전에도 말씀드렸지만 왕자님께서는 들은 체도 안 하셨습니다. 이번에는 제발 귀담아들어주십시오.

카를로스　무슨 일인데 그렇습니까?

레르마　제가 잘못 본 것이 아니라면 전날 왕자님께서 하늘색 우단에 금박을 한 서류철을 들고 계시는 것을 보았습니다.

카를로스 (약간 당황하며) 그런 것을 갖고 있기는 한데 그것이 어쨌다 는 것이오?

레르마 그 표지에는 분명히 진주로 테를 두른 실루엣 초상화가 그려 져 있었지요?

카를로스 말한 대로입니다.

레르마 조금 전에 무심코 회의실에 들어갔는데 그 서류철을 폐하께 서 손에 들고 계신 것 같았습니다. 그리고 포사 후작이 곁에 서 있었습니다.

카를로스 (한순간 굳은 표정으로 침묵하고 있다가, 격렬하게) 아니야, 그럴 리가 없어!

레르마 (불끈하여) 그러면 제가 거짓말을 하고 있단 말씀입니까?

카를로스 (찬찬히 백작을 바라보며) 그래 거짓말을 하는 것이지?

레르마 어쩔 수 없군요. 화를 내지는 않겠습니다.

카를로스 (맹렬한 기세로 왔다갔다 걷다가 마침내 백작의 바로 앞에 멈춰 선다.) 도대체 포사가 그대에게 어떻게 했다는 말인가? 아무 죄도 없는 우리가 그대에게 무엇을 했다는 말인가? 그대는 무슨 원한이 있어서 우리들 사이를 그렇게 심술궂게 떼어놓 으려 하는가?

레르마 왕자님, 그렇게 말씀하시는 심정을 충분히 이해는 합니다.

카를로스 아니, 아니, 안 돼! 그 사내를 의심하고 싶지는 않아.

레르마 그리고 폐하의 말씀도 기억하고 있습니다. 제가 들어섰을 때 알려줘서 깊이 감사한다고 말씀하셨습니다.

카를로스 됐습니다! 그만 하세요!

레르마 알바 공작은 실각 당할 것 같습니다. 루이 고메스 백작도 대신의 자리를 내놓으시고 그 후임으로 포사 후작께서 임명되었습니다.

카를로스 (가만히 생각에 잠겼다가) 왜 나에게 모른 척하고 있었던 것이지? 어째서 그랬을까?

레르마 벌써 왕궁 전체가 눈이 휘둥그레져 있습니다. 그분이 폐하의 총애를 한 몸에 받으면서 막강한 대신의 권세를 휘두르고 있는 것을 보고 말입니다.

카를로스 그 사내는 나를 진정으로 사랑해준 사람입니다. 자기의 영혼처럼 나를 소중하게 여기는 사람이에요. 그것을 내가 어찌 모를 리가 있겠습니까. 그것은 여러 가지 사실로 미루어 보더라도 쉽게 알 수 있는 일이에요. 하지만 그 사나이에게는 수백만의 사람들과 조국이 단 하나의 인간보다 훨씬 더 소중할지도 모릅니다. 그 가슴은 하나의 벗을 넣어두기에는 너무 넓은 것 같군요. 그 사나이가 애정을 쏟아 붓기에 내 행복 따위는 너무나도 작았던 것이 틀림없어요. 그 사나이는 자신의 이상 때문에 나를 희생한 게 틀림없습니다. 그렇다고 해서 내가 그를 어찌 비난할 수가 있겠습니까? 그래, 틀림없이 바로 그거야. 확실해. 이제 나는 그 사내를 잃어버린 거야.

(한쪽 옆으로 가서 손으로 얼굴을 감싼다.)

레르마 (잠시 침묵하다가) 왕자님, 제가 도울 일이 있으면 돕겠습니다.

카를로스 (그의 얼굴은 보지 않고) 폐하에게로 가서 그대도 나를 배신하시오. 나에게는 그대에게 해줄 것이 전혀 없단 말이오.

레르마 그러면 모든 것을 그저 흐르는 대로 놔두실 작정이십니까?

카를로스 (손잡이에 의지하여 공허한 눈으로 앞쪽을 본다.) 나는 그 사나이를 잃었습니다. 이제는 믿을 사람이 하나도 없군요.

레르마 (가슴이 찡해져서, 그에게로 다가가) 어떻게 도울 방법이 없을까요?

카를로스 도울 방법이라고요? 정말 선하신 분이군요.

레르마 그래도 달리 또 왕자님께서 마음이 쓰이는 분은 안 계십니까?

카를로스 (움찔한다.) 아하, 잘 일깨워주었소. 그렇지, 어머님의 신상이! 그 편지를 돌려받았어야 하는 건데! 처음에는 안 주려고 했는데 그만 주고 말았어요.

(심하게 손을 비비며 걸어 다닌다.)

어머님에게 무슨 원한이 있다는 건가? 어째서 심한 꼴을 당하게 하는 건가? 안 그런가요, 레르마 백작?

(갑자기 결심하며)

그렇지 만나뵙고 조심하라고 말씀드려야겠어. 레르마 백작, 사랑하는 레르마 백작! 도대체 누구를 보내야 합니까? 이제는 아무도 없단 말입니까? 그래, 아직 한 사람이 있었지. 이렇게 되면 더 나빠질 것은 없을 것 같군요.

(서둘러서 사라진다.)

레르마 (그 뒤를 쫓아가며 부른다.) 왕자님, 어디로 가십니까?

(퇴장.)

왕비 저택의 어느 방.

제14장

왕비, 알바, 도밍고.

알바　황공하오나, 왕비님!

왕비　무슨 일입니까?

도밍고　왕비님의 신상이 염려되어 신변에 닥쳐올 재난을 보고만 있
　　　을 수 없어서 이렇게 달려왔습니다.

알바　한시라도 빨리 알려드려서 괘씸한 음모를 분쇄해야 할 것 같
　　　아서 서둘러서 달려왔습니다.

도밍고　미력이나마 신명을 다하여 받들어 모시고자 하옵니다.

왕비　(미심쩍다는 듯 두 사람을 본다.) 신부님, 그리고 공작님, 두
　　　분이 함께 무슨 일이십니까? 두 분이 이렇게까지 저를 위해
　　　주시리라고는 생각조차 못해보았습니다. 감사하다는 말씀을
　　　드려야겠군요. 저를 위협하는 음모라고 말씀하시는데, 도대
　　　체 그 누가?

공작　포사 후작을 조심하옵소서. 폐하를 위해서 무슨 일인지 몰래
　　　꾸미고 있는 듯합니다.

왕비　폐하께서 그분을 선택하신 거라면 저 역시 기쁘게 생각합니
　　　다. 멋있고 훌륭한 분이라고 소문은 들어서 알고 있습니다.
　　　폐하께서 중용하는 것이 당연하지 않습니까?

도밍고　당연하다 하셨습니까? 우리는 그렇게 생각하지 않습니다.

알바 　그 사내의 목적이 어디에 있는지는 공공연한 비밀입니다.

왕비 　뭐라고요? 무슨 말씀이십니까? 역시 궁금해하시는군요.

도밍고 　왕비님께서 마지막으로 서랍을 챙기신 지 벌써 한참 지나지 않았습니까?

왕비 　뭐라고요?

도밍고 　무언가 귀한 것을 잃어버리지 않으셨습니까?

왕비 　왜요? 왜 그런 것을 묻습니까? 제가 잃어버린 것은 궁중 전체가 다 알고 있을 텐데. 그러면 포사 후작이? 포사 후작이 그 일과 어떤 관련이 있단 말입니까?

알바 　중대한 관련이 있습니다. 말씀드리자면 왕자님도 중요한 서류를 잃어버렸습니다. 그런데 그것을 오늘 아침에 폐하께서 들고 계시는 것을 본 사람이 있습니다. 그자가 은밀하게 알현한 직후의 일입니다.

왕비 　(한참 생각하고 나서) 이상하군요! 정말로 이상한 일입니다! 오늘 꿈에서도 생각지 못했던 적을 하나 알게 되었고, 그리고 기억에도 없고 생각지도 못했던 두 친구를 알게 되었군요.
　(꿰뚫을 듯한 눈길을 두 사람에게 보내며)
　폐하에게 의심을 사게끔 나를 중상모략한 자들이 있다는 사실을 내가 두 분께 말씀드렸던가요. 내가 이런 위험에 빠져 있었다는 사실을 고백하지 않을 수 없을 것 같군요.

알바 　저희들에게 말씀이십니까?

왕비 　네, 두 분에게 말입니다.

도밍고 　알바 공작! 우리 두 사람에게라고 하시는군요!

왕비 　(여전히, 두 사람을 똑바로 바라보며) 너무 서두르지 않은 것은 정말로 잘한 것 같습니다. 그렇지 않아도 오늘이라도 폐하께 부탁드려서 나를 고자질한 사람을 만나게 해달라고 청할 참이었는데 지금 여기서 만나게 되었으니 아주 다행한 일 아닌가요. 이로써 나는 알바 공작의 증언으로 나 자신의 결백을 주장할 수 있게 되었어요.

알바 제 증언으로 말입니까? 진심으로 하시는 말씀이십니까?

왕비 왜 안 되나요?

도밍고 그 반대를 입증하려고 우리는 은밀하게…….

왕비 은밀하게라고요?

(위엄 있고 진지하게)

공작님 그리고 신부님, 왕비인 내가 남편에게 숨기고 당신들과 도대체 무슨 의논을 한단 말입니까?

내가 결백합니까, 유죄입니까? 도대체 어느 쪽인가요?

도밍고 그게 무슨 말씀이십니까?

알바 그럼에도 폐하께서 공정하지 못하시다면? 적어도 지금은 공정하지 못하다고 할 수 있지 않습니까?

왕비 그렇다면 공정해지실 때까지 기다려야지요. 그분이 공정해진다면 이길 수 있으니까요.

(두 사람에게 목례를 하고 퇴장. 두 사람, 다른 쪽으로 퇴장.)

에볼리 공주의 방.

제15장

에볼리 공주, 잠시 후에 카를로스.

> **에볼리** 그러면 온 왕궁 안에 퍼져 있는 그 요란스런 소문이 사실이란
> 말인가?
>
> **카를로스** (안으로 들어선다) 에볼리 공주! 놀라지 마세요. 나는 어린아
> 이처럼 얌전히 있겠습니다.
>
> **에볼리** 왕자님! 이렇게 놀라게 하시다니.
>
> **카를로스** 아직 감정이 좋지 않나요? 아직까지도 말입니까?
>
> **에볼리** 왕자님!
>
> **카를로스** (더욱 초조하게) 여전히 불쾌하십니까? 제발 나에게 말 좀
> 해보세요?
>
> **에볼리** 무슨 말씀이세요? 벌써 잊으셨나요? 제게 무슨 볼일이 있다
> 고 그러세요?
>
> **카를로스** (별안간 공주의 손을 잡고) 에볼리 아가씨, 언제까지 미워하
> 실 겁니까? 당신의 사랑이 상처받았다고 용서하지 않으실 건
> 가요?
>
> **에볼리** (그 손을 뿌리치려 한다.) 무엇을 기억하라는 건가요, 왕자님!
>
> **카를로스** 당신의 상냥한 마음씨에 나는 보답하지 못한 것 같습니다. 당
> 신에게 얼마나 깊은 상처를 주었는지 잘 알고 있습니다. 당
> 신의 온화한 가슴을 찢어놓고, 이렇게 천사 같은 눈에서 눈

물을 흘리게 하고 말았군요. 하지만 지금도 그것을 후회하려고 이렇게 온 것이 아닙니다.

에볼리　왕자님, 저를 가만히 놔두세요! 저는…….

카를로스　내가 여기에 온 것은 당신이 관대한 아가씨이기 때문이고, 착하고 아름다운 영혼을 가진 분이기 때문입니다. 에볼리 아가씨, 나에게는 당신 말고는 이 세상에 단 하나의 친구도 없습니다. 전에는 나에게 그렇게 잘 대해주지 않았습니까. 나를 영원히 미워하지는 말아주세요. 용서하지 않는 것은 아니겠지요?

에볼리　(얼굴을 외면한다.) 더 이상 말씀 말아주세요! 부탁입니다, 왕자님!

카를로스　즐거웠던 시절을 회상해보세요. 내가 그토록 무례하게 거절하기는 했지만, 그런 당신의 사랑을 상기해보세요. 다시 한 번, 한 번만 더 그때의 기분으로 되돌아가 당신이 가슴에 그리던 본래의 내 모습을 떠올리며 평생에 단 한 번뿐인 내 소원을 이루게 해줄 수는 없는 것인가요?

에볼리　카를 왕자님, 왜 이렇게 제게 잔인하시나요?

카를로스　평범한 여성에게서는 기대할 수 없는 관용을 한번 베풀어주세요. 이전에 내게 당한 모욕을 잊어주세요. 여성으로서 일찍이 하지 못했던, 당신 외에는 앞으로 어느 여성도 해내지 못할 일을 해주세요. 대단히 어려운 일이지만 부탁드립니다. 무릎을 꿇고 당신에게 맹세할 수 있도록 해주세요. 내게 어머니와 한두 마디 이야기할 기회를 마련해주세요.

(공주 앞에 무릎을 꿇는다.)

제16장

앞의 사람들. 포사 후작, 달려 들어온다. 그 뒤로 친위대 사관 둘이 따른다.

후작	(숨을 헐떡이며, 자제력을 잃고 두 사람 사이에 파고든다.) 왕자님께서 뭐라고 말했습니까? 아무 말도 믿지 마세요.
카를로스	(무릎을 꿇은 채로, 목청을 높여서) 제발 좀!
후작	(그 말을 단호하게 자르며) 제정신이 아닙니다. 제정신이 아닌 사람의 말을 귀담아듣지 마세요.
카를로스	(더욱 소리 높이, 더욱더 몸이 달아서) 삶과 죽음의 문제입니다. 제 어머님에게로 데려가주십시오.
후작	(억지로 공주를 떼어낸다.) 왕자님의 말씀을 듣게 되면 목숨을 부지 못합니다. (사관 하나를 향하여) 코르두아 백작, 폐하의 명을 받들어 (체포 영장을 제시한다.) 왕자님을 체포하라. (카를로스, 충격을 받고 그대로 서 있다. 공주, 놀라 소리치며 피하려 한다. 사관들, 망연히 서 있다. 오래고 깊은 침묵. 후작, 심하게 몸을 떨며, 그러나 겨우 평정을 유지한 채, 왕자를 향하여) 패검을 압수하겠습니다. 에볼리 공주님, 여기 그대로 계십시오. 그리고, (백작을 향하여)

그대는 왕자님이 어느 누구와도 대화하지 못하게 감시하라.
어느 누구와도 안 된다. 그대와 말해서도 안 된다. 그렇지 않
으면 그대의 목을 내놔야 할 것이다.

(작은 소리로 백작과 몇 마디 더 이야기하고, 다른 한 사관을
향하여)

지금 즉시 폐하께 나아가서 이 자리에서 있었던 일을 말씀드
리고 오겠다.

(카를로스를 향하여)

기다리세요, 왕자님! 한 시간 이내에 돌아오겠습니다.

(카를로스, 망연자실한 모습으로 끌려간다. 가다가, 초점을 잃은
눈길을 잠시 후작에게 던진다. 후작, 얼굴을 가린다. 공주, 다시
달아나려 하지만, 후작, 그녀의 팔을 움켜잡고 못 가게 한다.)

제17장

에볼리 공주, 포사 후작.

에볼리	부탁드립니다, 제발 이곳을 떠나게 해주세요.
후작	(공주를 무대의 앞쪽으로 데려가서, 엄하게)
	왕자님이 그대에게 뭐라고 했소? 불행한 사람이라고 했나?
에볼리	아무 말씀도 하지 않았어요. 제발 놔주세요. 아무것도 말하
	지 않았어요.
후작	(억지로 끌어당기며, 더욱더 엄하게)

무슨 얘기를 얼마나 들었지? 여기서는 아무것도 새어 나갈
수가 없어. 너는 이 세상 어느 누구에게도 발설하지 못하게
될 것이다.

에볼리 (겁에 질려서 후작의 얼굴을 올려다본다.) 오, 하나님! 무슨
말씀이세요? 설마 저를 죽이려는 것은 아니겠지요?

후작 (단도를 뽑아 든다.) 사실이야. 그럴 작정이다. 빨리 말하라.

에볼리 저를요? 저를 말씀이세요? 용서해주세요. 제가 도대체 무슨
짓을 했다고 이러시는 건가요?

후작 (단도로 공주의 가슴을 겨눈 채로, 하늘을 올려다보며) 아직
늦지 않았어. 독은 아직 이 여자의 입에서 새어 나오지 않았
어. 이 그릇을 깨뜨려버리면 모든 것은 본래대로 잠잠해지겠
지. 스페인의 운명과 한 여자의 목숨이……
(그 자세로 주저한다.)

에볼리 (그의 옆에 주저앉아서, 가만히 그 얼굴을 쳐다본다.) 무엇을
주저하십니까? 아닙니다, 용서를 구하지 않겠습니다. 죽을
짓을 저질렀습니다. 죽여주십시오.

후작 (천천히 팔을 내리며, 잠시 생각하고 나서) 아니다, 이것은 비
겁한 짓이 아닌가. 야만적이야. 안 돼, 안 돼, 아직 다른 방
법이 있을 거야!
(단도를 내던진 채, 서둘러서 나간다. 공주, 다른 출구로 허겁
지겁 달려 나간다.)

왕비의 방.

제18장

왕비　(후엔테스 백작 부인에게)

궁 안에서 웬 소란인가? 오늘은 모든 소리가 나를 깜짝 놀라게 하는군. 백작 부인! 좀 가서 살펴보고 무슨 일이 있는지 내게 알려주시오.

(후엔테스 백작 부인 퇴장. 엇갈리면서 에볼리 공주가 달려 들어온다.)

제19장

왕비, 에볼리 공주.

에볼리　(숨을 헐떡이며, 창백하고 흐트러진 모습으로 왕비 앞에 쓰러져 엎드린다.) 왕비님, 큰일 났습니다! 도와주세요! 그분이 잡혀가셨습니다.

왕비　누구 말이오?

에볼리　포사 후작님이 폐하의 명령으로 그분을 잡아가셨습니다.

왕비　도대체 누구를, 누구를 말입니까?

에볼리　왕자님을 말입니다.

왕비　제정신이 아닌 것 아니오?

에볼리 방금 전에 그들이 왕자님을 데려갔습니다.

왕비 그래, 누가 데려갔단 말이오?

에볼리 포사 후작님이십니다.

왕비 그래요! 왕자님을 체포한 사람이 포사 후작님이라면 걱정할 필요 없어요.

에볼리 어떻게 그렇게 침착하게 말씀하실 수 있단 말입니까? 왕비님? 그렇게 냉정할 수 있는 것입니까? 오, 하나님! 왕비님은 상상도 못하실 겁니다. 아무것도 모른단 말입니다.

왕비 잡혀가신 까닭을 모른다고? 아마도 무언가 잘못을 저질렀겠지. 젊기도 하고 원래 성미도 급하신 분이니까 말이야.

에볼리 아니, 그렇지 않아요. 전 너무나도 잘 알고 있습니다. 오, 왕비님, 저주받을, 악마 같은 짓이었어요! 그를 위한 구원은 이제 더 이상 없을 거예요! 왕자님이 죽는단 말입니다!

왕비 죽는다고?

에볼리 게다가 그 살인자가 바로 저란 말입니다.

왕비 그가 죽다니? 실성한 것 아니에요?

에볼리 왜냐고요? 그가 죽는 까닭은, 아아, 이렇게까지 될 줄 알았더라면!

왕비 (부드럽게 공주의 손을 잡고) 에볼리, 넋이 나간 것 같아요. 정신 좀 차리고 침착하게 말해보세요. 표정이 그렇게 무서우니까 솜털이 곤두서는 것 같아요. 말해보세요. 도대체 어떻게 됐다는 겁니까? 무슨 일이 있었단 말이에요?

에볼리 왕비님이 그렇게 부드럽게 말씀해주시면, 저의 양심은 지옥의 불길로 타버리고 말 것입니다. 이 더럽혀진 눈으로는 더 이상 거룩하신 모습을 바라볼 자격조차도 없어요. 후회와 수치스러움에 짓눌려 천대받을 이 불쌍한 여자를 실컷 짓밟아주세요.

왕비 불쌍하기도 해라! 나에게 무엇을 털어놓으려고 그런 걸까?

에볼리 천사처럼 정결하고 거룩하신 왕비님은 제가 악마인 것도 모르시고, 눈치조차 채지 못하시고 제게 상냥하게 미소지어주셨습니다. 하지만 이제야말로 악마의 정체를 알게 되실 겁니다. 제가, 제가 바로 그것을 훔친 도둑입니다.

왕비 당신이?

에볼리 그리고 편지들을 폐하께 전달해드린 것도 저입니다.

왕비 당신이라고?

에볼리 파렴치하게도 왕비님을 감히 모함한 것도 접니다.

왕비 당신이? 어째서 그럴 수가 있나요?

에볼리 복수, 사랑 아니 제정신이 아니었던 것입니다. 왕자님을 사모하면서 왕비님을 미워했습니다.

왕비 왕자님을 사모했기 때문이란 말인가요?

에볼리 왕자님에게 사랑을 고백했지만 왕자님이 받아주시지 않았기 때문입니다.

왕비 (잠시 침묵하다가) 이제 모든 것이 분명해지는군요. 일어서세요. 당신이 왕자님을 사모했던 것이군요. 난 벌써 용서했어요. 이미 벌써 잊혀진 일입니다. 자아, 일어서세요.
(공주에게 팔을 내민다.)

에볼리 아니, 아니옵니다. 한 가지 더 무서운 일을 말씀드려야 합니다. 그것을 말씀드리기 전에는 그럴 수 없습니다. 고귀하신 왕비님!

왕비 (주의를 기울이면서) 더 이상 무슨 말을 들어야 한단 말이오? 말해보세요!

에볼리 폐하께서 저를 유혹하셨습니다. 아아, 고개를 돌리시는 얼굴에 체념의 빛이 역력하군요. 왕비님에게 덮어씌웠던 범죄를 제 자신이 저질러버리고 말았습니다.

(공주, 벌겋게 상기된 얼굴을 바닥에 댄다. 왕비 퇴장. 한참 후에 올리바레스 공작 부인, 왕비가 나간 방으로 들어오며 공주가 아직 자세를 바꾸지 않고 있는 것을 보고 가만히 그녀에게 다가간다. 공주, 사람 기척을 느끼고 몸을 일으켜 왕비의 모습이 안 보이는 것을 알아채고는 미친 듯이 벌떡 일어난다.)

제20장

에볼리 공주, 올리바레스 공작 부인.

에볼리 아아, 나를 두고 가셨어! 이제 끝장이구나.

올리바레스 (가까이 다가서며) 에볼리 공주!

에볼리 올리바레스님, 무슨 용무로 오셨는지 알고 있어요. 저에 대한 왕비님의 결정을 전달하러 오신 거지요? 얼른 말씀해주세요.

올리바레스 당신의 십자가와 열쇠를 받아오라고 왕비님께서 분부하셨습니다.

에볼리 (금 십자가를 가슴에서 벗겨서 공작 부인에게 건네준다.) 어렵겠지만 한 번 더 자비로우신 왕비님의 손에 입맞춤을 허락받을 수는 없을까요?

올리바레스 향후의 조치에 대해서는 마리아 수도원에서 듣게 될 것입니다.

에볼리 (눈물을 뚝뚝 떨어뜨리며) 왕비님을 다시는 뵙지 못하게 되는 걸까요?

올리바레스 (외면하며 그녀를 껴안는다.) 행복하게 살기를 바랄게요.

(공작 부인, 서둘러서 물러간다. 공주, 방문 앞까지 뒤따라가지만 문은 공작 부인이 나가자 곧 다시 닫힌다. 공주는 말없이 한동안 문 앞에 가만히 무릎을 꿇고 앉아 있다. 이윽고 급히 일어서며 얼굴을 감싼 채 달려 나간다.)

제21장

왕비, 포사 후작.

왕비 아, 마침내 오셨군요. 후작님이 오셔서 다행이에요.

후작 (창백한 얼굴은 일그러지고, 목소리는 떨린다. 이 장면 전체를 통해서 깊고 엄숙한 감동을 나타낸다.) 왕비님 혼자이십니까? 주변의 방에서 엿듣는 자는 없을까요?

왕비 아무도 없어요. 왜 그러세요? 무슨 일이 생긴 것인가요?
(후작의 얼굴을 자세히 들여다보고 놀라 뒷걸음친다.)
완전히 다른 사람 같군요! 어찌 된 일인가요? 저를 떨게 하시는군요. 후작님! 마치 죽어가는 사람 같은 표정을 하고 있어요.

후작 이미 알고 계시리라고 생각합니다.

왕비 카를님이 잡혀가신 일 말씀이지요? 그것도, 후작님이 직접 체포하셨다고 들었습니다. 역시 사실이었군요! 후작님에게서 듣기 전까지는 정말이라고 믿고 싶지 않았습니다.

후작 사실입니다.

왕비 정말로 후작님이?

후작 네, 제가……

왕비 (한동안, 불안스럽게 후작을 지켜본다.) 제가 이해할 수 없는 일일지라도 당신이 하신 일이라면 틀림없다고 믿습니다. 하지만 이번만큼은 주제넘은 아녀자를 용서해주세요. 제가 생각하기에 후작님은 너무도 엄청난 게임을 하시는 것이 아닌가 합니다.

후작 저는 이 게임에서 질 것입니다.

왕비 오, 하나님!

후작 안심하세요, 왕비님! 왕자님의 신상에 대해서는 걱정하지 않으셔도 됩니다. 게임에서 지는 것은 저 자신에게만 해당됩니다.

왕비 무슨 말을 하시려고 그러는 것인가요? 오, 하나님!

후작 도대체 누가 제 의심스러운 주사위에다가 모든 것을 거는 것입니까? 모든 것을 말입니다. 누가 이렇게 대담하고도 주제넘게 하늘을 상대로 내기를 하는 것입니까? 착각에 빠져 우연을 지배하려는 자가 누구란 말입니까? 전지전능하지도 못한 주제에 말입니다. 오, 맞습니다! 하지만 왜 지금 나란 말입니까? 이 순간도 인간의 삶처럼 더없이 소중한 것 아닙니까? 마지막 눈물 방울이 저를 위해 재판관의 인색한 손에 이미 떨어졌는지 누가 알겠습니까?

왕비 심판자의 손에서라고요? 어쩐지 고상한 말씀이신 것 같지만, 무슨 뜻인지는 잘 모르겠군요. 하지만 그것이 왠지 나를 두렵게 합니다.

후작 왕자님의 목숨은 건졌습니다. 그 대가가 무엇이면 어떻습니까? 하지만 오늘 하루만 안전하실 뿐입니다. 이제는 여유가 얼마 없습니다. 시간을 아껴서 왕자님은 오늘 밤 안으로 마드리드를 떠나셔야 합니다.

왕비 오늘 밤 안으로라고요?

후작 준비는 다 되어 있습니다. 비밀 은신처로 삼았던 카르토지오 수도원에 이미 마차가 대기하고 있습니다. 이 수표는 제가 이 세상에서 재수 좋게 챙길 수 있었던 전 재산입니다. 모자라는 부분은 왕비님께서 채워주십시오. 카를님에게 알려드려야 할 일들이 그리고 제 가슴속에 묻어두었던 것들이 많이 있습니다. 하지만 개인적으로 만나뵙고 말씀을 나눌 시간은 아마도 없을 것 같군요. 왕비님은 오늘 밤 왕자님과 만나시게 될 것입니다. 모든 것을 차질이 없도록 부탁드립니다.

왕비 후작님, 제가 안심할 수 있도록 제발 좀 분명하게 말해주세요. 수수께끼 같은 말씀만 하시는군요. 도대체 무슨 일이 일어났다는 말씀이세요?

후작 중요한 말씀을 한 가지 더 드리지 않으면 안 될 것 같군요. 왕자님께 꼭 좀 전해주세요. 왕자님을 벗으로 사귈 수 있었던 것은 제게 흔치 않은 행운이었다고 말입니다. 저의 유일한 벗에게 바친 저의 마음이 전 세계를 포용할 수 있었다고 전해주십시오. 저는 카를로스님의 가슴속에 수백만을 위한 낙원을 건설했습니다. 아아, 그것은 아름다운 꿈이었습니다. 하지만 신의 섭리는 미처 그 건설이 끝나기 전에 저를 이 세상에서 데려가려 하십니다. 카를로스님은 조만간 이 로데리히를 잃을 것이고, 그 자리를 그의 연인이 대신할 것입니다. 여기 이 신성한 제단에, 왕자님의 연인이신 왕비님의 가슴속에 저의 소중한 유언을 남겨두려고 합니다. 제가 이 세상을 하직하고 난 후에 왕자님은 그곳에서 제가 남기고 간 것을 발견하게 되실 것입니다.

(설움이 북받쳐 목이 멘 채, 얼굴을 옆으로 돌린다.)

왕비 마치 당장 죽으러 가는 사람 같은 말씀을 하십니다. 열정을 못 이겨 하시는 말씀인가요, 아니면 진심으로 하시는 말씀인지요?

후작 (마음을 가라앉히려고 애쓰며, 좀더 뚜렷한 어조로 말을 잇는다.) 아무쪼록 왕자님에게 우리들의 맹세를, 함께 감격에 겨웠던 그 옛날에 성찬을 나누며 했던 맹세를 잊지 말아달라고 전해주십시오. 저는 그것을 죽을 때까지 충실하게 지켜왔다고, 그리고 이번에는 왕자님의 차례라고 전해주십시오.

왕비 죽을 때까지라고요?

후작 꿈이 현실이 되었다고 그리고 거룩한 우정이 탄생했다고 전해주세요. 그 새로운 국가에 대한 대담한 꿈이 현실이 되었다고 꼭 좀 왕자님께 전해주십시오. 왕자님은 이 거친 암석에 손을 대는 최초의 사람이 될 것입니다. 성공이냐 실패냐 하는 것은 그에게 문제가 되지 않을 것입니다. 그는 착수할 것입니다. 몇 세기 후에 하늘은 틀림없이 왕자님 못지않은 왕자를 똑같이 높은 지위에 앉힐 것입니다. 그 새로운 총애하는 아들에게 동일한 감격을 불어넣으실 것입니다. 훗날 진정한 남자가 되신 후에도 젊은 날의 꿈을 소중하게 간직해달라고 그리고 치명적인 벌레들이 연약하고 품위 있는 신성한 꽃을 갉아 먹지 못하게 해달라고 전해주십시오. 속세의 지혜가 하늘이 내리신 거룩한 감격을 더럽히더라도 결코 방황하지 말아달라고 전해주십시오. 이런 것들은 진작부터 제가 말씀 올렸던 것이지만 말입니다.

왕비 후작님, 왜 계속 그런 말씀만 하시는 것입니까?

후작 그리고 또 제가 인류의 행복을 왕자님의 영혼에 맡겨놓았다고 전해주세요. 그리고 죽어가면서도 제가 인류의 행복을 위해 그것을 당부하더라고 왕자님에게 전해주세요. 당부하더라고! 저에게도 그 정도 자격은 있다고 생각합니다. 이 나라에 여명을 밝히는 일은 어쩌면 저의 책무였는지도 모릅니다. 폐하는 저를 신임해주시고 저를 자식과도 같다고 말씀하셨습니다. 저에게 국사를 맡기셨기 때문에 알바 일당은 이제 더 이상 아무런 힘도 없습니다.

(말을 중단하고, 말없이 한동안 왕비를 바라본다.)

울고 계십니까? 참으로 아름다운 마음이군요. 그 눈물은 기쁨의 눈물인 것으로 압니다. 하지만 이제는 이도저도 다 지나가버렸습니다. 카를님이든 저 자신이든 어느 한 사람이 희생해야 한다는 잔인한 결정을 시급히 내리지 않으면 안 되는 상황이 되었습니다. 그래서 저는 그저 저 자신을 선택한 것 뿐입니다. 이 이상은 더 묻지 말아주십시오.

왕비 이제, 이제야 겨우 무슨 말씀을 하시는지 알 것 같습니다. 불쌍하신 분! 무슨 일을 벌이신 것인가요?

후작 밝은 여름 낮을 살리기 위해서 저녁의 짧은 한때를 희생시키는 것일 뿐입니다. 저는 폐하를 포기했습니다. 어차피 저는 폐하에게 별 쓸모가 없는 사람이니까요. 이 척박한 토지에서 저의 장미는 꽃을 피우지 않습니다. 유럽의 운명은 저의 위대한 벗의 손을 통해서 성숙할 것입니다. 이 벗의 손에 저는 스페인을 맡기려 합니다. 그날까지 스페인은 필립의 밑에서 피를 흘릴 수밖에 없을 것입니다. 하지만 만약에라도 저의 선택이 잘못되어 나중에 후회할 수밖에 없는 지경에 이른다면 저나 왕자님도 기댈 언덕이 없어지게 될 것입니다. 아니, 아닙니다, 저는 왕자님을 압니다. 그런 일은 없을 것입니다. 그리고 그 증인은 바로 왕비님이십니다.

(잠시 침묵하다가)

저는 왕자님의 마음속에서 연정과 더할 수 없이 불행한 정열이 뿌리내리고 싹이 트는 것을 이 눈으로 봐왔습니다. 처음에는 저의 능력으로 그것을 억제할 수 없었던 것은 아닙니다. 하지만 저는 그렇게 하지 않았습니다. 저는 그것이 불행한 연정이라고 생각하지 않았기 때문입니다. 그래서 오히려 저는 그것을 자라게 하려고 노력했습니다. 세상 사람들은 저를 다르게 볼 수도 있을 것입니다. 하지만 저는 후회하지 않습니다. 부담스럽지도 않습니다. 왜냐하면 사람들이 죽음을 본 곳에서 저는 삶을 보았기 때문입니다. 희망이 없는 정열 가운데에서 저는 이미 희미하게 희망의 황금빛을 알아본 것일 뿐입니다. 그래서 그 빛이 찬란하게 최상의 미적 영역에 도달할 때까지 높이려고 생각한 것입니다. 그런데 그런 아름다움은 현실에서는 찾을 수도 없거니와 그것을 표현할 언어조차도 없기 때문에 저는 왕자님이 왕비님을 향하여 자신의 사랑의 의미를 밝혀나가게 하는 일에 저의 모든 힘을 쏟아 부었던 것입니다.

왕비 후작님, 당신은 친구 분에 대한 생각으로 가득 차서 제 일은 완전히 잊으신 것 같습니다. 제가 더 이상 한 사람의 연약한 여성이 아니라고 생각하시는 것입니까? 저를 그분의 천사로 삼고, 저의 덕을 그분의 무기로 삼으신 것 같습니다. 하지만 그런 정열을 여자의 마음으로 미화시키는 것이 얼마나 위태로운 일인지 생각하지는 못하신 것 같습니다.

후작 평범한 여자라면 그렇겠지요. 하지만 한 분만은 다릅니다. 그 한 분은 절대로 그렇지 않습니다. 혹시 왕비님께서는 굳건한 덕의 창조자가 되고자 하는 고귀한 소망을 부끄럽게 여기는 것은 아니겠지요? 에스쿠리알에 있는 필립 왕의 초상이 그 앞에 서 있는 화가의 마음을 영원히 불타오르게 했다고 해서 그것이 필립과 무슨 상관이 있겠습니까? 아름다운 멜로디가 라우테 속에서 잠자고 있다고 해도, 그리고 설혹 누군가가 그 악기를 사서 보관하고 있다고 해도, 그가 음악을 이해하지 못한다면 그 악기는 그자의 소유라고 말할 수 없지 않겠습니까. 그가 사들인 것은 그 라우테를 산산조각 낼 수 있는 권리뿐입니다. 은방울의 울림을 일깨우는 영묘한 노래의 가락에 녹아드는 기술을 사들인 것은 아닌 것입니다. 진리는 현자를 위해서만 존재하고, 미는 마음으로 느끼는 자를 위해서만 존재하는 것입니다. 두 분은 잘 어울리는 한 쌍이십니다. 저의 이 신념은 어떤 비겁한 편견으로도 깨뜨릴 수 없는 것입니다. 영원히 왕자님을 사랑해주세요. 남의 눈을 겁내거나, 그릇된 희생정신에 얽매여 애정을 부정하는 그러한 일은 결코 하지 마시기 바랍니다. 변함없이 끝까지 왕자님을 사랑하신다고 약속해주세요. 약속하실 수 있겠습니까? 왕비님! 그 약속을 이 손에 받고 싶습니다.

왕비 약속합니다. 나의 사랑을 심판하는 것은 영원히 내 마음뿐이라는 것을 약속합니다.

후작 (손을 도로 넣고) 그러면 이제 안심하고 죽을 수 있습니다. 제 책무는 끝났습니다.

(왕비에게 읍하고 떠나려 한다.)

왕비 (말없이 그의 뒷모습을 눈으로 쫓는다.) 후작님, 언제 다시 만나뵐 수 있는지 말씀도 없이 어디로 가시는 것입니까?

후작 (다시 돌아와서, 얼굴을 옆으로 돌리며) 반드시 다시 뵙게 될 것입니다.

왕비 당신을 이제야 이해할 것 같습니다, 포사 후작님! 이제 겨우 알게 됐습니다. 왜 저를 위해 그런 일을 하신 것입니까?

후작 왕자님 아니면 저겠지요.

왕비 아니, 아니, 그렇지는 않습니다. 당신은 자신이 숭고하다고 믿는 일에 스스로 달려든 것입니다. 아니에요. 자신을 속이지 마세요. 저는 당신이라는 분을 잘 알고 있습니다. 당신은 예전부터 그것을 갈망해오지 않았습니까. 설혹 수천의 가슴이 미어터질지라도 당신 자신의 긍지만 채워질 수 있다면 태연하실 것입니다. 이제야, 이제야, 당신을 이해하는 법을 배운 것 같습니다. 당신은 감동만을 갈망하시는 분입니다.

후작 (곤혹스러워하며, 혼잣말로) 저는 그런 것은 생각지 못했습니다.

왕비 (잠시 침묵하다가) 후작님, 구원받을 방법은 없는 것인가요?

후작 없습니다.

왕비 없다고요? 잘 생각해보세요. 방법이 없는 것인가요? 내 힘도 미치지 못한단 말입니까?

후작 왕비님 힘으로도 될 수 없습니다.

왕비 당신은 저를 잘 모르고 계십니다. 저에게는 용기가 있습니다.

후작 그것은 알고 있습니다.

왕비 그래도 구원받지 못할까요?

후작 불가능합니다.

왕비 (후작의 곁에서 떠나, 얼굴을 감싼다.) 그렇다면 가세요. 나는 이제 남자라는 존재가 싫어졌습니다.

후작 (몹시 감동하여, 왕비 앞에 무릎을 꿇는다.) 왕비님! 아아, 역시 인생은 아름답습니다.

(튀어 일어나 서둘러서 사라진다. 왕비, 거실로 들어간다.)

왕의 회의실 옆 대기실.

제22장

알바 공작과 도밍고, 따로따로, 말없이 왔다갔다한다. 레르마 백작, 왕의
회의실에서 나온다. 이윽고, 우체국장 돈 라이몬드 데 탁시스 등장.

레르마 포사 후작은 아직 오지 않았습니까?

알바 아직입니다.

(레르마, 다시 들어가려 한다.)

탁시스 (등장.) 레르마 백작, 폐하를 알현하게 해주세요.

레르마 폐하는 아무도 만나고 싶어 하지 않으십니다.

탁시스 꼭 만나뵙고 싶다고 전해주세요. 폐하에게 대단히 중대한 용
건입니다. 서둘러주십시오. 한시도 여유가 없습니다.

(레르마, 회의실로 들어간다.)

알바 (우체국장에게로 가서) 탁시스 씨, 인내심이 필요할 것입니
다. 알현하지 못할 거예요.

탁시스 못하다니, 어째서 그렇습니까?

알바 포사라는 기사의 허락을 받았습니까? 조심해야 할 것입니다.
아들과 아버지를 모두 매료시킨 사나이니까 말입니다.

탁시스 포사? 뭐라고요? 맞아요! 이것은 그 포사라는 사람에게서
받은 편지입니다.

알바 편지라고요? 무슨 편지입니까?

탁시스 브뤼셀로 보내라고 하는 편지입니다.

알바 (눈이 번쩍 띄어서) 브뤼셀이라고요?

탁시스 그것을 지금 폐께 가져왔습니다.

알바 브뤼셀이라고! 들었습니까? 신부님? 브뤼셀이랍니다!

도밍고 (다가와서) 어쩐지 아주 수상하군요.

탁시스 그것을 건네주실 때 몹시 불안해하면서 당황하고 있는 것 같았습니다.

도밍고 불안해했다고요? 그래!

알바 도대체 누구에게 보내는 것입니까?

탁시스 낫사우의 왕자와 오라니엔의 왕자에게 보내는 것입니다.

알바 뭐라고? 빌헬름이라고? 신부님, 그야말로 반역입니다.

도밍고 틀림없이 그렇군요. 이 편지는 즉시 폐께 보여드려야 합니다. 훌륭하십니다. 폐하에 대한 충성심이 돋보입니다.

탁시스 아닙니다, 신부님, 저는 그저 의무를 충실히 다한 것뿐입니다.

알바 잘하셨어요.

레르마 (회의실에서 나와서, 우체국장에게) 폐하께서 드시랍니다.
(탁시스, 들어간다.)
후작은 아직 안 보입니까?

도밍고 사람들이 여기저기 찾고 있습니다.

알바 괴이하고 이상하지 않습니까? 왕자가 중범으로 체포되었는데 폐하조차도 아직 그 이유를 잘 모르고 있으니 말입니다.

도밍고 만사 제쳐놓고 폐하에게 해명하려고 왔어야 하지 않겠습니까.

알바 도대체, 폐하는 무슨 생각을 하고 계시는 것입니까?

레르마 폐하는 아직 아무 말씀도 없으십니다.
(회의실에서 무슨 소리.)

210

알바   쉿, 무슨 소리지?

탁시스   (회의실에서 나오며) 레르마 백작!

(두 사람 들어간다.)

알바   (도밍고를 향해서) 무슨 일이 벌어지고 있는 걸까요?

도밍고   저 놀란 목소리는? 혹시, 만에 하나 그 가로챈 편지가? 공작, 난 어쩐지 불길한 예감을 떨칠 수가 없습니다.

알바   레르마를 부르셨어. 우리가 여기 대기하고 있는 것을 아실 텐데.

도밍고   우리의 시대는 지나가버렸군요.

알바   내가 지나가면 문이라는 문은 모두 열렸는데 그 당당하던 세도는 간데없고 세상이 완전히 바뀌고 말았습니다. 마치 딴 세상이 된 것처럼 말입니다.

도밍고   (살그머니 회의실 문으로 가서, 선 채로 엿듣는다.) 들어보세요!

알바   (잠자코 있다가) 쥐 죽은 듯이 조용하군. 숨소리마저 들릴 정도군요.

도밍고   이중 벽지가 소리의 울림을 죽이는 겁니다.

알바   물러나세요! 누가 나오는군요.

도밍고   (문에서 떨어진다.) 당장이라도 큰 일이 벌어질 것 같아 불안해서 견딜 수가 없군요.

제23장

파르마의 왕자, 페리아 공작 및 메디나 시도니아 공작, 귀족 몇 사람과 함께 등장. 앞의 사람들.

파르마 폐하를 알현할 수 있을까요?

알바 안 됩니다.

파르마 안 된다고요? 안에 누가 있습니까?

페리아 틀림없이, 포사 후작이겠지요.

알바 모두가 지금 그 후작을 기다리는 중입니다.

파르마 우리들은 지금 막 사라고사에서 도착했습니다. 마드리드 전체가 공포에 질려 있습니다. 그 소문이 사실입니까?

도밍고 유감스럽게도, 사실입니다.

페리아 사실이라고요? 왕자님이 말타 기사의 손에 체포됐단 말입니까?

알바 사실입니다.

파르마 어찌 된 것입니까? 무슨 일입니까?

알바 그 이유는 폐하와 포사 후작 외에는 아무도 모릅니다.

파르마 어전회의도 소집하지 않습니까?

페리아 국법을 유린하다니 괘씸한 녀석이 아닙니까.

알바 내가 보기에도 참으로 괘씸한 녀석입니다.

메디나 시도니아 동감이오!

다른 귀족들 우리도 동감이오!

알바 나를 따라 회의실로 가실 분이 아무도 없습니까? 저는 폐하의 발밑에 이 몸을 던질 생각입니다.

레르마 (회의실에서 튀어나온다.) 알바 공작님!

도밍고 마침내 부르시는군! 고마운 일이야.

(알바, 서둘러 들어간다.)

레르마 (몹시 흥분하여, 숨이 턱에 닿는다.) 말타 기사가 오면 폐하는 지금 의논 중이니 부를 때까지 기다리도록 하십시오.

도밍고 (레르마를 향하여. 다른 귀족들은 호기심에 못 견디고 레르마의 주위에 몰려든다.) 백작, 도대체 무슨 일이 벌어진 것입니까? 얼굴이 창백하십니다.

레르마 (서둘러서 사라지려 한다.) 그게 황공한 이야기라서.

파르마와 페리아 무슨 일입니까? 어떻게 됐다는 겁니까?

메디나 시도니아 폐하는 어찌하고 계십니까?

도밍고 (거의 동시에) 황공하다니? 무슨 일입니까?

레르마 폐하께서 우셨습니다.

도밍고 뭐라고? 우셨단 말입니까?

일동 (놀라서, 일제히) 폐하가 우셨다니!

(회의실에서 요령 소리가 난다. 레르마 백작 얼른 들어간다.)

도밍고 (레르마를 뒤쫓으며, 못 가게 하려 한다.) 백작, 한마디 더! 잠깐! 아아, 가버렸어! 나 참 황당하게 여기에 서 있어야만 하다니!

제24장

에볼리 공주, 페리아, 메디나 시도니아, 파르마, 도밍고, 그밖에 귀족들.

에볼리   (흐트러진 매무새로, 허둥대며) 폐하는 어디에 계십니까? 꼭
       만나뵈어야겠습니다.
       (페리아에게)
       공작님, 저를 폐하에게 데려다주세요.

페리아   폐하는 중대한 용무가 있으셔서 아무도 만날 수가 없습니다.

에볼리   벌써 서명하셨을까요, 그 무서운 판결문에? 폐하는 속고 계
       시는 겁니다. 그것을 말씀드리지 않으면 안 됩니다.

도밍고   (멀리에서 그녀에게 의미심장한 눈길을 보내며) 에볼리님!

에볼리   (그에게로 걸어가서) 어머, 신부님도 여기에 계시는군요? 마
       침 잘됐습니다. 증인이 되어주세요.
       (그의 손을 붙잡고, 회의실로 끌고 가려 한다.)

도밍고   나에게? 제정신이신가요?

페리아   기다리세요. 폐하께서 지금은 듣지 않으십니다.

에볼리   아닙니다. 들어주셔야 합니다. 진실을 말씀드리지 않으면 안
       됩니다. 비록 아무리 고귀한 분이실지라도 진실을 들으셔야
       합니다.

도밍고   아니, 안 됩니다. 그것은 억지입니다. 기다리세요.

에볼리   당신 같은 사람은 자기 신의 노여움을 두려워하시겠지요. 저
       는 더 이상 무서운 게 아무것도 없는 사람입니다.
       (회의실로 들어가려는 순간, 알바가 튀어나온다.)

알바	(눈은 반짝이며, 기고만장한 걸음걸이. 얼른 도밍고에게로 가서 껴안는다.) 전국의 교회에 일러서 감사의 찬가를 울리게 하세요. 승리는 우리의 것입니다.
도밍고	우리 것이라고요?
알바	(도밍고와 그 밖의 귀족들에게) 자아, 폐하의 어전으로 가십시다. 제 신상에 대해서 들으실 말씀이 있습니다.

제5막

궁정 안의 한 방.
간수들이 왔다갔다하는 널따란 앞마당이 쇠창살로 격리되어 있다.

제1장

카를로스, 책상 앞에 앉아 턱을 고이고 꾸벅꾸벅 졸고 있는 모습. 방구석에는 그와 함께 감금되어 있는 몇 명의 사관. 포사 후작, 카를로스가 눈치채지 못하게 들어와서 작은 소리로 사관들에게 무언가를 말하자 사관들이 즉시 사라진다. 포사 후작은 카를로스 바로 곁에 가서 잠시 말없이 슬픈 표정으로 그를 지켜본다. 이윽고 몸을 약간 움직여서 카를로스에게 인기척을 알린다.

카를로스 (일어나서 후작을 알아보고 놀라서 몸을 움츠린다. 그리고 한동
        안 커다란 눈으로 뚫어지게 그를 바라보며 무언가를 기억해내려
        는 듯이 손으로 이마를 만진다.)

후작   카를, 날세, 나라고.

카를로스 (손을 내밀며) 역시 와주었군, 잘 왔네!

후작   자네에게 친구가 필요할 것 같더군.

카를로스 정말인가? 정말로 그렇게 생각했단 말인가? 그랬단 말이지.
        정말이지 반갑네. 더할 수 없이 반갑군. 자네가 변하지 않았
        을 거라고 짐작하고는 있었네.

후작   나 역시 그런 말을 들을 자격은 있다고 생각하네.

카를로스 왜 아니겠나? 오, 우리는 아직 서로 잘 통하고 있는 것 같군.
        정말이지 그랬으면 좋겠군. 자네와 나 사이에 그런 아량과
        온정이 없다면 말이 안 되지 않겠나. 내 소망 중에는 분명히
        불합리하고 터무니없는 것이 있었을는지도 모르겠네. 하지만
        그렇다고 모두 다 그랬다고는 말할 수 없지 않겠나. 덕이라
        는 것이 엄격할 수는 있지만, 그렇다고 잔인한 것은 아니지
        않는가. 게다가 비인간적이라고 말할 수는 더더욱 없을 것이
        야. 분명히 엄청난 대가를 치렀다고 보네! 그래 맞아! 이제
        야 알 것 같아. 나를 제단의 희생양으로 바치고 나서 자네의
        연약한 가슴이 얼마나 괴로워했을지 알 것 같네.

후작   카를로스, 무슨 말을 하는 건가?

카를로스 내가 내 할 일을 다 하지 못했네. 이제는 자네가 그것을 완수
        해주어야 하네. 스페인 백성들이 헛되이 내게 기대했던 황금
        시대 말일세. 자네는 그들에게 가져다줄 수 있을 것이네. 난

216

이제 끝났어. 완전히 끝났단 말이네. 자네는 그것을 정확히 들여다보고 있었던 거야. 아아, 나는 이 끔찍한 연정 때문에 내 영혼의 꽃도 피워보지 못한 채 형체도 없이 꺾여버리고 말았어. 자네의 위대한 야망을 위해 나는 죽게 되겠지. 신의 섭리인지 우연인지는 몰라도 그대는 폐하와 가까워지게 되었네. 내 비밀을 대가로 말이야. 이제 폐하는 그대의 손 안에 있으니 자네는 폐하의 수호천사가 될 수 있을 거야. 나는 이제 더 이상 구원받을 수 없겠지만 스페인은 구원받을 수 있겠군. 아쉬운 것이 하나 있다면 내가 자네를 너무 몰랐다는 것이야. 자네의 마음이 부드럽기는 하지만, 엄청난 이상을 품고 있는 인간이라는 사실을 이 순간까지도 꿰뚫어보지 못했다는 것이 아쉽네.

후작   아니야! 난, 나는 미처 예상하지 못했네, 예상치 못했어. 한 친구의 고매함이 세상살이에 약삭빠른 내 신중함보다 더 나을 것이라고는 생각지 못했어. 내가 쌓아온 것이 한꺼번에 무너져버리고 말았네. 난 자네의 마음을 잊고 있었어.

카를로스   그건 그렇고, 그대가 왕비의 운명을 막을 수만 있었더라면 얼마나 좋았겠나? 이보게! 그랬더라면 자네의 고마움을 잊지 않았을 텐데 말이야. 나 혼자 이 운명을 감당할 수는 없었을까? 그분이 제2의 희생자가 될 수밖에 없었단 말인가? 아닐세, 이 이야기는 더 이상 하지 않겠네! 그대를 비난하지 않겠단 말이네. 그런데 그대가 왕비님과 무슨 상관이 있는지 모르겠네. 혹시 왕비님을 사랑하고 있는 것은 아니겠지? 그대의 고매함이 사소한 내 사랑 따위에 개의해서 그런 것은 아니겠지? 미안하네. 내가 잘못했네.

후작 자네답군. 하지만 비난 때문에 그런 것은 아니네. 만일에 내가 비난받을 짓을 했다면, 난 모든 비난을 뒤집어쓸 수밖에 없지 않겠나. 그리고 사실이 그랬다면 이렇게 자네 앞에 나서지도 못하지 않았겠나. (서류철을 꺼낸다.)

보관하던 편지의 일부일세. 받아주게.

카를로스 (알 수 없다는 듯이, 편지와 후작을 번갈아 본다.) 이것은?

후작 자네에게 돌려주겠네. 이제 내가 가지고 있는 것보다는 자네가 갖고 있는 것이 안전할 것 같네.

카를로스 이게 뭔가? 폐하께서 이것을 읽지 않았단 말인가? 그럼 그대는 아무것도 말하지 않았단 말인가?

후작 이 편지를 말인가?

카를로스 모두 보여주지 않았단 말이지?

후작 한 장이라도 보여드렸다고 누가 그러던가?

카를로스 (몹시 놀라면서) 이럴 수가? 실은, 레르마 백작이…….

후작 뭐라고? 레르마라고? 그랬었군. 이제야 모두 알 것 같네. 설마 그러리라고는 생각지 못했네. 그랬었군, 레르마였어. 맞아! 그 친구는 거짓말을 못하지. 맞아, 폐하의 책상 위에 있던 것은 다른 편지였네.

카를로스 (너무 놀라서, 말없이 오랫동안 그를 바라본다.) 그건 그렇다 치고, 그럼 내가 왜 이곳에 들어오게 된 것인가?

후작 조심하려고 그런 것뿐일세. 자네가 또다시 에볼리 같은 여자에게 속마음을 털어놓을까 봐 그랬던 것이네.

카를로스 (꿈에서 깨어난 듯) 아! 그랬단 말이지. 이제야 조금 알 것 같군. 이제 모든 게 분명해졌어.

후작 (문 쪽으로 간다.) 누가 왔나보군.

제2장

알바 공작, 앞의 사람들.

알바 (지극히 공손하게 왕자에게로 간다. 전체 무대를 가로지르며, 후작에게는 등을 돌리고 있다.) 왕자님, 왕자님은 자유의 몸이 되셨습니다. 이 말씀을 전하려고 폐하의 사자로서 찾아왔습니다.

(카를로스, 놀라서 후작을 본다. 모두 말이 없다.)

그리고 제가 처음으로 왕자님의 앞에 서게 된 것을 무한한 영광으로 여기는 바입니다.

카를로스 (도저히 알 수 없다는 표정으로 두 사람을 번갈아 본다. 잠시 후에 공작에게) 이유도 모르고 감금되더니, 다시 이유도 모르고 석방되는 거요?

알바 착오였을 뿐입니다. 왕자님! 제가 보기에 폐하께서는 어떤 사기꾼에게 속으신 것 같습니다.

카를로스 그렇다면 내가 여기 있는 것이 폐하의 명령 때문이 아니란 말이오?

알바 그런 것은 아닙니다만, 그것은 폐하의 착오 때문에 그런 것이었습니다.

카를로스   정말이지 유감스러운 일이군. 그렇다면 당신 스스로 오셔서 그것을 바로잡는 것이 당연한 일 아닌가요?

(후작의 눈을 더듬어 찾고, 그 속에서 알바 공작에 대한 경멸의 눈빛을 알아차린다.)

내가 필립 왕의 아들이라고들 말하면서 중상모략과 호기심의 눈초리들이 나에게 쏠려 있지 않소. 그대의 폐하가 어쩔 수 없이 나를 석방한 것을 두고, 마치 은혜를 베푼 것처럼 다른 사람들이 생각하는 것을 원치 않소. 나는 의회의 법정 앞에 나갈 준비가 되어 있소. 그대의 손으로 면책의 칼을 받지 않 겠소.

알바   왕자님을 폐하께 모시고 갈 수 있게 허락해주신다면, 폐하는 당장이라도 그 요청을 용인하실 것입니다.

카를로스   나는 여기에 있겠소. 폐하나 아니면 마드리드의 시민이 이 감 옥에서 나를 데리고 나갈 때까지 말이오. 그렇게 전달하시오. (알바 사라진다. 그러나 한동안 앞마당에 머물면서 명령을 내리 고 있는 것이 보인다.)

제3장

카를로스, 포사 후작.

카를로스   (알바 공작이 나가자 기다렸다는 듯이 도무지 알 수 없다는 표 정으로 후작을 향하여) 도대체 모르겠네. 설명을 해주게. 자네는 더 이상 재상이 아니란 말인가?

후작 보는 그대로네. 이제는 아니야.

(카를로스에게 다가가 깊은 감동을 보이며)

이봐, 카를, 효과가 있었어! 효과가 말이야. 성공한 거야. 신의 은총일세!

카를로스 성공이라고? 무엇이? 난 도무지 모르겠어.

후작 (그의 손을 잡고) 자네는 살아난 거야. 카를! 자유의 몸이라고! 이것으로 나는 (말을 잇지 못한다.)

카를로스 그럼 자네는?

후작 이제야 겨우 당당하게 자네를 이 가슴에 안을 수 있겠군. 나에게 귀중한 모든 것을 희생한 대가로 말일세. 아아! 카를! 이 순간이 얼마나 즐겁고 그리고 얼마나 대견스러운지 모르겠네. 이제 나는 만족하네.

카를로스 이것 보게! 자네 갑자기 당당해졌군! 이런 자네를 보는 건 처음 있는 일일세. 당당하게 가슴도 펴고 그리고 눈빛도 빛나고 있군.

후작 카를! 이제 헤어질 때가 왔네. 놀라지 말게. 사내답게 들어주게.

무슨 말을 듣는다고 할지라도 자네답지 않게 흐트러져서는 안 되네. 마지막 이별이 가슴 아프지 않았으면 싶네. 그러지 않겠다고 약속해주게. 카를! 자네는 나를 잃게 될 걸세! 여러 해 동안 어리석은 자들의 말을 빌리자면 영원히 말이야.

(카를, 손을 놓으면서 뚫어질 듯이 그를 바라보며 아무 말이 없다.)

남자가 되어주게. 그대와 함께하는 이 불안한 한 시간을 내가 감당하리라고 믿네. 이 시간을 이제 마지막이라고들 하지 않나. 그래, 자네에게 고백해야겠지, 카를? 사실 난 기분이 좋네. 자, 앉자고! 난, 맥이 다 빠져서 기운이 없네.

(여전히 화석처럼 굳은 채 그의 의지와 상관없이 앉아 있는 카를로스 가까이 다가간다.)

어떻게 된 거야? 왜 대답이 없나? 간단히 설명하겠네. 카르토지오 수도원에서 마지막으로 자네를 만났던 그 다음 날 난 폐하의 부름을 받았네. 그 결과는 자네만 빼고, 마드리드 전체가 다 알고 있지. 왕비의 서랍에 있던 편지 때문에 자네의 비밀이 밝혀졌고, 그 때문에 폐하 자신의 입으로 내가 자신의 충복이라고 하는 말까지 듣게 되었다는 것을 말일세.

(카를로스가 여전히 침묵하자, 그의 대답을 기다리는 것을 포기한다.) 그래, 카를! 난 내 입으로 왕의 신뢰를 깨버렸네. 난 혼자서 자네가 몰락하게 음모를 꾸몄던 거야. 그런데 일이 너무 커져버려, 자네를 변호하기에는 너무 늦어버린 것이네. 그래서 내게 남은 수단은 폐하의 복수를 내 손으로 수행하는 것뿐이었네, 자네를 좀더 강력하게 보필하기 위해서 자네의 적이 되었던 것이네. 자네 듣고 있나?

카를로스 듣고 있어. 계속, 계속해봐.

후작 여기까지는 난 죄가 없네. 하지만 얼마 안 있어서, 폐하의 새로운 은총이라는 익숙지 못한 광채가 나를 드러내버렸네. 예상했던 대로 소문은 자네의 귀에도 들어갔지. 하지만 그릇된 애정에 끌려서 말일세, 자네 없이 이 무모한 모험을 끝내버리겠다는 우쭐한 광기에 눈이 멀어 친구에게는 위험한 내 비밀을 숨겼던 것이네. 하지만 너무 서두르고 말았지 뭔가! 실수였어. 내 기대가 너무 앞섰다는 것은 나도 알고 있네. 미안하이. 자네의 변함없는 우정을 믿고 한 일이니까 말일세.

(여기서 입을 다문다. 돌처럼 굳어 있던 카를로스 차츰 격심한 감동이 표정에 나타난다.)

내가 두려워했던 일이 벌어졌어. 날조된 위험이 자네를 부르르 떨게 해버렸어. 피를 흘리는 왕비, 울려 퍼지는 왕궁의 비명 소리, 레르마의 불행한 충성심, 그리고 마지막으로 이해할 수 없는 나의 침묵, 이 모든 것이 자네의 놀란 가슴속으로 파고 들어가겠지. 그리고 자네는 흔들리고, 결국 나를 잃게 될 걸세. 하지만 친구의 신의를 의심하기에는 자네는 너무 고귀한 사람이야. 자네는 친구의 불의를 엄청나게 변명해대겠지. 그러고 나서야 비로소 친구의 불의를 믿을 수 없다고 말할 수 있을 거야. 왜냐하면 그래야 신의 없는 자네의 친구를 여전히 존중할 수 있게 될 테니까 말이야. 자네의 유일한 친구에게 버림받고 나면, 자네는 에볼리의 팔에 자네를 맡기고 말 걸세. 불쌍한 친구! 악마의 팔에 말이야. 왠지 아는가? 그 팔이 바로 자네를 배신할 것이라서 그러네.

(카를로스, 일어선다.)

자네가 달려가는 것을 보고 불길한 예감이 들어 자네 뒤를 쫓았는데 너무 늦어버렸네. 고백이 벌써 자네의 입술을 타고 넘어가버렸지 뭔가. 자네에게 이제 구원의 기회는 더 이상 없어져버린 것이네.

카를로스 아니야!, 아니야! 에볼리는 동정해줬어. 자네가 오해하고 있는 거야. 에볼리는 분명히 동정해주었다고.

후작 나는 눈앞이 캄캄해졌다네. 이제 끝장이다. 더 이상 빠져나갈 수 없어. 더 이상 어디를 둘러봐도 방법이 없었다네. 절망이 내 마음을 악귀로 만들고 짐승으로 만들었다네. 내가 여인의 가슴에 단검을 들이대려는데, 그 순간 불현듯 섬광이 스쳐 지나가지 않겠나. "그래, 왕을 속여보자. 죄를 내가 뒤집어쓰면 어떨까. 아마 될지도 몰라! 왕은 충분히 속아 넘어갈 거야. 아마도 필립 왕은 그러고도 남을 거라고! 왕이 고민하는 동안 카를이 브라반트로 피신할 시간을 벌 수 있을 것"이라고 말일세.

카를로스 그래, 그대는 그렇게 했어야 하지 않는가?

후작 난 빌헬름 폰 오라니엔에게 편지를 썼네. 내가 왕비님을 사랑하고 있다고, 그리고 그것을 자네에게 덮어씌워 왕의 의심을 벗어나고 있다고 말일세. 그리고 왕에게 아첨해서 자유롭게 왕비님에게 접근할 수 있게 되었다는 것도 적었어. 그리고 탄로 날 것을 알고 덧붙여두었지. 자네가 내 사랑을 알아채고 왕비님에게 경고하려고 에볼리 공주에게로 달려갔다고 말일세. 그래서 어쩔 수 없이 자네를 여기에 감금해두었다고 말일세. 그리고 이제는 모든 희망이 사라져서 브뤼셀로 도주할 작정이라는 것도 덧붙여두었다네. 그 편지를……

카를로스 (놀라서 상대의 말을 가로챈다.) 설마 우편으로 발송하지는 않았겠지? 브라반트와 플랑드르 행 편지는 전부……

후작 왕에게 넘어갈 거라는 것 말인가. 사태의 추이로 보면 탁시스는 이미 자신의 의무를 다한 것 같네.

카를로스 하나님 맙소사! 이렇게 내가 무너지다니!

후작 자네가? 어째서 자네가 파멸인가?

카를로스 불행하지만 나뿐만이 아니네. 자네도 마찬가지란 말일세. 그런 터무니없는 거짓말을 내 아버지가 용서할 리가 없어. 그것은 죽어도 용서치 않을 걸세.

후작 터무니없는 거짓말이라고? 정신이 나간 거 아닌가. 생각 좀 해보게. 그게 거짓말이라고 누가 감히 폐하께 말한단 말인가?

카를로스 (그의 얼굴을 뚫어지게 본다.) 누가 하냐고 묻는 것인가, 자네? 바로 날세!

(가려고 한다.)

후작 어딜 가려고 그러나? 거기 서게!

카를로스 비키게! 비키란 말이야! 제발 나를 막지 말게. 이러는 동안에 왕은 벌써 죽이라고 명령했을지도 몰라.

후작 그래서 시간은 더욱더 소중한 것 아닌가. 우린 아직 할 말이 많단 말일세.

카를로스 뭐라고? 아버지가 모든 것을 처리하기 전에…….

(다시 가려고 한다. 후작, 그 팔을 잡고 의미심장하게 그의 눈을 들여다본다.)

후작 이봐, 카를로스! 어릴 때 말이야, 자네가 내 대신에 피를 흘렸을 때 나도 이렇게 진심으로 서둘렀던가?

카를로스 (완전히 감동한 채로 그의 앞에 서 있다.) 조심하게!

후작 살아남아야 하네! 플랑드르를 위해서 말일세. 바로 그 왕국이 자네가 일해야 할 곳이네. 내가 할 일은 자네를 위해 죽는 거야.

カルロス　(다가가서 진심 어린 마음으로 그의 손을 잡는다.) 아니야! 아니야! 아버님은 저항할 수 없을 거야, 자네의 숭고한 기백을 물리치지 못할 거라고. 내가 자네와 함께 가겠네. 팔짱 끼고 아버님께 함께 가세. 그리고 한 친구가 자신의 친구를 위하여 저지른 일이라고 말하겠네. 아버님은 틀림없이 감동을 받으실 거야. 믿어주게. 그분은, 아버님은 인간의 정의를 모르는 분이 아니야. 분명히 감동 받으실 걸세. 감격의 눈물을 흘리면서 우리 둘 다 용서하실 거야.

(격자문 사이로 총성이 울린다. 카를로스가 튕기듯 일어난다.)
앗! 누구를 쏜 거지?

후작　난 것 같아!

(쓰러진다.)

カルロス　(비통하게 울부짖으며 그의 곁에 엎어진다.) 자비를 베푸소서!

후작　(더듬대는 목소리로) 재빠르군. 폐하께서 말이야. 오랫동안…… 자네를 구하려고 생각했었네…… 듣고 있나? 자네를 구하려고…… 어머님은 모두 알고 계시네…… 난 더 이상…….

(카를로스, 죽은 듯이 시체 옆에 쓰러져 있다. 얼마 후 왕은 다수의 귀족을 거느리고 등장, 이 광경을 보고는 놀라서 움찔한다. 일동 소리 없이 오래 침묵한다. 귀족들은 두 사람 주위를 반원형으로 둘러싸고, 왕과 왕자를 번갈아 바라본다. 왕자는 꼼짝도 않고 엎드린 채 있고 왕은 걱정스러운 듯 가만히 왕자를 지켜본다.)

제4장

왕, 카를로스, 알바, 페리아, 메디나 시도니아 등 여러 공작, 파르마 왕
자, 레르마 백작, 도밍고, 그리고 수많은 귀족들.

왕   (부드러운 어조로) 왕자야, 그대의 소원을 받아들여 이렇게
    귀족들과 함께 내 몸소 이리로 왔다. 그대에게 자유를 명하
    기 위해서 말이다.
    (왕자, 얼굴을 들고 꿈에서 막 깨어난 사람처럼 주위를 둘러본
    다. 그 눈은 왕을 향하기도 하고 시체를 향하기도 한다. 그는 대
    답하지 않는다.)
    네 칼을 다시 받아라! 일이 너무 빨리 진행돼버려서 그렇게
    되었다.
    (그에게 다가가서, 손을 내밀어 일으켜 세우려 한다.)
    거기는 내 아들이 있을 자리가 아니다. 일어서거라. 아버지
    의 팔에 안겨라.

카를로스   (의식이 없는 상태에서 왕의 팔에 안긴다. 그러다가 갑자기 제
    정신이 들면서 손을 거둬들이고 찬찬히 왕의 얼굴을 본다.)
    당신에게서 살인자의 냄새가 나서 안을 수 없군요.
    (왕을 떠민다. 귀족들 동요한다.)
    그러지 마세요! 그렇게 놀라서 서 있지 마세요! 내가 무슨
    엄청난 일이라도 저질렀단 말입니까? 폐하에게 손 하나라도
    까딱했단 말인가요? 걱정들 마세요. 폐하께 손가락 하나도
    까딱하지 않을 테니까. 폐하 이마에 찍힌 낙인이 보이지 않

습니까? 저것은 신이 표시하신 것입니다.

왕　(얼른 사라지려 한다.) 모두들, 나를 따르라.

카를로스　어디로 가시려고? 이 자리를 뜨지 마세요, 폐하!

（두 팔로 억지로 왕을 못 가게 한다. 그러는 중에 한 손이 왕이
가져온 패검에 걸려서 칼집이 벗겨진다.)

왕　애비에게 칼을 휘두를 셈이냐?

귀족 일동　(주위에 있던 모든 귀족들이 칼을 빼 든다.) 시해다!

카를로스　(한 손으로 왕을 단단히 잡고, 한 손에 칼날이 시퍼런 칼을 빼
들고) 칼을 거둬라. 무슨 짓을 하려는 것이냐? 내가 미치기
라도 했단 말이냐? 난 멀쩡하다. 내가 만약 미쳤다면, 이 칼
끝에 폐하의 목숨이 달려 있다는 사실을 내게 상기시켜서는
안 되지 않느냐? 부탁이니 물러서 있어라. 나 같은 사람에게
맞서면 위험하단 말이다. 그러니 제발 물러서 있어라. 내가
이 왕과 결말지으려고 하는 것은 그대들의 충성의 맹세와는
아무 상관없는 일이란 말이다. 봐라! 피에 물든 왕의 손을 잘
보아라! 보이지 않느냐? 그리고 이 시체를 봐라! 바로 이 사
람의 짓이다. 바로 이 위대한 예술가의 짓이란 말이다.

왕　(걱정스럽게 주위로 몰려오는 귀족들에게) 모두 물러가라. 걱
정할 것 없다. 애비와 자식 사이가 아닌가. 피를 나눈 자식이
뭘 어떻게 하겠는가?

카를로스　피를 나누었다고? 난 그런 사람 모릅니다. 지금 문제가 되는
것은 살인이란 말입니다. 인간적인 끈은 이제 끊어져버렸습
니다. 당신 스스로 끊었단 말입니다, 당신의 왕국에서 말입
니다. 당신이 포기한 것을 내가 존중해야 한단 말입니까? 보

세요! 여기를 보세요! 오늘 같은 이런 살인은 지금까지 저질러진 적이 없었습니다. 신은 이제 존재하지 않는 것입니까? 뭡니까? 신이 창조한 세계에서 왕들이 이 같은 무도한 짓을 해도 되는 것입니까? 신은 정말 없는 것인가요? 어미들이 자식을 낳기 시작하고부터, 이처럼 부당하게 죽임을 당한 사람은 단 한 사람뿐일 것입니다. 당신은 알고 있기나 한 겁니까, 당신이 무슨 짓을 저질렀는지 말입니다. 아니에요. 이 사람은 모르고 있습니다. 자신이 이 세상에서 한 생명을 훔쳤다는 사실을 말입니다. 이 생명은 자기의 시대가 가졌던 어떤 것보다도 더 중요하고, 더 고귀하고 그리고 더 값지다는 사실을 말입니다.

왕 (부드러운 어조로) 내가 비록 섣부른 짓을 했다 해도 너를 위해서 한 일이었다. 그렇게 추궁할 필요는 없는 것 아니냐.

카를로스 뭐라고요? 그게 가당키나 한 말입니까? 이 죽은 자가 내게 어떤 사람인지 당신은 생각조차 못하는군요. 이분에게 말씀 좀 해주세요. 이 어려운 수수께끼를 풀어드리세요. 죽은 자가 바로 내 친구였다고 말입니다. 알고 싶지 않으십니까? 그가 왜 죽었는지? 그는 나를 위해서 죽었습니다.

왕 어쩌면, 그럴는지도 모른다고 생각은 했는데.

카를로스 로데리히! 용서해주게! 그대의 비밀을 이런 사람들이 알게 하는 것을 말일세. 하지만 이 늙은이의 잿빛 분별력이 청년의 예지에 밀렸다는 것을 알리고 싶네. 이 늙은 구렁이가 수치심을 느끼게 말이야.
폐하! 우리는 형제였습니다. 혈연 이상의 고귀한 매듭으로 결합된 형제였단 말입니다. 그의 아름다운 생애는 사랑으로 일관했습니다. 이 위대하고 아름다운 죽음도 나에 대한 사랑 때문이었습니다. 당신이 이 친구의 존경을 받으면서 기고만 장할 때에도 이 친구는 내 사람이었습니다. 그리고 그의 대담한 언변이 당신의 거만한 정신을 농락하고 있을 때에도 그는 내 사람이었습니다. 당신은 이 사람을 지배하고 있다고 생각했을 것입니다. 하지만 당신은 이 친구의 고귀한 계획에 순종하는 도구에 지나지 않았던 것입니다. 내가 체포된 것도 우정에서 우러난 그의 치밀한 계략이었고, 오라니엔에게 쓴 편지도 나를 구하기 위해서 그랬던 것이란 말입니다. 아아, 그것은 그의 일생에 단 한 번뿐인 거짓말이었는데, 나를 살려내기 위해서 말입니다. 그는 죽음을 향해 몸을 던져 기꺼이 죽음을 맞은 것이지요. 당신은 그를 중용했지만 그는 나를 위해서 죽어간 것입니다. 당신은 그에게 사랑과 우정을 강요했었지요. 하지만 당신의 왕권은 그에겐 장난감에 지나지 않았단 말입니다. 그는 그것을 내던지고 나를 위해서 죽어간 것입니다!

(왕, 눈을 내리깐 채 미동도 않는다. 귀족들, 당황한 나머지 겁에 질려서 왕을 본다.)

아무리 그렇다고 폐하는 어쩌자고 그런 터무니없는 거짓말을 신뢰할 수 있었단 말입니까? 이 친구가 이렇게 빤한 방법을 쓴 걸 보면 아마도 어지간히 당신을 경멸했었나 봅니다. 어울리지도 않게 당신은 그의 우정을 기대했다가 뒤통수를 맞은 것 아닙니까. 원래부터 그는 당신들과는 어울릴 수 없는 사람이었어요. 당신들 같은 사람들은 넘볼 수조차 없는 그런 인간이었단 말입니다. 그는 스스로도 그것을 알고 있었기에 국왕인 당신조차도 뿌리치고 만 것입니다. 이렇게 정교한 악기는 차디찬 당신의 손 안에서는 부서질 수밖에 없는 것 아니겠습니까? 그래서 당신은 그를 죽일 수밖에 없었던 것입니다.

알바 (그동안 내내 왕에게서 눈을 떼지 않고 왕의 얼굴에 나타나는 동요의 빛을 불안한 듯이 지켜보고 있다가 슬금슬금 왕에게로 다가가) 폐하! 이런 적막함은 끔찍하옵니다. 주위를 돌아보십시오. 저희들과 말씀을 나누시는 것은 어떠실는지요.

카를로스 이 친구에게 당신은 다른 사람들과 똑같은 그런 사람이 아니었습니다. 당신은 이 친구의 관심을 끌었던 적이 있었습니다. 아마 당신은 행복했을 것입니다. 이 친구의 풍요로운 마음의 샘물이 당신의 갈증을 없애고, 그의 정신의 한 조각이 당신을 신으로 만들었을 것입니다. 하지만 당신은 당신 자신을 스스로 훔쳐버리고 말았습니다. 당신은 이만한 인물을 무엇으로 대신할 수 있다는 말씀입니까?

(깊은 침묵. 귀족들은 더러는 눈길을 돌리기도 하고 더러는 망토로 얼굴을 가린다.)

여기 모여 너무 무섭고 그리고 너무 감동해서 입도 벙긋 못하는 이들이여, 아버지에게 아니 왕에게 쓰디쓴 충고를 하는 이 젊은이를 비난하지 마시오. 여기를 보시오. 이 친구는 나를 위해서 죽기까지 하지 않았소! 눈물이 있다면, 녹은 쇳물이 아닌 따뜻한 피가 혈관을 흐르고 있다면, 여기를 보고 나를 비난하지 마시오!

(약간 평정을 되찾고, 왕을 향하여)

이 불편한 사건이 어떻게 수습되리라고 기대하시나요? 여기에 제 칼이 있습니다. 당신은 다시 저의 국왕이 되셨습니다. 제가 당신에 대한 복수에 치를 떨고 있다고 생각하십니까? 나도 죽여버리세요! 당신이 가장 고귀한 사람을 살해했던 것처럼 말입니다. 목숨이 다 되었다는 것쯤은 나도 알고 있습니다. 이제 목숨 따위가 내게 무슨 소용이 있단 말입니까? 이 세상에 걸었던 기대는 모두 버렸습니다. 당신은 이 낯선 자들 틈에서 왕자를 찾고 계시는군요. 이곳은 내 세상이 아닙니다.

(시체 옆에 엎드려 더 이상 사태에 관여하지 않는다. 그사이에, 멀리서 군중의 웅성거림이 들린다. 왕의 주변은 깊은 정적. 왕의 시선이 일동을 둘러보지만, 누구 하나도 그 시선에 답하지 않는다.)

왕   뭣들 하느냐! 대답할 자가 아무도 없단 말인가? 어찌하여 모두 땅만 쳐다보고 얼굴을 감추고 있단 말이냐? 이것이 나에 대한 판결이란 말이지. 벙어리 같은 표정에서 분명하게 읽을 수 있다. 이것은 바로 신하들이 나를 재판한 것이 아니고 무엇이란 말인가.

(앞서와 같은 침묵. 시끄러운 소리는 점점 커진다. 주변의 귀족들 사이에서 속삭임이 들리고, 낭패한 듯 서로 시선을 교환한다. 마침내 레르마 백작, 알바 공작을 팔꿈치로 찌르면서)

레르마   틀림없이 폭풍인 것 같습니다!

알바   (낮은 소리로) 그런 것 같습니다.

레르마 누군가 이리로 달려오고 있습니다. 이쪽으로 오고 있어요.

제5장

친위대의 사관 하나, 앞의 사람들.

장교 (긴급하게) 반란입니다! 폐하는 어디 계십니까?

(사람들을 제치고, 왕의 앞으로 나선다.)

마드리드 시 전체가 봉기했습니다! 수천 명의 사나운 병사와 폭도들이 왕궁을 포위하고 있습니다. 카를로스 왕자님이 체포되었고 생명이 위태롭다는 소문이 퍼지고 있습니다. 왕자님의 무사하신 모습을 보지 못하면 마드리드 시가 전체를 불태울 것이라고 합니다.

귀족 일동 (동요한다.) 폐하를 구하자! 폐하를 구해야 한다!

알바 (실성한 듯이 멍하니 서 있는 왕에게) 폐하! 피신하옵소서! 위험하옵니다! 폭도들을 선동한 것이 누구인지 아직 모르옵니다만 위험하옵니다.

왕 (번쩍 제정신이 들자, 위엄 있게 사람들 사이로 걸어온다.) 내 왕좌는 아직 있는가? 내가 아직도 이 나라의 국왕인가? 아니야, 이제는 국왕이 아니야. 어린 녀석에게 감염돼서 겁쟁이들은 모두 울고 있구나. 모두가 나를 배반할 반란의 신호를 기다리고 있는 거야. 나는 반역자들에게 당한 거야.

알바 폐하! 어찌 그런 무서운 말씀을!

왕	모두 거기에 엎드리는 게 좋을 거야. 싱싱한 젊은 국왕 앞에 꿇어 엎드리는 게 좋을 거야. 나는 이제 끝이야! 찌들어 빠진 노인일 뿐이야.
알바	그런 말씀을 하시다니! 자아, 스페인인이여!

(일동, 왕의 주위에 몰려들어 검을 뽑아 들고 그의 앞에 무릎을 꿇는다. 카를로스 혼자 시체 곁에 남겨진다.)

왕	(망토를 벗어 내던진다.) 녀석에게 그 국왕의 망토를 입혀줘라. 내 시체를 밟고 넘어서 저 녀석을 들어 올려라!

(실신하여, 알바와 레르마의 팔에 안기며 쓰러지려 한다.)

레르마	큰일이다!
페리아	아아, 이 무슨 변인가!
레르마	실신하셨다!
알바	(왕을 레르마와 페리아의 팔에 맡기고) 침실로 안내하세요. 그동안에 나는 마드리드에 평화를 되찾아주고 오겠소.

(알바, 퇴장. 왕을 데려간다. 귀족 일동 그 뒤를 따른다.)

제6장

카를로스 혼자 시체 곁에 남아 있다. 이윽고 루이스 메르카도가 나타나서 겁을 먹은 채 주위를 둘러보다가 한동안 잠자코 왕자의 뒤에 서 있다. 왕자는 그것을 모른다.

메르카도	왕비님의 심부름을 온 자입니다.

(카를로스, 눈을 돌린 채 대답이 없다.)

메르카도라 하오며 왕비님의 주치의이옵니다. 이것이 신임의 징표입니다.

(왕자에게 문장이 새겨진 반지를 보여준다. 왕자, 여전히 침묵.)

왕비님께서는 오늘 안으로 꼭 만나뵙고 싶다고 하십니다. 중요한 일 때문에……

카를로스 이제 내게 중요한 것은 이 세상에 없소.

메르카도 포사 후작님이 남기고 가신 용건이라고 들었습니다만.

카를로스 (벌떡 일어난다.) 뭐라고? 당장 가겠다.

(함께 가려고 한다.)

메르카도 안 됩니다, 지금은 안 됩니다. 왕자님! 오늘 밤까지 기다려 주십시오. 출입구가 모두 폐쇄되고 경호원들도 두 배로 늘어났습니다. 눈을 피하여 왕비님이 계신 곳으로 들어가는 것은 불가능합니다. 하지만 왕자님은 뭐든지 감행하려고 하지 않겠습니까?

카를로스 하지만!

메르카도 방법은 하나뿐입니다. 왕자님! 왕비님께서 생각해내셨는데, 좀처럼 보기 드문 대담한 방법을 왕자님께 제안하셨습니다.

카를로스 그게 뭔가?

메르카도 아시겠지만 선왕의 망령이 한밤중에 수도사의 모습으로 왕궁의 회랑을 떠돌아다닌다는 소문이 이전부터 있었지 않습니까? 백성들은 그 소문을 믿고 있습니다. 야간 경비병들도 겁을 먹고 그 장소는 얼른 지나친다고들 합니다. 만약 왕자님께서 그런 모습으로 변장하신다면 경비병들 사이를 거뜬히

지나서 왕비님의 방에 가실 수 있을 것입니다. 이것이 방 열쇠입니다. 수도사의 모습을 하고 계시면 아무도 건드리지 못할 것입니다. 하지만 그 결심은 지금 당장 해주셔야 합니다. 그러면 필요한 의상이나 가면은 왕자님 방으로 보내드리겠습니다. 저는 서둘러서 왕비님에게 회답을 드려야 합니다.

카를로스 그럼 시간은?

메르카도 밤 열두 시입니다.

카를로스 기다려달라고 전해주시오.

　　　　（메르카도 퇴장.）

제7장

카를로스, 레르마 백작.

레르마 도주해야 합니다. 왕자님. 폐하께서는 화가 단단히 나셨습니다. 목숨까지는 아니더라도 자유롭지 못하게 될 것입니다. 더 이상은 묻지 말아주십시오. 이것을 알려드리려고 몰래 자리를 비우고 왔습니다. 한시라도 빨리 피신하십시오.

카를로스 난 운명을 하늘에 맡기고 있다.

레르마 조금 전에 왕비님도 제게 귀띔하셨습니다. 왕자님은 오늘 중이라도 마드리드를 떠나서 브뤼셀로 피신해야 한다고 하셨습니다. 절대로 늦춰서는 안 됩니다. 절대로 말입니다. 폭동을 피하시기에는 아주 안성맞춤입니다.

사실은 그럴 작정으로 왕비님께서 일으키신 것입니다. 지금은 아무도 왕자님께 난폭한 짓을 하지 않을 것입니다. 카르토지오의 수도원에 역마차를 대기시켰습니다. 만일의 경우를 위하여 이 무기를 가지고 가십시오!

(단도와 권총을 건넨다.)

카를로스 고맙소! 레르마 백작.

레르마 오늘 왕자님께서 하신 말씀에 깊은 감명을 받았습니다. 흔치 않은 우정이라고 생각되옵니다. 나라를 사랑하는 자치고 왕자님 때문에 눈물을 흘리지 않는 자는 없을 것입니다. 지금은 더 이상 말씀드릴 수가 없군요.

카를로스 레르마 백작! 여기 이 죽은 사내도 당신을 훌륭한 분이라 말했었소.

레르마 왕자님! 한 번 더 말씀드리지만 제발 무사히 도착하시기 바랍니다.

곧 나은 세상이 올 것입니다. 하지만 그때에는 이미 저는 이 세상 사람이 아닐 것입니다. 지금 여기서 제 충성의 맹세를 받아주십시오.

(카를로스 앞에 한쪽 무릎을 꿇는다.)

카를로스 (그를 제지하려 한다. 깊이 감동하여) 안 되오! 백작! 그건 안 됩니다. 당신은 나를 감동시키는군요. 나는 약해지지 않을 것입니다.

레르마 (감격하여 그의 손에 입 맞춘다.) 제 아이들의 왕이시어! 제 자식들은 당신을 위하여 죽을 수가 있겠지만 이제 저는 그렇게 할 수 없을 것입니다. 제 자식들을 보시면 저를 기억해주시기 바랍니다. 제발 무사히 스페인으로 돌아오시기를! 필립 왕의 뒤를 승계하시면 대장부다운 국왕이 되옵소서! 왕자님 께서도 고통을 겪으셨으니, 피비린내 나는 일을 아버님에게 해서는 안 됩니다. 왕자님! 절대로 피비린내 나는 일을 해서 는 안 됩니다. 필립 2세는 부왕을 왕좌에서 억지로 끌어 내 리셨습니다. 하지만 이제는 그 필립 2세가 당신 자신의 왕자 를 겁내고 계십니다. 제발 그렇게 된 심정을 잘 헤아리시옵 소서! 자! 그럼, 왕자님께 신의 가호가 있기를!

(서둘러서 물러난다. 카를로스는 다른 쪽으로 나가려다가 갑자 기 되돌아와서 포사 후작의 시체 앞에 무릎을 꿇고 다시 한 번 껴안는다. 그리고 서둘러 방을 나간다.)

왕의 회의실 옆 대기실.

제8장

알바 공작과 페리아 공작, 대화하며 등장.

알바 도시는 조용해졌습니다. 폐하의 기분은 어떠십니까?

페리아 심기가 몹시 불편하십니다. 방 안에만 계신데 무슨 일이 일 어나건 누구와도 마주하려고 하지 않으십니다. 포사 후작의 배신이 성격을 단번에 바꿔버린 것 같습니다. 마치 딴 사람 같으십니다.

알바	내가 꼭 알현해야 되겠습니다. 이번에는 도저히 물러설 수 없습니다. 방금 중요한 사건이 발생해서 말입니다.
페리아	또 새로운 사건입니까?
알바	카르토지오 수도원의 한 사제가 포사 후작의 죽음에 대해서 수상히 여기고 왕자의 방에 몰래 들어가서 뭔가 가지고 나오는 것을 우리 경비병이 보았습니다. 그래서 그를 붙잡아서 심문해보았는데 목숨이 두려워서인지 자백을 하더군요. 죽은 포사가 맡긴 중요한 편지를 가지고 있었습니다. 만일에 포사가 저물녘까지 모습을 나타내지 않는 경우에는 그것을 왕자에게 전달하도록 지시를 받았다고 합니다.
페리아	그래서요?
알바	그 편지에는 카를로스 왕자가 새벽에 마드리드로 떠나야 한다고 적혀 있었습니다.
페리아	뭐라고요?
알바	카딕스*에는 왕자를 블리싱겐**으로 싣고 갈 배가 출항 준비를 마치고 대기하고 있다고 합니다. 그리고 네덜란드의 여러 주에서는 스페인과의 질곡을 끝내려고 왕자의 도착을 기다리고 있다고 합니다.
페리아	허, 그럴 수가 있나?
알바	또 다른 편지에는 터키 왕 졸리만의 함대가 동맹국과의 조약에 따라서 스페인 왕을 지중해에서 습격하려고 이미 로두스를 출발했다고 적혀 있었소.

---

* Cadix: 스페인 남서부에 위치한 항구 도시.
** Vlissingen: 네덜란드 제일란트 주에 있는 항구 도시 .

페리아 그럴 수가 있나?

알바 이 편지를 보고 그 말타 기사단의 기사가 최근에 유럽을 두루 돌아다닌 중대한 이유를 알게 되었소. 그 녀석은 플랑드르를 독립시키기 위하여 북유럽 제국이 무장 봉기하도록 일을 꾸민 것입니다.

페리아 사실 그럴 만한 놈이었어요.

알바 그리고 또 그 편지에는 네덜란드를 스페인 왕국과 영구히 분리시킬 상세한 작전 계획까지 적혀 있어요. 어느 것 하나 그냥 넘길 수 없을 정도로 매우 상세했습니다. 쌍방의 힘을 구체적으로 비교했음은 물론, 모든 자원과 재력을 정확하게 조사하여 지켜야 할 강령과 결성해야 할 동맹에 이르기까지 빠짐없이 거론하고 있었소이다. 대단히 괘씸한 계획이기는 하지만, 솔직히 참으로 훌륭한 것이었소.

페리아 정말이지 섣불리 볼 수 없는 악당이었군요.

알바 그뿐이 아니오. 그 편지에는 왕자가 도주하는 날 밤에 왕비와 비밀 회담을 갖도록 되어 있소.

페리아 뭐라고요? 그건 오늘 밤이 아닙니까?

알바 그렇소. 오늘 밤 자정이요. 대비책은 벌써 일러뒀습니다. 하지만 그렇다고 해도 시급을 다투는 일입니다. 한시의 여유도 없소. 폐하의 방문을 열어주시오.

페리아 아니요, 절대로 들여보내지 말라는 분부였소.

알바 그렇다면 내가 직접 문을 열 수밖에 없겠군요. 사안이 중대하니 결례를 범하는 것을 용서하시오.

(문 앞으로 다가가는데 문이 열린다. 왕이 나타난다.)

페리아   아, 폐하께서 직접!

제9장

왕과 앞의 사람들.

(왕이 나타나자 모두 놀라서 뒷걸음치며 공손하게 길을 비켜준다. 왕, 몽유병 환자처럼 꿈꾸듯이 걸어온다. 그 옷매무새와 태도에는 실신했을 때의 어지러운 모습이 아직 남아 있다. 천천히 걸음을 옮기며 줄지어 선 귀족들 곁을 지나서 하나하나 뚫어지게 보는데, 아무도 분간하지 못한다. 마침내 눈을 내리깔고 상념에 잠겨 멈춰 서더니 차츰 감정이 고조되기 시작한다.)

왕   그 죽은 자를 다시 살려놔라! 꼭 한 번 더 만나야겠다!

도밍고   (알바 공작에게 소곤거린다.) 당신이 먼저 말을 거세요.

왕   (앞서와 같은 어조로) 그 사내는 나를 경멸하며 죽어갔다. 다시 한 번 만나서 나를 바로 보게 해야겠다.

알바   (잔뜩 겁을 먹은 채) 폐하!

왕   지금 말한 것이 누군가?

(오랫동안 일동을 둘러본다.)

내가 누군지 잊었는가? 어째서 내 앞에 무릎을 꿇지 않는가? 괘씸하다. 나는 아직 국왕이다. 나를 공경하라. 그 사내가 나를 경멸했다고 그대들까지 나를 깔보는 것인가?

알바   폐하! 그 사내에 대해서는 더 이상 말씀하지 마시옵소서. 그 사내보다도 더 무서운 새로운 적이 이 왕국의 심장부에 나타 났습니다.

페리아   카를로스 왕자님이…….

왕   카를로스는 자기를 위해서 죽어줄 수 있는 친구를 가지고 있 었어. 목숨을 대신해줄 친구를 말이야! 나와 왕국을 나누어 가질 수도 있었는데 나를 얼마나 업신여겼을까. 우쭐대면서 왕좌를 내려다보았겠지! 그런 사내를 친구로 가진 것이 어지 간히 자랑스러웠던 모양이야. 그토록 비통해하는 모습만 봐 도 그 사내를 얼마나 아끼고 있었는지 알 것 같아. 건성으로 사귄 친구였다면 그토록 비통해할 리가 없지 않은가. 그 사 내가 다시 살아날 수만 있다면, 나는 서인도를 내줘도 아깝 지 않을 것 같아. 왕의 힘도 별것 아니군. 무덤 속까지는 손 이 미치지 않으니 말이야. 제명을 다하지 못하고 죽은 인간 을 되살릴 수도 없으니 말이야. 죽은 자가 다시 살아나지 않 는데, 내가 행복하다고 누가 말할 수 있단 말인가? 내게 경 의도 표하지 않는 사내가 무덤 속에 있는데, 살아 있는 자들 이 내게 무슨 소용이 있는가? 우리 시대에 위대하고, 자유로 운 인간이 나타났는데, 이 단 하나뿐인 인간이 바로 나를 경 멸하며 죽어간 거야.

알바   우린 아무것도 아니란 말이군! 여기 있는 스페인 사람들은 모두 무덤에나 들어가야 하지 않겠나? 그 녀석은 죽어서도 아직 폐하의 마음을 사로잡고 있으니 말이야.

왕   (자리에 앉아, 한쪽 팔로 머리를 괸 채) 나를 위해 죽었어야 했는데! 그 녀석이 마음에 들었는데. 정말로 좋아했던 것 같아. 자식처럼 소중하게 말이야. 그 녀석을 얻었더라면 나는 새롭고 더 멋진 아침을 맞이했을 텐데. 그 녀석이 내 사람이 되었으면 좋았을 텐데 말이야. 그 녀석은 내 첫사랑이야. 유럽 전체가 나를 저주하겠지! 모두가 나를 저주해도 그 녀석한테만은 칭찬을 듣고 싶었는데 말이야.

도밍고 얼마나 반했으면 저렇게 말씀하실까?

왕 그런데 그 녀석은 도대체 누구를 위해서 죽은 거야? 내 자식놈을 위해서, 아니 그 풋내기를 위해서란 말이지? 멍청하군! 그럴 수가 있을까? 포사 정도의 인간이 한 소년을 위해서 죽을 리가 없을 텐데. 우정 따위 보잘것없는 정열이 포사와 같은 남자의 마음을 흔들 리가 없어. 그 녀석의 심장은 전 인류를 위해서 고동치고 있었던 거야. 그자의 의도는 다가올 인류의 세계를 향해 있었던 거야. 온 세상을 만족시키기 위해서 그 녀석은 내게 접근한 거야. 그런데 그 곁을 그냥 지나쳐간 이유가 뭘까? 그런 포사가 인류에게 대역죄를 저지를 수 있었을까? 있을 수 없는 일이야. 그 녀석을 내가 더 잘 알고 있지 않은가. 포사는 카를로스를 위해 필립을 희생시킨 것이 아니라, 이 늙은이를 자신의 제자인 새파란 놈을 위해서 희생시켰던 거야. 지는 해 밑에서 새로운 세계를 건설하는 것은 의미 없는 일이라고 생각했던 거야. 새로운 일은 떠오르는 아들놈을 위해서 아껴두지 않으면 안 됐을 테니까 말이야. 그래! 바로 그거야. 그 녀석은 틀림없이 내 죽음을 기다리고 있었던 거야.

알바 이 편지를 읽으시면 틀림없다는 것을 알게 되실 것입니다.

왕 (일어선다.) 하지만 예상이 빗나가고 만 것이야. 다행스럽게도 내가 아직 살아 있으니까 말이야. 활을 당길 때면 난 아직도 젊은이 같은 힘을 느낄 수 있다. 그 녀석을 웃음거리로 만들어버리고 말겠어. 그 녀석이 한 행동은 그저 한 몽상가의 망상이었기 때문에 그 녀석이 바보처럼 죽게 된 것이라고 말이야. 그 녀석의 몰락이 바로 그 녀석의 친구를 짓누르고 그리고 그 녀석이 숨 쉬었던 시대를 짓누르게 만들어버리겠어. 내가 없으면 어떻게 되는지 알게 해야 해. 하룻밤 동안은 이 세상은 아직 내 것이야. 오늘 밤을 이용하여 내가 불 지른 자리에는 앞으로 십 수 세대가 거치는 동안에 단 한 알의 이단의 씨앗도 열리지 않도록 해주겠다. 그 녀석은 인류를 우상으로 삼고 나를 그 희생양으로 만들었다. 나는 인류가 그것을 보상하라고 요구하겠어. 그러면 그 녀석이 가지고 놀던 인형부터 시작해볼까.

(알바 공작에게)

왕자가 어떻게 했다고? 다시 한 번 말해봐라. 이 편지에 무슨 내용이 들어 있다는 거지?

알바 이 편지는, 폐하! 포사 후작이 카를로스 왕자님 앞으로 쓴 유서입니다.

왕 (편지를 훑어본다. 일동, 침을 삼키며 지켜본다. 왕, 다 읽고 나서 편지를 옆에 놓고 말없이 방 안을 거닌다.) 종교재판장인 추기경을 모셔오너라. 잠시 시간을 내주십사 부탁하더라고 해라.

(귀족 한 명이 나간다. 왕, 다시 편지를 들고 읽어나가다가 다시 옆에 놓는다.)

그렇다면 오늘 밤이란 말이지?

탁시스 역마차는 정각 두 시에 카르토지오 수도원 앞에 멈춰 설 예정입니다.

알바 제가 풀어놓은 자들이 왕실 문장이 달린 행낭이 수도원으로 운반되는 것을 목격했다고 합니다.

페리아 또 왕비님 이름으로 무어 흑인 금융업자가 브뤼셀로 보낸 대금이 조달됐다고 합니다.

왕 왕자는 어디에 있는가?

알바 말타 기사의 시체 곁에 있었습니다.

왕 왕비의 방에는 아직 불이 켜져 있는가?

알바 방은 잠잠하기만 합니다. 전에 없이 일찍이 시녀들을 물리셨습니다. 마지막으로 물러 나온 아르코스 공작 부인의 말로는 이미 깊이 잠드셨다고 합니다.

(친위대의 사관 하나가 등장하여 페리아 공작을 한쪽 옆으로 데리고 가서 뭐라고 소곤거린다. 페리아 공작이 놀라서 알바 공작 쪽으로 고개를 돌리자 다른 귀족들도 그리로 몰려가서 웅성거린다.)

페리아, 탁시스, 도밍고 (동시에) 이상한데!

왕 무슨 일인가?

페리아 폐하! 도저히 믿기지 않는 전갈이 왔습니다.

도밍고 지금 막 초소에서 돌아온 두 스위스 출신 초병들이 보고한 것인데. 이건 도무지 말씀드리기가 우스워서 좀.

왕 무슨 일인가?

알바 왕궁의 왼쪽 건물에 선왕의 망령이 나타나서 경비병들 옆으로 당당하고 경쾌한 발걸음으로 지나가셨다고 합니다. 정원의 정자 주변에서 근무하던 경비병들 모두 그것이 사실이라고 주장하고 있습니다. 그리고 그 유령은 왕비님의 방 안으로 사라졌다고 합니다.

왕 그래, 어떤 모습이었다고 하던가?

장교 성 유스테의 승원에서 마지막으로 입으셨던 그 사제복과 같은 옷을 입고 계셨다고 합니다.

왕 사제 같았다고? 경비병들이 선왕의 생전의 모습을 알고 있었단 말인가? 그가 선왕인지 어떻게 알았지?

장교 손에 황제의 지팡이를 들고 계신 것으로 보아 선왕 마마가 틀림없다고 합니다.

도밍고 소문에는 이전에도 가끔 그 망령을 본 자가 있다고 합니다.

왕 말을 걸어본 자는 아무도 없었는가?

장교 그런 엄두를 낸다는 것은 어림없는 일입니다. 경비병들은 기도하면서 공손히 통과시킬 수밖에 없을 정도로 정신이 없었다고 합니다.

왕 그리고 그 망령이 왕비의 방으로 사라졌다는 말이지?

장교 왕비님의 대기실에서입니다.

(일동 침묵.)

왕 (갑자기 돌아보며) 그대들은 어찌하면 좋겠는가?

알바 폐하! 저희로서는 무슨 말씀을 올려야 할지 모르겠습니다.

왕 (한동안 생각하고 나서, 장교에게) 경비병을 무장시켜 왕비 처소를 모조리 봉쇄하라. 그 망령과 대화를 나누고 싶어졌다.

(사관 퇴장. 엇바뀌어서 시동 등장.)

시동 폐하! 종교재판장님이십니다.

왕 (일동을 향하여) 모두들 물러가 있어라!

(종교재판장인 추기경, 90세의 고령으로 장님이다. 지팡이에 의지하여 두 사람의 도미니코 승려의 부축을 받으며 등장. 일동이 줄지어 선 가운데로 지나가자, 귀족들은 그 앞에 무릎을 꿇고 옷소매를 쓰다듬는다. 추기경, 그들에게 축복을 내린다. 일동 퇴장한다.)

제10장

왕, 종교재판장.

(오랜 침묵.)

종교재판장 내가 지금 폐하 앞에 있는 것입니까?

왕 그렇소.

종교재판장 이런 때가 오리라고는 생각도 못했습니다.

왕 필립 왕자였던 옛날로 돌아가서 스승이신 사제의 가르침을 받고자 하오.

종교재판장 아버님이신 카를님도 제 가르침을 받았지만 저에게 조언을 구하신 적은 없었습니다.

왕	그만큼 행복했다는 뜻이겠지. 추기경, 나는 사람을 죽였소. 그래서 마음이 편치가 않소.
종교재판장	어쩌자고 살인을 하셨습니까?
왕	일찍이 겪어보지 못한 속임수 때문이오.
종교재판장	저도 그것은 알고 있습니다.
왕	무엇을 알고 있단 말이오? 누구에게 들었소? 또, 언제부터?
종교재판장	폐하께서 겨우 저녁 나절부터 아신 일을 저는 벌써 몇 년 전부터 알고 있었습니다.
왕	(못 믿겠다는 듯이) 그 사내의 일을 이미 알고 있었단 말이오?
종교재판장	그 사내의 생애는 처음부터 끝까지 산타 카사의 기록부에 실려 있습니다.
왕	그러면 그가 자유롭게 돌아다녔단 말이오?
종교재판장	제아무리 날아다녀도 끈에 매달려 있었습니다. 그것은 길었지만, 절대로 끊어지지 않는 끈이었습니다.
왕	그자는 국외에도 나가 있었는데?
종교재판장	어디에 있어도 제 눈을 벗어나지는 못했습니다.
왕	(불쾌하다는 듯이 걸어 다닌다.) 그렇다면, 내가 어떤 자의 손아귀에 놀아나고 있었는지 알고 있었으면서 어째서 일깨워주지 않았던 것이오?
종교재판장	그 질문에 제가 되묻겠습니다. 그자의 팔 안에 달려들기 전에 어째서 제게 물어봐주시지 않았습니까? 어떤 자인지는 이미 알고 계셨을 텐데 말입니다. 그자가 첫눈에도 이단자임을 알아차릴 수 있었음에도 말입니다. 그 이단자를 어째서 종교재판에 회부하지 않고 숨기고 계셨습니까? 종교재판을 비웃

248

을 생각이셨던 것입니까? 국왕께서 죄인을 감싸시고, 저희들의 눈을 속이고, 극악무도한 원수와 결탁하시기에 이르렀는데, 저희가 도대체 뭘 어찌할 수 있단 말입니까? 한 사람에게만 은혜가 내려진다면, 수백 수천의 희생자들은 어찌해야 한단 말입니까?

왕 그자 역시 희생됐소.

종교재판장 아닙니다, 그자는 살해된 것이옵니다. 이것은 명예롭지 못하옵니다! 이것은 범죄이옵니다! 우리의 명예를 영광스럽게 하기 위해서 흘렸어야 할 피가 살인자의 손으로 뿌려졌던 것입니다. 그자는 우리의 사람이었습니다. 무슨 권리로 교단의 신성한 제물에 손을 대신 것입니까? 그자는 우리의 손에 죽기 위해서 살아 있었던 것입니다. 그자는 신께서 직접 그자의 정신을 욕되게 하고, 정도를 벗어난 이성의 말로를 현세에 본보기로 삼으려고 신이 내려보냈던 것입니다. 저의 계획은 완벽했었는데, 이제 몇 년간의 노력이 물거품이 되어버리고 말았습니다. 우리는 도둑맞은 것입니다. 폐하께서는 손에 피만 묻혔을 뿐, 아무것도 얻은 것이 없게 된 것입니다.

왕 마음이 찢어지는 것 같은 격정에 사로잡혀 그런 것이니 용서하시오.

종교재판장 격정 때문이라고요? 제게 말씀하시는 분이 필립 왕자이신가보죠? 저 혼자만 늙은이가 되어버렸단 말입니까? 그것이 격정 때문이라고 하시는 것입니까!

(불쾌하다는 듯 고개를 가로저으며)

폐하 스스로의 사슬에 구속받는 것이라면, 죄책감일랑 폐하의 제국에다 떨쳐버리세요!

왕   이런 일에는 아직도 난 초보자인 것 같소. 조금 봐주시오.

종교재판장   안 됩니다! 봐드릴 수가 없습니다. 그렇게 하면 폐하께서 지금까지 통치해왔던 것 전부를 모독하는 것이 될 것입니다! 북극성처럼 영원히 자신을 중심으로 삼고 있던 필립의 확고부동한 정신은 그 순간에 도대체 어디를 방황하고 있었던 것입니까? 모든 과거가 폐하의 등 뒤로 사라져버렸나요? 폐하께서 그자에게 손을 내밀었을 때, 세계는 더 이상 원래의 세계가 아니었습니까? 독약이 더 이상 독이 아니었습니까? 선, 악 그리고 진실과 거짓을 구별하는 것은 더 이상 의미가 없었던 것입니까? 60년간의 규율이 아녀자의 들뜬 기분처럼 일순간의 방심에 허무하게 무너지고 만다면, 불굴의 정신은 무엇이고, 사나이의 신의는 무엇이란 말입니까?

왕   난 그의 눈에서 알아채고 말았어요. 나 역시 죽음을 면치 못한다는 것을 말입니다. 세상은 당신의 마음에 조금밖에 다가갈 수가 없습니다. 그것은 잃어버린 당신의 두 눈 때문이오.

종교재판장   이자는 도대체 폐하에게 어떤 사람이었던 것입니까?

그가 뭔가 새로운 것, 여태껏 준비하지 못했던 뭔가를 폐하께 보여줄 수 있었던 것입니까? 몽상가의 성향과 개혁에 대해서 그렇게도 무지했단 말입니까? 세계를 개혁하겠다는 그런 호언장담이 귀를 솔깃하게 하던가요? 확고한 신앙의 전당이 그까짓 말 몇 마디로 흔들린다면, 다름 아닌 바로 그 극악의 죄목으로 화형의 장작더미 위로 끌려 올라간 수만의 방황하는 무리들의 사형집행 명령서에 무슨 낯을 하고 서명할 수 있었던 것입니까? 묻고 싶습니다.

왕 나는 한 인간이 필요했던 것이오. 도밍고 따위로서는······.

종교재판장 무엇을 위한 인간 말인가요? 인간이란 당신에게는 단순한 머리 숫자일 뿐입니다. 그 이상의 아무것도 아닌 것입니다. 이제 와서 머리카락이 허연 학생에게 군주의 기초적인 법도를 복습시켜야 하겠습니까? 대지의 신은 자신을 거부할 수 있는 것이 필요하다고 합니다. 폐하께서 동정에 목이 메는 정도가 된다면, 현세에서 당신과 대등한 인간을 인정하게 되고 말 것입니다. 대등한 인간을 대하면서 어떻게 당신의 권위를 세울 것인지 알고 싶군요.

왕 (축 처져서 의자에 파묻힌다.) 난 못난 인간이야. 절실하게 느끼고 있어. 그대는 조물주만이 할 수 있는 일을 피조물인 나에게 요구하고 있군.

종교재판장 아닙니다, 폐하, 저를 속이려고 하지 마십시오. 속이 다 들여다보이십니다. 당신은 우리에게서 벗어나고자 했던 것입니다. 교단의 족쇄가 무거워서 자유롭게 자립하고 싶었던 것입니다.

(말을 중단한다. 왕, 침묵하고 있다.)

우리가 벌을 받은 것입니다. 교회에 감사하십시오. 교회는 어머니처럼 당신에게 벌을 주는 것에 만족하고 있습니다. 아무 생각 없이 당신이 선택하게 한 것이 바로 폐하의 징벌이었습니다. 교훈을 얻었으면 이제는 다시 저희들에게로 돌아오시는 게 좋을 것입니다. 만일 제가 지금 폐하 앞에 서지 않는다면, 틀림없이 폐하께서는 내일 제 앞에 서게 될 것입니다.

왕	말이 지나치군. 좀 삼가시오, 신부! 참을 수가 없군. 그런 식으로 말하는 것은 더 이상 듣고 싶지 않소.
종교재판장	왜 사무엘의 혼령을 불러내셨습니까? 나는 두 분의 왕을 스페인의 왕좌에 앉혀서, 그것으로 흔들림 없는 기초를 세웠다고 생각하고 있었습니다. 그런데 제 평생의 사업이 물거품이 되고 만 것을 보게 된 것입니다. 돈 필립 스스로 제가 세운 건물을 뒤흔들어놓은 것입니다. 그런데 무엇 때문에 제가 불려오게 된 것입니까? 여기서 제가 무엇을 했으면 좋겠습니까? 저는 이런 방문을 두 번 다시 되풀이하고 싶지 않습니다.
왕	한 가지 더 있소. 마지막이오! 그것을 마치고 나면 편안하게 가셔도 좋습니다. 과거는 지나가버렸고, 평화가 우리 사이에 공존하고 있으니 우리는 이제 화해한 것인가요?
종교재판장	필립이 겸손하게 고개를 숙인다면.
왕	(뜸을 들이고) 실은, 왕자가 반란을 꾸미고 있단 말이오.
종교재판장	그래서 어떻게 결심하셨습니까?
왕	아직은 아무런! 하지만, 무엇이든지 할 것이오.
종교재판장	무엇이든지라고 하시면?
왕	죽음을 내리거나, 그것이 안 되면 도주시킬 생각이오.
종교재판장	그러면 그 어느 쪽을, 폐하?
왕	가책을 느끼지 않고 내 자식을 죽일 만한 새로운 신앙을 나에게 심어줄 수 있겠소?
종교재판장	영원한 정의를 위해서라면 신의 아들도 십자가에 매달렸습니다.
왕	그 생각을 전 유럽에 퍼뜨리실 생각인가요?

종교재판장	십자가를 공경하는 곳이라면.
왕	자연의 섭리에 어긋나는데 그 자연의 소리마저 못 나오게 할 수 있다는 말이오?
종교재판장	신앙 앞에서는 자연의 소리는 통하지 않습니다.
왕	판결은 그대에게 맡기겠소. 나는 그만 손을 떼도 되겠소?
종교재판장	맡겨두십시오.
왕	녀석은 내 외아들이야. 누구에게 물려주려고 이렇게 모으기만 했단 말인가?
종교재판장	자유에게 물려줄 바에는 파멸에게 물려주는 게 낫습니다.
왕	(일어선다.) 그럼 합의된 것이지요. 이리 오시오.
종교재판장	어디로?
왕	이 손에서 희생양을 인수해가시오.
	(그가 종교재판장을 이끌고 간다.)

왕비의 방.

마지막 장

카를로스, 왕비. 마지막으로 왕과 수행원들.

| 카를로스 | (사제복을 걸치고 가면을 쓰고 있으나, 이제 그 가면을 벗는다. 옆구리에 시퍼런 칼을 끼고 있다. 어둠 속. 카를로스가 문에 가까이 가자, 안으로부터 열리더니 잠옷 차림의 왕비가 손에 등불 |

을 들고 나타난다. 카를로스, 그 앞에 한쪽 무릎을 꿇는다.) 엘리자베스님!

왕비 (고요하고 애처로운 표정으로 그의 모습을 본다.) 겨우 다시 만나뵙게 됐군요.

카를로스 겨우 다시 뵙게 됐습니다!

(침묵.)

왕비 (차분해지려고 노력하면서) 일어서세요. 서로 마음이 약해지지 않았으면 좋겠어요, 카를님! 돌아가신 씩씩한 분도 연약한 눈물로 빈소를 적시는 것을 바라지 않을 것입니다. 눈물이라는 것은 하잘것없는 슬픔을 위한 것일 뿐입니다. 그분은 당신을 위해 자신을 희생하셨습니다. 자신의 귀중한 생명으로 당신의 생명을 보상받았습니다. 그 피는 헛된 망상 때문에 흘리신 것이 아니겠지요. 카를로스님, 저는 당신을 책임지겠다고 약속했습니다. 그 말을 듣고 그분은 편안한 마음으로 저 세상으로 가셨습니다. 저를 거짓말쟁이로 만들지는 않겠지요?

카를로스 (감격하여) 국왕을 능가하는 묘비를 그를 위해서 세울 것입니다. 그의 유해 위에 기필코 천국을 꽃피우겠습니다.

왕비 틀림없이 그렇게 말씀하실 줄 알았습니다. 그분이 돌아가신 참뜻도, 바로 그것이었으니까요. 그분이 남긴 뜻을 집행할 사람으로 제가 선정되었습니다. 그것을 잊지 말아주세요. 저는 분명히 맹세를 지킬 것입니다. 그리고 또 하나의 유언을 그분은 저에게 남겼습니다. 저는 그것도 지키겠다고 약속했습니다. 새삼스럽게 감춘들 무슨 소용이 있겠습니까? 그분은 자신의 카를님을 저에게 물려주신 것입니다. 더 이상 남의 이목에 끌려다니지 않으렵니다. 이제는 사람들을 겁내지 않고 친한 친구처럼 거침없이 행동할 것입니다. 마음의 소리를 이제는 억제하지 않겠습니다. 그분은 우리들의 사랑을 아름답다고 하셨습니다. 저 역시 그렇게 믿고 더 이상 이 마음을……

카를로스 더 이상 말하지 마십시오, 왕비님. 저는 기나긴 괴로운 꿈을 꾸고 있었습니다. 오랫동안 사모하고 있기는 했습니다만 이제는 꿈에서 깨어났습니다. 지나간 일은 잊어주십시오. 이 편지도 돌려드리겠습니다. 제 것도 찢어버리십시오. 더 이상 저의 격한 감정을 걱정하실 것 없습니다. 그 마음은 이제 가라앉았습니다. 정갈한 불꽃에 깨끗이 씻겨서 번뇌는 망자의 무덤 속에 묻혀버렸습니다. 어떠한 지상의 욕망도 더 이상 이 가슴속에는 채울 자리가 없습니다.

(잠시 침묵하다가 왕비의 손을 잡고)

어머님, 저는 하직 인사를 드리려고 찾아온 것입니다. 이제야 겨우 저는 당신을 내 사람으로 만드는 것보다 더 고상하고 더 바람직한 일이 있다는 것을 알게 됐습니다. 여러 해 동안 머뭇거렸습니다만, 이 짧은 하룻밤 사이에 저는 갑자기 어른이 되었습니다. 이제부터는 그를 회상하며 생활하고 그가 남긴 뜻을 이어가는 이외에는 이 세상에 제가 할 일이 없습니다. 저 자신의 행복을 추구하겠다는 마음은 사라져버렸습니다.

(왕비에게로 간다. 왕비, 얼굴을 감싼다.)

어머님, 무슨 말씀이건 해주십시오.

왕비	눈물을 보인다고 돌아서지 마세요. 카를! 어쩔 수가 없어요. 하지만 믿어주세요. 저는 지금 당신에게 감동하고 있습니다.
카를로스	당신은 우리의 맹세를 알고 있는 유일한 분이십니다. 당신은 제가 가장 신뢰하는 사람으로 남아 있을 것입니다. 어제까지는 다른 여성에게 사랑을 바칠 수가 없었듯이, 이제부터는 우정을 다른 여성에게는 바칠 수가 없을 것입니다. 만일 신의 보살핌으로 훗날 왕위에 앉게 된다면, 선왕의 왕비로서 당신을 공경하겠습니다.

(왕, 종교재판장 및 귀족들을 이끌고 배경 쪽으로 나타난다. 그러나 두 사람은 알아차리지 못한다.)

이제부터 스페인을 뒤로하고 아버님과는 다시는 만나지 않겠습니다. 다시는 결코 이 세상에서는. 저는 더 이상 아버님을 존경하지 않습니다. 부자의 정은 말라버렸습니다. 하지만 당신은 다시 왕비님으로 돌아가주십시오.

아버님은 외아들을 잃어버렸지만, 당신은 다시 제자리로 돌아가주십시오. 저는 지금부터 서둘러서 핍박받는 백성을 폭군의 손에서 구하러 갈 것입니다. 마드리드에 왕으로서 돌아오든가, 아니면 다시는 영원히 돌아오지 않을 것입니다. 그럼, 안녕히 계십시오!

(왕비에게 키스한다.)

왕비	오, 카를님! 참으로 훌륭하신 마음이십니다! 그 씩씩한 모습과는 비교가 되겠습니까만, 저로서는 당신을 이해하고 우러러보게 될 뿐입니다.
카를로스	엘리자베스님, 저도 무척이나 강해졌습니다. 이제는 당신을

품에 안아도 휘청거리지 않습니다. 어제까지만 해도 다가오는 죽음의 공포마저도 당신의 상념을 지워버릴 수가 없었습니다만.

(왕비에게서 떨어진다.)

더 이상 그런 일은 없습니다. 이제 저는 어떠한 운명에도 물러서지 않을 것입니다. 당신을 껴안아도 휘청거리지 않을 것입니다. 엇, 무슨 소리가?

(괘종시계 소리.)

왕비 우리의 이별을 알리는 끔찍스러운 괘종시계 소리가 들릴 뿐입니다.

카를로스 그럼, 어머님! 안녕히 계십시오. 겐트에서 보낸 첫 편지를 받게 될 것입니다. 이제 저는 우리 사이의 비밀을 공개할 것입니다. 저는 돈 필립과 당당하게 겨루기 위해서 떠나겠습니다. 지금부터 우리 둘 사이에 비밀은 일체 없을 것입니다. 세상의 눈을 두려워할 필요도 없습니다. 여기 이것이 저의 마지막 속임수가 될 것입니다.

(가면을 쓰려 한다. 왕, 두 사람 사이로 들어선다.)

왕 그렇다, 네 놈의 마지막이다!

(왕비, 실신하여 쓰러진다.)

카를로스 (달려가서 품에 안는다.) 그녀가 절명한 것입니까? 아아, 천지신명이시여!

왕 (종교재판장을 향하여, 조용히 그리고 차디차게) 추기경, 나는 내 할 일을 했소. 이제는 당신이 해야 할 일을 하시오!

(그가 물러간다.)

오를레앙의 처녀: 낭만적 비극

Die Jungfrau von Orléans. Eine romantische Tragödie

등장인물

샤를 7세 프랑스 왕
이사보 황태후 샤를 7세의 어머니
아녜스 소렐 샤를 7세의 연인
필립 공 선량공(부르고뉴 공작령의 공작)
뒤누아 백작 오를레앙의 서자*

(프랑스 왕의 친위장교)
라 이르
뒤 샤텔

랭스의 대주교
샤티용 부르고뉴의 기사
라울 로랭의 기사
탤버트 영국군 사령관

(영국군의 지휘관들)
라이오넬
파스톨프

몽고메리 스위스 발리스 지방의 사람
오를레앙의 시의원들
영국군 전령

---

* 뒤누아 백작은 공작과 신분이 낮은 여인 사이에서 태어난 아들이어서 '서자'라 불리움.

티보 다르크 부유한 농부

(티보 다르크의 딸들)
마르고
루이종
잔느

에티엔 마르고의 구혼자
클로드 마리 루이종의 구혼자
레이몽 잔느의 구혼자

베르트랑 또 다른 농부
흑기사
숯장이와 그의 부인

병사와 시민, 왕의 시종들, 주교, 승려, 고급 관리들, 시의 참사회원들, 궁중의 사람
들, 대관식 행렬에 참석한 그 밖의 말없는 사람들

서 막

시골 풍경. 앞면 우측에 성모 마리아 상이 있는 성당, 좌측에는 큰 떡갈나무.

제1장

티보 다르크, 그의 세 딸, 딸들의 구혼자인 세 명의 젊은 양치기들.

티보 이봐요, 동네 분들! 오늘까지는 우린 아직 프랑스 국민이야! 아직은 자유인이고 예로부터 조상들이 가꿔온 이 땅의 주인이야. 그런데 내일은 누구의 명령을 따라야 할지 알 수 없게 되었어!

어딜 가도 영국인들이 승전의 깃발을 휘날리며 프랑스의 비옥한 전답을 말발굽으로 마구 짓밟고 있거든. 파리는 영국인들을 승리자로 영접했고 유서 깊은 다고베르*의 왕관도 프랑스인의 혈통이 아닌 외국의 왕손에게 씌워졌단 말이야! 그래서 우리 왕조의 후계자인 샤를 왕은 옥좌를 박탈당하고 나라 안을 이리저리 떠돌아다니고 있어. 게다가 우리 국왕과 아주 가까운 사촌형제이며 프랑스 최고의 귀족인 부르고뉴 공작도

---

* 7세기 프랑스 왕인 다고베르 1세를 말함.

적군에 가담하여 우리 국왕과 맞서고 있으며, 아드님께 몰인정한 태후까지 적의 편에 서서 군대를 거느리고 있다는 거야. 가까운 마을과 도시는 화염에 휩싸이고 평화로웠던 골짜기마다 전쟁의 먹구름이 넘실거리며 다가오고 있어.

그래서 말인데, 이웃 분들! 난 할 수만 있다면 딸 보살피는 일을 오늘 안으로 끝내기로 하늘에 맹세했어. 전쟁으로 이렇게 어려운 시기에는 여자에겐 자신을 지켜줄 보호자가 필요하거든. 진실한 사랑만 있다면 어떠한 어려움도 이겨내기가 훨씬 수월하기 때문이지.

(한 양치기에게)

자, 에티엔! 자넨 우리 마르고를 좋아한다고 했지? 전답은 서로 이웃해 있고 두 사람의 마음 또한 잘 맞으니까, 좋은 배필이 될 거야!

(다른 양치기에게)

클로드 마리! 자넨 왜 말이 없나? 우리 루이종이 눈을 내리깔고 있지 않은가? 자네가 지참금을 못 낸다고 해서 내가 좋아하는 두 사람을 갈라놓기라도 할 것 같은가? 이런 시국에 재산이 무슨 소용 있겠나? 집도 곳간도 언제 적의 손에 들어갈지, 불타 없어질지 모르는 판에 말이야. 이럴 땐 용감하고 믿음직한 남자의 품만이 여자에게 최고의 은신처인 거야!

루이종	아버지!
클로드 마리	루이종!
루이종	(잔느를 껴안으며) 사랑하는 내 동생!
티보	너희들에게 30에이커의 전답과 축사와 가옥과 양을 나눠주겠

다! 하나님께서 이 애비에게 베푸셨던 은총을 너희들에게도 내려주시길 빈다!

마르고   (잔느를 껴안으며) 너도 아버지를 기쁘게 해드려라, 우리 두 언니들처럼! 오늘 같은 날 우리 세 자매가 모두 행복하게 짝 지은 모습을 보여드리자.

티보   자아, 가서 준비들 해라! 내일이 혼례식 날이다. 온 마을이 함께 잔치를 벌이도록 해야겠다!

   (두 쌍의 남녀 손을 맞잡고 퇴장한다.)

제2장

티보, 레이몽, 잔느.

티보   잔느야, 네 언니들은 결혼한다! 저렇게 좋아하는 걸 보니 나 이 먹은 나도 기쁘구나! 그런데 막내인 넌 왜 이 애비를 걱 정스럽게만 하느냐?

레이몽   무슨 말씀을 하세요. 따님을 그렇게 나무라지 마세요!

티보   우리 마을에서 어느 누구 못지않은 이 훌륭한 젊은이가 네가 좋아서 벌써 가을이 세 번이나 바뀌도록 끈기 있게 간절히 청 혼을 해오지 않았니? 그런데도 넌 냉정하고 단호하게 거절만 해왔어. 어디 그뿐이냐? 다른 양치기에게도 아직까지 넌 상 냥한 미소 한번 보낸 적이 없었거든.

   내가 보기에도 넌 이미 젊음이 화사하게 피어난 처녀야. 바야흐로 인생의 봄이 온 거야. 희망의 계절이 온 거야. 너의 몸은 꽃처럼 활짝 피어났어. 화사한 사랑의 꽃이 그 봉오리에서 피어나 황금빛 열매가 탐스럽게 맺어질 그날을 이 애비는 오래전부터 기다려왔단다.

아, 그런데 너에게선 그럴 기미가 전혀 보이지 않는구나. 내 마음에 안 드는 점이 바로 그거야. 더구나 그런 태도는 자연의 섭리에도 어긋나거든! 감정이 풍부한 나이인데도 마음의 문을 엄격하고 냉정하게 닫고 있는 것이 내 마음에 들지 않는단 말이야!

레이몽 내버려두세요, 아저씨! 잔느처럼 출중한 사람의 사랑은 고귀하고 정겨운 하늘의 열매이기 때문에, 그런 소중한 사랑은 서서히 익어가게 마련이지요. 잔느는 계속 산에 머물고 싶은가 봐요. 자유롭게 탁 트인 초원에서 세상 사람들이 자질구레한 시름을 안고 나지막한 지붕 밑으로 기어 들어가는 모습을 보고는 내려오기가 겁나나 봅니다. 잔느가 산 위의 목장 한가운데 양들 사이에서 당당하고 품위 있는 자태로 저 아래 작은 땅들이 모여 있는 세상을 진지하게 내려다보는 모습을 전 그 아래 골짜기에서 감탄의 눈으로 자주 보았으니까요. 그때마다 저에겐 잔느가 아주 훌륭한 인물로 보였고 어딘가 다른 시대를 사는 사람 같았지요.

티보 바로 그거야, 내 마음에 안 드는 점이! 언니들과 함께 있는 즐거운 시간을 피해서 오히려 험한 산으로 들어간단 말이야. 닭이 울기도 전에 잠자리에서 일어나서, 모두가 무서워서 서로 가까이 붙어 있고 싶어 하는 그런 시각에, 마치 올빼미처

럼 섬뜩한 어둠 속 혼령들의 나라로 찾아들어선 이 네거리에
서 산바람과 소곤소곤 이야기까지 나눈단 말이야.

어찌하여 잔느는 항상 이곳으로 오는 걸까? 왜 하필이면 이
런 곳으로 양들을 몰고 오는 것일까? 난 잔느가 깊은 생각에
잠겨서 보통 사람이라면 누구나 피해가고 싶어 하는 이 마법
의 나무 아래 오랫동안 앉아 있는 모습을 자주 보았어. 아무
튼 이 근방은 으슥한 곳이라서 옛날옛적 이교도 시절부터 이
나무 아래에 악령들이 둥지를 틀고 있다고 들었어. 나이 드
신 동네 어르신들도 이 나무에 대해서 모골이 송연해질 만큼
무서운 이야기를 하는가 하면, 그 그늘진 나뭇가지에선 이따
금 어디서도 들어보지 못한 이상한 소리까지 들린다는 거야.
나도 어느 날 어스름한 저녁에 이 나무 옆을 지난 적이 있는
데, 그때 여자 하나가 마치 유령처럼 여기 앉아 있는 걸 보았
어. 그런데 그 여자가 넓은 소매 끝에서 깡마른 한쪽 손을
꺼내서는 나를 향해 서서히 내미는 거야. 난 걸음아 날 살려
라 하고 줄행랑을 치면서 하나님께 내 영혼을 구해달라고 빌
었지.

레이몽　(성당 안의 마리아 상을 가리키며) 천상의 평화를 이 땅에 흩
뿌려주시는 성모 마리아 상이 바로 가까이 있으니 아무리 악
마라도 따님을 데려가진 못할 겁니다.

티보　아니야, 아니야! 꿈마다 잔느가 불안한 모습으로 계속 나타
나니 그게 어디 예삿일인가? 랭스*에 있는 전하의 옥좌에 앉

---

* 프랑스 북동쪽에 위치한 도시.

아서 머리엔 오색찬란한 보석이 박힌 왕관을 쓰고 세 개의 흰 백합이 새겨진 왕홀을 손에 들고 있는 잔느의 모습을 세 번이나 보았거든! 그뿐이 아니야. 애비인 나도 두 언니들도 심지어는 공작님, 백작님, 주교님, 아니 우리 국왕 전하께서도 잔느 앞에 무릎을 꿇고 있는 거야. 이게 어디 미천한 우리 집안에서 상상이나 해볼 수 있는 일인가?

아아, 이건 엄청난 화근의 징조가 틀림없어! 위험을 경고하는 이런 꿈은 잔느의 허황된 마음을 상징적으로 보여주는 거란 말이야. 잔느는 자신이 낮은 신분으로 태어난 것을 부끄러워하고 있어. 하나님은 잔느에게 이 산골의 다른 양치기 아이들보다 더 아름다운 육신을 주셨을 뿐만 아니라 놀라운 신통력까지 주셨거든. 그래서 그 아이가 마음속에 잘못된 자만심을 품고 있는 거란 말이야. 천사가 하늘에서 추락하는 것도 악령이 사람의 마음을 사로잡는 것도 모두가 이런 자만심 때문이거든.

레이몽 신앙심 깊은 잔느보다 더 겸손하고 덕망 있는 마음씨를 가진 처녀가 과연 어디에 또 있겠어요? 잔느는 언니들까지 기꺼이 뒷바라지해오지 않았어요? 어느 누구보다 더 뛰어난 재능을 타고났으면서도, 잘 아시다시피 집안에서 비천한 하녀처럼 힘든 일을 도맡아 해왔고, 따님의 손을 거치기만 하면 축산이건 파종이건 신기하게 잘되지 않았어요? 잔느의 손을 거치기만 하면 어찌 된 일인지 무엇이건 행운이 넘치지 않았어요?

티보 그건 그래! 이해할 수 없는 행운이 항상 따랐지! 그런데 바로 그런 행운을 생각만 해도 난 기분이 아주 찜찜해진단 말이야. 그런 이야긴 그만 하세! 나도 말 안 하겠어. 아무 말 안 하겠어. 귀여운 내 딸을 두고 불평만 해서야 되겠는가? 잔느를 위해서 내가 할 수 있는 일은 조심하라고 타이르고 잘되라고 기도하는 것뿐이야. 더 조심하라고 일러야겠어.

자네도 이 나무 밑엔 오지 말게! 이곳에 혼자 있으면 안 돼! 밤중에 여기서 나무뿌리 같은 걸 캐서도 안 되네. 여기서 어떤 음료를 만들거나 모래 위에 어떤 표시를 해도 안 돼. 악령의 나라는 언제라도 갑자기 입을 벌리는 법이거든. 악령은 엷은 베일 속에 숨어 있다가 낮은 소리에도 순식간에 뛰쳐나온다는 거야. 혼자는 오지 말아야 해. 황량한 들판에선 악마가 주님의 바로 곁에까지 따라붙는다는 거야.

제3장

베르트랑이 손에 투구를 들고 등장. 티보, 레이몽, 잔느.

레이몽   쉿, 저기 베르트랑이 시내에서 돌아오는군! 아니, 들고 있는 게 뭐지?

베르트랑   여러분들, 절 보고 놀라시는군요! 이런 이상한 물건을 들고 있으니 놀라실 수밖에요.

티보   맞아, 우리 모두 놀랐어. 말 좀 해보게나! 도대체 자네가 어떻게 그 투구를 갖게 되었지? 이 평화로운 마을에 어찌하여 말썽이 될 수 있는 그런 물건을 가져왔는지?

(잔느, 앞의 두 장면에서는 아무런 반응도 보이지 않고 말없이 한쪽 옆에 비켜서 있었으나, 이때 갑자기 전면으로 나온다.)

베르트랑 이것이 어떻게 제 손에 들어왔는지 저 자신도 잘 모르겠어요. 전 공구를 사기 위해 보쿨루르 시내에 갔어요. 시장 바닥은 온통 사람들로 들끓고 있었어요. 그런데 그때 막 오를레앙에서 왔다는 피난민이 패전의 소식을 알려온 거예요. 거리는 순식간에 아수라장이 되고 말았지요. 제가 사람들 틈을 헤집고 나오려는데 검은 피부의 집시 여인이 이 투구를 들고 저에게로 다가와서는 제 눈을 물끄러미 들여다보면서 이렇게 말하는 거예요. "젊은 양반, 투구를 찾고 있지? 난 알고 있다니까, 젊은이가 투구를 찾고 있다는 걸 말이야. 자아, 이걸 가져가요! 특별히 싸게 줄 테니까." "군인들한테나 가보세요! 전 농사꾼이라서 투구 같은 건 필요 없어요"라고 말했어요. 그런데도 그 여인은 절 붙잡고 또 말하는 것이었어요. "누구든 투구가 필요 없다고는 말 못해요. 이런 시국엔 머리를 보호해줄 철모 하나가 잘 지은 돌집보다 더 나은 법이거든." 그 집시 여인은 계속 절 따라와서는 원치도 않는 저에게 이 투구를 한사코 떠맡기는 거예요. 투구는 깨끗하고 번쩍번쩍 빛났고 보기에도 훌륭한 기사에게 잘 어울릴 것 같았어요. 그래서 투구를 손에 들고 언젠가는 이 물건이 보람 있는 일을 해낼 수 있을 것이라는 생각을 하면서 들여다보고 있는데, 그사이에 그 여인은 순식간에 인파에 휩쓸려 모습을 감춰버리고 말았어요. 그래서 이 투구가 제 손에 남아 있게 된 거예요.

잔느 (탐욕스러운 눈초리로 재빨리 투구를 향해 손을 뻗치며) 그 투구 저 주세요!

베르트랑 이걸 뭘 하려고? 처녀가 머리에 쓰고 다닐 장신구도 아닌데?

잔느 (투구를 잡아챈다.) 제 거예요, 이 투구! 이건 제 거예요!

티보 애가 무슨 소릴 하는 거야?

레이몽 내버려두세요, 아저씨! 기사들의 장신구인 투구도 잔느에겐 잘 어울려요. 잔느의 가슴속엔 사내 같은 기백이 숨겨져 있으니까요. 생각 안 나세요? 언젠가 무척이나 사납고 호랑이만큼이나 큰 승냥이가 가축들을 덮쳐서 우리 양치기 모두를 당황하게 만들었던 일을요. 그때 잔느가 혼자서 사자처럼 달려들어 승냥이가 입에 물고 가던 피투성이가 된 양을 빼앗아 왔잖아요? 이 투구를 어떤 용사가 쓴다 해도 잔느보다 더 어울리진 못할 거예요.

티보 (베르트랑에게) 말해주게나! 이번 전투는 어떻게 해서 진 건가? 피난민들이 어떤 소식을 전해왔는가?

베르트랑 하나님, 우리 전하를 구해주소서! 이 나라를 불쌍히 여기소서! 아군은 두 번의 전투에서 무참히 패했어요. 적군은 프랑스 한복판까지 쳐들어왔고, 루아르 강에 이르는 땅들은 모조리 적에게 빼앗겼답니다. 그뿐 아니라 적군은 곧 병력을 재집결하여 오를레앙을 포위할 거랍니다.

티보 하나님! 우리 전하를 보호하소서!

베르트랑 헤아릴 수 없이 많은 대포들이 사방에서 실려 왔어요. 여러 나라에서 끌어 모아온 적의 군대가, 마치 여름날 벌 떼가 벌집 주변을 시커멓게 떼 지어 나는 것처럼, 어둡게 하늘을 뒤

덮은 메뚜기 떼가 한꺼번에 쏟아져 내리듯 오를레앙의 들판을 순식간에 가득 메우고는 각각의 진영에서 알아들을 수 없는 말들을 하며 웅성거리고 있다는 거예요. 말하면 뭘 하겠어요. 우리의 제후들 중에서도 가장 세력이 막강한 부르고뉴 공작까지 자신의 병사들을 모두 이끌고 적군에 합류했다는 거예요.

우선 리에주인, 룩셈부르크인, 에노인, 나쉬르인, 풍요로운 브라반트에서 온 사람들, 우단과 명주옷을 입고 거들먹거리며 걸어 다니는 멋쟁이들, 바다 위에 떠 있는 깨끗한 마을들로 이루어진 제일란트에서 온 사람들, 우유 짜던 네덜란드인, 유트레히트인, 북극이 바라보이는 지구의 제일 변방인 서프리슬랜드에서 온 사람들까지, 이들 모두 막강한 영향력을 가진 부르고뉴 공작이 불러들인 거랍니다. 그리고 이들 모두가 힘을 합쳐 우리 오를레앙을 함락시키려 한답니다.

티보 오오, 불행하고 서글픈 반목일세! 프랑스의 무기를 프랑스인에게 겨누다니!

베르트랑 그뿐인가요. 나이도 지긋하신 바이에른 태생의 오만한 이사보 태후까지 무쇠로 된 갑옷을 입고 말을 타고 진영을 돌며 가시 돋친 말로 친아들인 우리의 샤를 국왕을 공격하라고 병사들을 부추긴답니다!

티보 천벌을 받아야지! 저 오만한 이사보 태후에게 천벌을 내리소서!

베르트랑 성벽 공략의 명수로 알려진 무서운 설리스버리가 오를레앙을 포위하고 있는 군대를 총지휘하고 있고요. 그다음으로 거론

되는 이름은 두려움의 대상인 적장 라이오넬이며, 또한 전쟁
터마다 나가기만 하면 무섭게 검을 휘둘러서 많은 적병의 목
을 베어낸다는 텔버트도 있어요. 놈들은 천방지축으로 날뛰
며 처녀라는 처녀는 모조리 욕보이고 저항하는 자는 목을 베
어버리겠다고 벼른답니다. 거리가 내려다보이는 높은 망루를
네 개나 만들어놓고, 그 꼭대기에 설리스버리 백작이 올라가
서 피에 굶주린 눈으로 길 가는 사람들을 숨어서 감시한답니
다. 수백 킬로그램이나 되는 많은 양의 포탄이 벌써 시가지
에 떨어져, 교회는 파괴되고, 노트르담의 그 아름다운 첨탑
도 고개를 숙이고 말았답니다. 게다가 땅속엔 지뢰까지 묻어
놓아서 지옥의 옥상에 얹혀 있는 듯 불안한 도시가 굉음을 내
며 속수무책으로 불타고 있답니다.

(잔느, 긴장하여 귀를 기울이며 듣고 있다가 들고 있던 투구를
쓴다.)

티보 그건 그렇다 치고, 적군이 그렇게 맹렬한 기세로 쳐들어오
는데 생레유의 용감한 병사들, 라 이르, 프랑스의 지킴이라
는 그 용감한 뒤누아 백작은 도대체 어디에 있단 말인가? 아
니, 국왕께선 어디 계시는가? 나라가 위기에 처해 있고 도시
들이 함락되어가는 광경을 뒷짐 지고 바라보고만 계시단 말
인가?

베르트랑 국왕께선 시농에 계신데 병력이 모자라서 저항할 엄두도 못
내고 있답니다. 게다가 병사들이 겁먹고 움직이지 않으니,
지휘관이 아무리 용감하고 장군들에게 능력이 있어도 소용이
없답니다. 그 용감했던 사람들의 가슴속엔 마치 신이 내리기

라도 한 것처럼 두려움이 스며들어, 영주들이 어떤 명령을 내려도 누구 하나 움직이지 않는답니다. 승냥이 울음소리 한 번에 양 떼가 겁에 질려 몸을 바짝 움츠리는 것과 마찬가지지요. 우리 프랑스는 과거의 명예도 모두 잊고 도시의 안전을 도모하기에만 급급한 지경입니다. 제가 듣기로는 그래도 기사 하나가 나약한 병사들을 끌어 모아서 열여섯 개의 깃발을 나부끼며 국왕에게로 달려가는 중이랍니다.

잔느 (재빨리) 그 기사의 이름이 뭐죠?

베르트랑 보드리쿠르랍니다. 하지만 적군의 포위망을 뚫는 건 쉽지 않을 거예요. 이미 적은 군사를 둘로 나누어 그의 뒤를 쫓고 있다니까요.

잔느 그 기사의 진지는 어디라고 하던가요? 알면 말 좀 해봐요!

베르트랑 보쿨루르에서 하루 해 거리라오.

티보 (잔느에게) 넌 무슨 생각을 하고 있는 거냐? 여자에겐 어울리지 않는 것들만 묻고 있으니!

베르트랑 그래서 말인데요, 적군이 그렇게나 강하고 국왕의 도움도 가망이 없다면, 보쿨루르의 군대도 다 함께 부르고뉴 공작의 편에 가담할 수밖에 없지 않겠어요? 그렇게 되면 우린 남의 나라의 지배를 받지 않고 예로부터의 황실을 그대로 지킬 수 있는 게 아닌가요? 그러니까 우린 여전히 본래의 우리 황실을 받들게 되는 거지요. 부르고뉴 공작이 프랑스와 화해만 한다면 말예요.

잔느 (흥분하며) 안 돼요, 화해는 안 돼요! 우리가 항복해선 안 돼요! 그 기사가 오고 있다고 하지 않았어요? 전투 준비를 하고 오는 거예요. 오를레앙의 거리에 들어서기 전에 적군의 기세를 꺾어야 돼요. 그 시기가 무르익었어요. 그때가 온 거예요. 한 처녀가 낫을 손에 들고 나타나서 적군이 뿌린 씨앗에서 돋아난 새싹들을 모조리 베어버리듯 별이 총총한 저 하늘 끝까지 치솟은 적군의 기세를 꺾어버리는 거예요.

머뭇거리면 안 돼요! 겁먹으면 안 돼요! 보리가 누렇게 익기 전에, 보름달이 되기 전에 영국인들이 타고 오는 말들이 유유히 흘러가는 저 루아르 강의 물을 마시지 못하게 해야 돼요.

베르트랑 아니요, 기적 같은 건 일어나지 않아요!

잔느 그렇지 않아요, 기적은 일어나요! 흰 비둘기가 날아올라서 독수리처럼 이 나라를 찢어발기는 보라매를 덮칠 거예요. 흰 비둘기는 조국을 배반한 오만한 부르고뉴 공작을, 백 개의 손을 가졌다는 저 억센 탤버트를, 성 공략의 명수인 설리스버리를, 그리고 저 뻔뻔스런 영국인들을 하나도 빠짐없이 양 떼를 몰아가듯 쓸어낼 거예요. 이 비둘기에겐 주님과 전쟁의 신이 함께하고 계시거든요. 하나님은 연약한 처녀를 선택하셔서 그 가냘픈 처녀를 통하여 영광을 보여주실 거예요. 하나님은 전지전능하시니까요.

티보 우리 잔느에게 무슨 마귀라도 붙었나?

레이몽 저 투구 때문에 그런 용기가 생기나 봅니다. 따님을 잘 보세요! 눈은 빛나고 뺨은 불꽃처럼 타오르고 있어요.

잔느 이 나라가 망해서야 되겠어요? 이 영광스러운 나라, 태양 아래 가장 아름다운 나라, 하나님께서 자신의 눈동자처럼 사랑하시는 이 지상 낙원이 다른 민족의 속박을 받아서야 되겠어요? 이 땅엔 이교도의 힘도 미치지 못했어요. 제일 먼저 이 땅에 감사의 표시로 십자가가 세워졌잖아요? 성 루이님의 뼈가 묻혀 있는 곳도 이 나라 땅입니다. 예루살렘 정벌도 여기서부터 시작되었고요.

베르트랑 (놀라면서) 들어보세요, 이 처녀의 말을! 도대체 어디서 이런 훌륭한 계시를 받았을까요? 아저씨, 참으로 훌륭한 따님을 하나님께서 보내주셨군요!

잔느 우린 우리의 국왕, 이 나라 태생의 국왕을 모셔야 하지 않겠어요? 언제까지라도 멸망하지 않을 우리의 왕국을 이 땅에 세워야 하지 않겠어요? 우리의 소중한 농기구와 가축을 지켜주시고 토지를 비옥하게 만들어주시며 노예에게 자유를 주셔서 왕궁의 주변에 마을들이 옹기종기 모여 살게 해주실 분, 약한 자의 편에서 악한 자에게 겁을 주시며 너무나 지고한 분이시어 시샘도 모르시는 분, 스스로 인간이시면서도 악의에 찬 세상을 가엾게 여기시는 천사 같으신 분, 그러면서도 황금빛으로 현란한 옥좌를 의지할 곳 없는 사람들의 쉼터가 되게 하실 분, 그런 분에겐 능력도 있고 자비로움도 있지요. 죄지은 자는 두려움에 떨겠지만, 소외된 자는 마음 문을 열고 다가가 옥좌 주변에서 사자와 함께 노닐게 되지요.

조상의 신성한 뼈가 이 땅에 묻히지 않은, 외국에서 온 왕이 어떻게 이 나라를 사랑할 수 있겠어요? 젊은 시절을 이 나라 청년들과 함께 지낸 적도 없고, 우리말을 잘 알아듣지도 못하는 사람이 어떻게 이 나라 사람들의 아버지가 될 수 있겠어요?

티보 하나님이시여, 프랑스와 우리 국왕을 보호하소서! 우린 평화
로운 백성일 뿐이야. 검을 쥐는 법도 모르고 군마를 다룰 줄
도 몰라. 누가 전쟁을 승리로 이끌어서 이 나라의 국왕이 되
는지 지켜보기로 하세. 전쟁에서 승리하는 것은 하나님의 뜻
이니까. 누구든 랭스에서 성유를 받고 왕관을 쓰는 분이 우
리의 주인이 되는 거야.

자아, 일하러 가세! 우리 모두 눈앞에 닥친 일만 생각하기로
하세! 나라를 빼앗고 빼앗기는 일은 높은 사람들이나 영주들
마음대로 하라지. 아무리 파괴되어도 우린 아무렇지도 않으
니까. 우리가 경작하는 대지는 어떤 폭풍우에도 끄떡없으니
까. 우리 마을이 전쟁의 불길로 불타서 가라앉는다 해도, 뿌
린 씨앗이 말발굽에 짓밟혀도 봄이 오면 새싹은 또다시 솟아
나오게 마련이거든. 우리 농사꾼의 집이야 금방 다시 지을
수도 있으니까 말이야.

(잔느를 제외한 사람들 모두 퇴장.)

제4장

잔느 혼자서.

잔느 산아, 정든 목장아, 안녕!
다정했던 고요한 골짜기야, 잘 있거라!
잔느는 이제 너희들을 다시는 밟지 않으리라.

너희들에게 영원한 작별을 고하노라.
내가 물을 뿌려준 초원아!
내가 심어놓은 나무들아, 계속 싱싱하게 푸르러라!
동굴아, 차가운 샘물아, 잘 있거라!
산울림아, 골짜기의 상냥한 메아리야!
내가 노래하면 너희들이 화답해주었지 .
이제 떠나면 두 번 다시 돌아오지 않으리라.

다소곳이 나에게 기쁨을 안겨준 너희들
너희들로부터 난 영원히 떠나간다.
들판의 양들아, 작별 인사를 나누자꾸나!
너희들은 이제 양치기 없는 양 떼가 되고 말았구나.
난 다른 무리에게 풀을 먹여야 한다.
저 건너편의 무섭고 피비린내 나는 싸움터에서
성령의 부름이 있어 난 그리로 가야 한다.
덧없는 세속의 욕망을 따라가는 것이 아니다.

호렙 산의 불타는 덤불 속에서
빛을 발하며 모세에게 내려와
파라오 앞에 서게 하신 분
신앙심 깊은 이사야의 아들을
싸움터의 용사로 선택하신 분
언제나 다정하게 양치기의 편에 서주신
하나님이신 바로 그분이 나뭇가지 사이로 말씀하셨다.

"가라! 넌 지상에서 하나님을 대신하여 증거를 보여라!

손발에 쇠붙이를 달고
부드러운 가슴을 갑옷으로 감싼 너에게
남자의 사랑도 이 땅의 죄 많은
쾌락의 불길도 접근하지 못하리라.
네 머리를 신부의 화관으로 치장하는 일도 없으리라.
귀여운 아기가 네 가슴에 안기는 일도 없으리라.
하지만 난 너를 전쟁터에서 영광된 모습으로
세상의 어느 여인보다 더 성스럽게 만들리라.

전쟁의 와중에 용사들까지 모두 좌절하고
프랑스 최후의 운명이 다가오는 순간
넌 프랑스의 깃발을 휘날리며
민첩한 처녀의 몸으로 낫으로 곡식을 베듯
저 교만한 정복자를 쳐 쓰러뜨리리라.
행운의 수레를 굴리면서
프랑스의 용감한 아들들을 구해내고
랭스를 탈환하여 국왕에게 왕관을 씌워주리라!"

하늘이 나에게 징표를 내리셨네.
투구를 보내주셨네.
투구는 분명 하늘이 주신 것
이 쇠붙이를 만져보니 신령한 힘이 솟고

천사 게루빔의 용기가 온몸에 넘쳐흐르네.

전쟁의 소용돌이에 휩쓸려

끝없는 광란의 아우성이 귓전을 울리네.

군마는 날뛰고 나팔 소리 울려 퍼지네.

(잔느 퇴장.)

제1막

시농의 샤를 왕 진영.

제1장

뒤누아 백작, 뒤 샤텔.

뒤누아 백작　난 더 이상 참을 수가 없어. 이 난국을 타개하기 위해서 어떤 노력도 해보지 않는 국왕께는 더 이상은 기대할 게 없어. 대대로 내려오는 우리 프랑스 왕조 하에서 계속 번영해온 유서 깊은 도시에 도적 떼가 검을 휘두르며 쳐들어왔는데도, 오랜 세월로 녹슨 우리 도시의 열쇠가 적의 수중에 들어가는 걸 보고 있자니, 고동 치는 이 가슴은 피를 토할 것만 같아. 뜨거운 눈물을 흘리며 펑펑 울기라도 하고 싶어. 그런데도 우린 여기서 하는 일 없이 한가롭게 소중한 시간을 허비하고 있지 않은가.

난 오를레앙이 위급하다는 소식을 듣고 멀리 노르망디에서 황급히 달려왔는데. 당연히 국왕은 갑옷을 입고 병사들의 선두에 서 계실 것으로 생각했는데, 이럴 수가 있단 말인가? 그분은 전쟁터가 아닌 바로 여기에 계시지 않은가? 요술쟁이와 음유시인들에 둘러싸여 요상한 수수께끼를 풀거나 자신의 애첩인 소렐을 위해 만찬이나 베풀고 계시지 않은가? 마치 온 나라가 태평성세이기라도 한 것처럼 말이야!

우리 사령관도 떠나가버렸어. 이런 비참한 광경을 차마 눈뜨고 볼 수가 없었겠지. 난 국왕에게 정말 정 떨어졌어. 왕이 불행한 운명을 맞는다 해도 난 상관하지 않겠어.

뒤 샤텔 국왕께서 납십니다!

제2장

샤를 왕, 앞의 사람들.

샤를 사령관은 나에게 자신의 검을 돌려보내며 사의를 표했네. 하는 수 없는 일이지! 이것으로 우린 그렇게도 우리를 괴롭혀 온 그 말 많은 사령관으로부터 벗어나게 되었어.

뒤누아 백작 이 중요한 시기엔 한 사람의 장수도 소중합니다. 저라면 그렇게 간단히 그 사람을 버리지 않았을 겁니다.

샤를	그대는 재미 삼아 그렇게 반대로 말해보는 것이겠지? 자네는 사령관과 가까운 사이도 아니었던 것 같은데?
뒤누아 백작	그 사람은 콧대가 높고 성미도 까다롭지만 어리석었습니다. 또한 분별력도 없었지요. 하지만 이번엔 그가 제대로 판단해서 적합한 시기에 잘 떠난 것입니다. 어차피 명예를 회복할 가망은 이젠 없으니까요.
샤를	오늘은 백작의 기분이 아주 좋아 보이는군! 개의치 않겠네. 뒤 샤텔! 연로하신 르네 왕께서 보내신 사람들이 와 있네. 그네들은 널리 알려진 훌륭한 가인(歌人)들이야. 후하게 대접해야겠어. 각자에게 황금 장신구라도 하나씩 하사하라! (뒤누아 백작에게) 그대는 어찌하여 웃는가?
뒤누아 백작	전하께선 황금 장신구를 입에서 줄줄이 토해내기라도 하시렵니까?
뒤 샤텔	전하! 저희들 수중엔 황금이라곤 하나도 없습니다.
샤를	그래도 무슨 방도를 강구해보라! 귀한 가인을 아무런 존경의 징표도 없이 우리 왕궁을 떠나게 할 순 없지 않은가? 저 가인들은 우리의 메마른 왕홀에 꽃을 피우게 하고 열매가 맺지 않는 왕관에 영원히 푸른 생명의 가지가 돋아나게 해주거든. 노래의 나라를 지배하는 그네들도 군주나 다름없이 작은 소망을 모아서 자신의 옥좌를 구축해가는 거야. 그래도 그네들의 나라는 현실에 존재하는 것이 아니기 때문에 어느 나라에도 해를 끼치지 않거든. 그러니까 저 가인들은 왕과 어깨를 나란히 해야 하며 양쪽이 모두 만인 위에 군림하는 것이라네!
뒤 샤텔	전하, 대책을 마련하기까진 말씀드리지 않으려 했습니다만,

사태가 이 지경에 이르고 보니 하는 수 없군요. 전하께서 남에게 주실 만한 것이라곤 이제 아무것도 없습니다. 어디 그뿐입니까? 내일을 어떻게 살아가실지 아무 대책이 없습니다. 재물이 밀물처럼 흘러들었던 전하의 창고는 이제 썰물 때의 강바닥이 되고 말았습니다. 급료를 받지 못한 병사들은 불평을 늘어놓으며 돈을 주지 않으면 집으로 돌아가겠다고 야단들입니다. 전하의 왕실을 왕실답게 유지하기는커녕 근근이 꾸려나갈 방법조차 떠오르지 않습니다.

샤를 국민의 조세를 담보로 롬바르디아에서 돈을 빌려오지 그래?

뒤 샤텔 전하의 수입원인 조세도 향후 3년분을 이미 저당 잡혔습니다.

뒤누아 백작 이러다간 담보물도 이 나라도 온통 다 날려버리게 될 겁니다.

샤를 아직도 우리에겐 풍요롭고 수려한 땅이 많이 남아 있지 않은가?

뒤누아 백작 하나님과 적장 탤버트의 검이 허락만 한다면 그럴 수도 있겠지요. 오를레앙을 빼앗기면 전하께선 부왕이신 르네 왕과 함께 양이라도 치실 수밖에 없습니다.

샤를 그댄 늘 르네 왕을 비웃는데, 나에게 국왕에 걸맞은 선물을 주신 것은 국토도 없는 바로 그 르네 왕이셨어.

뒤누아 백작 설마 하니 그 어른이 나폴리의 왕관을 폐하게 보내온 것은 아니겠지요? 그래서는 안 됩니다! 들리는 말로는 르네 왕이 양을 치기 시작한 이후로 그의 왕관이 매물로 나와 있다고 하던데요?

샤를 아니야, 그 어른이 양치기가 되신 것은 이 거칠고 거친 현실세계를 순결한 세상으로 만들어보려고 당신 자신의 마음에

다짐하는 일종의 유희이며 재미있는 해학이자 축제인 거야. 그러면서도 그분이 바라고 있는 것은 참으로 국왕다운 위대한 것이지. 부드러운 사랑이 지배하고 기사들의 다정한 마음이 기사 자신들의 정신을 드높이고 귀부인들이 법정에 나가서 부드러운 심성으로 섬세한 일들을 판결했던 그 옛날을 되살리려는 거야. 마음씨 고우신 연로하신 부왕께선 바로 그런 시대를 살고 계신 거야. 고대의 노래 가사 속에만 존재하는 그런 시대를 황금빛 구름 속에 떠 있는 도시에서처럼 이 현실 세계에서 실현시키려 하시는 거야. 훌륭한 기사들이 무리지어 모여들고 순결한 여인들이 화사한 모습으로 등장하며 순수한 사랑이 다시금 꽃피는 그런 사랑의 궁전을 세우려 하시는 거야. 그러고는 바로 나를 그 사랑의 국왕으로 선정하신 거야.

뒤누아 백작 저 역시 사랑의 왕국을 모독하고 싶을 만큼 저속하게 태어난 놈은 아닙니다. 저도 사랑을 상징하는 말로 불리고 있으니까요. 말하자면 저도 사랑의 아들이며 제가 물려받은 유산 또한 그런 사랑의 국토 안에 있지요. 오를레앙의 성주이셨던 아버님은 어떤 여인의 마음도 놓치지 않고 사로잡을 수 있었으며 어떠한 적의 성도 반드시 공략하고야 말았습니다.

전하께서 사랑의 군주로 존경받기를 원하신다면 먼저 용사 중의 용사가 되어주십시오! 옛 글을 읽어보면 사랑은 언제나 영웅이나 훌륭한 기사들의 행위와 관련이 있습니다. 또 전하는 바에 의하면 아서 왕의 원탁엔 양치기 따위가 앉아본 적이 없었답니다. 아름다운 여인을 용감하게 지켜내지 못하는 자는 아름다운 여인의 포상을 받을 자격이 없으니까요.

지금이야말로 싸워야 할 때입니다. 싸워서 조상 전래의 왕관을 지켜내야 합니다. 칼을 휘둘러서 전하 자신과 귀부인들의 명예를 지키셔야 합니다. 그리하여 적의 피가 강물처럼 흐르는 가운데 조상 전래의 왕관을 용감하게 탈취하실 수만 있다면, 그때야말로 사랑의 은매화꽃으로 장식한 왕관을 머리에 쓰시는 것이 국왕께 어울리는 일입니다.

샤를 (들어오는 시종에게) 무슨 일이냐?

시종 오를레앙의 시의원들이 뵙기를 청하옵니다.

샤를 들여보내라!

(시종 퇴장.)

그네들은 도움을 청하러 왔겠지만 궁지에 몰린 내가 할 수 있는 일이 있겠는가?

제3장

오를레앙의 시의원 3명, 앞의 사람들.

샤를 어서 오시오, 오를레앙의 충성스런 시민들이여! 나의 사랑하는 오를레앙 시는 어찌 되었나? 포위하고 있는 적군에게 용감하게 저항하고 있겠지?

시의원 아아 전하, 아주 큰 위기에 처해 있습니다. 우리 오를레앙에 파멸의 순간이 다가오고 있습니다. 외곽은 이미 파괴되었고 적은 파죽지세로 몰려오면서 새 진지를 구축하고 있습니다.

성벽을 수비하는 병사들도 대부분 철수해버렸습니다. 끊임없이 나서서 싸워는 보지만 살아 돌아와서 성문을 다시 보는 자는 적습니다. 게다가 굶주림의 고통이 온 도시를 위협하기 시작했지요. 그래서 지휘관인 로쉬피에르 백작은 하는 수 없이 지난날의 관례에 따라 적군과 '만약 향후 12일 안에 이 도시를 구해줄 충분한 지원군이 오지 않으면 항복하겠다'는 협약을 맺었습니다.

(뒤누아 백작, 심히 노여워하는 표정을 짓는다.)

샤를 　12일이라니, 너무 짧구나!

시의원 　그리하여 저희들은 전하께서 우리 오를레앙을 불쌍히 여기셔서 아무쪼록 그 기일 안에 저희들을 구해주실 것을 청원 드리려고 적군의 안내를 받아가며 이렇게 찾아뵙는 것입니다. 그것이 안 될 경우엔 12일째 되는 날 우리 시를 적군에게 넘겨주어야 합니다.

뒤누아 백작 　생레유가 그토록 굴욕적인 협약을 승낙하다니!

시의원 　아닙니다, 그 용감한 분이 살아만 계셨더라면 화해나 항복 따위는 말조차도 꺼내지 못했을 겁니다.

뒤누아 백작 　그렇다면 그도 죽었단 말인가?

시의원 　그 고결하신 분은 전하를 위하여 싸우다가 성벽에서 전사하셨습니다.

샤를 　생레유가 죽었다고? 오오, 그 사람 하나를 잃은 건 큰 병력을 잃은 것과 다름없어!

(기사가 등장하여 뒤누아 백작에게 몇 마디 귓속말을 건넨다. 백작은 깜짝 놀란다.)

뒤누아 백작	엎친 데 덮친 격이군!
샤를	아니, 무슨 일인가?
뒤누아 백작	더글라스 백작이 전령을 보내왔습니다. 스코틀랜드의 병사들이 밀린 급료를 오늘 안으로 지불하지 않으면 집으로 돌아가겠다고 위협한답니다.
샤를	뒤 샤텔!
뒤 샤텔	(어깨를 움츠리며) 전하, 어떻게 해볼 방도가 없습니다.
샤를	가진 것이라면 무엇이든 담보로 약속해보라! 이 나라의 절반이라도 좋다.
뒤 샤텔	안 될 겁니다. 그런 방법에 그네들은 이미 여러 차례 속아보았으니까요.
샤를	그들은 우리 군의 정예부대야, 지금은 안 돼! 그들이 지금 내 곁을 떠나게 해서는 안 돼!
시의원	(엎드려서) 전하, 저희들을 구해주소서! 저희들의 딱한 사정을 굽어 살피소서!
샤를	(절망하는 모습으로) 군대를 흙으로 찍어낼 수는 없을까? 이 손바닥이 곡식이 무성한 밭이 될 수는 없을까? 내 심장을 도려내고 이 몸을 갈가리 찢어발겨서 황금 대신 그것을 녹여 주화라도 만들 수는 없을까? 그대들을 위하여 내가 가진 것이라곤 내 몸에 흐르는 피뿐일세. 나에겐 은화도 없고 병사도 없으니 말이야.
	(등장하는 소렐을 보자 왕은 양팔을 벌리고 황급히 달려간다.)

286

제4장

보석함을 손에 든 아녜스 소렐, 앞의 사람들.

샤를 오오, 나의 아녜스! 나의 사랑하는 소렐! 날 절망에서 구해
주려고 왔는가! 나에겐 그대가 있다. 난 그대 품에서 쉬런
다. 나에겐 아무것도 잃은 것이 없다. 아직도 나에겐 그대가
있다.

소렐 존귀하신 국왕 전하! (불안하고 의아해하는 눈으로 주위를 살
피며) 뒤누아 백작님! 그것이 정말입니까? 뒤 샤텔님?

뒤 샤텔 유감스럽게도 그렇습니다!

소렐 그만큼 절박합니까? 급료도 지불하지 못한다고요? 그래서
군인들이 떠나려 한다고요?

뒤 샤텔 유감스럽게도 사실입니다.

소렐 (뒤 샤텔에게 보석 상자를 내밀며) 자아, 여기 황금이 있어요.
여기 보석이 있어요. 이 은을 녹여 쓰세요! 제가 소유하고
있는 성(城)들을 팔고 저당 잡히세요! 프로방스의 저의 영지
에서 돈을 빌려오세요! 이 모두를 금으로 바꿔서 군인들에게
나눠주세요! 빨리요! 지체하지 말고 빨리요! (그를 몰아낸
다.)

샤를 어떤가, 뒤누아? 뒤 샤텔, 그대도! 모든 여성 중의 여성이
바로 내가 사랑하는 소렐인데, 이래도 내가 가난하다 하겠는
가? 소렐도 나와 다름없는 귀한 혈통의 후예야. 바루아 왕가
의 후손이라 한들 소렐보다 더 고결하겠는가? 세상의 그 어

떤 옥좌를 빛내주기에도 손색없는 여인이건만 그런 자리들을
마다하고 그저 나의 연인으로만 남아 있는 거야. 나의 연인
으로만 불리기를 바라는 거야. 언제 그녀가 겨울에 일찍 피
어나는 꽃 한 송이나 귀한 과일보다 더 값비싼 선물을 나에게
서 바란 적 있었던가? 내게선 무엇 하나 받는 것이 없으면서
도 나에게 모든 것을 바쳐왔을 뿐이야. 전 재산과 가진 것 모
두를 아낌없이 불행의 늪에 빠진 나를 위해서 내놓는 거야.

뒤누아 백작 참으로 소렐님도 전하와 마찬가지로 제정신이 아니군요. 가
지신 것 모두를 불더미 속에 내던지시면서 다나오스 왕의 딸
들*처럼 밑 빠진 통으로 물을 긷고 계신 겁니다. 하지만 그
것으로 전하를 구해드릴 순 없어요. 전하와 함께 자멸하실
뿐이지요.

소렐 백작님의 이 말씀은 믿지 마세요! 백작님은 우리 전하를 위
해서 열 번도 더 목숨을 내놓으셨던 분입니다. 그러시고도
제가 지금 황금을 내놓는 것을 나무라고 계십니다. 그렇지
않습니까? 전 이미 전하께 황금이나 진주보다 더 값진 모든
것을 기꺼이 내드렸습니다. 그런데 이제 와서 새삼스럽게 제
가 저 자신의 행복만을 생각해서야 되겠어요? 자아, 인생에
아무 쓸모없는 장식품 같은 것은 모두 내놓읍시다! 저도 소
유를 체념하는 좋은 본보기를 보여드리겠어요. 백작께서도
궁중의 사람들을 모두 무장시키세요! 황금을 쇠붙이로 바꾸

---

* 그리스 신화의 다나오스 왕은 쌍둥이 형제인 아이깁토스 왕의 50명의 아들들이 자신의 50명
의 딸들에게 청혼을 하자 딸들에게 단검을 쥐어주며 남편을 죽이라고 명령한다. 다나오스 왕
의 딸들은 남편을 죽인 죄로 지옥에 떨어져 밑 빠진 통에 물을 채우는 고역을 형벌로 받았다.

시고 가지고 계신 것은 남김없이 옥좌를 위해 내놓으세요! 그렇게 하십시다! 이젠 어떤 아쉬움도 어떤 위험한 고비도 함께 헤쳐나가야 합니다. 저도 군마를 타고 나가겠어요. 연약한 몸일망정 이글거리는 햇빛 아래로 나가겠어요. 하늘의 구름을 지붕 삼고 돌을 베개로 삼읍시다! 전하께서 가난한 자들과 함께 고통을 이겨내시는 걸 보면, 성미가 급한 병사들도 괴로움을 잘 참아주겠지요.

샤를 (미소를 지으며) 그렇다, 오래전 언젠가 클레르몽의 한 수녀가 영감을 받아서 나에게 말한 예언이 드디어 실현되려는 것 같다. 그 수녀는 나에게 "한 여성이 나타나 적군을 모두 섬멸하고 조상 전래의 왕관을 적에게서 탈취하여 나에게 씌워주리라"고 했다. 나는 수녀가 말한 그 용감한 여성을 멀리 적진 속에서 찾아내어 그 어머니를 위로해주리라고 생각했다. 그런데 날 랭스로 인도할 그 여장부가 바로 여기 있지 않은가? 아녜스의 사랑을 통하여 나는 승리할 것이다!

소렐 우리 병사들의 힘찬 검의 힘으로 승리하시게 될 겁니다.

샤를 적들 사이의 불화에도 적지 않게 기대를 걸고 있네! 확실한 정보에 의하면 영국의 오만한 귀족들과 내 사촌인 부르고뉴 공작과의 사이가 예전 같지 않다는 거야. 그래서 내가 라 이르를 공작에게로 보내서 화가 난 공작의 마음에 예전의 충성심을 되살리는 길이 있는지를 알아보는 중이야. 지금이라도 라 이르가 돌아오지 않을까 기다리는 중이야.

뒤 샤텔 (창가에서) 기사가 말을 타고 들어섰습니다.

샤를 마침 잘 돌아왔군! 이제 우리가 패할 것인지 승리할 것인지를 알게 될 거야.

제5장

라 이르, 앞의 사람들.

샤를 (라 이르를 맞이하며) 라 이르! 희망이 있던가 없던가? 한마
디로 말해보라! 알아본 결과가 어떠하던가?

라 이르 전하의 검에 의존하는 길밖에 다른 방도가 없는 것 같습니다.

샤를 그 오만한 부르고뉴 공작은 화해를 원치 않던가? 말해보라!
그자가 내 제의를 어떻게 받아들이던가?

라 이르 공작님은 전하의 제의를 다 듣기도 전에 자신의 부친을 살해
했다는 이유로 뒤 샤텔 장군을 자기에게 넘겨달라고 요구했
습니다.

샤를 그 굴욕적인 조건을 거절한다면?

라 이르 그렇게 되면 동맹은 맺어지기도 전에 결렬되는 것이라고 말
했습니다.

샤를 그래서 자네는 내가 지시한 대로 그자의 애비가 최후를 마친
몬테로 다리 위에서 나와 결투로 승부를 내자고 제안했겠지?

라 이르 전 부르고뉴 공작에게 전하의 장갑을 던져주면서 전하께서
몸소 나라를 위하여 기사로서 결투를 하시겠다는 뜻을 전했
습니다. 그랬더니 공작은 이렇게 대답했습니다. "이미 우리
의 것이 되어 있는 영지를 두고 결투할 필요가 없지 않은가?

기어코 결투를 하겠다면 오를레앙의 교외에서 만나자고 전해라! 내일 내가 그리로 가리라"라고 말하고는 웃으면서 돌아섰습니다.

샤를 오를레앙의 시의회에선 정의를 위한 순수한 결의라도 나오지 않았나?

라 이르 시의회는 당파들 간의 증오심 때문에 의로운 결의는 하지 못합니다. 바로 시의회가 우리의 국왕과 그 가문의 왕좌를 박탈할 것을 의결하여 공표까지 했으니까요.

뒤누아 백작 하루아침에 영웅이 된 주제에 뻔뻔스럽기는!

샤를 나의 어머님은 뵙지 않았는가?

라 이르 우리들의 태후 말씀이십니까?

샤를 그래, 태후께선 뭐라 하시던가?

라 이르 (잠시 생각에 잠기더니) 제가 상 드니 거리에 들어설 때 마침 대관식의 축제가 벌어지고 있었습니다. 파리 시민들은 마치 개선을 축하라도 하듯 잘 차려입고 영국 왕이 지나가는 거리 거리엔 개선문이 세워져 있었습니다. 길에는 꽃잎을 흩뿌려서 마치 프랑스가 승리를 쟁취한 날이라도 되는 듯 시민들이 환호하며 제 수레 주위로 몰려들었습니다.

소렐 환호한다고 하셨어요? 자애롭고 인정 많으신 우리 전하의 마음을 짓밟아놓고 환호를 하다니!

라 이르 아직 애송이 소년인 해리 랭카스터가 성 루이 왕이 앉으셨던 옥좌에 앉아 있었지요. 오만한 베드퍼드와 글로스터가 곁에 서 있었고, 부르고뉴 공작이 옥좌 앞에 무릎을 꿇고 자신의 영지를 대표해서 충성을 맹세했어요.

샤를	오오, 배은망덕한 놈! 한심한 사촌이구나!
라이르	그 소년은 옥좌를 향하여 높은 계단을 오를 때 겁을 먹은 듯 휘청거렸습니다. 그때 군중 사이에서 "나쁜 조짐이야!"라고 수군거리는 소리가 들렸으며, 다음 순간 와르르 웃음이 터져 나왔지요. 그때 전하의 모친이신 황태후께서 당당하게 걸어 나오시더니…… 그다음은 치가 떨려서 말씀드리기가 어렵습니다.
샤를	말해보라.
라이르	전하의 모친께서 그 애송이를 팔로 안아서 전하의 아버님이 앉으셨던 옥좌에 앉히셨습니다.
샤를	오오, 어머니, 우리 어머니가?
라이르	살인을 일삼아온 부르고뉴의 병사들조차 그 광경을 보고는 부끄러워 얼굴을 붉혔습니다. 이사보 태후께선 그것을 알아차리고 갑자기 군중을 향하여 돌아서시더니 큰 소리로 외쳤습니다. "프랑스 국민이여! 나는 병든 나무줄기에 새 가지를 접목시켜서 나무를 살리려는 것이오. 정신병자를 애비로 둔 모자란 내 아들로부터 여러분을 지켜주려는 것이오. 날 고맙게 생각해주오!" (샤를 왕, 손으로 얼굴을 가린다. 아녜스 소렐, 국왕에게로 달려가 팔에 안긴다. 배석한 사람들 모두가 경악과 혐오의 표정을 짓는다.)
뒤누아 백작	승냥이 같은 여인! 미치광이 여인!
샤를	(잠시 후에 시의원들에게) 이곳의 사정은 그대들이 들은 대로이오. 이제 즉시 오를레앙으로 돌아가 나의 사랑하는 시민들

에게 전하시오! 나는 이제 나에 대한 오를레앙의 충성스런 맹세를 포기한다고. 오를레앙의 시민들은 자신들의 행복을 진지하게 생각하여 부르고뉴 공작의 은총을 기대하라고. 그 자는 별명이 '선량공'이니 그리 몰인정한 짓은 하지 않으리라 믿소.

뒤누아 백작 무슨 말씀이십니까? 오를레앙을 포기하신다는 말씀입니까?

의원 (무릎을 꿇고) 전하! 저희들을 버리지 마십시오! 전하께 충성을 다하고 있는 우리 오를레앙을 영국인들의 치욕적인 통치하에 두지 말아주십시오! 오를레앙은 전하의 왕관을 장식하는 보석의 하나입니다. 오를레앙은 역대 국왕께 그 어느 도시보다 더 많은 충성을 해왔습니다.

뒤누아 백작 우린 패배하지 않았어요. 포위한 적과 싸워보기도 전에 적에게 이 땅을 내어줄 순 없지 않아요? 아직 피도 흘리기 전에 국왕의 단 한마디로 우리의 귀중한 도시를 프랑스의 심장부에서 떼어내버릴 수야 없지요.

샤를 피는 충분히 흘렸소! 하지만 헛수고였소! 하늘은 내 편이 아니었소. 내 군대는 도처에서 패배했소. 오를레앙의 시의원들도 수도인 파리도 국민들도 모두가 적을 환호하며 맞아들였소. 나와 가장 가까운 혈육들도 나에게 등을 돌리고 배반했소. 심지어는 날 낳아주신 어머니마저 우리의 적을 자식처럼 돌보고 있소.

우리 모두 루아르 강 건너편으로 이동합시다! 그리하여 영국인들과 함께해야 하는 저 하늘의 무서운 손짓을 피해보도록 합시다!

소렐　우리가 지금 절망하여 이 나라를 포기하는 것은 하나님의 뜻이 아닙니다. 그 말씀은 용맹스러우신 전하의 본심에서 우러나온 것이 결코 아닌 줄로 압니다. 분명히 황태후의 모후답지 못한 행위가 전하의 마음에 상처를 입혀드렸겠지만, 시간이 지나면 전하께선 본래의 모습으로 되돌아오실 겁니다. 용맹스러운 기품을 되찾아서 냉혹한 운명에 당당히 맞서실 것입니다.

샤를　(우울한 표정으로 사색에 잠기며) 안 그런가? 암담하고 무시무시한 액운이 우리 바루아 가문을 뒤흔들고 있구나. 우리 가문은 신으로부터 버림받은 거야. 우리 어머니의 못된 행위가 복수의 여신을 우리 집안으로 끌어들인 거야. 아버님은 20년 동안이나 실성하신 상태이고. 죽음의 사자가 세 명의 형들을 나보다 먼저 데려갔어. 샤를 6세에서 우리 가문이 몰락하는 것도 신의 섭리일 거야.

소렐　아니에요, 전하의 대에서 가문은 다시 융성할 겁니다. 자신감을 가지십시오! 오오, 자비로운 운명이 형제분들 가운데서 막내이신 전하만을 옥좌에 오르시게 한 것이 아닙니까? 하나님은 이 나라에서 당파 싸움으로 상처받은 많은 사람들을 자비로운 마음으로 치유토록 전하께 명하신 것입니다. 전하께서 바로 그 내란의 불길을 끄시게 될 것입니다. 그리하여 평화의 토대를 구축하여 프랑스를 새롭게 재건하시리라 믿습니다.

샤를　그건 내가 아니야! 폭풍이 몰아치는 이런 험난한 시국엔 강한 항해사가 필요한 거야! 나는 평화로운 국민을 행복하게 해줄 수는 있어도 극도로 성난 백성들을 달래는 일은 도저히 할 수가 없거든. 미움을 품고 나를 떠난 민심을 검으로 다시 되돌리는 일은 내가 할 수 있는 일이 아니야.

소렐 백성은 눈이 멀어서 망상에 들떠 있을 뿐입니다. 하지만 조만간 망상에서 깨어날 것입니다. 그럴 날이 멀지 않았어요. 대대로 프랑스인의 가슴속 깊이 새겨져 내려오는 국왕에 대한 애정이 깨어나고 지금까지 국민을 둘로 갈라놓았던 증오심과 질투는 얼마 안 가서 없어지게 될 겁니다. 승리에 도취한 자는 행복에 겨워하다가 멸망하고 말 것입니다. 그러하오니 싸움터에서 성급히 물러나지 마시고 한 뼘의 땅이라도 계속 지켜주십시오! 오를레앙을 전하의 가슴처럼 보호해주십시오! 이 나라를 둘로 갈라놓는 루아르 강에 떠 있는 배라는 배는 모조리 가라앉히시고, 다리라는 다리는 모두 불태워버려서 이 강을 삼도천*으로 만드십시오!

샤를 내가 할 수 있는 일은 다 했어. 이 왕관을 걸고 기사로서 결투도 청해봤지. 그런데 모두가 허사였어. 난 무고하게 국민의 생명을 잃게 하고 싶지는 않아. 이대로 두면 우리 도시들은 폐허가 되어버릴 거야. 내가 어찌 나의 자식인 국민들을 검으로 둘로 갈라놓을 수 있단 말인가? 안 돼, 그건 안 돼! 백성이 살아남을 수만 있다면 차라리 난 왕좌를 포기하겠어.

뒤누아 백작 무슨 말씀이십니까? 그것이 한 나라의 국왕께서 하실 말씀입니까? 그처럼 아무렇지도 않게 국왕의 위엄을 버리셔도 된단

---

* 죽어서 저승 가는 길 도중에 있다는 망각의 강.

말씀입니까? 미천한 백성조차도 자신의 의지를 관철시키기 위해서, 아니면 증오심 때문에, 아니면 사랑 때문에 자신의 재산과 생명을 걸고 싸웁니다. 내란이라는 피비린내 나는 깃발이 한번 올라가면, 백성은 어느 편에건 서야 합니다. 농부는 쟁기를 팽개치고, 아낙네는 물레를 뒤로하고, 노인과 아이들까지도 무장을 하고, 시민은 거리에 불을 지르고, 농민은 자기 손으로 거둬들인 곡식을 태워버립니다. 누구나 국왕에게 활을 당기건 아니면 국왕을 위하여 목숨을 바치건 그중 하나의 길을 택하여 자신의 의지를 당당하게 관철하려 합니다. 명예가 걸린 일이면 하나님을 위해서건 아니면 자신이 믿는 그 어떤 것을 위해서건 일단은 싸워야 하며, 그렇게 되면 그들은 스스로를 동정하지도 않으며 또한 남이 동정해주길 바라지도 않습니다. 그러하오니 국왕의 혈통에 어울리지 않는 마음 약한 동정 따위는 이젠 버리십시오! 일단 전쟁이 시작된 이상 끝까지 이겨내야 합니다. 이 전쟁은 전하께서 경솔하게 일으키신 것도 아니니까요.

국민은 국왕을 위해서라면 자기 한 몸을 내던져야 합니다. 그것이 세상의 운명이며 법칙입니다. 그런데 프랑스인은 그걸 모릅니다. 본래부터 그럴 생각이 없었어요. 명예를 위하여 자진하여 모든 것을 바치려 하지 않는 사람은 국민 될 자격이 없는 것입니다.

샤를 (의원들에게) 앞서 내가 한 말에는 변함이 없소. 그대들에게 신의 가호가 있길 바라오! 난 더 이상 아무것도 할 수가 없소.

뒤누아 백작 국왕이 조국에 등을 돌린다면 승리의 신도 국왕에게서 영원히 등을 돌릴 겁니다. 국왕께선 스스로 자신을 버리셨어요.
그렇다면 저도 역시 국왕과의 인연을 이것으로 끊겠습니다.
전하를 왕좌에서 몰아낸 것은 영국군과 부르고뉴 공작의 동
맹군이 아니라 바로 다름 아닌 국왕 자신의 비굴함입니다. 역
대 프랑스 국왕들은 태어나면서부터 영웅들이셨습니다. 그런
데 전하께선 전쟁에는 전혀 어울리지 않는 분입니다.
(시의원들에게) 국왕은 그대들을 버리셨소. 하지만 난 오를
레앙을 위하여 선왕께서 물려주신 이 도시를 위하여 내 한 몸
내던져 싸우다가 폐허가 되어버린 그곳에 묻히겠소.
(백작이 떠나려 한다. 아녜스 소렐이 그를 만류한다.)

소렐 (왕에게) 이분이 화나서 떠나시게 하시면 안 됩니다! 입으론
험한 말씀을 하시지만, 마음은 황금처럼 변함이 없으신 분입
니다. 전하를 진심으로 사랑하고 전하를 위하여 이미 몇 번
이나 피를 흘리신 분입니다. 자아, 격한 나머지 말씀이 지나
치셨다는 것을 인정하십시오! 전하께선 충정 어린 이분의 과
한 언사를 용서해주셔야 합니다. 자아, 어서요! 화가 지나쳐
서 되돌릴 수 없는 지경이 되기 전에 절 보셔서라도 두 분이
마음을 열어주세요!
(뒤누아 백작은 왕을 뚫어지게 바라보며 대답을 기다리는 표정
을 짓는다.)

샤를 (뒤 샤텔에게) 어서 루아르 강을 건너가자! 소지품을 배에
실어라!

뒤누아 백작 (소렐을 향하여 성급히) 작별 인사를 드립니다!
(재빨리 돌아서서 사라진다. 의원들도 그 뒤를 따른다.)

소렐　　（절망하여 두 손을 비비 꼰다.） 오오, 저분이 가버리시면, 우
　　　　리 이제 완전히 버려진 몸이에요. 라 이르! 어서 따라가서
　　　　저분을 좀 만류해줘요!
　　　　（라 이르 퇴장.）

제6장

샤를, 소렐, 뒤 샤텔.

샤를　　왕관이 그렇게도 좋은 것인가? 왕위를 버리는 일이 이렇게도
　　　　어렵단 말인가? 나에겐 그보다 더 견디기 어려운 일이 또 있
　　　　다. 그렇게 불손한 자들을 제멋대로 행동하게 내버려둬야 하
　　　　며 오만한 부하가 겉으로만 나의 은혜에 고마운 척하는 것은
　　　　왕에겐 참으로 견디기 어려운 일이야. 그것은 운명에 굴복하
　　　　기보다 더 괴로운 일이야.
　　　　（아직도 주저하고 있는 뒤 샤텔에게） 내 명령대로 이행하라!
뒤 샤텔　（왕 앞에 엎드린다.） 오오 전하!
샤를　　이미 결정된 일이다. 더 이상 거론하지 말라!
뒤 샤텔　부르고뉴 공작과 화해하옵소서! 그밖엔 구원의 길이 없습
　　　　니다.
샤를　　그렇게 말할 수는 있겠지만, 그자와 화해를 도모하려면 그대
　　　　가 피를 흘리게 될 수도 있지 않은가?
뒤 샤텔　여기 제 목이 있습니다. 이 목은 지금까지도 여러 번 국왕 전

하를 위하여 전쟁터에 내걸었지요. 지금도 기꺼이 전하를 위하여 이 목을 단두대 위에 올려놓겠습니다. 부르고뉴 공작이 원하는 대로 하십시오! 크게 노한 부르고뉴 공작에게 이 한 몸을 넘기셔서 저의 흐르는 피로 공작과의 오랜 원한을 씻으십시오!

샤를 (감동하여 잠시 침묵하며 그를 바라본다.) 그렇다면 역시 모든 것이 사실이란 말인가? 내 심정을 잘 아는 측근들마저 굴욕적인 방법을 조언할 정도로 사태가 급박하단 말인가? 명예를 존중해온 내 마음을 이렇게도 이해해주지 않으니 이제야 내가 깊은 나락으로 굴러 떨어졌다는 걸 실감하겠구나!

뒤 샤텔 헤아려주옵소서!

샤를 아무 말도 하지 말라! 날 난처하게 만들지 말라! 비록 열 개의 왕국이 모반하여 떨어져 나간다 해도 그대의 목을 담보로 도움을 받고 싶진 않네. 명령한 대로 이행하라! 빨리 가서 내 무기를 배에 실어라!

뒤 샤텔 그러하시면 즉시 시행하겠습니다.

(일어나서 퇴장. 아네스 소렐, 심히 오열한다.)

제7장

샤를, 아네스 소렐.

샤를 (소렐의 손을 잡으며) 슬퍼하지 마오, 아네스! 루아르 강 저

편에도 또 다른 프랑스가 있어요. 우린 더 행복한 나라로 가는 거라오. 그곳엔 맑고 따뜻한 하늘이 미소 짓고, 산들바람이 불며, 인정 많은 풍습이 우릴 반길 것이오. 시와 노래가 있고, 생명력 넘치고 사랑이 더 아름답게 피어날 것이오.

소렐   아아, 이처럼 슬픈 날이 올 줄이야! 국왕이 추방되어 고향을 등지고 집을 나와 이리저리 떠돌아다니게 되다니! 아아, 이제 우린 이 아늑한 고향 땅을 떠나야 하는군요. 이 땅을 반갑게 다시 밟을 날은 영영 오지 않겠지요.

第8장

라 이르가 돌아온다. 샤를, 소렐.

소렐   혼자 돌아왔군요. 그분을 만류하지 못했군요! (라 이르의 얼굴을 가까이 들여다본다.) 라 이르! 어떻게 된 거예요? 안색을 보니 무슨 일이 있는 것 같은데? 또 다른 불행한 일이라도 생겼나요?

라 이르   이제 불행은 끝났습니다! 태양이 다시 떠오르고 있습니다!

소렐   무슨 말을 하려는 거예요? 빨리 말 좀 해봐요!

라 이르   (국왕에게) 오를레앙의 시의원들을 다시 불러들이십시오!

샤를   왜 그러나? 무슨 일인가?

라 이르   의원들을 불러들이십시오! 전하의 행운이 되돌아왔으니까요. 전투가 벌어졌는데 전하의 군대가 승리했습니다!

소렐	승리했다고? 오오, 하늘의 노래처럼 반가운 소리군!
샤를	라 이르, 그대가 근거도 없는 뜬소문에 현혹된 것이겠지! 승리라니? 난 도저히 믿을 수가 없네!
라 이르	아닙니다, 곧 이어 더 큰 기적을 믿으셔야 합니다. 지금 대주교님이 이리로 오고 계신데, 그분은 지금 뒤누아 백작을 전하께 데려오는 중입니다.
소렐	오오, 승리의 아름다운 꽃이군요! 승리는 천국의 열매처럼 평화와 화해를 한꺼번에 가져다주는군요.

제9장

랭스의 대주교, 뒤누아 백작, 뒤 샤텔과 함께 온 갑옷 입은 기사 라울, 앞의 사람들.

대주교	(뒤누아 백작을 왕의 앞으로 데리고 나와서 두 사람이 손을 잡게 한다.) 자아, 두 분이 서로 껴안고 미움도 원한도 모두 날려버리십시오! 하나님이 우리의 편을 들어주셨습니다. (뒤누아 백작이 국왕을 껴안는다.)
샤를	어떻게 된 건가? 알아듣도록 얘기 좀 해보게! 이 위세 당당한 모습들이 도대체 어떻게 된 것이란 말인가? 갑자기 이렇게 모든 것이 달라졌으니!
대주교	(기사 라울을 무대의 앞쪽으로 데리고 나와서 왕 앞에 서게 한다.) 자, 말씀드리세요!

라울 우리 로랭 사람들은 국왕의 휘하에 들고자 16개의 깃발 아래
모였습니다. 총사령관은 보쿨루르 출신의 기사 보드리쿠르님
입니다. 그런데 우리 모두가 베르망통 언덕에 도착하여 뮐
리옹 강으로 흘러가는 계곡에 내려섰을 때, 저 멀리 앞쪽의
들판에 적군의 모습이 보였어요. 뒤를 돌아보니 거기에도 또
다른 적이 햇빛 아래 무기를 번득이고 있었지요. 이렇게 앞
뒤로 적을 맞고 보니 우린 피할 수조차 없었습니다. 대담하
다는 용사들조차 모두가 의기소침하여 어쩔 줄을 모르고, 이
젠 항복하는 길밖에 없다는 생각뿐이었어요. 지휘관들이 모
여서 대책을 협의해봤지만 모두가 헛수고였지요.

그때 우리 눈앞에서 기적이 일어난 것입니다! 숲 속의 한 덤
불에서 갑자기 한 처녀가 나타난 거예요! 머리에 투구를 썼
지만 그 모습은 아름다웠고, 두려워 보이기도 했지만 목덜미
에 검은머리 물결치는 그 모습이 마치 전쟁의 여신 같았어요.
그 처녀가 소리 높이 이렇게 외쳤을 땐 하늘에서 빛이 그녀의
거룩한 모습을 비추는 듯했습니다. "용감한 프랑스 국민이
여, 무엇을 주저합니까? 적을 향해 돌진합시다! 적군의 수가
해변의 모래알처럼 많다 하더라도 하나님과 성모 마리아께서
여러분을 인도해주실 것이니 안심하세요!"

이렇게 말하고 그 용감한 처녀는 기수의 손에서 재빨리 깃발
을 빼앗아 들고 아군의 선두에 서서 씩씩하게 진군했지요. 우
린 놀란 나머지 말도 못하고 이끌려가듯 높이 치켜든 깃발과,
깃발을 든 그 처녀를 따라서 일직선으로 적을 향해 돌진했지
요. 적은 놀라서 눈앞에서 전개되는 기적을 망연자실하여 바

라만 보다가, 마치 신의 노여움을 받은 것처럼 금방 발걸음을 돌려 도망치기 시작했어요. 칼도 창도 내던진 채 모두가 뿔뿔이 흩어지고 말았어요. 그 어떤 호령 소리도 지휘관의 질책도 들리지 않은 거지요. 두려운 나머지 벌벌 떨면서 뒤도 돌아보지 않고 병사들과 말들이 모두 강바닥을 헤매다가 어이없이 물에 빠졌지요. 그건 전쟁이라 할 수도 없었어요. 무저항 상태에서 강물에 빠진 자들 말고도 들판에 쓰러진 적의 수는 2천여 명이나 되었어요. 아군은 단 한 사람의 손실도 없었고요.

샤를 참으로 기이한 일이다! 정말로 불가사의하고 신기한 일이다!

소렐 그렇다면 처녀 한 사람이 그런 기적을 만들었단 말인가요? 도대체 그 처녀는 어디서 왔나요? 그 처녀는 누구인가요?

라울 처녀는 자신의 신상에 대해선 국왕 전하께만 말씀드리겠다고 했어요. 하지만 자신은 영감을 받은 사람이며, 신이 보내신 예언자라고 했어요. 그리고 달이 바뀌기 전에 오를레앙을 구하겠다고 약속했어요. 병사들은 그 처녀의 말을 믿고, 전의를 불사르고 있어요. 그 처녀가 우리 병사들과 함께 이리로 오고 있으니 금방이라도 모습을 나타낼 겁니다. (종이 울리는 소리, 무기가 서로 부딪치는 소리.) 저 소리가 들립니까? 종소리도 들립니까? 그 처녀가 도착한 것입니다. 신께서 보내신 그 처녀를 군중이 맞이하는 소리입니다.

샤를 (뒤 샤텔에게) 그 처녀를 이리로 데려오라! (대주교에게) 어떻게 생각해야 하는 건가? 처녀 혼자서 나에게 승리를 가져왔다니 말일세! 그것도 하나님 말고는 우릴 구원할 자가 없

는 이 어려운 시기에 말이네. 정말로 심상찮은 일이야. 대주
교! 이 기적을 믿어도 되겠는가?

여러 사람의 목소리 (무대 뒤에서) 만세! 처녀 만세! 구세주 처녀 만세!

샤를 그 처녀가 왔구나! (뒤누아 백작에게) 뒤누아 백작, 나 대신
에 자네가 이 자리에 앉아보겠는가? 그 기적의 처녀를 한번
시험해보세나! 과연 그 처녀가 영감을 받았고 신이 보낸 사
람이라면, 왕인 나를 못 알아볼 리 없지 않은가?
(뒤누아 백작이 옥좌에 앉고, 국왕이 그 오른편에 선다. 아녜스
소렐이 국왕과 나란히 서고, 대주교와 그 밖의 사람들이 맞은편
에 서서 가운데에 빈자리를 만든다.)

제10장

앞의 사람들. 잔느는 시의원들과 다수의 기사들을 거느리고 등장한다. 시
의원들과 기사들은 무대 뒤편에 가지런히 선다. 잔느는 예의 바르게 걸어
나와서 모든 사람을 차례대로 둘러본다.

뒤누아 백작 (엄숙한 분위기에서) 그대가 바로 그 기적의 처녀인가?

잔느 (밝고 기품 있는 표정으로 뒤누아의 말을 막으며) 뒤누아님!
하나님을 시험하려 하시다니요? 그 옥좌에서 어서 내려오십
시오! 백작님의 자리가 아닙니다! 전 귀하보다 아주 더 존귀
하신 분이 보내셔서 이곳에 왔습니다. (늠름한 걸음걸이로 국
왕 앞으로 나아가 한쪽 무릎을 꿇어 인사하고는 다시 몇 발자국

물러선다. 모두가 놀라는 표정을 짓는다. 뒤누아는 옥좌에서 일어나 왕에게 자리를 내어준다.)

샤를   그대는 오늘 처음으로 날 만나는 것으로 아는데? 어떻게 날 알아보는가?

잔느   하나님만 보시는 곳에서 전하를 뵌 적이 있습니다. (왕에게로 다가가서 은밀한 어조로) 바로 얼마 전의 밤이었지요. 기억을 되살려주십시오! 측근의 분들이 깊이 잠들어 있는 사이에, 전하께선 잠자리에서 일어나 하나님께 진심으로 기원하셨습니다. 이분들을 잠시 물려주십시오! 그러시면 기원하셨던 내용을 말씀드리겠습니다.

샤를   하나님께 드린 소원을 인간에게 숨길 필요가 있겠는가? 내가 기도한 내용을 이 자리에서 말해보라! 그 내용이 맞는다면 하나님이 그대를 보내셨다고 믿을 것이다.

잔느   말씀드리겠습니다. 잘 들어봐주십시오! 기도는 세 가지였지요. 맨 먼저 전하께선 하나님께 이렇게 기도하셨어요. "만약 부정한 재화가 이 옥좌와 관련이 있다면, 또한 조상 대대로 내려오는 무거운 죄가 사함을 받지 못한 상태에서 이 비참한 전쟁을 치러야 한다면 백성을 위하여 이 한 몸을 제물로 바치겠사오니 노여움을 모두 이 몸에 내려주옵소서!"라고요.

샤를   (두려운 표정을 지으며 뒷걸음친다.) 그대는 누구인가? 무서운 여자로다. 그대는 어디서 왔는가?
(모두가 놀라는 표정을 짓는다.)

잔느   다음으로 전하께서는 두번째 기도를 하셨습니다. "만약 나의 가문을 옥좌에서 멀리하시고, 역대 국왕이 가졌던 모든 것을 저에게서 빼앗아 가시는 것이 하나님의 궁극적인 의지이시라 면 적어도 세 가지의 귀중한 것, 즉 편안한 마음과 친구의 진 심과 아네스와의 사랑만은 남겨주옵소서!"라고요.

(왕은 심히 오열하며 얼굴을 가린다. 모두가 크게 놀란다. 한참 뒤에)

세번째의 기도도 말씀드릴까요?

샤를　그만, 그만! 그대를 믿노라, 인간으로선 도저히 불가능한 일 이야. 과연 하나님께서 그대를 보내셨도다!

대주교　하나님처럼 성스럽고 놀라운 처녀여, 그대는 누구인가? 그 어떤 행운의 땅에서 그대는 태어났는가? 하나님의 축복을 받 은 그대의 부모는 어떤 분들인가?

잔느　대주교님, 전 잔느라고 합니다. 투울 교구의 작은 마을 돔 레 미에 사는 보잘것없는 양치기의 딸입니다. 저도 어릴 적부터 양치기를 해왔지요. 영국인들이 우릴 노예로 삼고, 우리 백 성을 아낄 줄도 모르는 타국의 통치자가 우리를 지배하려고 바다를 건너 쳐들어왔다는 말을 들었습니다. 적군은 이미 우 리의 수도인 파리를 점령해서 이 나라를 굴복시켰다는 말도 들었고요.

그래서 저는 성모 마리아께 기도 드렸습니다. 다른 나라의 구속을 받는 치욕적인 상황에 이르지 않도록 이 나라의 왕을 지켜주실 것을 빌었지요. 제가 태어난 마을 동구 밖에 성모 마리아의 석상이 있습니다. 그곳엔 신앙심 깊은 순례자들이 자주 찾아옵니다. 그 옆에는 하나님 말씀을 알려주는 것으로 유명한 신통력 있는 떡갈나무 한 그루가 있어요. 전 양 떼에게 풀을 먹이면서 종종 그 떡갈나무 그늘에 앉아 있곤 했어요. 뭔지 모르게 그 나무에 이끌렸기 때문입니다. 양이 험준한 산에서 길을 잃으면 전 그 떡갈나무 그늘에서 잠을 자다가 언제나 꿈속에서 양이 어디에 있는지를 알게 되었지요.

어느 날 밤이었습니다. 그 나무 밑에 오랜 동안 앉아 기도하면서 졸음을 참고 있으려니까 검과 깃발을 들고 그저 저와 같은 양치기 여자의 모습을 하신 성모님이 나타나셔서 저에게 이렇게 말씀하셨어요. "일어나라, 잔느야! 양치기 일을 그만두거라! 주님께서 다른 일을 위하여 널 부르신다. 이 깃발을 들고, 이 검을 쥐거라! 이 검으로 우리 민족의 원수를 물리치고 너의 황태자를 랭스로 인도하여 국왕의 왕관을 씌워주도록 하라!"

그리하여 제가 "무서운 전쟁을 알지 못하는 가냘픈 처녀인 저에게 어찌 그런 일이 가능하겠습니까?"라고 묻자, 성모님은 말씀하셨습니다. "세속적인 애정을 물리칠 수만 있다면 순결한 처녀만이 이 세상에 기적을 보여줄 수 있느니라. 날 보라! 너와 똑같이 순결한 처녀인 내가 저 거룩한 주를, 그리스도를 낳았느니라. 그리고 나 자신도 성자니라." 이렇게 말씀하시고 성모님은 제 눈을 손으로 어루만지셨습니다. 그때 위를 올려다보니 하늘에는 흰 백합을 손에 든 천사들이 가득했으며 동시에 아름다운 음악이 울려 퍼졌습니다.

사흘 동안 밤마다 성모님은 계속 이렇게 모습을 나타내시며 "일어나라, 잔느야! 주님은 너에게 다른 일을 맡기려고 널 부르신다"라고 하셨어요. 그리고 세번째 날 밤에 나타나셨을 땐 화가 나셔서 꾸짖는 듯 이렇게 말씀하셨어요. "순순히 말을 듣는 것이 세상 여자의 도리니라. 힘들어도 참는 것이 여성에게 주어진 숙명이니라. 여성으로서의 의무를 성실히 수행함으로써 스스로 깨끗해져야 하느니라. 현세에서 시키는 대로 일하면 내세에선 훌륭한 보상을 받게 되느니라." 이렇게 말씀하시면서 성모님은 양치기의 옷을 벗으시고 현란한 빛을 받으시며 여왕처럼 하늘에 우뚝 서 계셨어요. 그리고 황금빛 구름에 감싸여서 조용히 환희의 나라로 오르셨어요. (모두가 감동한다. 아녜스 소렐은 격렬하게 울면서 자신의 얼굴을 왕의 가슴에 묻는다.)

대주교 (오랜 침묵 끝에) 이와 같은 신의 증거에 대하여는 세속의 잣대로 이러쿵저러쿵 어떤 의심도 품어서는 안 됩니다! 이번에 거둔 승리만으로도 증명이 된 것입니다. 이와 같은 기적은 하나님만이 보이실 수 있는 일입니다.

뒤누아 백작 전 이 처녀가 보여준 기적 자체보다 오히려 그녀의 눈을 믿겠어요. 그녀의 천진무구한 눈동자를 믿어요.

샤를 죄 많은 내가 그 같은 은총을 받을 자격이 있는 것일까? 무엇이든 꿰뚫어보는 그대의 눈으로 내 마음속을 들여다보면 내 이 겸허한 마음도 이해하겠지?

잔느 귀하신 분의 겸허하신 마음은 하늘을 밝게 비춥니다. 전하께서 스스로를 낮추셨으니 하나님께서 전하를 높여주십니다.

샤를 그렇다면 내가 적을 이길 수 있겠는가?

잔느 어떻게든 프랑스가 전하의 발아래 무릎을 꿇도록 하겠습니다!

샤를 그럼 오를레앙을 적의 수중에 넘기지 않아도 된단 말이지?

잔느	루아르 강이 거꾸로 흐르는 일은 있어도 그런 일은 없을 것입니다.

샤를 내가 승리자가 되어 랭스로 갈 수 있겠는가?

잔느 적의 수가 아무리 많을지라도 제가 전하를 그리로 모시겠습니다.

(배석했던 기사들, 창과 방패를 흔들어서 용기를 북돋운다.)

뒤누아 백작 이 처녀를 아군의 선두에 서게 합시다! 성스러운 이 처녀가 우리를 인도하는 곳이라면 그 어디든 무조건 따라갑시다! 처녀는 예언자의 눈으로 우리를 이끌어주고 우리의 이 날카로운 검이 처녀를 지켜줄 것입니다.

라 이르 이 처녀가 우리 군대를 인도하는 한, 두려워할 전쟁터는 어디에도 없지요. 승리의 신이 이 처녀와 함께 있으니까요. 자아, 용감한 처녀여, 우리 모두를 싸움터로 인도하시오!

(기사들, 무기들이 부딪히는 소리를 내며 걸어 나온다.)

샤를 성스러운 처녀여, 그대가 나의 군대를 통솔하라! 군의 지휘관들도 그대를 따르게 하리라! 총사령관이었던 대원수가 화를 내며 나에게 되돌려주었던 우리 군 최고의 이 지휘검은 이제 더 잘 어울리는 주인을 만났다. 성스러운 예언자여! 자, 이 검을 받아라! 언제까지라도 오래도록……

잔느 그건 안 됩니다, 고귀하신 황태자님!* 지상의 권력을 나타내는 이 검으론 승리를 얻지 못합니다. 저는 승리를 가져다주는 검을 알고 있습니다. 신께서 가르쳐준 대로 말씀 올리

---

* 아직은 공식적인 대관식을 갖지 않은 샤를 왕을 칭해서 하는 말임.

겠사오니, 사람을 보내시어 그것을 가져오도록 분부해주십시오!

샤를 어서 말해보라, 처녀!

잔느 유서 깊은 도시인 피에보아에 사람을 보내주십시오! 그곳의 카트린 사원 묘지 지하에 창고 하나가 있습니다. 그 안엔 예전의 전리품들이 쌓여 있고 많은 검들이 있어요. 그 가운데 저에게 도움이 되는 검이 있습니다. 칼날에 새겨진 세 개의 황금 백합으로 식별이 가능합니다. 그 검을 가져오도록 명을 내려주십시오! 그 검을 통하여 전하께선 승리하시게 됩니다.

샤를 사람을 보내서 처녀가 말한 대로 시행하라!

잔느 그리고 진홍빛 테를 두른 흰 깃발을 만들어 제가 들도록 허락해주십시오! 그 깃발엔 아기 그리스도를 품에 안으신 성모 마리아께서 이 땅 위에 우뚝 서 계신 모습을 그려 넣어주세요! 마리아께서 저에게 보여주신 모습 그대로입니다.

샤를 그대가 말한 대로 하겠노라.

잔느 (대주교에게) 고귀하신 주교님, 주교님의 손을 제 머리 위에 얹으시고 당신의 딸을 축복해주십시오! (무릎을 꿇는다.)

대주교 그댄 축복을 내려주기 위해서 온 사람이오! 축복을 받기 위해서 온 분이 아니오! 신의 가호가 있는 다른 곳으로 가보시오! 우린 도저히 그만한 가치가 없는 죄 많은 인간일 따름이오.

(잔느, 일어선다.)

시종 영국군 사령관이 보낸 전령이 왔습니다.

잔느 들여보내라 하시지요! 바로 하나님께서 보내신 전령입니다.

(왕은 시종에게 눈짓한다. 시종 퇴장.)

제11장

전령, 앞의 사람들.

샤를 어떤 심부름을 왔는가? 용무를 말하라!

전령 퐁티유 백작님,* 바루아 가문의 샤를 7세를 계승하여 이곳에 서 전권을 장악하고 계신 분은 누구십니까?

뒤누아 백작 이 못된 전령아, 이 멍청한 놈아! 프랑스 땅에 사는 놈이 프랑스의 국왕이신 전하를 알아보지 못하다니! 이 무슨 무례한 짓인가! 옷깃에 전령의 표시를 했으니 망정이지, 안 그랬으면 네 놈은 당장……

전령 프랑스가 인정하는 국왕은 단 한 분뿐이신데, 그분은 지금 영국군의 진영에 계십니다.

샤를 뒤누아, 그만 됐네. 그래, 전령은 용무를 말하라!

전령 우리의 총사령관께서는 그동안 흘린 피를 앞으로도 또 흘리게 될 것을 안타깝게 여기시어 아직은 검을 칼집에서 빼지 않고 계십니다. 그리고 호의를 베푸시어 오를레앙이 공격을 받아 멸망하기 전에 화해할 것을 청하고 계십니다.

샤를 그래서?

잔느 (앞으로 나서며) 황태자님, 제가 대신 이 전령과 이야기하도록 허락해주십시오!

샤를 그대가 이야기해보라! 전쟁이건 화친이건 그대에게 그 결정

---

* 샤를 왕은 황태자가 되기 전까지 퐁티유 백작이라 불리었다.

을 맡기겠노라.

잔느 (전령에게) 누가 보내서 그런 메시지를 가져왔는가?

전령 영국군의 사령관 설리스버리 백작께서 보내셨소.

잔느 전령, 당신은 거짓말을 하고 있어! 백작이 아니오. 살아 있
는 자만이 메시지도 보낼 수 있는 법이오. 죽은 자는 말을 할
수 없으니까요.

전령 우리 사령관님은 대단히 원기 왕성하십니다. 조만간에 여러
분을 모두 격퇴시키실 것입니다.

잔느 당신이 그곳을 떠날 때까지는 살아 있었지요. 하지만 아침녘
에 라 투르네유의 탑에서 아래를 내려다보다가 오를레앙 측
의 총탄을 맞고 쓰러졌지요. 내가 가보지도 못한 먼 곳의 이
야기를 하니까 우습게 들리겠죠? 그렇다면 나중에 전령의 눈
으로 직접 보고 확인하시구려! 당신은 돌아가는 길에 그의
장례행렬을 만나게 될 것이오. 자아, 이젠 용건을 말해봐요!

전령 보지 않아도 아는 분이라면, 말을 안 해도 내 용건을 다 알고
있겠군요.

잔느 물론 말하지 않아도 알죠. 지금부터 내가 하는 말을 마음속
에 잘 새겨두었다가, 그대를 보낸 장군에게 이렇게 전하시
오! "영국의 국왕, 그리고 이 나라를 더럽혀온 베드퍼드와
글로스터 공작! 그대들로 인하여 흘린 피의 대가를 하나님께
보상하라! 신의 섭리를 어기고 그대들이 점령하고 있는 도시
들의 열쇠를 되돌려주라! 나 잔느는 그대들과 화친을 맺든지
아니면 피비린내 나는 전쟁을 하도록 하나님께서 보내신 몸
이다. 그중 어느 한 가지를 선택하라! 분명히 말해두지만,

이 아름다운 프랑스를 성모 마리아의 아드님께서 그대들에게 넘겨주지는 않으시리라. 이 나라를 하나님으로부터 물려받은 우리의 샤를 황태자께서 이 나라의 고관들을 거느리고 왕의 위용을 보이며 파리에 입성하실 것이다"라고. 전령은 어서 돌아가서 이 말을 전하시오! 그대가 진지로 돌아가 이 말을 미처 전하기도 전에 잔느는 이미 그곳에 도착하여 오를레앙 땅에 승리의 깃발을 꽂을 것이오.

(잔느 퇴장. 모두가 웅성거리는 동안 막이 내린다.)

제2막

암벽에 둘러싸인 장소.

제1장

영국군 사령관 탤버트, 영국군 지휘관 라이오넬과 부르고뉴 공작(필립 공), 기사 파스톨프, 샤티용, 병사들, 군대의 깃발들.

탤버트 이 암벽 아래 병력을 집결시키고, 이곳에 진지를 구축하라! 적의 기습에 놀라서 흩어졌던 병사들도 다시 모일 것이다. 언덕 위에도 보초를 세워서 단단히 감시하라! 어두운 밤이니 적의 추격은 없을 것이다. 적에게 날개가 없는 이상 당장에

습격을 받을 염려는 없다. 하지만 방심은 금물이다. 아군은 이미 적의 대담한 공격으로 타격을 받았으니까.

(기사 파스톨프, 병사와 함께 퇴장.)

라이오넬　타격을 받았지요! 사령관님, 그 말씀은 다시는 듣고 싶지 않군요. 오늘의 전투에서 영국군이 프랑스 놈들에게 당한 것은 꿈에도 생각하기 싫습니다. 아아, 오를레앙 오를레앙! 아군에겐 명예의 무덤이지요! 아군의 명성을 우리는 이 오를레앙의 들판에 묻어버렸어요. 치욕적이고도 지극히 우스꽝스런 패전이었어요. 훗날 그 누가 이런 사실을 믿겠어요? 푸아티에, 크레키, 아쟁쿠르에서 승전한 우리 군대가 한 아녀자에게 쫓겨서 달아나다니!

부르고뉴 공작　우린 체념할 수밖에 없소. 인간에게 진 것이 아니라 악마에게 진 것이니까 말이오.

탤버트　공작님, 우릴 바보로 만든 그 악마를 어떻게 생각하세요? 백성들을 겁에 질리게 한 그 망령이 귀족님들께서도 두려우신가요? 어떻든 간에 자신의 비겁함을 감추려고 미신을 끌어들이는 것은 좋지 않아요. 제일 먼저 도주한 것도 공작님의 부대였으니까요.

부르고뉴 공작　끝까지 버틴 자는 하나도 없었죠! 모두가 도망치긴 마찬가지였소.

탤버트　아니, 공작께서 맡고 계셨던 전선이 맨 먼저 무너지기 시작했어요. 공작께선 "지옥문이 열렸다! 악마가 프랑스 편에서 싸우고 있다!"라고 외치면서 우리 진영에 뛰어들었지요. 그리하여 우리 부대도 순식간에 혼란에 빠졌지요.

라이오넬	공작께서 지휘했던 부대가 제일 먼저 퇴각한 건 사실이에요. 설마 아니라고는 안 하시겠죠?
부르고뉴 공작	그곳이 맨 먼저 공격받았기 때문이오.
탤버트	그 계집아이가 아군의 취약점을 잘 알고 있었던 것이 분명해요. 어딜 찌르면 무너질 것인가를 알고 있었던 것이지요.
부르고뉴 공작	무슨 말씀들을 그렇게 하세요? 그럼, 패전의 책임이 이 사람에게 있다는 말씀인가요?
라이오넬	우리 영국군만이었다면 단연코 오를레앙을 빼앗기지 않았을 거예요.
부르고뉴 공작	그렇지가 않아요. 당신들뿐이었다면 오를레앙 근처까지도 들어가지 못했을 거예요. 당신들이 이 프랑스의 해안에 상륙했을 때, 이 땅에서 길을 안내해준 것이 누구였소? 손을 내밀어 맞아준 사람이 누구였소? 당신들의 왕인 헨리를 파리에서 즉위케 하고 프랑스인들의 마음을 그대들의 왕에게로 돌려놓은 것은 과연 누구였소? 맹세코 말하건대 이 강인한 팔이 이 땅에서 그대들을 인도해주지 않았더라면, 당신들은 프랑스의 벽난로에서 피어오르는 단 한 줄기의 연기도 보지 못했을 것이오.
라이오넬	호언장담으로 일이 다 된다면야, 공작님 혼자서라도 프랑스를 정복하지 못했겠어요?
부르고뉴 공작	오를레앙을 수중에 넣지 못하게 되어 기분이 몹시 상하신 모양인데…… 그렇다고 전우인 나에게 화살을 돌리다니. 따지자면 당신들의 욕심이 지나쳐서 오를레앙을 취하지 못하게 된 것이오. 사실은 오를레앙이 나에게 항복할 참이었는데,

당신들이 훼방을 놓아서 틀어진 거예요.

탤버트 우리가 오를레앙을 포위한 것이 당신 때문은 아니잖소?

부르고뉴 공작 내가 병력을 철수했다면 당신들은 어떻게 되었겠소?

라이오넬 아쟁쿠르 전투 때보다 별로 더 나쁠 건 없었겠지요. 그 당시
엔 공작님을 포함하여 프랑스군 전체를 상대로 싸워서 이겼
기 때문이오.

부르고뉴 공작 그렇다면 우리와 꼭 손을 잡아야 할 필요가 생겨서 저 섭정관
께서 비싼 대가를 치르신 거군요.

탤버트 그래서 이번에 오를레앙에서 아주 엄청난 대가를 지불했고
우리의 명예를 땅에 떨어뜨리고 말았지요.

부르고뉴 공작 이 정도로 그만두는 게 좋겠소. 곧 후회하게 될 테니까요. 내
가 내 군주의 정의로운 깃발을 마다하고 배신자의 오명을 감
수한 것이, 이런 대접을 받기 위해서였단 말인가? 그런데도
난 아직도 나의 조국 프랑스에 칼을 겨누고 있어야 한단 말인
가? 이렇게도 은혜를 모르는 자들과 어울릴 바엔 차라리 프
랑스 국왕을 섬기는 편이 더 낫지 않겠는가?

탤버트 당신은 프랑스 황태자와의 화해를 꾀하고 있어요. 우린 당신
의 속마음을 다 알고 있소. 하지만 이제 와서 우릴 배반하지
는 못할걸요.

부르고뉴 공작 그것 참 괘씸하구나! 이제 와서 날 이렇게 대접하다니! 샤티
용, 병사들에게 출발 준비를 시켜라! 고향으로 돌아가리라.
(샤티용 퇴장.)

라이오넬 잘 가시오! 영국인의 긍지는 타인의 도움 없이 자력으로 검
의 힘으로 싸울 때 가장 빛난다오. 우리 스스로의 힘으로 싸

울 것이오. 프랑스인의 피와 영국인의 피가 잘 섞일 수 없다는 것은 영원불변의 진리이니까.

제2장

이사보 황태후가 시동 하나를 대동하고 등장, 앞의 사람들.

이사보   어찌 된 일이오, 장군님들? 그만들 하시오! 사람의 마음을 혼란스럽게 하는 행성 하나가 멀쩡한 여러분의 분별력을 흔들어놓았군요! 서로 협력해야 할 중요한 시기에 서로를 미워하고 다투다가 갈라선다는 것은 스스로 무덤을 파는 형국이오. 부탁하오, 부르고뉴 공작! 경솔하게 내린 명령을 취소하시오! 그리고 명성도 드높으신 탤버트님, 화가 난 이 친구분을 위로해주시오! 자아, 라이오넬, 나와 함께 이 훌륭한 분들이 화를 푸시고 화목하게 지내도록 도와드립시다.

라이오넬   전 사양하겠어요. 될 대로 되라지요. 협력할 수 없는 사람이라면 갈라서는 것이 최선의 길이거든요.

이사보   그 무슨 말씀이오? 싸움터에서 아군을 괴롭히던 지옥의 요괴가 아직도 살아서 우리의 마음을 어지럽히고 있나보군요. 시비를 걸기 시작한 것은 어느 쪽이오? 말해보시오!
(탤버트에게) 당신이오? 부르고뉴 공작의 후의를 잊어버리고, 이 소중한 친구를 화나게 하셨나요? 이 사람의 힘을 빌리지 않고 무슨 일을 할 수 있다고 생각하시오? 영국의 태자

를 프랑스의 왕위에 즉위케 한 것이 바로 이분이 아니었소? 영국의 왕을 프랑스의 왕으로 계속 남겨두느냐, 아니면 그만두게 하느냐 하는 것도 이젠 이분의 결심에 달려 있어요. 공작의 군대는 곧 당신에게도 힘이 되며, 공작의 명성은 곧 당신의 명성을 더욱 빛나게 해줍니다. 영국이 아무리 총력을 기울여 공격한다 해도, 프랑스가 일치단결만 하면 영국인만으론 이 나라를 정복할 수 없어요. 프랑스를 정복하는 것은 프랑스인만이 할 수 있는 일이지요.

탤버트 성실한 동지는 당연히 존경을 받아야죠. 하지만 거짓된 동료를 받아들이지 않는 것은 현명한 자의 당연한 의무입니다.

부르고뉴 공작 고마움을 잊고도 태연할 수 있다는 것은 낯 뜨거운 거짓된 행위입니다.

이사보 무슨 말씀이오, 부르고뉴 공작? 공작께선 왕족의 명예와 자존심도 버리고 아버님을 시해한 자와 손을 잡겠단 말씀이오? 설마 하니 자신의 손으로 파멸의 벼랑 끝까지 몰고 간 태자와 정말로 화해할 수 있으리라고 생각하는 건 아니겠죠? 태자를 벼랑 끝에 몰아넣고도 모처럼의 계획을 스스로 깨뜨리려 하신다면 그 얼마나 어리석은 짓입니까? 이분들이야말로 당신의 동지요. 당신의 행복은 영국과 굳게 동맹을 맺는 일 말고는 없으니까요.

부르고뉴 공작 전 태자와 화해할 마음이 없습니다. 하지만 사람을 경멸하는 영국인의 오만한 작태는 도저히 참을 수가 없군요.

이사보 아니지요, 이분의 빗나간 말씀을 나쁘게 받아들이지 말아요. 탤버트 장군은 몹시 고민하고 있어요. 사람은 불행할 때는 마음에 없는 말도 하게 되니까요. 자아, 서로 껴안으세요! 불화의 틈새가 더 커지기 전에 내가 메워드릴게요.

탤버트 어떻게 생각하시오, 부르고뉴 공작님? 고귀한 마음씨를 가진 분이라면 기꺼이 도리에 따라야죠. 태후께선 과연 현명한 말씀을 하셨어요. 그러면 이 악수로 우리가 입을 잘못 놀려서 만든 상처가 아물 수 있도록 합시다.

부르고뉴 공작 태후께서 하신 말씀은 지당한 것입니다. 어쩔 수 없는 일이지요. 나에게도 할 말은 있지만, 그만두기로 하겠어요.

이사보 불행 중 다행입니다. 그러면 다정한 포옹으로 우정을 새로이 다지세요. 앞서의 언쟁은 바람에 날려버리세요!

(부르고뉴 공작과 탤버트가 서로 껴안는다.)

라이오넬 (두 사람을 바라보며 혼잣말로 중얼거린다.) 저 대담한 태후가 두 사람을 화해시킬 수 있다면야 다행이련만.

이사보 장군님들, 아군은 이번 전투에서 패했어요. 운이 나빴던 거예요. 하지만 이 정도에서 좌절해선 안 돼요. 프랑스의 황태자 샤를은 하늘의 가호를 포기하고 사탄의 술책에 의존하는 모양인데, 어차피 소용없는 일이지요. 어떤 악마도 샤를 태자를 도울 순 없어요. 적의 군대는 그 계집아이가 이끌어서 이겼지만, 아군은 바로 내가 통솔할 거예요. 그 계집아이 대신에 내가 예언자가 되어드리죠.

라이오넬 마담, 이젠 파리로 돌아가십시오! 우린 무기로 싸워 이겨야 합니다. 여자의 도움으로 이길 생각은 없어요.

탤버트 맞아요, 돌아가세요! 황태후께서 우리 진영에 오신 뒤론 모든 것이 뒤틀리고 있어요. 우리들의 칼날도 녹슬어버렸어요.

부르고뉴 공작	가십시오! 태후가 계시면 되는 일이 없어요. 병사들도 태후를 못마땅하게 생각해요.
이사보	(놀라서 한 사람씩 둘러보며) 부르고뉴 공작, 당신마저 이 배은망덕한 사람들과 한통속이 되어 날 공격하다니요.
부르고뉴 공작	돌아가주세요! 태후를 위해서 싸우는 것이 아닌가 하는 생각을 하면 병사들은 용기를 잃고 만답니다.
이사보	방금 두 사람을 화해시켜주었는데 똘똘 뭉쳐서 벌써 날 따돌리다니…… .
탤버트	돌아가주세요, 여하간 물러가주세요! 태후 마마만 안 계시면 우리가 악마 따위를 겁낼 이유가 없어요.
이사보	내가 그대들의 충실한 벗이 아니란 말이오? 그대들의 일은 내 일이기도 하잖소.
탤버트	아니에요, 태후의 일이 우리의 일은 아닙니다. 우린 하늘에 부끄러움이 없는 정의를 위한 전쟁을 하고 있는 겁니다.
부르고뉴 공작	내가 하고 있는 일은 아버지를 죽인 자에 대한 복수지요. 나의 검은 자식으로서의 당연한 의무를 다하고 있는 겁니다.
탤버트	솔직하게 이야기합시다! 샤를 태자에 대한 당신의 행위는 인간으로서 훌륭한 일도 아니고 하나님의 뜻에 합당한 것도 아니지요.
이사보	난 태자를 저승에 가서까지 저주하겠소. 그 녀석은 이 어미의 목을 노리는 못된 짓까지 서슴지 않았어요.
부르고뉴 공작	태자는 자신의 아버지이며 태후의 남편인 선왕을 위해서 복수를 한 겁니다.
이사보	그놈은 이 어미가 한 일을 심히 책망해왔어요.

라이오넬 그랬군요. 그것 참 효심이 지극한 아드님이군요.

이사보 그놈이 어미인 날 추방했어요.

탤버트 모든 사람의 의견에 따랐을 뿐이었죠.

이사보 비록 이 몸이 저주받는 한이 있더라도, 그놈을 용서할 순 없어요. 그놈이 애비의 나라를 지배할지라도……

탤버트 어미의 명예는 안중에도 없었다는 말씀이시겠죠?

이사보 나약한 당신들로선 궁지를 짓밟힌 어미가 얼마나 무서운 보복을 할 것인가를 상상조차 할 수 없을 것이오. 난 나에게 잘해준 사람에겐 호감을 갖지만 모욕을 준 자는 증오해요. 그것이 내 자식이라면 미움은 곱절이나 더 크지요. 내가 낳은 자식이 뻔뻔스럽고 오만하게도 키워준 친어미에게 무례를 저지른다면 내가 내어준 생명을 도로 찾아야 돼요. 내 아들인 태자를 상대로 싸우고 계신 당신들에겐 그럴 권리도 이유도 없지만요.

도대체 태자가 당신들에게 무슨 심한 짓을 했단 말입니까? 그 어떤 의리 없는 짓이라도 했나요? 당신들의 마음을 사로잡고 있는 건 명예심이에요. 보잘것없는 시샘일 뿐이에요. 하지만 나에겐 미워할 충분한 이유가 있어요. 바로 그놈의 생모니까 말이오.

탤버트 그렇겠군요. 그만한 복수심이라면 태자도 어머니의 집념을 뼈저리게 느끼겠군요.

이사보 불쌍한 위선자! 난 당신들을 경멸하오. 세상뿐만 아니라 자신까지도 속이고 있으니 말이오. 당신들 영국인은 말발굽만한 토지도 요구할 권리가 없을뿐더러 요구할 이유도 없는 이 프랑스에 도둑의 손을 뻗치고 있는 것이오. 저 부르고뉴 공작은 비웃음을 받을 정도로 착하기만 한 사람이어서 조상 대대로 살아온 이 나라를 프랑스의 적인 타국의 군주에게 팔아 먹으려 하고 있어요. 그런 주제에 당신들은 툭하면 정의를 들먹이는데 그런 야바위 같은 짓거리는 난 질색이오. 난 세상 사람들이 생각하는 그대로의 인간이오.

부르고뉴 공작 그러시고말고요. 그런 방식으로 지금까지 명예를 지켜오셨으니까요.

이사보 나에게도 여느 평범한 여자들처럼 정열도 있고 따뜻한 피도 흐르고 있어요. 태후인 내가 이곳으로 온 것은 생존을 위해서였소. 그저 구경거리로 온 건 아니오. 저주스런 운명 때문에 젊은 시절을 정신병자 남편과 살았다고 해서 내가 행복한 생활을 마다할 이유는 없지 않소? 하지만 난 자유를 목숨보다 더 소중히 여겨요. 누구든 내 자유를 막으려는 자가 있다면…… 그만 하지요. 당신들과 나의 권리를 논해본들 무슨 소용이 있겠소? 당신들의 몸속엔 검붉은 피가 무겁게 흐르고 있어요. 당신들이 알고 있는 것은 분노뿐이오. 인생의 기쁨에 대해선 아무것도 모르고 있어요. 부르고뉴 공작은 이제까지 선과 악 사이를 왕래해왔을 뿐이오. 철저하게 미워할 줄도 사랑할 줄도 모르는 사람이오.

난 플랭으로 가겠소. 내가 좋아하는 이 남자(라이오넬을 지칭하며)를 데리고 가겠소. 말 상대로요. 뒷일은 당신들 마음대로 하시오. 부르고뉴 사람이든 영국 사람이든 간에 내가 상관할 일이 아니오. (시동에게 눈짓하고 퇴장하려 한다.)

322

라이오넬	마음을 편히 가지세요! 프랑스의 미소년들을 블랭으로 보내 드릴게요.
이사보	(되돌아와서) 당신들 영국인에겐 칼부림만이 어울려요. 프랑스인이라면 재치 있는 말도 알아들을 텐데……. (퇴장한다.)

제3장

탤버트, 부르고뉴 공작, 라이오넬.

탤버트	뭐 저런 여자가 있어?
라이오넬	자, 의견을 모읍시다, 장군님들! 계속 도망만 다닐 것인지, 아니면 방향을 바꿔 당장이라도 공세를 펴서 오늘의 치욕을 씻을 것인지요?
부르고뉴 공작	아군의 전력은 약화되었고, 병사들은 뿔뿔이 흩어졌어요. 병사들의 놀란 가슴도 아직 가라앉지 않았어요.
탤버트	그때는 맹목적인 공포심 때문에 우리가 진 거예요. 순간적으로 인상이 너무 강렬했기 때문이었죠. 무시무시한 망상이 만들어낸 공포의 환영은 그저 조용히 보고만 있으면 사라져버리는 거예요. 그래서 날이 밝자마자 루아르 강을 건너가서 적을 격파하는 것이 사령관인 나의 계획이오.
부르고뉴 공작	신중히 생각하지 않으면…….
라이오넬	실례의 말씀 같지만 더 생각할 필요도 없어요. 잃은 것은 얼

른 되찾아야 돼요. 그렇지 못하면 두고두고 손가락질 받게
돼요.

탤버트 그럼 결정되었소. 내일 아침 출격이오. 속임수를 써서 아군
병사들을 겁먹게 한 그 요괴를 쳐부숩시다! 그 계집아이 형
상을 한 악마와 당장 승부를 가립시다! 우리의 이 강한 검에
맞서온다면, 그땐 계집아이가 우릴 속이는 것도 끝이 날 것
이오. 그 아이가 맞서지 않는다면 본격적인 접전은 피할 수
도 있을 터이니…… 그땐 아군을 괴롭혔던 요술도 풀릴 것
이오.

라이오넬 그렇게 합시다! 장군, 저에게 맡겨주십시오! 피를 흘릴 필요
도 없는 싱거운 승부가 될 것입니다. 어차피 그 요괴를 생포
할 작정이니 그 계집을 좋아한다는 뒤누아 백작의 면전에서
그 계집을 이 팔로 감아쥐고 영국군 진영으로 끌고 와서 병사
들을 즐겁게 해주겠습니다.

부르고뉴 공작 너무 장담하지 않는 것이 좋아요.

탤버트 나와 맞닥뜨리면 그렇게 얌전하게 안아주지는 않을 거요. 그
럼 눈을 좀 붙인 뒤에, 날이 밝으면 바로 출격합시다!
(모두 퇴장.)

제4장

잔느는 깃발을 손에 들고 투구를 쓰고 갑옷을 입고 있지만 본래는 여성의
복장을 하고 있다. 뒤누아 백작, 라 이르, 기사들과 병사들이 바윗길에 나

타나서 조용히 지나가다가 이윽고 무대 위로 모습을 드러낸다.

잔느 (둘러싼 기사들을 바라본다. 그러는 동안에도 바윗길로 행렬이
      끊임없이 지나간다.) 암벽을 넘었어요. 눈앞은 적진입니다.
      조용히 진군하는 아군을 지켜준 어둠 속의 정적을 깨뜨리고
      이제 모두 함성을 질러서 우리가 바로 가까이 와 있음을 적에
      게 알리세요. 따라 하세요. ……하나님, 성모 마리아님!

일동 (무기가 서로 부딪히는 소리를 내며 큰 소리로 외친다.) 하나
      님, 성모 마리아님!
      (북소리와 나팔 소리.)

보초 (무대 뒤에서) 적이다, 적이다, 적군이다!

잔느 횃불을 던져라! 천막에 불을 던져라! 타오르는 불길로 적에
      게 겁을 줘라! 적을 포위하고 공격하라! 하나도 놓치지 말라!
      (병사들, 서둘러 사라진다. 잔느도 따라 나가려 한다.)

뒤누아 백작 (잔느를 만류하며) 잔느, 당신은 임무를 완수했어요! 아군을
      적진 한가운데까지 인도해서 적을 우리의 손에 넘겨줬으니까
      요. 이젠 싸움터에서 멀리 물러나서 피비린내 나는 전투는
      우리에게 맡겨요!

라 이르 그대는 아군을 승리의 길로 인도해줘요! 그 깨끗한 손에 깃
      발을 들고 우리의 선두에 서줘요! 하지만 검은, 사람을 찌르
      는 검만은 잡지 말아요! 무자비한 전투의 신을 시기해선 안
      돼요. 이 신에겐 보이는 것이 없고 봐주는 것이라곤 아무것
      도 없어요.

잔느 그 누가 저에게 멈추라고 명령할 수 있겠어요? 그 누가 절

이끌어주는 신께 이래라저래라 할 수 있겠어요? 화살은 쏜 방향으로 날지 않을 수 없어요. 잔느는 위험한 곳에 있지 않으면 안 돼요. 전 오늘 쓰러질 운명이 아니에요. 이곳은 아닙니다. 전 왕세자*께 왕관을 씌워드려야 해요. 하나님의 말씀을 수행하기 전엔 어떤 적도 저의 목숨을 빼앗아가지 못해요. (퇴장.)

라 이르 가십시다, 뒤누아 백작님! 용감한 저 처녀를 따라가십시다! 이 가슴을 방패 삼아 저 처녀를 지켜주어야 해요!
(두 사람 퇴장.)

제5장

영국 병사들이 무대 위로 도망쳐 나온다. 이어서 탤버트 등장.

첫번째 병사 그 처녀다! 진지 한가운데야!

두번째 병사 그럴 수가 있나, 아니겠지! 진지 한가운데까지 어떻게 들어올 수가 있었겠나?

세번째 병사 하늘로 날아온 거야! 악마가 처녀를 도와주고 있는 거야!

네번째와 다섯번째 병사 도망치자, 도망치자! 우리 모두 죽게 될 거야! (일동 퇴장.)

탤버트 (등장.) 내 명령은 아무도 듣지를 않아, 멈추는 놈이 하나도

---

* 샤를 왕을 말함.

없어! 복종의 군기는 모두 무너졌어. 마치 지옥이 저주스러운 망령의 대군을 토해내기라도 한 것 같아! 용사도 비겁한 놈도 모두가 정신을 잃고 흐늘흐늘해져서 밀물처럼 밀려드는 적에게 맞서는 병사가 단 한 명도 없지 않은가! 나 혼자만 제정신이고, 내 주변의 사람들은 모두가 열병에라도 걸려서 정신이 나간 것인가? 스무 번이나 격퇴한 겁쟁이 프랑스인들에게 이제 와서 우리가 뒷모습을 보이다니! 전세를 단번에 역전시켜서 나약한 사슴 새끼처럼 흐물거리는 군대를 사자로 만든 공포의 여신, 패배를 모르는 저 여인은 도대체 누구란 말인가? 남이 가르쳐준 대로 흉내만 내는 저 사기꾼 여걸이 어찌하여 진짜 용사들을 벌벌 떨게 만들 수 있단 말인가? 그까짓 계집아이 하나 때문에 내 승리의 영광이 물거품이 된단 말인가?

병사 (뛰어들어오며) 처녀가 온다, 도망치자! 피하세요, 장군님!

탤버트 (병사를 밀어 넘어뜨린다.) 네 놈이나 지옥으로 도망쳐라! 내 눈앞에서 무섭다거나 비겁하게 도망치자고 하는 놈이 있으면, 이 검으로 찔러 죽이겠다!

(퇴장.)

제6장

탁 트인 전망. 불길에 휩싸인 영국군 진영이 보인다. 북소리. 도주하고 추적하는 사람들의 소리. 잠시 후 몽고메리 등장.

몽고메리 (혼잣말로) 어디로 도망가야 하는가? 적에게 둘러싸여 빠져
나갈 길이 없지 않은가? 이쪽에선 아군의 대장이 검을 휘두
르며 도주로를 막아서서 우릴 죽음으로 몰아가고, 저편에선
저 무서운 처녀가 불처럼 맹렬하게 주변 일대를 미쳐 날뛰고
있으니…… 근방엔 몸을 숨길 숲도 안전한 동굴도 없다. 아
아, 난 바다를 건너 이런 곳으로 오는 게 아니었어. 비참한
신세가 되고 말았구나. 프랑스와의 전투에서 손쉽게 공을 세
워보려던 헛된 망상 때문이야. 액운을 만나서 이 피투성이의
전쟁터로 내몰리고 만 거다. 아아, 저 멀리 고향 땅 새번 강
의 꽃 피는 언덕이 그 얼마나 좋은 곳인가! 이 몸을 걱정하
시는 어머님과 상냥하고 예쁜 약혼녀를 남겨둔 그곳, 지금
내가 그 평화로운 고향집에 있다면 얼마나 좋을까!
　(잔느가 멀리 나타난다.) 어이구, 저게 뭐냐? 저기 보이는 것
이 그 무서운 처녀가 아니냐? 타오르는 불길 속에서 빛을 발
하며 등장하는 저 모습! 지옥의 문에서 밤의 망령이 나온 것
같구나! 어디로 피해야 한단 말인가? 불꽃처럼 번득이는 눈
으로 벌써 날 알아보았겠지! 뱀 같은 눈으로 멀리서 곧장 날
노려보는구나! 내 다리는 요술에 걸린 듯 꼼짝도 하지 않으
니 도망도 못 치겠구나. 아무리 안 보려고 애써도, 내 눈은
저 무서운 처녀의 모습을 안 볼 수가 없구나.
　(잔느는 몇 발자국 다가오더니 다시 멈춘다.) 드디어 왔구나.
저 성난 처녀의 공격을 앉아서 기다릴 수만은 없지. 처녀의
무릎에 매달려 애원이라도 해서 목숨만은 구해보자. 상대가

여자니까 어쩌면 눈물로 마음을 누그러뜨릴 수 있을지도 모르는 일이야.

(잔느 쪽으로 나아가려 하자, 잔느가 재빨리 다가온다.)

제7장

잔느, 몽고메리.

잔느 목숨을 내놓으시오! 그대는 영국인 어머니에게서 태어났으니까.

몽고메리 (그녀의 발아래 엎드리며) 잠깐만요, 무서우신 분! 대항하지 않는 적을 찌르지 마시오! 보다시피 난 칼도 방패도 다 내던졌고, 그대의 발아래 꿇어앉아 애원합니다. 몸값을 줄 테니 목숨만은 살려주시오! 고향의 아버지는 많은 영지를 가지신 분이요. 새번 강이 푸른 초원을 가로질러 흐르는 아름다운 고향 발리스에선 인근 50개 마을에 아버지를 모르는 사람은 없소. 소중한 자식이 프랑스의 진지에 잡혀 있다는 걸 알면 많은 몸값을 지불할 것이오.

잔느 착각하지 마시오, 각오하시오! 내 손에 걸렸으니 몸값을 지불하고 풀려나기는커녕 살아서 돌아갈 가망은 전혀 없소. 그대가 운 나쁘게 악어 떼나 얼룩무늬 호랑이의 발톱 앞에 내던져진 것이라면, 아니면 사자에게 새끼를 빼앗긴 경우라면 동정이나 자비를 바랄 수도 있겠지. 하지만 이 잔느와 맞닥뜨

렸으니 목숨은 없는 것이오. 난 엄격하고 신성한 나라와 굳
은 계약을 맺고 있으니, 전쟁의 신이 나에게 보내준 운 나쁜
자들은 모조리 이 칼로 죽어야 하오.

몽고메리 무서운 말을 하고 있지만 당신의 눈은 부드러워요. 가까이
보니 무서운 분으론 보이지 않아요. 당신의 모습은 아름다워
요. 당신의 여성스럽고 부드러운 마음씨에 호소하오. 나의
젊음을 불쌍히 여겨주시오!

잔느 날 여자로 보고 연약한 여자의 마음을 기대하지 마시오! 날
여자라고 부르지도 마시오! 현세의 인간들과는 전혀 다른 형
체 없는 혼령처럼 난 남자도 아니고 여자도 아니오. 이 투구
에는 인정이 없소.

몽고메리 아아, 모든 사람이 숭상하는 신성한 사랑의 법칙을 두고 애
원합니다. 난 고향에 당신처럼 아름답고 젊고 매력 있는 귀
여운 약혼녀를 남겨두고 왔어요. 지금쯤 틀림없이 내가 돌아
오기를 울면서 기다리고 있을 거예요. 오오, 당신도 곧 사랑
을 하게 될 것이고, 그리하여 행복해지길 바란다면 신성한
사랑의 인연이 맺어준 두 사람의 마음을 무정하게 갈라놓지
는 못할 거예요!

잔느 그대는 나에게 아무 관심도 없는 세속의 신들을 주워섬기는
데, 그런 신들은 신성하지도 소중하지도 않아요. 그대가 호
소하는 사랑의 인연 따위는 난 알지도 못하오. 그런 허무맹
랑한 사랑의 힘 같은 건 한평생 알게 되지도 않을 것이오. 자
아, 목숨이나 보존할 생각을 해보구려. 죽음이 그댈 부르고
있어요.

몽고메리	그렇다면 집에 남겨두고 온 부모님을 불쌍히 여겨서라도! 그대도 틀림없이 그대를 걱정하는 부모님을 남겨두고 왔겠지요.
잔느	재수 없는 남자로군! 그대의 말을 들으니 영국의 병사들 때문에 얼마나 많은 이 나라의 어머니가 사랑하는 자식을 잃고 가녀린 아이들이 아버지를 잃고 신부가 과부가 되었는지를 생각하게 되는군! 영국의 어머니들도 프랑스의 가련한 아내가 흘린 눈물과 슬픔이 어떤 것인지를 이제라도 알아야 하오.
몽고메리	아아, 낯선 땅에서 울어줄 사람도 없이 죽는 건 정말 억울하오!
잔느	그대들을 낯선 땅으로 불러들여서 땀의 결실인 곡물이 자라는 전답을 마구 짓밟고, 따스한 집에서 우리를 몰아내고 평화롭고 성스러운 많은 마을에 전쟁의 불을 붙이게 한 자가 누구요? 그대들은 자유의 나라에서 태어난 프랑스인을 치욕스런 노예로 전락시키며 이 넓은 땅을 조각배 정도로 생각하고 그대들이 자랑하는 모선에 매달아두려는 망상에 사로잡혀 있었지요. 참으로 어리석은 짓이지!
	프랑스 국왕의 문장은 하나님의 옥좌와 관련이 있는 것이오. 자손 만대에 흔들림 없는 이 나라에서 마을 하나를 빼앗기보다는 하늘의 큰곰자리에서 별 하나를 따오는 것이 차라리 쉬울 것이오. 복수의 시간이 왔소. 신이 영국과 프랑스의 경계로 정한 이 신성한 바다를 무엄하게 건너온 그대들은 살아서 다시 이 바다를 건너지는 못하오.
몽고메리	(잔느의 손을 놓는다.) 아아, 그렇다면 죽을 수밖에 없단 말인가! 죽음이 무섭게 다가오고 있구나!

잔느 죽음밖엔 없소! 어찌하여 그리 겁을 먹고, 피할 수 없는 죽음의 운명을 두려워하오? 날 보시오, 자아 날 보시오! 난 양치기로 태어난 처녀로 양치기용 지팡이를 잡던 이 손이 검에 익숙하지 못한 게 사실이오. 하지만 난 고향의 들판과 아버지의 품 그리고 사랑하는 언니들의 가슴에서 할 수 없이 멀리 떨어져 이곳에 왔소. 나 자신의 선택이 아니라, 하나님의 말씀을 따라 여기에 온 것이오. 그대들을 비참하게 만드는 것은 나로서도 기분 좋은 일은 아니오. 무서운 마귀처럼 가는 곳마다 목숨을 빼앗고 죽음의 피를 뿌리다가 마침내 나 자신도 죽게 될 것이오. 내가 행복한 귀향의 날을 맞는 일은 없을 것이오. 난 그대들을 더 많이 죽여서 많은 과부를 만들겠지만, 결국 나도 운명을 다해서 이 목숨을 잃게 될 것이오. 그대도 그대의 운명을 따르는 것이 좋을 것이오.

어서 검을 잡으시오! 생명이라는 감미로운 포획물을 걸고, 자아 싸웁시다!

몽고메리 (일어선다.) 좋다, 그대도 나와 같이 죽어야 할 몸이고, 내가 그대를 찌를 수 있다면 그대를 지옥으로 보내서 어려움에 처한 우리 영국을 구하지 못할 것도 없다! 내 운명을 신의 자비에 맡기겠다. 저주받을 여인아, 그대를 지켜줄 지옥의 혼령이나 불러내라! 자아, 덤벼라!

(몽고메리는 검과 방패를 들고 잔느에게 돌진한다. 싸움을 알리는 음악이 멀리서 울려나온다. 짧은 격투 끝에 몽고메리는 쓰러진다.)

제8장

잔느 혼자.

　　잔느　스스로 사지로 들어간 거다. 죽어라! (그에게서 물러나 생각에 잠기며 멈춰 선다.) 존귀하신 마리아님! 저에게 강한 힘을 주소서! 전투에 익숙하지 못한 이 팔에 힘을 주시고, 무자비한 마음으로 절 무장시켜주소서! 적군의 건장한 몸에 상처를 입힐 때면 저의 마음은 너무도 애처로워서 사원의 성스러운 구조물이라도 부수는 것처럼 손이 떨립니다. 번득이는 칼날을 보기만 해도 두려움에 몸서리쳐집니다. 하지만 막상 전투에 임하면 저의 몸속엔 금방 힘이 솟구치고 이 검은 마치 살아 있는 정령처럼 저의 떨리는 손 안에서 어김없이 정확하게 휘둘러집니다.

제9장

투구의 앞가리개를 내린 기사, 잔느.

　　기사　저주받을 마녀야! 네 년의 최후가 다가왔다! 난 싸움터를 전전하며 계속 네 년만을 찾았다. 이 못된 마녀야! 이젠 지옥으로 되돌아가거라!

　　잔느　악마의 사주로 나에게 맞서려는 자, 그대는 누군가? 신분이 높은 자로 보이는데, 부르고뉴의 문장을 달고 있는 걸 보니, 영국인이 아니시로군! 난 부르고뉴의 군인에게 이 검을 사용할 수는 없다.

기사 못된 년이구나! 이 영주의 존귀한 손을 너 따위를 쓰러뜨리는 데 사용할 순 없다. 네 년의 저주받은 목은 단두대의 도끼에 의해 잘려나가야 마땅하다. 이 부르고뉴 공작의 검은 네 년의 목을 베기엔 아깝다.

잔느 그렇다면 바로 부르고뉴 공작님이란 말씀입니까?

기사 (투구의 앞가리개를 들어 올린다.) 그렇다. 놀랐느냐? 각오하라, 가련한 계집아! 요술은 더 이상 네 년을 보호하지 못할 것이다. 지금까지 넌 겁쟁이만을 쓰러뜨렸지만 이번엔 진짜 사나이다.

제10장

뒤누아 백작, 라 이르, 앞의 사람들.

뒤누아 백작 이쪽을 보시오, 부르고뉴 공작! 여자를 상대하지 말고 사나이를 상대하시오!

라 이르 우린 이 예언자의 목숨을 지켜야 합니다. 그 검으로 먼저 내 가슴을 찌르시오!

부르고뉴 공작 남자를 유혹하는 요부 따윈 두렵지 않다. 또한 이 마녀에게 홀린 그대들도 두려울 게 없다. 부끄러움을 알라, 뒤누아 백

334

작! 수치스러움을 알라, 라 이르! 그대들의 명예는 지옥의 요술에 굴복하여 마녀의 볼품없는 방패잡이로 전락했구나. 덤벼라! 둘 다 상대해주마! 마녀의 품으로 도망치는 녀석은 신의 가호를 받지 못할 것이다.

(세 사람이 얽혀 싸우려 한다. 잔느가 그 사이를 헤집고 들어 선다.)

잔느 잠깐, 멈추세요!

부르고뉴 공작 그대의 연인이 걱정스러운가? 이놈을 네 년의 눈앞에서 그 만…… . (뒤누아 백작에게 다가간다.)

잔느 기다려주세요, 라 이르님! 두 사람을 떼어놓아주세요! 프랑 스인이 피를 흘리게 해선 안 됩니다. 이 싸움은 검으로 결말 을 낼 것이 아닙니다. 그것은 운명이 정한 바가 아니에요. 자 아, 떨어져주세요! 신께서 저를 통하여 하는 말을 우선 들어 주세요!

뒤누아 백작 어찌하여 들어 올린 내 팔을 붙잡느냐? 어찌하여 단칼에 베 려는 날 막아서느냐? 칼을 뽑았으니 단칼에 프랑스의 원수를 갚고 평화를 되찾아야 하는데.

잔느 (두 사람 사이에 들어서서 간격을 벌리고는 뒤누아에게) 물러 서세요!

(라 이르에게) 움직여선 안 돼요!

부르고뉴 공작께 드릴 말씀이 있습니다. (모두 조용해진다.) 공작님, 무슨 짓을 하시려는 겁니까? 공작께서 그 핏발 선 눈으로 찾는 적은 도대체 누구입니까? 여기 계신 뒤누아 백 작님은 공작님과 같은 프랑스인이십니다.

용감한 라 이르님도 공작님의 전우이시고 같은 프랑스 국민이십니다. 저도 같은 조국의 딸이고요. 공작님이 상대하려는 이 세 사람은 모두 공작님의 동포입니다. 우린 두 팔을 벌려 공작님을 맞이하겠습니다. 공작님을 받들어 모시는 일이라면 무릎도 꿇겠습니다. 검으로는 공작님과 맞서지 않겠습니다. 우리의 국왕과 닮은 얼굴을 가지신 공작님은 비록 적의 투구를 쓰셨다 하더라도 존귀한 분이십니다.

부르고뉴 공작 이 요부야, 달콤한 아첨의 말로 내 마음을 사로잡으려는 것이지? 이 교활한 계집아! 속지 않겠다! 네 년의 달콤한 말재주도 내 귀엔 들리지 않는다. 그 눈에서 나오는 화살 같은 불꽃도 내 몸의 갑옷은 뚫지 못한다!
자아, 검을 잡아라, 뒤누아! 말은 필요 없다, 검으로 승부를 가리자!

뒤누아 백작 말이 먼저이고 다음이 검이다. 내 말을 듣는 것이 두려운가? 그렇다면 그것도 비겁한 행위이고 뒤가 구리다는 증거이다.

잔느 이렇게 제가 공작님의 발아래 엎드리는 것은 곤경에 빠져서도 아니고 자비를 바라서도 아닙니다. 주위를 둘러보십시오! 영국군 진영은 잿더미로 변했고 영국 병사들의 시체가 온 들판을 뒤덮고 있어요. 프랑스군의 승리를 알리는 나팔 소리가 곧 울릴 것입니다. 신의 심판은 내려졌고 승리는 우리의 것입니다. 아름다운 월계수 가지를 새로이 꺾어서 전우이신 공작님께도 드리겠습니다. 자아, 이리 오세요! 망명의 길을 떠나셨던 귀하신 공작님, 정의와 승리가 지배하는 프랑스의 편으로 돌아오십시오! 하나님이 보내신 이 잔느가 형제로서 손을 내밀어 맞이하겠습니다. 공작님을 우리 편으로 당당하게 모시겠습니다. 하늘은 프랑스의 편입니다. 공작님의 눈에는 보이지 않겠지만, 흰 백합을 손에 든 천사가 프랑스의 국왕을 위하여 싸우고 있습니다. 우리의 싸움은 이 깃발처럼 신선하고 깨끗한 것입니다. 순결하신 마리아님은 이 정의로운 싸움의 상징이십니다.

부르고뉴 공작 거짓으로 가득 찬 꼬임의 말도 듣는 사람을 유혹하지만, 말하는 모습이 꼭 어린아이 같구나. 악마가 부추기는 말치고는 썩 훌륭하고 순수해 보이기는 하다만…… 그다음은 듣고 싶지 않다. 칼을 뽑아라! 내 마음은 어쩌면 칼 솜씨보다는 약한 것 같구나.

잔느 절 '마녀다, 지옥의 요괴다'라고 말씀하시지만, 평화를 되찾고 증오를 없애는 것이 지옥의 요괴가 하는 일입니까? 지옥의 불바다에서 화해가 피어나겠습니까? 만약 전쟁이 조국을 지키기 위한 것이 아니라면, 그 전쟁이 어찌하여 깨끗하고 훌륭하며 인간의 도리에 어긋나지 않을 수 있겠습니까? 언제부터 세상이 거꾸로 되어 하나님이 정의를 버리고 악마가 정의를 주장하게 되었습니까? 제가 드리는 말씀이 옳은 것이라면, 제가 이런 도리를 하나님 말고 누구로부터 배웠겠습니까? 양을 치는 저에게 나타나셔서 아무것도 모르는 양치기 소녀에게 황실의 상황을 알려주신 것이 누구였겠습니까? 저는 높으신 분들 앞에 나서본 적도 없고 말을 잘할 줄도 모릅니다. 하지만 공작님의 마음을 움직이지 않으면 안 되는 지금 저는 그 누구도 설득시킬 수 있을 정도로 달변이 되었을 뿐 아니라, 고귀한 분들의 생각도 얼마든지 이해할 수 있습니다. 나라와 국왕의 운명이 제 눈앞에 아른거립니다. 그래서 저는 이렇게 힘차게 말씀드리는 것입니다.

부르고뉴 공작   (몹시 충격을 받아서 눈을 커다랗게 뜨고 놀라움과 감동으로 잔느를 바라본다.) 이 어찌 된 일인가? 내 마음속에 무슨 일이 생겼는가? 내 가슴속을 이렇게 바꿔놓는 것은 하나님인가? 저 순박한 모습에선 거짓말이 나올 수가 없겠구나. 그럴 리가 없다! 내가 요술에 속아 넘어간다 하더라도, 그것은 하늘의 능력에 속은 것이다. 이 처녀는 분명히 하나님이 보내셨다.

잔느   공작님의 마음은 풀렸어요. 그래요. 부탁드린 보람이 있어요. 노여움의 검은 구름은 눈물과 함께 얼굴에서 사라졌어요. 마음이 밝으시니 눈에선 평화로운 광채가 빛나고 있어요. 검을 버리세요! 우리와 한마음이 되십시오! 울고 계시군요. 이겨내셨어요. 이젠 모두가 우리 편이에요.

(잔느, 깃발과 검을 땅에 떨어뜨리고, 양팔을 벌리고 부르고뉴 공작에게로 달려가서 격렬하게 껴안는다. 라 이르와 뒤누아 백작, 검을 버리고 그를 껴안으려고 달려간다.)

제3막

마른 강변의 샬롱에 있는 프랑스 왕의 진영.

제1장

뒤누아 백작, 라 이르.

뒤누아 백작 우린 다정한 친구이며 동시에 전우였어. 어떤 일에도 손을 맞잡고 어렵고 힘들 때 함께 견뎌왔지. 어떤 운명의 시련도 함께 극복해온 두 사람의 우정이 여자와의 사랑 때문에 깨지는 일이 있어선 안 되지.

라 이르 왕자 저하,* 제말 좀 들어보세요!

뒤누아 백작 그대도 그 신비로운 처녀를 사랑하고 있지? 그대가 무슨 생각을 하고 있는지 난 잘 알고 있어. 이젠 국왕을 알현하여 그 처녀를 자기 사람으로 삼겠다고 탄원할 생각이겠지? 그대의 용감한 행동에 대해선 국왕도 그에 걸맞은 포상을 하시겠지. 하지만 그 처녀가 다른 남자의 팔에 안기는 꼴을 볼 바엔 난 차라리…….

라 이르 우선 제 말씀 좀 들어주세요, 저하!

---

* 뒤누아 백작이 오를레앙의 왕자(서자)임으로 이렇게 칭함.

뒤누아 백작 난 일시적이고 무책임한 호기심에서 그녀에게 끌리는 건 아니야. 그 신비로운 처녀를 만나기까진 내 굳은 마음은 단 한 번도 여자에게 끌려본 적이 없어. 그녀는 신의 섭리로 프랑스의 구세주가 되었고, 또한 나의 아내로 선택된 거야. 그래서 난 이제야말로 그녀를 아내로 맞이하여 집으로 데려가기로 하늘에 맹세했지. 강한 여성만이 강한 남자의 아내가 될 자격이 있거든. 더구나 나의 이 불타는 마음은, 이 마음을 받아들여줄 똑같이 강한 마음을 가진 사람의 품에 안기고 싶은 거야.

라 이르 저의 보잘것없는 공훈으론 명성이 높으신 왕자 저하와는 도저히 견줄 수가 없겠지요. 저하께서 나서신다면 경쟁자는 모두가 비켜드려야지요. 하지만 미천한 양치기의 딸이고 보면 저하의 아내로서 어울린다고 할 수는 없지 않을까요? 저하의 몸속에 흐르는 왕족의 피가 미천한 양치기와의 혼인을 받아들이지 않을 테니까요.

뒤누아 백작 그 처녀는 나와 마찬가지로 신성한 자연에서 태어난 하나님의 딸이야. 그러니까 나와 같은 혈통의 태생이라 할 수 있지. 그 처녀는 정결하고 천사와 같은 규수이지. 처녀의 머리는 이 땅의 어떤 왕관보다 더 밝고 영롱하게 빛나며 이 세상의 그 어떤 위대한 것도 그 어떤 고귀한 것도 그녀의 발꿈치에도 미치지 못하는 거야. 그녀가 왕가의 아내가 되기에 무엇이 부족하단 말인가? 왕관을 별에 닿을 정도까지 겹겹이 쌓아도, 그녀가 천사처럼 지엄하게 서 있는 높이까지는 도저히 미치지 못할 거야.

라 이르	국왕께서 결정토록 하시지요!
뒤누아 백작	아니야, 그 처녀 자신이 결정하도록 해야 돼! 그녀는 프랑스에 자유를 되찾아준 여자야. 자신의 마음대로 자유롭게 스스로 결정하도록 해야 돼.
라 이르	국왕께서 납십니다!

제2장

샤를, 아녜스 소렐, 뒤 샤텔, 대주교, 샤티용, 앞의 사람들.

샤를	(샤티용에게) 부르고뉴 공작이 돌아온다는 건가? 그가 날 국왕으로 인정하고 섬기겠다는 건가?
샤티용	그러하옵니다, 전하! 저의 주인이신 부르고뉴 공작께선 이 샬론 시에서 전하께 무릎을 꿇겠다고 하셨습니다. 저에게도 또한 우리의 군주이시며 국왕이신 전하께 예를 갖추어 인사 드리도록 명하셨습니다. 제 뒤에 오시기로 했으니 곧 도착하실 겁니다.
소렐	부르고뉴 공작께서 오신다고요? 화해와 평화가 한꺼번에 밀어닥친 오늘은 참으로 기쁜 날입니다.
샤티용	주인님은 기병 2백 명을 이끌고 오십니다. 전하 앞에 꿇어 엎드리실 텐데 그때 전하께선 기꺼이 사촌동생이신 공작님을 친히 끌어안아주시길 기대하고 계십니다.
샤를	내 마음도 그의 마음과 굳게 합쳐지길 바라고 있네.

샤티옹 또한 공작께선 이번 재회에서 그동안 옥신각신하시던 지난 일은 한마디도 거론하지 않게 되기를 바라십니다.

샤를 지난일은 망각의 강에 흘려보내도록 하겠다. 다가올 밝은 날만을 바라보도록 하겠다.

샤티옹 공작님을 위하여 싸워온 사람들도 빠짐없이 화해한 동료로 받아주시길 바라고 계십니다.

샤를 그렇게만 된다면 나의 왕국은 두 배로 커지는 것이다.

샤티옹 이사보 태후께서도 전하께서 허락만 하신다면 동지로 받아들여주시길 바라고 계십니다.

샤를 어머님이 내게 싸움을 걸어오신 것이지 내가 불화를 일으킨 것이 아니지 않은가! 어머님께서 그렇게만 해주신다면, 우리 모자 사이의 다툼은 이미 끝난 것이나 마찬가지야.

샤티옹 여기 계신 열두 분의 기사님들께서 전하의 말씀에 대한 증인이 되어주시길 바랍니다.

샤를 이 국왕의 말에는 거짓이 없다.

샤티옹 그리고 대주교께서 두 분의 화해가 마음에서 우러난 진실된 것임이 틀림없다는 표시로 전하와 부르고뉴 공작께 성찬식의 빵을 나누어주셨으면 합니다.

샤를 이 화해는 내가 진심으로 바라는 일이니 축복을 내리는 것은 당연한 일이다. 부르고뉴 공작은 그밖에 또 어떤 약속을 바라고 계시던가?

샤티옹 (뒤 샤텔을 슬쩍 바라보며) 즐거운 상면을 기분 상하게 해드릴지도 모르는 분이 이곳에 계신 듯합니다만……

(뒤 샤텔, 말없이 퇴장하려 한다.)

샤를 자리를 비켜주오, 뒤 샤텔! 공작이 그대를 보고도 아무렇지
도 않을 때까지만. (눈으로 뒤 샤텔의 뒤를 쫓다가 왕은 급히
달려가서 그를 껴안는다.) 고마운 벗이여, 그댄 날 위하여 또
한 번 잘 참아주는군!

(뒤 샤텔 퇴장.)

샤티용 그 밖의 일은 이 문서로 말씀드립니다.

샤를 (대주교에게) 문서의 확인을 부탁하오! 모든 것을 다 받아들
일 것이오. 그 사람을 위한 것이라면 어떤 대가도 아낌없이
지불하겠소. 뒤누아, 그대는 백 명의 훌륭한 기사를 대동하
고 공작을 영접하라! 기사들은 머리에 초록의 가지를 꽂고
동포를 맞도록 하라! 거리의 구석구석까지 치장하고, 모든
종을 울리게 해서 프랑스와 부르고뉴가 새로이 결합했음을
널리 알리라!

(시종 등장, 나팔 소리.)

무엇을 알리는 거냐? 저 나팔 소리는?

시종 부르고뉴 공작께서 도착하셨습니다.

(시종 퇴장.)

뒤누아 백작 (라 이르, 샤티용과 함께 퇴장.) 자아, 마중을 나가자!

샤를 (아녜스에게) 아녜스, 울고 있는가? 그러고 보니 나 역시 이
재회를 감당할 기력조차 없어진 것 같아! 우리 두 사람이 다
정하게 다시 만나게 되기까지 얼마나 많은 피를 흘려야 했던
가! 하지만 이젠 격렬한 분노도 마침내 가라앉고 밤의 어둠
도 걷혔어. 아무리 늦게 익는 과일이라도 때가 되면 다 익게
마련이거든.

대주교 (창가에서) 부르고뉴 공작께선 인파를 헤치기도 쉽지 않을
겁니다. 군중은 그를 말에서 내리게 하고 그의 망토와 구두
에까지 입을 맞추고 있습니다.

샤를 착한 백성이다! 화도 잘 내지만 좋아하는 것도 순식간이야.
그네들의 아버지나 자식을 죽음으로 몰고 간 것이 공작임을
벌써 잊지 않았는가? 지금이야말로 내 생애 최고의 순간이
야. 조심해, 소렐! 그대의 기쁨이 너무 크면 공작의 마음을
상하게 할지도 모르니까. 공작에겐 수치심도 슬픔도 없도록
해야 돼.

제3장

부르고뉴 공작, 뒤누아 백작, 라 이르, 샤티용, 부르고뉴 공작을 수행하는
다른 기사 2인, 앞의 사람들. 부르고뉴 공작이 입구에서 멈춘다. 국왕이
마중 나와 그쪽으로 가려 하자 부르고뉴 공작이 다가온다. 공작이 국왕
앞에 무릎을 꿇으려 하자 국왕이 공작을 끌어안는다.

샤를 벌써 왔네? 마중 나가려 했는데! 어지간히 빠른 말을 타고
왔군.

부르고뉴 공작 말도 썩 잘 달려주었어요. (소렐을 끌어안고 이마에 입 맞춘
다.) 용서하세요, 자매님! 이것은 아라스에서는 남자의 권리
이며 아름다운 여성은 이 관습을 거절하지 못합니다.

샤를 그대의 궁정은 사랑의 궁정이라 불린다지? 무릇 온갖 좋은

	것들이 다 모여드는 장마당 같은 곳으로 알려져 있다지?
부르고뉴 공작	우린 무역을 경영하는 민족입니다. 세계 각지의 모든 좋은 것들이 브뤼게의 우리 장마당에 진열되어서 누구나 구경할 수 있지요. 하지만 모든 보물 중에 최고의 보물은 여성의 아름다움이지요.
소렐	여성의 정절이야말로 가장 값진 것이지요. 그러나 그것을 장마당에서 찾아내지는 못하겠지요.
샤를	공작은 여성의 최고 미덕을 가벼이 여겼다 해서 비판을 받았다던데?
부르고뉴 공작	그와 같은 저의 잘못된 이론은 많은 공격을 받았지요. 전하께선 행운을 타고나셨어요. 제가 인생의 거친 파도를 헤치며 배운 것을 전하께선 이미 일찍이 모두 터득하고 계셨으니까요. (대주교에게 시선을 보내며 팔을 내민다.) 주교님, 축복해주세요! 주교님은 늘 이런 장소에서 뵙게 되는군요. 주교님을 만나뵈려면 언제나 착한 길을 걸어야 하네요.
대주교	이제야말로 저도 천주께서 부르시면 언제라도 저 세상으로 갈 수 있게 되었군요. 오늘의 이 축복된 모습을 이 눈으로 직접 보았으니까요. 이 마음은 기쁨으로 가득 찼고, 이젠 기꺼이 이 세상을 하직할 수 있게 되었어요.
부르고뉴 공작	(소렐에게) 소문에 의하면 저를 상대로 싸울 무기를 장만하기 위해서 소지하신 보석까지 모두 내놓으셨다구요? 그렇게 하셨나요? 그만큼 이 전쟁에 심혈을 기울이셨나요? 어디까지나 절 물리치기 위해서였겠지요? 하지만 싸움은 끝났습니다. 잃어버렸던 것은 모두 다시 돌아왔습니다. 보석도 되돌

아왔으니까요. 저를 상대로 한 전쟁을 위해서 내놓으셨던 이
보석을 평화의 기념으로 다시 받아주세요!

(수행원 한 사람에게서 보석 상자를 받아들고 뚜껑을 열어 소렐
에게 건네주려 한다. 소렐이 당황하여 왕을 바라본다.)

샤를 받도록 하시오! 그 보석은 나와의 화해와 아름다운 우정이라
는 이중의 의미를 갖는 귀중한 징표요.

부르고뉴 공작 (다이아몬드로 만든 장미를 소렐의 머리에 꽂아주며) 이것이
프랑스의 왕관이 아닌 것이 유감이군요. 이에 못지않은 사랑
이 담긴 왕관을 이 아름다운 머리 위에 얹어드리고 싶군요.
(그녀의 손을 다정하게 잡으며) 또한…… 앞으로도 도움이 필
요하실 땐 부디 절 불러주세요!

(아녜스 소렐, 눈물을 글썽이며 옆으로 비켜선다. 국왕도 감동
에 겨운 표정을 짓는다. 모두가 감격하여 두 왕족을 지켜본다.)

부르고뉴 공작 (좌중을 차례로 둘러본 다음에 왕의 두 팔에 몸을 던져 안긴
다.) 아아, 국왕 전하!

(이때 부르고뉴 공작의 3인의 기사들도 뒤누아 백작, 라 이르,
대주교에게로 달려가서 서로를 껴안는다. 국왕과 공작도 말없이
한동안 껴안고 있다.)

내가 전하를 미워하다니! 전하를 배반하다니!

샤를 그만 그만! 더 이상 말하지 않기로 하세!

부르고뉴 공작 영국인에게 내가 왕관을 씌워주다니! 그 낯선 이방인에게 충
성을 맹세하다니! 전하를 파멸로 내몰면서 내가 그런 짓을
하다니, 아……!

샤를 잊어버리게! 모든 것을 물로 씻어버리세! 이 기쁜 순간이 모

든 것을 지워줄 것이네. 그건 분명 숙명이었어! 불행한 운명과 맞닥뜨렸던 거지!

부르고뉴 공작 (왕의 손을 잡으며) 갚아드리겠어요! 믿어주세요! 꼭 갚아드리겠어요. 전하께서 받으신 고통은 그것으로 충분합니다. 전하의 왕국 전부를 되찾아서 전하께 돌려드리겠어요. 마을 하나도 남김없이 모든 것을 전하께 돌려드리겠어요.

샤를 우린 하나가 되었네. 더 이상 두려워할 적은 없네.

부르고뉴 공작 믿어주세요! 전하를 향해 칼부림을 했을 때도, 전 하나도 즐겁지 않았어요. 오오, 이 심정을 알아주셨으면…… 어찌하여 이분(소렐을 가리키며)을 저에게 일찍이 보내시지 않으셨어요? 이분의 눈물 어린 호소엔 제가 도저히 견딜 수 없었을 거예요.

우린 이제 마음이 하나가 되었어요. 어떤 악마의 힘도 우리 사이를 갈라놓지 못합니다. 이제야말로 저는 진실로 머물 곳을 찾았어요. 저의 오랜 방황은 전하의 품에서 끝이 났어요.

대주교 (두 사람 사이로 들어서며) 두 분께선 마침내 화해하셨습니다! 프랑스는 새로운 불사조가 되어 잿더미에서 다시 살아났어요. 그 앞길엔 찬란한 미래가 미소 짓고, 이 땅의 깊은 상처는 다시 모두 아물겠지요. 황폐해진 마을도 도시도 잿더미에서 힘차게 다시 솟아오를 것입니다. 전답은 새롭게 초록으로 뒤덮일 겁니다. 하지만 두 분의 불화 때문에 희생된 전사자들은 살아 돌아오지 못합니다. 또한 두 분의 다툼 때문에 흘린 눈물 자국도 다 지우지는 못합니다. 다가올 세대는 번영하겠지만 지나간 세대는 참으로 비참한 희생을 치른 것이지요. 후손의 행복이 조상의 행복을 도로 회복시켜주진 못합니다. 이것들이 두 형제분의 불화의 결과입니다. 이것을 값진 교훈으로 삼으십시오! 검을 뽑기 전에 우선 전쟁의 신을 두려워하실 줄 아셔야 합니다. 강자는 전쟁을 도발할 수 있지만 전쟁의 신은 매가 공중에서 사냥꾼의 손으로 날아 돌아오듯 그렇게 쉽사리 사람의 말을 따르지 않습니다. 오늘처럼 구원의 손길이 하늘에서 내려오는 일은 아마도 두 번 다시 없을 거예요.

부르고뉴 공작 아아, 전하! 전하의 곁엔 천사가 함께합니다. 그런데 그 천사는 어디 있지요? 어찌하여 그녀의 모습은 보이지 않지요?

샤를 잔느는 어디에 있는가? 이 축복 받은 날에 어찌하여 우리 앞에 모습을 드러내지 않는가? 오늘을 있게 한 것이 바로 잔느가 아닌가?

대주교 전하! 그 귀한 처녀는 무사안일한 이런 궁정을 좋아하지 않나 봅니다. 하나님이 이 거친 인간 세상으로 불러내시기 전엔, 사람들의 호기심 가득한 눈을 부끄러워하며 숨어서 지냈지요. 프랑스의 행복을 위해 일을 하지 않을 때는, 항상 하나님과 대화를 나눕니다. 그래서 잔느가 있는 곳엔 언제나 축복이 있습니다.

제4장

잔느, 갑옷을 입고 있으나 투구는 쓰지 않았으며 머리엔 꽃묶음을 꽂고 있다. 앞의 사람들.

샤를	잔느, 그대는 자신의 약속을 더 확실히 하기 위해서 수녀의 복장을 하고 왔는가?
부르고뉴 공작	전쟁터에선 참으로 무서운 처녀였는데, 평상시에 보니 참으로 상냥하고 아름답기만 하군! 난 약속을 지켰지, 잔느? 그대는 만족하는가? 날 칭찬해주지 않겠는가?
잔느	공작님, 스스로에게 큰 은혜를 베푸셨습니다. 이제까진 음산한 핏빛 광채를 발하며 하늘에 떠 있는 일그러진 달님이셨지만, 지금은 축복의 빛으로 빛나십니다. (주위를 둘러보며) 이곳엔 수많은 훌륭한 기사님들이 모여 있고, 모든 분들의 눈엔 기쁨이 넘쳐납니다. 하지만 단 한 분, 모든 사람이 기쁨에 겨워하는 이 시간에도 몸을 숨기고 있어야 하는 슬픈 분이 계십니다.
부르고뉴 공작	이 기쁜 축제를 외면하고 무거운 죄의식에 사로잡혀 있는 이가 도대체 누구란 말인가?
잔느	그분이 여기에 오는 것을 허락해주시겠어요? 부디 허락하신다고 말씀해주세요! 공작님의 공훈에 어두운 구석을 남기지 마세요! 마음을 완전히 열지 않는 화해는 참다운 화해가 아니지요. 기쁨의 술잔에 한 방울의 독이라도 들어 있다면, 모처럼의 축제를 위한 술도 독으로 변해버립니다. 부르고뉴 공

작님이 이 경사스런 날에 용서 못하실 일이 어디 있겠습니까? 아무리 심한 원한이 있다 해도 말입니다.

부르고뉴 공작 아아, 알았네.

잔느 그럼 용서해주시는 거죠? 용서하시는 거죠, 공작님? 들어오세요, 뒤 샤텔님!

(뒤 샤텔이 안으로 들어와서 좀 떨어진 곳에 선다.)

공작님은 적이었던 모든 분들과 화해하셨어요. 뒤 샤텔님과도 화해하실 겁니다.

(뒤 샤텔, 몇 발자국 다가와서 공작의 눈치를 살핀다.)

부르고뉴 공작 나에게 어쩌란 말인가, 잔느? 그대의 부탁이 얼마나 무리한 것인지를 알기나 하는가?

잔느 인정이 많은 주인은 모든 손님에게 문을 열어주고, 한 사람도 쫓아내는 법이 없습니다. 그런 따뜻한 배려는 대지 위에 펼쳐지는 밝은 햇살처럼 우방과 적의 구분이 없어야 합니다. 태양은 무한한 우주에 골고루 빛을 보냅니다. 하늘은 이슬을 메마른 초목 모두에게 골고루 내려줍니다. 무릇 하나님이 내려주시는 혜택은 평등하고, 아무런 차별도 없습니다. 마음의 주름진 그늘에만 암흑은 둥지를 트는 법입니다.

부르고뉴 공작 이 처녀에게만 걸리면 못 견디겠구나! 내 마음을 밀랍을 주무르듯 마음먹은 대로 바꿔놓는구나! 날 안아다오, 뒤 샤텔! 그댈 용서하노라. 아버지의 영혼이시여, 당신을 살해한 자의 손을 제가 다정하게 잡았다고 화내지 마십시오! 죽음을 관장하는 신들이시여, 가공할 복수의 맹세를 깨뜨린 허물을 저에게 돌리지 마십시오! 땅속의 컴컴한 죽음의 나라에서는 심장은 맥박을 멈추고 시간의 흐름도 정지하고 모든 것이 움직이지 않습니다. 하지만 이 땅 위의 태양 아래에선 그렇지가 않아요. 생동하는 마음을 지닌 인간은 한순간의 강한 감격에도 금방 고개를 숙이고 맙니다.

샤를 (잔느에게) 고귀한 처녀여, 모든 것은 오로지 그대의 덕택이다. 그대는 훌륭하게 약속을 지켜주었다. 나의 운명은 순식간에 변해버렸어. 나를 벗과 화해시키고 적을 굴복시켰으며 외국인이 점령했던 나의 도시를 해방시켰다. 이 모든 것을 그대 혼자서 해낸 것이다. 그대의 공로를 어떻게 보상해야 되겠는가? 말해다오!

잔느 행복에 겨우시더라도 불행하셨을 때와 똑같이 항상 인정을 베푸십시오! 그리하여 옥좌에 앉아 계시면서도 항상 어려운 처지에 있는 사람들을 잊지 마십시오! 전투에 패하셨을 때 이미 그것을 아셨을 것으로 압니다만, 백성 하나하나에게 남김없이 의로움과 은총을 보이십시오! 하나님께서 양치기인 저를 나라를 구하기 위해 부르신 것을 유념해주십시오. 전하의 왕권은 프랑스 전국에 미치게 되고 훌륭한 왕가의 어른이 되시며 자손 대대로 지금까지보다 더 화려하게 번영하실 겁니다. 전하께서 백성의 마음을 애정으로 쓰다듬어주시는 한은, 전하의 가문은 계속 번영할 것입니다. 만약 후손이 큰 죄를 범하게 된다면 그땐 이번에 구원자가 나온 그런 가난한 오두막에서 후손 되시는 분들에게 무서운 위협이 가해질 것입니다.

부르고뉴 공작 신의 힘을 받은 처녀여! 그대의 눈이 미래를 꿰뚫어볼 수 있다면, 나의 가문에 대해서도 말 좀 해주시게! 나의 가문은 처음처럼 그렇게 화려하게 번영할 수 있겠는지?

잔느 부르고뉴 공작님! 공작님은 지극히 높으신 자리에까지 오르셨어요. 그런데도 긍지 높으신 공작님은 그것으로 만족하지 않으시고 구름 위에까지라도 오르려 하십니다. 하지만 하나님은 계속 뻗어가시려는 공작님의 앞길을 지체 없이 가로막으실 겁니다. 그렇다고 해서 가문의 몰락을 염려하실 필요는 없습니다. 공작님의 가문은 한 처녀를 통하여 번성하고, 그 처녀에게서 백성을 지켜줄 군주가 탄생할 것입니다. 그 군주는 두 개의 대국에 군림하여 지금의 이 세계를 위하여 법을 제정하고, 나아가서 배가 다니지 못하는 바다 저편의 감춰진 새로운 세계에도 하나님의 손을 빌려 법을 제정할 것입니다.

샤를 신이 그대의 입을 빌려 말하는 것이라면, 어서 말 좀 해보라! 우리가 지금 새로이 확립한 이 우정의 틀이 자손 대대로 이어질 것인지를!

잔느 (한동안 침묵하다가) 온 백성의 통치자이신 전하! 불화를 두려워하셔야 합니다.

잠재된 불화가 한 번 눈을 뜨면 쉽사리 수습할 수 없게 됩니다. 다툼은 또 다른 무쇠와 같은 더 단단한 다툼을 낳습니다. 화재가 또 다른 화재로 번져서 계속 타오르게 되는 것과 같은 것입니다. 더 이상은 아시려 하지 마십시오! 현재를 기쁘게 생각하시고, 앞날의 일은 이 소녀의 가슴속에 묻도록 하세요!

소렐 성스러운 처녀 잔느여! 그대가 내 마음을 꿰뚫어보고 있으니, 내가 헛된 영달을 바라고 있지 않다는 걸 알겠지? 나에게도 행복한 미래의 운명을 말해줘요!

잔느	신이 저에게 알려주시는 것은 커다란 세계의 운명뿐입니다. 소렐님의 운세는 그 가슴속에 숨겨져 있지요.
뒤누아 백작	순결한 처녀여, 하나님의 사랑을 받고 있는 그대의 운명은 어떠한 것인가? 마음이 맑고 신심이 두터우니 현세의 아름다운 행복이 언제나 그대 앞에 펼쳐져 있겠지?
잔느	행복은 언제나 하나님의 품 안에 있습니다.
샤를	그대의 행운을 이제부턴 이 국왕에게 맡겨주기 바란다! 그대의 이름을 프랑스 전국에 널리 알려서 후세 사람들까지 그대를 칭송토록 하겠다. 지금 당장 거행하도록 하라! 무릎을 꿇어라! (검을 뽑아서 잔느의 어깨에 가볍게 댄다.) 그대를 귀족의 반열에 들게 하겠노라! 국왕은 그대의 신분을 높여주고 무덤 속의 그대의 조상들도 귀족의 반열에 서게 하겠노라! 지금부터는 가문의 문장으로 백합을 쓰도록 하라! 그대는 프랑스 가문의 훌륭한 귀족과 동일한 신분이고, 그대의 혈통보다 높은 것은 바루아 가문의 왕족의 핏줄뿐이다. 이 나라의 명문 중의 명문이 그대를 아내로 맞는 것을 영광으로 알 것이다. 그대를 위하여 명문의 지아비를 선택하는 것도 나에게 맡겨달라!
뒤누아 백작	(앞으로 나선다.) 마음속으로 저는 저 처녀가 아직 미천한 신분이었을 때부터 이미 아내로 선택했습니다. 지금 처녀의 머리 위에 새로운 영광이 빛나서가 아닙니다. 처녀의 공훈도 저의 명예도 달라진 것은 없습니다. 국왕 전하와 경건하신 대주교께서 계신 이 자리에서, 혹시라도 저 처녀가 절 부족하다고 생각하지만 않는다면, 이 뒤누아의 아내로 삼고 싶습

니다.

샤를 참으로 신비로운 처녀다! 기적 위에 또 다른 기적을 낳게 하지 않는가! 정말로 그대는 못하는 일이 하나도 없구나! 지금까지 사랑의 힘을 비웃어온 뒤누아의 단단한 마음까지 정복해버리고 말았으니.

라 이르 (앞으로 나선다.) 잔느의 최상의 미덕은, 제 안목이 잘못되지 않았다면, 겸손함입니다. 고귀한 분의 구혼을 받을 만한 처녀이기는 하지만, 스스로는 그만큼 높이 오르려 하지 않을 겁니다. 현기증이 날 정도의 높은 출세는 바라지 않을 겁니다. 잔느는 성실한 인간의 변함없는 사랑과 저와 함께 살아갈 조용한 생활에 틀림없이 만족할 것입니다.

샤를 라 이르, 자네도 그러한가? 용감성에서도 또한 전쟁터에서의 명성에 있어서도 남에게 결코 뒤지지 않는 훌륭한 두 구혼자들이로다. 잔느여, 나의 적을 와해시키고 이 나라를 통일시켜준 그대가 이젠 나의 가장 소중한 두 친구 사이를 갈라놓는 건 아니겠지? 그대의 남편이 될 사람은 하나뿐이다. 더구나 두 사람 모두가 충분한 자격이 있다. 좌우간 그대의 마음을 말하라! 이것은 그대의 마음이 정할 일이다.

소렐 (앞으로 나선다.) 저 순결한 처녀는 놀라고 수줍어서 얼굴이 벌게졌어요. 잔느가 자신의 마음에 물어보고 나서 같은 여성인 저에게 굳게 닫힌 마음 문을 열 때까지 기다려주세요! 이제야말로 제가 언니로서 이 용감한 처녀에게 다가가 제 가슴속에 묻어두었던 속마음을 보일 때가 된 것 같습니다. 여자의 일은 우리 여자들에게 맡겨주시고, 결론이 날 때까지 기다려주십시오!

샤를 (나가려 하며) 그럼, 그렇게 하도록 하라!

잔느 아닙니다, 그렇지 않습니다, 전하! 제가 얼굴을 붉힌 것은 수줍어서가 아니라 당혹스러워서였습니다. 전 여기 계신 존엄하신 어른들 앞에서 부끄러워 말씀 못 드리고 존경하는 귀부인께만 털어놓을 만한 그런 비밀을 전혀 가지고 있지 않습니다. 신분이 높으신 기사를 지아비로 맞는다는 건, 저에겐 너무도 큰 영광입니다. 하지만 제가 양 떼를 돌보던 목장을 떠나 여기까지 온 것은 세상의 화려한 영달을 찾아서가 아닙니다. 또한 신부의 화관을 머리에 얹기 위하여 무쇠로 만든 갑옷을 입은 것도 아닙니다. 저는 순결한 처녀만이 해낼 수 있는 특별한 임무 때문에 부르심을 받은 겁니다. 저는 하나님이 보내신 전사입니다. 어느 분의 아내도 될 수 없는 몸입니다.

대주교 여성은 사랑하는 남자와 함께 있도록 태어난 것이지요. 자연의 법칙을 따르는 것도 하나님을 더 잘 섬기는 방법이오. 그대를 싸움터로 불러내신 하나님의 사명을 훌륭하게 완수했으니, 이젠 무기를 버리고 그대가 거부했던 본래의 여성으로 돌아가시오! 검을 휘두르는 살벌한 놀이는 여성에게 어울리는 일이 아니오.

잔느 주교님, 신께서 이제부터 무엇을 지시할지는 저도 알 수 없습니다. 하지만 때가 되면 신께서 말해주실 것이고 그 말씀을 전 따라야 합니다. 하지만 지금은 신께서 저에게 하나님의 사업을 완수하라고 하십니다. 황태자께선 아직 왕관을 쓰

시지 않았고 성유로 머리를 적시지도 않았어요. 우리의 황태
자님은 아직은 국왕이라 불릴 수 없는 몸이시지요.

샤를 우린 지금부터 랭스로 가야 한다!

잔느 주의를 게을리 하시면 안 됩니다. 적은 태자님이 가시는 길
목을 가로막으려 합니다. 하오나 적군의 한가운데를 지나서
제가 태자님을 모시고 가겠습니다.

뒤누아 백작 그런데 모든 일이 끝나고 우리가 랭스에서 화려하게 개선했을
때는, 순결한 처녀여, 그땐 내 소원을 들어주는 것이겠지?

잔느 목숨을 건 전쟁에서 월계관을 쓰고 돌아오는 것이 하나님의
뜻이라면, 저의 임무는 그것으로 끝난 것입니다. 양치기 소
녀에겐 궁중에서 할 일은 전혀 없습니다.

샤를 (잔느의 손을 잡고) 신의 목소리를 따라 하나님의 사명을 다
하려는 그대의 가슴속에 인간의 사랑이 지금은 잠들어 있는
거야. 하지만 그 사랑이 언제까지고 잠들어 있는 것은 아니
지. 전쟁의 떠들썩함이 가라앉으면, 이윽고 승리는 평화를
가져다주거든. 그렇게 되면 모두의 가슴속에 기쁨이 되살아
나고 부드러운 감정이 눈을 뜨게 되겠지. 그러한 심성이 그
대의 가슴속에 솟아 나오고, 그대는 전에 없이 감미로운 그
리움의 눈물을 흘리게 될 거야. 그리하여 지금까지 하나님께
바쳐진 그대의 마음도, 사랑에 눈뜨면 이 세상 사람에게 향
하게 되는 거야. 지금 수천의 인명을 구하여 그들에게 행복
을 선사한 그대는 훗날에는 한 남자를 행복하게 해주겠지.

잔느 태자님! 태자님께선 벌써 하나님의 계시를 멀리하십니까?
하나님이 보내신 계시의 그릇인 이 처녀를 망가뜨려서 세속

356

의 흙먼지 속에 묻어버리시려는 겁니까? 그러하시면 마음의 눈도 어두워지고 신앙심도 약하게 됩니다. 하늘의 영광이 태자님의 옥체에 내렸고, 하나님은 우리의 눈앞에서 기적을 보이셨습니다. 그러한 절 그저 보통의 여자로만 보십니까? 보통의 여자가 어떻게 무기를 들고 남자들 사이에 끼어들겠습니까? 제가 하나님이 주신 복수의 칼을 손에 든 채로 마음이 움직여서 속세의 남자를 흠모하게 된다면, 이 몸은 파멸하고 말게 됩니다. 그럴 바엔 차라리 태어나지 않은 편이 좋았을 겁니다. 제 속에 들어 있는 신을 화나게 할 생각이 아니시라면, 제발 그런 말씀은 다시는 하지 말아주세요. 절 원하시는 높으신 어른들의 눈과 마주치기만 해도 전 몸서리가 쳐지고 이 몸이 더럽혀지는 기분입니다.

샤를 그렇다면 이 이야기는 그만 하기로 하자! 잔느의 마음을 움직여보려 해도 소용없는 일이다.

잔느 진군 나팔을 불도록 명령을 내리십시오! 이렇게 맥을 놓고 있으려니, 제 마음은 이 한가로운 휴식을 끝내고 빨리 임무를 완수하라고 독촉하면서 정해진 운명으로 절 몰아갑니다.

제5장

기사 한 사람 급히 등장, 앞의 사람들.

샤를 무슨 일인가?

기사	적이 마른 강을 건너와서 결전의 준비를 갖추고 있습니다.

잔느   (상기하여) 자아, 이제 전투입니다! 이것으로 우리 모두의 마음도 깨끗이 정리되었습니다. 무장을 서두르세요. 그동안 저는 병사들의 진용을 정돈하겠습니다. (서둘러 퇴장.)

샤를   잔느를 따르라, 라 이르! 적은 랭스의 성문 앞에서 왕관을 놓고 결전을 치르려는 거다.

뒤누아 백작   적의 이번 공격은 진정한 용기에서 나온 것이 아닐 겁니다. 절망의 나락에서 최후의 몸부림을 치는 겁니다.

샤를   부르고뉴 공작, 그대에겐 수고를 끼치고 싶지가 않네. 오늘은 여러 가지 악몽을 쫓아낸 기쁜 날이니까…….

부르고뉴 공작   흡족해하실 만한 전과를 보여드리겠습니다.

샤를   아니요, 내가 그대보다 한 발 먼저 싸움터로 달려가서 대관식이 거행될 성이 있는 랭스를 눈앞에 두고 적을 무찔러 왕관을 쟁취하겠소. 아네스여, 그대의 기사인 난 여기서 작별을 고하겠소!

소렐   (그를 껴안는다.) 저는 전하의 옥체를 걱정은 하지만 울지도 두려워하지도 않을 겁니다. 하늘에 계신 주님을 굳게 믿습니다. 하나님께서는 은총의 계시를 여러 가지로 보이셨습니다. 그러니까 우리가 슬픈 결과로 끝날 까닭이 전혀 없습니다. 저는 굳게 믿습니다. 기필코 공략한 랭스의 성 안에서 승리의 왕관을 쓰신 전하를 저의 이 두 팔로 껴안아드리게 될 것입니다. (나팔 소리 웅장하게 울리고, 무대가 바뀌면서 시끄러운 전쟁터로 변한다. 다음 장이 열리면서 오케스트라가 연주를 시작하고, 무대 뒤에서 무기 소리, 군의 장비들 소리, 군악 소리가 반주를 대신한다.)

무대는 수목에 둘러싸인 널따란 들판으로 바뀐다. 음악이 흘러나오는 가운데 병사들이 무대의 배경에서 황급히 도주하는 것이 보인다.

제6장

탤버트가 파스톨프의 부축을 받으며 병사들에 둘러싸여 등장. 바로 뒤이어 라이오넬이 등장.

탤버트   이 나무 밑에 앉겠다. 그대들은 싸움터로 돌아가라! 난 죽을 때가 되었으니 남의 도움은 필요 없다.

파스톨프   참으로 운이 나쁜 슬픈 날입니다!
(라이오넬 등장) 이런 모습을 보게 되는구려, 라이오넬! 우리의 사령관이신 탤버트님께서 중상을 입고 이렇게 쓰러지시다니.

라이오넬   이러시면 안 됩니다, 사령관님, 어서 일어나세요! 지금은 지쳐 쓰러지실 때가 아닙니다. 죽음의 신에게 굴복하시면 안 됩니다. 강한 의지의 힘으로 악착같이 살아나셔야 합니다.

탤버트   이미 글렀다! 프랑스에 세운 우리의 옥좌가 무너지는 운명의 날이 온 것이다. 이런 운명을 극복해보려고 혼신의 힘을 기울여 결전을 벌여봤지만 보람이 없게 되었다. 나는 적의 칼을 맞고 여기 쓰러지고 말았다. 다시 일어서진 못한다. 랭스도 빼앗기고 말았다. 파리라도 구하려면 빨리 서둘러라!

라이오넬 파리는 이미 태자와 손을 잡았답니다. 지금 막 전령이 시급히 알려왔어요.

탤버트 (붕대를 잡아 뜯으며) 내 피야, 개천이 되어 실컷 흘러라! 이젠 햇빛을 보기도 싫어졌다.

라이오넬 나도 여기 있으면 안 되지. 파스톨프, 사령관님을 안전한 곳으로 모셔요! 더 이상 진지를 지킬 힘이 없어요. 우리 병사들은 그 계집아이의 노도와 같은 공격을 막지 못하고 무서워서 산지사방으로 흩어졌어요.

탤버트 말도 안 되는 소리야! 그 계집아이는 승리하고 난 죽어야 하다니! 멍청한 자와 겨루면 신들조차 손을 들고 만다더니. 숭고한 지혜여, 신의 머리에서 태어났다는 찬란하게 빛나는 딸*이며, 세계의 구조를 훌륭하게 만들어내고 별을 인도하는 그대는 도대체 누구란 말인가? 미친 말의 꼬리와 같은 일종의 미신에 매달려서 쓸데없이 소리치면서 피에 굶주린 자들과 함께 나락으로 떨어지고 말다니! 그것도 지혜라 일컬을 수 있단 말인가? 위대한 업적이나 훌륭한 사업에 목숨을 걸고 영리한 머리로 계획을 짜고 또 짜내려고 골몰해온 내가 이 꼴이 되어버리다니…… 아아 바보 천치가 활개 치는 세상이구나.

라이오넬 사령관님, 사령관님의 목숨은 이제 얼마 남지 않았습니다.

---

* 그리스 신화의 전쟁과 기예의 여신인 아테나를 가리키는 말이다. 아테나 여신은 헤파이스토스가 도끼로 머리를 쳤더니 제우스의 머리에서 완전무장한 성인의 모습으로 태어났다고 한다.

이젠 신의 자비를 기원하세요!

탤버트 우리 용사들이 용사를 상대로 싸우다 패한 것이라면, 있을수 있는 일이라고 체념하련만, 그런 요괴의 속임수에 패하다니! 끊임없이 노력해온 우리의 인생을 이렇게도 허무하게 끝내야 한단 말인가?

라이오넬 (그에게 손을 내민다.) 사령관님, 편안히 가십시오! 이 전쟁이 끝난 이후에도 살아남는다면 그땐 빚진 눈물을 충분히 갚아드리겠습니다. 지금은 전쟁터에서 주사위를 흔드는 운명이 절 부르고 있습니다. 저 세상에서 만나뵙겠습니다. 오랜 우정을 나눠온 우리가 이렇게 순식간에 작별을 하다니! (퇴장.)

탤버트 마지막 순간이 다가왔다. 이 몸속에 고여 있으면서 슬픔과 기쁨을 만들어냈던 원소들을 나는 대지와 영원한 태양에 되돌려주련다. 전쟁터에서 용맹을 떨쳤던 나 탤버트에겐 한 줌의 재밖에 남는 것이 없게 된다. 인간은 이렇게 최후를 맞는 것이다. 목숨을 건 싸움터에서 얻은 유일한 수확은 이 세상의 허무함을 깨닫고 훌륭하고 이상적으로만 보였던 모든 것을 마음으로부터 경멸하게 된 것뿐이로다.

제7장

샤를, 부르고뉴 공작, 뒤누아 백작. 뒤 샤텔과 병사들 등장.

부르고뉴 공작 성채(城砦)가 함락되었다!

뒤누아 백작   우리가 승리했습니다!

샤를   (탤버트를 발견하고) 저길 보라! 저기서 절망하여 이승의 빛과 이별을 고하고 있는 저자가 누구인가? 무장한 차림으로 보아 신분이 낮은 자 같지는 않은데. 서둘러 가서 가능하면 구해주어라!

  (왕을 따르던 병사들 중에서 몇 명이 그리로 달려간다.)

파스톨프   돌아가라! 물러가라! 죽은 자에게도 예의를 지켜라! 살아 계셨으면 너희들은 범접도 못할 분이시다.

부르고뉴 공작   아니, 이건! 탤버트가 피투성이가 되어 쓰러져 있지 않은가! (탤버트에게로 다가간다. 탤버트, 그를 지긋이 치켜보다가 숨을 거둔다.)

파스톨프   물러서시오, 부르고뉴 공작! 세상을 하직하는 영웅의 마지막 시선에 배신자의 모습을 드러내어 그분의 시야를 더럽히지 마시오!

뒤누아 백작   용감한 탤버트! 천하무적의 탤버트가 이 비좁은 공간에서 숨을 거두고 말았구나. 프랑스의 광활한 국토도 그대의 거인다운 정신의 활동 무대로는 부족했었건만! 이제야 비로소 전하를 안심하고 국왕으로 모실 수 있게 되었습니다. 이 사나이의 몸통 속에 정신이 깃들여 있는 한은 국왕께서 쓰고 계실 왕관도 불안할 테니까요.

샤를   (죽은 자를 묵묵히 들여다보다가) 우리 인간의 힘보다 더 큰 힘이 이 사람을 패하게 만든 거야. 우리의 힘이 아니야. 이 자는 방패를 움켜쥐고 영웅답게 프랑스의 대지 위에 누워 있구나. 시신을 옮겨라!

(병사들이 시체를 들어 올려 운반해간다.) 편히 잠들어라! 그의 명예를 기리는 기념비를 세우도록 하자! 그가 영웅으로서 생애를 마친 이 프랑스의 한가운데에 그의 뼈를 묻어주자! 이 사람만큼 프랑스 속으로 깊숙이 쳐들어온 적장은 일찍이 없었다. 묘비에는 그가 쓰러진 이 장소를 표시해주자!

파스톨프 (검을 내놓는다.) 전하, 항복합니다!

샤를 (그의 검을 돌려주며) 그럴 필요 없다. 잔혹한 전쟁의 와중에서도 죽은 자에 대한 예의는 존중되어야 한다. 그대 주인의 장례에는 자유의 몸으로 참석하라! 자아, 서두르자, 뒤 샤텔! 아녜스가 우리를 걱정하고 있을 거야. 안심시켜주어야 해. 그녀에게 전령을 보내서 우리가 무사하고 승리했다는 소식을 전하라! 그리고 그녀를 개선장군처럼 랭스로 정중하게 모셔오라!

(뒤 샤텔 퇴장.)

제8장

라 이르, 앞의 사람들.

뒤누아 백작 아아, 라 이르, 그 처녀는 어디 있는가?

라 이르 네? 제가 묻고 싶은 말씀입니다. 백작님 곁에서 싸우고 있는 모습을 보았습니다만.

뒤누아 백작 난 그대가 처녀와 함께 싸우고 있으리라 생각하고 국왕께로 달려갔는데…….

부르고뉴 공작 방금 전에 적군이 득실거리는 한가운데에 잔느의 흰 깃발이
펄럭이는 걸 보았어요.

뒤누아 백작 아뿔싸! 어디 갔을까? 불길한 예감이 드는군. 자아, 가자!
빨리 잔느를 구하러 가자! 용기가 넘쳐서 적진 속으로 너무
깊이 들어간 것 같은데…… 적에게 포위되어 혼자서 싸우다
가 힘이 모자라 적병들에게 굴복당했는지도 모를 일이야.

샤를 서둘러라! 잔느를 구하라!

라 이르 저도 가겠습니다. 자아, 어서 갑시다!

부르고뉴 공작 모두들 가자!

（일동 급히 퇴장.）

황량한 싸움터.
멀리 햇빛에 빛나는 랭스 성의 탑들이 보인다.

제9장

투구의 가리개를 내려쓴 흑기사 등장. 잔느가 그 뒤를 따라 무대 정면으
로 나오자 기사는 그 자리에 멈춰 서서 그녀를 기다린다.

잔느 비겁한 놈! 너의 비겁한 계략을 알았다. 도망치는 척하고 날
싸움터에서 꼬여내어 영국인을 죽음의 운명에서 구해낼 셈이
었지? 하지만 이렇게 된 바에야 너야말로 지옥으로 보내주마.

흑기사	어찌하여 그대는 그렇게도 날 귀찮게 따라다니는가? 난 그대의 손에 쓰러질 사람이 아니야.
잔느	밤의 색깔, 그러니까 네가 입고 있는 검은 옷의 색깔만큼이나 나는 너를 정말로 미워한다. 어떻게든지 널 이 세상에서 사라지게 하지 않고는 못 견디겠다. 넌 누구냐? 그 얼굴 가리개를 들어 올려라! 그 용감한 탤버트가 싸움터에서 쓰러지는 걸 못 봤더라면 널 탤버트로 오인할 뻔했다.
흑기사	예언자의 목소리도 알아듣지 못하느냐?
잔느	그 목소리가 이 가슴에 불행을 예고한다.
흑기사	잔느! 그대는 랭스의 성문 앞까지 승리의 날개를 달고 왔다. 하지만 지금까지의 공훈으로 만족하는 것이 좋을 것이다. 그대를 노예처럼 섬겨온 행운이 화를 내며 도망치기 전에, 그대가 먼저 그것을 놓아주는 것이 좋겠지. 행운은 한 사람에게만 충실하기를 싫어해서 누구라도 끝까지 섬기지 않는 법이거든.
잔느	어찌하여 넌 나의 소중한 임무를 중도에서 포기하라 하느냐? 난 반드시 나의 맹세를 실천해야 한다.
흑기사	강한 그대를 상대할 사람은 없다. 싸우면 반드시 이긴다. 그러나 더 이상은 싸우지 않는 것이 좋을 것이다. 나의 경고를 듣는 것이 좋을 것이다!
잔느	오만한 영국이 굴복할 때까지 난 손에서 검을 놓지 않을 것이다.
흑기사	저쪽을 보라! 저기 랭스의 탑이 보인다. 그대가 다가갈 목표이며 종착역이다. 사원의 높은 원형 지붕이 빛나고 있다. 화

려한 승리를 거두고 그대는 저 도시에 입성하여 그대의 국왕에게 왕관을 씌우게 해서 자신의 맹세를 실현시키려 하겠지만…… 그곳엔 들어가지 마라! 되돌아가라! 나의 이 경고를 받아들여라!

잔느　겉 다르고 속 다른 못된 인간이구나! 나에게 겁을 주어 날 혼란에 빠뜨리려는 넌 누구냐? 어찌하여 넌 나에게 거짓 신탁을 진실인 것처럼 말하느냐?

(흑기사 떠나려 한다. 잔느가 그를 가로막는다.)

안 된다! 넌 나에게 대답을 해야 한다. 안 그러면 내 손에 목숨을 잃을 것이다.

(칼로 내려치려 한다.)

흑기사　(잔느의 몸에 손을 댄다. 잔느는 움직이지 않고 그대로 서 있다.) 한 번은 죽을 몸이니 죽여라!

(암흑, 번개, 천둥 소리. 기사의 모습 사라진다.)

잔느　(놀라서 멈칫거리다가 이윽고 정신을 가다듬으며) 이 세상 사람이 아니었구나! 지옥의 환상이었나? 내 굳은 마음을 흔들어보려고 지옥의 불 속에서 나타난 악령이었나? 검을 손에 든 내가 무엇을 두려워하랴! 시작한 일은 훌륭하게 끝내 보이겠다. 설사 악마와 맞선다 해도 용기를 잃어서야 되겠는가, 물러서서야 되겠는가?

(떠나려 한다.)

제10장

라이오넬, 잔느.

라이오넬 이 마녀야, 각오하라! 우리 둘 중 하나는 살아 돌아가지 못한다! 넌 우리 용사들을 많이도 쓰러뜨렸지! 탤버트 장군의 위대한 영혼도 내 팔에 안겨서 저 세상으로 갔다. 난 장군의 원수를 갚든지 아니면 그의 뒤를 따를 것이다. 내가 죽든지 아니면 네가 죽든지 너에게 결전의 영예로운 기회를 허락해 준 내가 누구인지를 먼저 알려주겠다. 난 아군의 마지막 남은 라이오넬 장군이다. 또한 내 칼 솜씨는 아직까지 어느 누구에게도 뒤진 적이 없다.

(잔느에게 칼을 빼 들고 덤빈다. 한동안 칼싸움을 하다가 잔느가 그의 검을 쳐서 떨어뜨린다.)

아, 운이 나쁘구나! (잔느와 뒤엉켜 몸싸움을 한다.)

잔느 (뒤에서 라이오넬의 투구를 힘껏 잡아 벗긴다. 그의 얼굴이 나타난다. 동시에 그녀는 오른손으로 검을 흔들며) 소원대로 죽여주겠다. 마리아님이 날 통하여 너의 목숨을 거두어가시는 것이다. (그 순간 라이오넬의 얼굴을 보고는 몸이 굳어버린다. 이윽고 그녀는 서서히 검을 든 팔을 내려놓는다.)

라이오넬 무엇을 주저하느냐? 어찌하여 찌르지 않느냐? 이 목숨을 가져가라! 네가 이긴 것이다. 내 목숨은 너의 것이다. 사정없이 날 찔러라!

(잔느가 그에게 달아나라고 손짓한다.)

뭐라, 도망치라고? 이 목숨을 너에게 구걸하여 도망치란 말이냐? 아니다, 차라리 죽는 편이 낫다.

잔느 (얼굴을 돌리며) 넌 죽어서는 안 된다! 네 목숨이 내 손 안에 있다는 사실을 차라리 잊기라도 하고 싶다.

라이오넬 난 널 증오한다! 너의 동정도 증오한다! 인정사정 보지 마라! 난 널 증오하여 죽이려고 한 너의 적이다! 자아, 어서 날 죽여라!

잔느 날 죽이고 도망쳐라!

라이오넬 아니, 뭐라고?

잔느 (얼굴을 가린다.) 아아, 괴롭구나!

라이오넬 (그녀에게로 걸어 나간다.) 지금까지 넌 싸우다가 패한 영국군을 모조리 죽였다. 그런 네가 어찌하여 나만을 살려두려 하느냐?

잔느 (갑자기 그를 향하여 검을 휘두르려다가 그의 얼굴을 보자 다시 팔을 내린다.) 성모 마리아님!

라이오넬 어찌하여 성모 마리아의 이름을 부르느냐? 성모님은 너의 일에는 관심도 없으시다. 마리아님은 너와는 아무 관계도 없으시다.

잔느 (몹시 불안해하면서) 내가 이 무슨 짓이냐! 난 맹세를 깨뜨리고 말았구나! (절망하여 두 손을 모은다.)

라이오넬 (마음이 끌리는 듯 잔느를 지켜보다가 다가간다.) 가련한 처녀! 그대가 가련해 보인다. 어쩐지 그대가 안쓰러운 기분이다. 나만을 살려준단 말이지? 나의 증오심도 사라지는 것 같다. 네가 불쌍해서 견딜 수 없구나. 넌 누구냐? 어디서 왔느냐?

잔느   가세요! 빨리 도망치세요!

라이오넬   너의 젊음과 그 아름다움을 보니 측은해서 못 견디겠다. 네 모습이 내 마음속 깊이 스며드는구나. 어떻게든 도와주고 싶다. 자아, 내가 어떻게 해야 되겠느냐? 그렇다! 악마와의 지긋지긋한 인연을 끊어버려라! 바로 그 칼, 그것을 버리는 것이 좋겠다!

잔느   난 이 칼을 다시는 들지 못할 사람이 되고 말았소!

라이오넬   자, 그걸 버리고 날 따라오라!

잔느   (놀라며) 당신을 따라가라고?

라이오넬   그렇게 해서 살아남아야 해. 자, 어서 날 따라와! 내가 그대를 구해주겠어. 서둘러! 그댄 정말 가련해. 어떻게든 그댈 도와주고 싶어. (잔느의 팔을 잡는다).

잔느   태자님이 오신다! 저분들이 날 찾고 계시다. 당신이 발견되기라도 하는 날이면…….

라이오넬   맹세코 그댈 지켜주겠다.

잔느   당신이 그분들의 손에 죽는다면 나도 함께 죽겠소.

라이오넬   날 그렇게 소중하게 생각하는가?

잔느   하늘에 계신 마리아님!

라이오넬   또 만날 수 있을까? 소식을 전해주겠어?

잔느   아니 아니요, 안 돼요!

라이오넬   이 검을 내가 갖겠어. 다음에 만날 때의 징표로. (잔느에게서 억지로 검을 빼앗는다.)

잔느   미쳤소? 이 무슨 짓이오?

라이오넬	지금은 피하겠어. 하지만 다시 만날 거야!
	(퇴장.)

제11장

뒤누아 백작, 라 이르, 잔느.

라 이르	오오, 무사했구나! 저기 잔느가 있다.
뒤누아 백작	잔느, 두려워할 것 없다! 우리가 왔으니 이젠 안심하라!
라 이르	저기 달아나는 건 라이오넬이 아닌가?
뒤누아 백작	가게 내버려둬라! 잔느, 정의는 항상 이기는 법이야. 랭스는 성문을 열고, 백성들은 왕을 맞으려 계속 몰려들고 있다.
라 이르	잔느가 어찌 된 일이죠? 얼굴이 창백하고, 당장이라도 쓰러질 것 같아요.
	(잔느가 어지워서 쓰러지려 한다.)
뒤누아 백작	부상당했다! 갑옷을 벗겨라! 팔을 다쳤어. 하지만 상처는 가볍다.
라 이르	피가 흐릅니다!
잔느	이 목숨도 피와 함께 흘려서 없어져버리면 좋으련만! (잔느가 실신하여 라 이르의 팔에 안긴다.)

제4막

축제를 위하여 장식한 넓은 홀. 기둥에는 꽃을 엮어서 장식했고 무대 뒤에서 피리와 오보에의 가락이 들려온다.

제1장

잔느   무기는 잠들고 전쟁의 폭풍 침묵한다
　　　　피비린내 나는 전투 뒤엔 노래와 춤이 이어지고
　　　　거리마다 경쾌한 무용곡 울려 퍼진다
　　　　교회도 제단도 축제의 불빛으로 빛난다
　　　　문마다 초록색 나뭇가지로 치장하고
　　　　기둥마다 화환으로 둘러싸였다
　　　　국민적 축제를 보기 위해 밀려든 인파로
　　　　드넓은 랭스 거리는 넘쳐난다.

　　　　가슴마다 한마음으로 기쁨이 타오르고
　　　　가슴마다 한결같은 생각이 요동친다
　　　　그렇게 미워하며 헤어졌던 이들도
　　　　이 큰 기쁨 함께 나눈다
　　　　프랑스 황실에 충성을 바친 이들
　　　　그 이름 더욱 자랑스럽고
　　　　오랜 전통의 왕관 새로이 빛나며

프랑스는 자신의 왕을 떠받든다.

하지만 그 영광을 가져온 이 몸은
행복을 함께 즐길 마음이 아니니
이 마음 변했구나
이 기쁜 축제에도 등 돌리고
이 마음 영국군 진영으로 달려가
적군 속의 그를 찾아 헤맨다
가슴속에 무거운 죄를 숨겨야 하니
즐거운 무리들을 떠날 수밖에.

누가? 내가? 이 순결한 가슴에
한 남자의 모습을 숨기고 다니다니
하늘의 영광 가득한 이 가슴이
속세의 사랑에 두근거리다니
이 나라의 구세주인 내가
신이 보내신 전사인 내가
적장에 대한 연모의 불길을 태우다니
해맑은 햇빛에 이 마음 털어놓고
부끄러워 자지러지고 싶구나.

(무대 뒤의 음악이 잔잔하고 감미로운 가락으로 바뀐다.)

괴롭다, 아아 괴롭다, 저 음악 소리

참으로 상쾌하게 내 귓전 울리고
가락마다 그이의 목소리 함께 실려오니
그의 형상 눈앞에 아른거린다.

전쟁의 폭풍이 몸을 감싸고
창이 휙휙 귓전을 나는 격전장에
내가 다시 서게 된다면
용기도 다시 솟아나련만.

저 목소리, 저 노랫소리
내 마음 휘감고
이 가슴속의 온갖 힘은
부드러운 그리움으로 바뀌어
애수의 눈물로 녹아드는구나.

(사이를 두고 기세 좋게)
그 사람을 죽일 걸 그랬나? 하지만 그의 눈을 보니 도저히
그럴 수가 없었다. 그를 죽이다니! 그럴 바엔 차라리 칼끝을
내 가슴으로 향하게 하는 것이 나았을 거야. 동정을 베풀었
다고 해서 내가 벌을 받아야 하는가? 동정이 죄인가? 동정?
이 검으로 다른 사람을 찔러 쓰러뜨릴 땐 동정이나 인정을 호
소하는 소리 따위엔 귀를 기울이지 않았는데…… 발리스에
서 온 사나이, 그 가련한 청년이 살려달라고 애원했을 땐 어
찌하여 동정의 마음이 침묵했던가? 난 교활한 여자다. 저 영

원한 태양을 향해서 거짓말을 하고 있는 것이다. 동정이 넘치는 애처로운 소리에도 내 마음은 동요하지 않았다.

어찌하여 그 사람의 눈을 들여다보아야 했을까? 어찌하여 기품 있는 그의 용모를 보게 되었을까? 그를 보는 순간 나의 파멸은 시작되었다. 아아, 난 불행한 여자다. 하나님은 내가 자신의 눈먼 도구가 되어주기를 바라신다. 난 눈을 감고 임무를 수행했어야 했다. 눈을 떴기 때문에 하나님의 가호는 사라지고 나는 지옥의 함정에 떨어진 것이다.
(또다시 들려오는 피리 소리. 잔느는 말없이 애수에 젖는다.)

양치기의 성스러운 지팡이야
난 너와 검을 바꿔 잡지 않았어야 했다
신성한 떡갈나무야
너의 속삭임이 내 귓전을 울리지 않았어야 했다
고귀하신 성모 마리아님
그 모습 저에게 드러내시지 않았으면 좋았을걸
마리아님의 이 관(冠)을 도로 가져가십시오
전 그것을 받을 자격이 없습니다.

아아, 천국의 문은 활짝 열리고
마리아님의 모습이 보였습니다
그런데도 저의 소망은 지상에 머물고
천상엔 이르지 못합니다

어찌하여 마리아님께선 이 두려운 임무를
저에게 맡기셨나이까
하나님이 창조하신 이 마음의 문을
어찌 제가 닫을 수 있겠습니까.

마리아님, 능력을 보이시려면
죄를 모르며 영원한 당신의 나라에 사는
그런 자를 택하십시오
감수성 없고 울 줄도 모르며
영원히 죽지 않는 순수하기만 한
그런 마음의 소유자를 택하십시오
저 같은 감수성 많은 처녀나 가녀린 마음의
양치기는 택하지 말아주십시오!

전쟁에서의 승패나 왕족끼리의 다툼이
저와 무슨 상관이 있습니까
천진무구한 저는 고요한 산 위에서
양 떼를 몰고 있었는데
그런 저를 당신께서 인간들의 세상인
왕의 화려한 궁전으로 불러내시어
죄를 짓게 하셨나이다
아아, 그건 제가 선택한 것이 아닙니다.

제2장

아녜스 소렐, 잔느.

소렐   (깊이 감동한 모습으로 등장. 잔느를 보자 빨리 달려들어 목을
           끌어안는다. 불현듯 정신을 가다듬고 잔느의 목을 풀어주고는
           그녀 앞에 무릎을 꿇는다.)
           아니, 이러면 안 되지! 잔느 앞에 여기 땅바닥에 내가 이렇
           게······.

잔느   (소렐을 안아 일으키려 한다.) 일어나세요! 왜 이러십니까?
           신분을 잊으셨습니까?

소렐   아니, 이대로 있게 해줘요! 벅찬 기쁨을 어찌할 수 없어서
           이렇게 잔느의 발아래 엎드리는 거야. 이 넘쳐나는 감정을
           하나님께 보여드려야지. 잔느의 몸 안에 계신 보이지 않는
           하나님께 기도 드리는 거야. 정말로 잔느는 천사야. 우리 전
           하를 랭스로 인도하여 왕관을 씌워드리다니! 꿈에도 생각지
           못했던 일이 실현되는 거야. 내가 알기로는 대관식 준비도
           모두 끝났어. 전하께선 화려한 의관을 갖추셨고, 이 나라의
           모든 귀하신 분들은 국왕의 상징인 온갖 귀중한 것들을 받들
           어 모시기 위해 모여들고 있어. 백성들은 성당을 향하여 파도
           처럼 밀려오고, 축제의 음악과 함께 종소리도 울려 퍼지고 있
           어. 가슴이 터질 것만 같은 이 기쁨을 난 억제할 수가 없어.
           (잔느가 조용히 소렐을 일으켜 세운다. 소렐은 잔느의 눈을 응
           시하며 잠시 말이 없다.)

그런데도 잔느는 언제까지나 진지하고 엄숙한 태도를 잃지 않는군. 스스로가 행복을 가져오고도 그 행복을 함께 누리려 하지 않는군. 잔느의 마음은 차갑고, 우리 모두와 기쁨을 함께하려 하지 않는군. 잔느는 하늘의 영광을 체험한 사람이니 지상의 행복으로 그 순결한 마음을 움직일 순 없겠지만.

(잔느는 소렐의 손을 힘껏 잡았다가 곧 다시 놓는다.)

한 여인으로 돌아와서 모든 것을 생각할 수 있으면 좋겠어! 그 갑옷을 벗어요! 이제 전쟁은 끝났어. 사랑스런 여인으로 돌아와줘요! 아테네 여신처럼 심각한 표정으로 있는 한은 잔느를 사랑하는 이 마음도 두려움으로 멈칫해지는 거야.

잔느 절 보고 어찌하란 말씀이십니까?

소렐 무장을 해제해요! 갑옷을 벗어요! 무엇인가 두려운 듯 무쇠로 만든 갑옷을 입은 잔느의 가슴엔 사랑이 접근할 수 없어요. 여자로 되돌아와요! 그러면 잔느도 사랑을 알게 될 거야.

잔느 지금 이 갑옷을 벗으라고요? 지금요? 안 됩니다! 그럴 바엔 차라리 이 가슴을 전쟁터의 사지에 드러내겠습니다. 지금은 안 됩니다. 아아, 이런 축제에도 제 마음이 해이해지지 않도록 이렇게 겹겹이 무쇠로 몸을 계속 두르렵니다.

소렐 뒤누아 백작이 잔느를 사랑하고 계세요. 기사로서의 명예와 덕망 외에는 아는 바가 없는 그분이 잔느에 대한 사모의 정으로 애를 태우고 계세요. 오오, 영웅의 사랑을 받는다는 건 참으로 좋은 일이지. 더구나 그분 같은 훌륭한 분을 사랑한다는 건 더욱 좋은 일이야.

(잔느, 혐오스럽다는 표정으로 고개를 돌린다.)

그분을 싫어하는군. 아니, 그럴 리가 없겠지. 그분을 왜 사랑하지 못하지? 싫어할 이유가 없지 않은가? 미워할 건 자신의 애인을 빼앗아 간 사람뿐일 텐데, 아직은 아무도 사랑한 적이 없지 않은가? 마음이 동요하지 않는 것 같군! 잔느도 정이 무엇인지를 알게만 된다면…….

잔느 절 불쌍히 여겨주세요! 저의 운명을 슬퍼해주세요!

소렐 잔느의 행복에 그 어떤 부족한 것이 있나? 약속을 지켜서 이 프랑스를 자유롭게 만들어주었을 뿐 아니라, 전쟁에 승리하여 국왕 되시는 분을 대관식이 거행될 이곳으로 모셔왔잖아? 높은 명성을 얻었고 행복에 겨운 국민들은 잔느를 축복하며 한결같이 칭송하고 있지 않은가? 잔느야말로 이 축제의 여신이에요. 옥좌에 앉으신 국왕이라 할지라도 잔느만큼 빛나지는 못해요.

잔느 아아, 땅속 깊이 숨어버리기라도 하고 싶군요!

소렐 어찌 된 일이요? 어찌하여 그렇게 이상한 행동을 하는 거지? 오늘 같은 날 잔느가 그처럼 눈을 내리깔고만 있으면, 그 누가 고개를 똑바로 쳐들 수 있겠어? 잔느에 비하여 참으로 보잘것없고 그렇게 용감하지도 훌륭하지도 못한 나로선 부끄러워 어찌할 바를 모르겠어. 내 마음을 사로잡고 있는 건 국가의 명예도 아니고, 옥좌의 빛이 더 빛나는 것도 아니야. 솔직히 말해서 백성들의 열광도 승리의 기쁨도 아니야. 내 마음에 꽉 차 있는 것은 단 한 분에 대한 일뿐이야. 다른 것은 생각할 여유가 없어. 모두가 그분을 존경하고 백성들은 그분께 환호와 축복을 바치고 그분을 위하여 길에 꽃을 뿌리고 있어.

그분은 나의 소중한 분이시고 바로 내가 사랑하는 분이야.

잔느 오오, 참으로 행복하십니다! 하나님께 감사하세요! 모든 사람이 사랑하는 분을 사랑하시다니! 마음을 활짝 열고 얼마든지 큰 소리로 기쁨을 외칠 수 있으십니다. 모든 사람 앞에 자신의 마음을 드러내실 수도 있으십니다. 이 나라의 축제는 소렐님의 사랑의 축제이기도 해요. 이 거리에 밀물처럼 몰려오는 수많은 사람들은 모두가 소렐님과 함께 기쁨을 나누고 소리 높이 환호성을 지르며 소렐님을 위하여 꽃다발을 만들고 있어요. 소렐님은 백성들과 공통의 기쁨으로 하나가 되시어 모든 백성의 태양이신 우리 모두의 국왕 전하를 사랑하고 계세요. 지금 눈앞에 전개되는 것은 모두가 소렐님이 사랑하시는 바로 그분의 영광입니다.

소렐 (잔느의 목을 껴안으며) 오오, 그런 말을 들으니 난 정말로 행복해. 잔느는 날 잘도 이해해주는구려! 난 잔느를 잘못 생각했어. 이제 보니 잔느야말로 사랑을 잘 아는 사람이야. 내가 생각하는 바를 정확하게 말해주었어. 두려움도 불안도 사라지고 마치 오랜 친구인 듯 잔느에게 마음이 이끌리는군.

잔느 (격렬하게 그녀의 팔을 뿌리친다.) 놓아주세요! 절 만지지 마세요! 더럽혀진 저에게 다가와서 몸을 더럽히시면 안 돼요! 부디 행복하세요! 저의 이 불행과 부끄러움과 놀라움을 깊은 어둠 속에 묻어버릴 수 있도록 도와주세요!

소렐 아니, 어찌 된 일이야? 도대체 이해할 수 없는 사람이군! 지금까지도 전혀 알지 못했지만…… 어둡고 깊은 잔느의 마음은 나에겐 언제나 신비에 싸여 있을 뿐이군. 그 맑은 마음,

그 순수한 영혼이 도대체 무엇을 두려워하는 건가? 그런 마음을 그 누가 이해할 수 있겠는가?

잔느 소렐님은 성스러운 분이십니다! 순결하십니다! 저의 마음속을 아시게 되면 소렐님도 제가 소렐님의 적이며 배신자임을 아시고 치를 떨며 당장 절 몰아내실 겁니다.

제3장

뒤누아 백작, 뒤 샤텔, 잔느의 깃발을 든 라 이르, 앞의 사람들.

뒤누아 백작 잔느, 그대를 찾고 있어. 준비는 모두 끝났지. 국왕께서 그대를 데려오도록 우릴 보내셨어. 국왕은 그대가 이 신성한 깃발을 들고 영주님들의 대열에 끼어 선두에서 국왕을 인도해주길 바라고 계시지. 당연한 일이지. 오늘의 이 영광은 바로 그대의 공로임을 인정하고 그것을 백성들에게 널리 알리고 싶으신 거야.

라 이르 여기 깃발이 있소. 어서 받아요! 영주님들도 기다리고 계세요. 백성들은 기다리기에 지쳐 있어요.

잔느 선두에서 국왕 전하를 모시라고요? 이 깃발을 들고?

뒤누아 백작 달리 누가 하겠어? 이 신성한 깃발을 들고 갈 수 있는 사람은 오직 순결한 그대밖엔 없지. 이 깃발을 싸움터에서 휘날린 것도 바로 그대니까. 이 기쁨의 행렬을 더욱 빛나게 할 사람은 그대뿐이야.

(라 이르, 잔느에게 깃발을 건네려 한다. 잔느, 몸서리치며 뒷걸음친다.)

잔느 아니요, 아니요, 안 됩니다!

라 이르 어찌 된 일이요? 두려워하고 있는데…… 이것은 그대의 깃발이에요. 잘 살펴봐요. (깃발을 펼쳐 보인다.) 그대가 휘날리며 승리를 얻어낸 바로 그 깃발이 아닌가요? 여기에 지구의가 있고 그 위에 성모 마리아의 모습이 그려져 있어요. 바로 마리아님의 가르치심 그대로지요.

잔느 (겁먹은 눈으로 깃발을 본다.) 마리아님, 분명 마리아님이시군요! 바로 이 모습으로 나타나셨습니다. 보세요, 이쪽을 보고 계시는 모습을! 이마에 주름이 잡히고, 검은 눈썹 사이로 화가 잔뜩 나셔서 바라보고 계십니다.

소렐 자아, 어떻게 된 거예요? 정신 차려요! 잔느가 보고 있는 것은 실제의 모습이 아니오. 그저 마리아님을 그린 그림일 뿐이오. 마리아님은 천국에서 천사들의 합창 소리에 둘러싸여 계세요.

잔느 화가 나신 모습! 이 몸을 벌하기 위해서 나타나신 것일까? 저에게 벌을 내려주소서! 이 죄 많은 소녀의 머리 위에 벼락을 치게 하셔서 멸망케 하소서! 전 맹세를 어겼나이다. 순결을 잃었습니다. 마리아님의 순결하신 이름을 더럽혔습니다.

뒤누아 백작 이거, 야단났구나! 어찌 된 일인가? 저런 불길한 말을 하다니!

라 이르 (놀라서 뒤 샤텔에게) 잔느의 이런 기이한 행동을 어떻게 생각하시오?

뒤 샤텔	내 눈은 틀림없어요! 이전부터 걱정했던 일이오.
뒤누아 백작	아니, 그게 무슨 말이오?
뒤 샤텔	제 생각을 말씀드리기가 무척 꺼려집니다. 별다른 일 없이 대관식이 무사히 치러지길 바랄 뿐입니다.
라 이르	어찌 된 일이지? 전쟁터에서 보여주었던 이 깃발에 대한 공포가 이번엔 깃발의 주인인 잔느의 마음을 사로잡았단 말인가? 이 깃발로는 영국인을 벌벌 떨게 한 것으로 족한데. 프랑스의 적에겐 공포의 대상이었지만, 성실한 프랑스인에겐 고마운 깃발이 아닌가?
잔느	그래요, 바로 그래요. 아군에겐 부드럽지만 적에겐 무서운 깃발입니다. (대관식의 행진곡이 들려온다.)
뒤누아 백작	자아, 깃발을 들어요! 어서 들어요! 행진이 시작되었소. 지체할 시간이 없어. (모두들 잔느에게 깃발을 떠안긴다. 잔느, 강하게 거부하면서도 깃발을 받아 들고 퇴장한다. 다른 사람들도 그 뒤를 따른다.)

무대는 대성당 앞 광장으로 바뀐다.

제4장

구경꾼들이 무대 뒤쪽을 메우고 있다. 그 속에서 베르트랑, 클로드 마리, 에티엔이 무대 전면으로 걸어 나온다. 대관식의 행진곡이 멀리서 은은히 들려온다.

베르트랑	음악 소리 들린다! 저것이 그 음악이다! 가까이까지 왔다!
	어떻게 하면 제일 잘 보일까? 행렬을 잘 보기 위해선 높은
	곳으로 올라가야겠지? 아니면 사람들을 헤치고 앞으로 나가
	는 게 좋을까?
에티엔	앞으로 더 나아갈 순 없겠지? 길이란 길은 말과 마차를 타고
	온 사람들로 가득 찼으니까. 이 집 처마 밑에 들어서서 보기
	로 하지. 여기에 서면 행렬을 잘 볼 수 있을 것 같아.
클로드 마리	정말이지, 프랑스 국민의 절반은 여기 모인 것 같아!
	여하간 대단한 축제야. 우리를 로레인*의 시골 마을에서 이
	곳까지 오게 했으니 말야.
베르트랑	나라에 경축할 일이 있는데 촌구석에 멍청하게 앉아 있을 놈
	이 어디 있겠나? 무척이나 많은 피와 땀을 흘려서 겨우겨우
	왕관이 진짜 주인에게로 돌아오지 않았나! 오늘 우리가 왕관
	을 씌워드릴 진짜 우리 국왕 전하의 행렬이 생드니에서 파리
	놈들의 손으로 왕관을 씌워준 가짜 왕의 행렬보다 규모가 작
	아서야 되겠는가?
	이만한 축제에 나와서 국왕 만세를 외치지 않는 위인이라면
	사람 축에 끼지도 못하지!

---

* 프랑스 북동부 라인 강 서안에 있는 주 이름.

제5장

마르고와 루이종이 그들에게로 걸어온다.

> **루이종** 우리 동생을 볼 수 있을 거야, 마르고 언니! 가슴이 두근거
> 리는데?
>
> **마르고** 눈부시게 훌륭한 모습이겠지. "저애가 잔느다, 저게 우리 동
> 생이다"라는 소리가 우리 입에서 저절로 나올 정도로 금방 알
> 아볼 거야.
>
> **루이종** 난 내 눈으로 보기 전엔 세상 사람들이 오를레앙의 처녀라고
> 부르는 그 위대한 처녀가 우리 가문 출신인 내 동생 잔느라고
> 는 도저히 믿어지지 않는단 말야.
>
> (행진곡 소리 점점 가까이 들려온다.)
>
> **마르고** 아직도 못 믿는단 말이지? 당장 네 눈으로 보게 될 거야!
>
> **베르트랑** 정신 차려! 저기 온다!

제6장

피리와 오보에 주자가 선두에서 온다. 흰옷을 입고 손에 나뭇가지를 든
아이들이 뒤따르고, 그 뒤에 두 사람의 전령이 따른다. 다음으로 도끼 모
양의 칼을 든 한 무리의 병사들, 제복 차림의 랭스의 시의원들, 이어서 지
휘봉을 든 두 사람의 원수(元帥). 부르고뉴 공작은 검을 들고, 뒤누아 백작
은 왕홀을 받들고, 다른 귀족은 왕관과 십자가가 달린 지구의와 승려의

지팡이를 들고 있다. 또 다른 귀족은 제물을 받들고 그 뒤를 따른다. 종단의 복장을 한 기사와 향로를 받쳐 든 소년 합창단이 따르고, 다음으로 성유가 든 용기를 받쳐 든 두 사람의 신부님과 십자가상을 받들어 모신 대주교가 따른다. 그 뒤로 깃발을 든 잔느가 고개를 떨구고 비틀거리는 걸음으로 걸어온다. 언니들은 그 모습을 보고 놀라움과 기쁨이 뒤섞인 표정을 짓는다. 잔느의 뒤로는 네 사람의 귀족이 든 천개(天蓋) 아래에 왕이 앉아 있는 모습으로 등장한다. 신하들이 뒤따르고, 행렬의 끝은 병사들로 이어진다. 행렬이 성당 안으로 사라지자 행진곡이 멈춘다.

제7장

루이종, 마르고, 클로드 마리, 에티엔, 베르트랑.

마르고   내 동생을 보았지?

클로드 마리   황금 갑옷을 입고 깃발을 들고 국왕 전하의 바로 앞에서 걸어갔어!

마르고   바로 그게 잔느였어, 내 동생 잔느였어!

루이종   우릴 알아보지 못하더군! 이렇게 가까이서 언니들이 가슴을 두근거리며 바라보고 있는데도 잔느는 우릴 알아차리지 못하더군! 땅을 내려다보며 창백한 얼굴로 떨면서 깃발을 들고 걸어갔어. 그 모습을 보니 난 하나도 기쁘지 않았어.

마르고   참으로 눈부신 모습의 동생을 보았어! 그애가 깊은 산에서 양을 몰고 있을 때 그렇게 훌륭한 모습을 보게 되리라고는 꿈에도 생각지 못했는데 말야.

루이종　우리가 랭스에서 동생 앞에서 고개를 숙이게 된다는 아버지의 꿈이 현실로 나타난 거야! 저것이 아버지가 꿈에서 본 성당이야! 모든 것이 꿈에서 본 그대로야. 그런데 아버지는 슬픈 환상도 보았다는 거야! 아아, 잔느가 이렇게 훌륭해진 것을 보니 어쩐지 난 걱정이 돼.

베르트랑　여기에 멍하니 서 있으면 뭘 해? 성당 안으로 들어가서 저 훌륭한 의식을 보아야지!

마르고　그래, 들어가자! 어쩌면 동생을 직접 만날 수 있을지도 몰라.

루이종　멀리서나마 동생을 봤으니 이만 마을로 돌아가자!

마르고　무슨 소리야? 아직 인사도 못했고 말도 나누지 못했는데?

루이종　동생은 이제 우리와는 달라. 높은 분들과 국왕 전하 곁에 있어야 하니까. 거기에 아는 체하며 고개를 내미는 건 좋지 않아. 잔느는 우리와 같이 있을 때부터 어딘가 달랐어.

마르고　우릴 만나면 동생은 창피해할까? 우릴 무시할까?

베르트랑　국왕 전하라도 우릴 만나는 걸 창피하게 여기진 않을 거야. 낮은 데 있는 사람에게도 언제나 친절하게 대해주신다니까. 그런데 잔느가 아무리 출세했다 하더라도 국왕 전하만큼이야 높아졌겠어?

　　　　（나팔과 북소리가 성당에서 울려 나온다.）

클로드 마리　성당으로 가보자!

　　　　（모두가 무대의 배경으로 서둘러 가서 군중 속에 섞인다.）

제8장

검은 옷을 입은 잔느의 아버지 티보 등장. 잔느의 구혼자 레이몽이 가까이 가서 그를 만류하려 한다.

레이몽 그렇지 마세요, 티보 아저씨! 사람들 틈에 끼어들지 마세요! 모두가 한결같이 기쁜 표정들인데 아저씨가 그렇게 근심스런 표정을 지으시면 축제를 망가뜨리게 돼요. 자아 자아, 우린 이 거리에서 빨리 사라지는 것이 좋을 것 같아요!

티보 자네는 불행한 내 딸을 보지 못했는가? 잔느를 잘 눈여겨보지 않았는가?

레이몽 제발요, 아저씨 어서 가시지요!

티보 걸음이 비틀거리고 창백한 얼굴로 혼이 빠져나간 듯한 내 딸 잔느를 자네는 알아봤는가? 그 불쌍한 것이 자신의 처지를 알고 있는 거야. 우물쭈물할 시간이 없어. 빨리 잔느를 구해내야 돼. (앞으로 나아가려 한다.)

레이몽 좀 기다려보세요! 어쩌실 건데요?

티보 그 아이에게로 달려가서 그 허황된 행복에서 깨어나게 해야 돼. 잔느가 잊고 있는 우리의 하나님 곁으로 억지로라도 데려와야 돼.

레이몽 아, 그러지 마시고 잘 생각해보세요! 잔느를 파멸시키지 마세요!

티보 영혼만 구제받을 수 있다면, 몸뚱이는 죽어도 상관없지 않은가?

(잔느, 깃발도 들지 않은 채 성당에서 구르듯이 튀어나온다. 군중이 잔느에게 몰려가서 그녀를 우러러보며 옷에 입을 맞춘다. 잔느는 사람들에게 밀려서 무대 뒤쪽으로 물러선다.)

우리 아이가 나온다! 분명 잔느야! 창백한 얼굴로 성당에서 뛰쳐나왔어. 겁이 나서 성당 안에 더 이상 있지 못하는 거야. 신의 심판이 내려진 거야.

레이몽   전 돌아갈래요! 더 이상은 함께 못 있겠어요. 올 때는 이 가슴이 즐거운 희망으로 부풀었는데 돌아갈 땐 괴로움으로 가득하군요. 잔느를 오랜만에 보았는데 다시는 못 만날 것 같은 느낌이 드네요!

(레이몽 퇴장. 티보는 반대편으로 멀어져 간다.)

제9장

잔느, 군중, 나중에 언니들.

잔느   (군중을 헤치며 무대의 앞쪽으로 나선다.) 도저히 더 못 있겠어. 신께서 날 쫓아내시는 거야. 오르간 소리가 천둥처럼 들리고, 둥근 천장이 내 머리 위로 내려앉는 것 같아. 널따란 바깥세상으로 나오지 않고는 견딜 수 없었어. 그 깃발은 성당 안에 두고 왔지. 결단코 다시는 이 손으로 깃발을 잡아서는 안 돼. 마르고와 루이종 언니가 마치 꿈속에서처럼 내 곁을 지나가는 것이 보인 것 같은데…… 아아, 역시 그건 환상이었나 봐. 언니들은 훨씬 먼 곳에, 불러도 들리지 않는 아주 먼 곳에 있는 거야. 내 어린 시절 천진무구한 마음의 행복처럼 먼 곳에 있는 거야.

마르고　(무대 앞으로 나오며) 그래 맞아, 잔느야!

루이종　(잔느에게로 달려간다.) 오오, 잔느야!

잔느　환상은 아니었어. 언니, 안아줘! 루이종 언니, 그리고 마르고 언니! 낯선 사람들에게 둘러싸인 외딴 곳에서 난 사랑하는 언니를 껴안고 있는 거야.

마르고　우릴 알아보는구나! 역시 착한 우리 동생이야.

잔느　언니들은 날 사랑하기 때문에 이렇게 일부러 멀리까지 와주었어. 이렇게 아주 멀리까지. 작별 인사도 없이 냉정하게 떠나온 이 동생을 나쁘게 생각하지 않겠지?

루이종　인간으로선 알 수 없는 하나님의 분부였으니까.

마르고　온 세상을 뒤흔들어놓은 너의 명성! 네 이름은 어딜 가나 대단한 인기여서, 우린 조용한 시골 구석에 가만 있지 못하고 이렇게 거창한 축제를 보기 위해 여기까지 온 거야. 네 훌륭한 모습을 보려고 온 거야. 더구나 우리만 온 것이 아니야.

잔느　(성급하게) 아버지도 함께 오셨어? 어디? 아버지는 어디 계셔? 어찌하여 여기 함께 안 계셔?

마르고　함께 계시지 않아!

잔느　함께가 아니라고? 아버지는 자식이 안 보고 싶으신가? 아버지는 축복을 주시지 않으신단 말이야?

루이종　우리가 여기 있는 것을 아버지는 모르고 계셔.

잔느　모르신다고? 어째서? 뭔가 이상해! 왜 바닥만 보고 있는 거야. 말해줘, 언니들! 아버지는 어디 계시지?

마르고 네가 떠나고 난 뒤부터는…….

루이종 (마르고에게 눈짓한다.) 마르고!

마르고 아버지는 깊은 슬픔에 잠기셨어.

잔느 슬픔에?

루이종 괜찮아! 너도 알다시피 아버지는 엉뚱한 생각을 잘하시는 분
이니까. 네가 행복하다고 아버지께 잘 말씀드리면 틀림없이
마음이 편안해지시고 기뻐하실 거야.

마르고 그래, 넌 행복한 거 맞지? 이렇게 훌륭해졌고, 사람들의 존
경을 받고 있으니까 틀림없이 행복하겠지?

잔느 물론, 난 행복해. 언니들을 다시 만났고, 그리운 언니들 목
소리를 들었으니까. 고향에 계신 아버지의 목장이 다시 생각
났으니까. 내가 그 고원에서 양을 몰고 있을 때는 마치 천국
에 있는 기분이었어. 다시는 그렇지 못할 것 같아. 그렇게는
다시 될 수 없을 것 같아. (잔느는 루이종의 가슴에 얼굴을 묻
는다.)

(클로드 마리, 에티엔, 베르트랑의 모습이 보이지만, 이들은 겸
손하게 좀 떨어져 서 있다.)

마르고 이리 와, 에티엔, 베르트랑, 클로드 마리! 동생은 조금도 오
만하지 않아. 마을에서 우리와 함께 생활하고 있을 때보다
더 상냥하고 다정해졌어.

(세 사람은 가까이 가서 잔느에게 손을 내밀려고 한다. 잔느는
세 사람을 자세히 보고는 몹시 놀란다.)

잔느 내가 도대체 어디 있었나? 누구든 말 좀 해줘! 모든 것은 기

나긴 꿈이었고, 난 지금 꿈에서 깨어난 것인가? 나는 돔 레미 마을에서 떠나온 것인가? 마법의 나무 밑에서 잠들었다가 깨어나 보니 그리운 여러분과 함께 있는 것이 아닌가? 전쟁이나 전쟁의 공훈 같은 건 모두가 한낱 꿈이었단 말인가? 내 곁을 스쳐 지나간 그림자였을 뿐인가? 그 나무 아래에서 온갖 꿈을 다 꾸었으니 그럴 수도 있겠지. 여러분은 어찌하여 랭스에 왔는가? 나는 왜 랭스에 왔을까? 난 내 고향 돔 레미를 떠나본 적이 없었는데, 한 번도 없었는데…… 언니들, 내 마음을 좀 기쁘게 해줘!

루이종 우린 모두 랭스에 있는 게 맞아! 넌 꿈만 꾼 게 아니라, 실제로 모든 일들을 해냈어. 정신 차려! 주위를 둘러봐! 그 번쩍번쩍 빛나는 황금의 갑옷을 손으로 만져보면 알잖아?

(잔느, 가슴에 손을 가져간다. 잠시 생각에 잠겨 있다가 깜짝 놀란다.)

베르트랑 그 투구는 전에 네가 내 손에서 빼앗아 간 거야.

클로드 마리 꿈꾸고 있는 느낌인 것도 무리는 아니겠지. 네가 해낸 일은 꿈에서도 일어날 수 없는 일이었으니까.

잔느 (서두르며) 가야 돼, 도망가야 돼! 나도 함께 갈래. 우리의 마을로, 아버지의 집으로 돌아갈래!

루이종 가야지, 우리 함께 가자!

잔느 여기 사람들은 모두가 날 마치 큰 공적이라도 세운 사람인 양 대우하거든. 언니들은 내가 아직 어릴 적 울보였을 때의 일을 알고 있으니까, 날 사랑해주기는 해도 숭배하지는 않을 거야.

마르고 넌 그 고귀한 신분을 모두 내버릴 생각이냐?

잔느 언니들 마음을 내 마음에서 멀어지게 하는 쓸데없는 장식물 따윈 뭐든지 버릴 거야. 난 본래대로의 양치기로 돌아갈 거야. 하녀처럼 언니들 시중을 들고 언니들을 제쳐놓고 오만하게 굴었던 죄를 무슨 수를 써서라도 보상할 거야.

(나팔 소리 울린다.)

제10장

샤를 왕이 대관식 복장을 하고 성당에서 나온다. 아녜스 소렐, 대주교, 부르고뉴 공작, 뒤 누아 백작, 라 이르, 뒤 샤텔, 기사, 신하들, 군중.

일동 (국왕이 걸어 나오는 동안에 되풀이하여 외친다.) 국왕 만세! 샤를 7세 만세!

(나팔 소리 울려 퍼진다. 국왕이 손짓하자 전령 두 사람이 지팡이를 들어 침묵을 명한다.)

왕 친애하는 국민 여러분! 여러분이 보여준 애정에 감사드립니다! 신이 이 머리 위에 얹어주신 왕관을 검의 힘으로 도로 찾았습니다. 이 왕관은 고귀한 국민의 피로 물들었지만, 앞으로는 평화를 상징하는 감람나무 가지가 왕관을 초록색으로 장식할 것입니다. 우리 프랑스를 위해서 싸운 모든 사람에게 감사의 마음을 전합니다. 또한 우리와 싸운 적을 용서합니다. 신이 우리에게 자비를 베푸신 것처럼 우리도 용서합시

다. 그렇기 때문에 내가 국왕으로서 첫번째로 하고 싶은 말
도 "자비"입니다.

군중 국왕 만세! 자비로우신 샤를 왕 만세!

왕 프랑스의 국왕은 그의 왕관을 한결같이 최고의 지배자이신
신으로부터 받아왔습니다. 우리는 이번에도 왕관을 모두가
보는 앞에서 신의 손에서 받았습니다. (처녀를 돌아다보며)
여기에 신이 보내신 사자가 있습니다. 조상 전래의 국왕을 또
다시 국민에게 돌려주고 외국으로부터의 압제의 고리를 차단
한 것입니다. 처녀의 이름을 프랑스의 수호자이신 성 데니와
동일하게 존중하여 그녀를 위한 명예의 제단을 짓겠습니다.

군중 만세! 처녀 만세! 구세주 만세!

(나팔 소리.)

왕 (잔느에게) 그대가 우리와 같은 인간의 후손이라면, 어찌하
면 그대를 행복하고 기쁘게 해줄 수 있겠는지 말해다오! 혹
시라도 그대의 나라가 저 천상이어서 하늘의 영광을 처녀의
모습으로 드러낸 것이라면, 우리가 눈으로 볼 수 있도록 천
국에서처럼 휘황찬란한 모습을 보여줘서 우리로 하여금 무릎
을 꿇고 그대를 경배케 하여다오!

(일동 침묵. 모두의 시선이 잔느에게로 향한다.)

잔느 (갑자기 소리친다.) 아아, 아버지시다!

제11장

앞의 사람들. 티보가 군중 속에서 걸어 나와 잔느의 바로 앞에 선다.

군중　처녀의 아버지이시다!

티보　그렇습니다. 이 불쌍한 딸을 가진 가련한 애비올시다. 하나님의 심판에 따라서 제 딸의 죄과를 알려드리려고 왔습니다.

부르고뉴 공작　아니, 그게 무슨 소리냐?

뒤 샤텔　이제 무서운 사실이 밝혀지게 되나봅니다.

티보　(왕에게) 전하께서는 하나님의 힘으로 구제되셨다고 생각하시겠지요? 전하께서는 속고 계십니다! 프랑스의 국민도 속고 있습니다! 전하께선 악마의 요술로 구제받으신 겁니다.

（일동, 놀라며 뒤로 물러선다.）

뒤누아 백작　당신 미쳤소?

티보　미친 것은 제가 아닙니다. 하늘에 계신 하나님께서 미천한 시골 처녀를 통하여 나타나셨다고 믿고 계신 백작님이나 여기 계신 모든 분들, 그리고 지혜로우신 주교님이야말로 제정신이 아니십니다. 제 딸이 애비 앞에서 국민과 전하를 속인 터무니없는 요술을 실제로 할 수 있는지를 시험해보십시오! 잔느야, 네가 고결한 성자와 대등한 인물인지 말해보라! 자아, 삼위일체의 이름으로 내 물음에 대답하라!

（일동 침묵. 모두의 긴장된 시선이 잔느에게 향한다. 잔느, 가만히 선 채로 움직이지 않는다.）

소렐　아니, 아무 말이 없네?

티보	깊은 지옥에서라도 두려워해야 할 삼위일체의 이름을 댔으니 무슨 말을 할 수 있겠습니까? 제 딸이 하나님이 보내신 성자라고요? 터무니없는 말이지요! 저주받은 장소인 마법의 나무 아래서 생각해낸 일입니다. 옛날부터 악령들이 살고 있는 그곳에서 잔느는 덧없는 명예를 누리게 해준다는 약속에 속아서 인간의 적인 악마에게 영혼을 팔아먹은 것입니다. 딸의 옷소매를 걷어보시면 악마가 남긴 표식을 보실 수 있을 겁니다.
부르고뉴 공작	무서운 일이다! 하지만 아버지가 자기 친딸의 죄를 일러바치고 있으니 믿지 않을 수도 없지 않은가?
뒤누아 백작	아니요, 자식의 죄를 주워섬기며 스스로를 욕되게 하는 저 정신 나간 사람의 말을 어떻게 믿을 수 있겠소.
소렐	(잔느에게) 오오, 말 좀 해봐요! 이 불길한 침묵을 깨뜨려줘요! 난 그대를 믿어요. 굳게 믿어요. 그대 자신의 입에서 나오는 한마디, 단 한마디의 말이면 족해요! 좌우간에 말 좀 해봐요! 이 끔찍한 혐의를 벗어야 돼요! 결백하다고 말 좀 해줘요! 우리는 그대의 말을 믿어요. (잔느, 가만히 선 채로 있다. 아네스 소렐, 두려움에 어쩔 줄 모르며 뒤로 물러선다.)
라 이르	잔느는 크게 놀란 거예요. 놀라움과 공포 때문에 말문이 막힌 거예요. 이처럼 심히 비난받으면 아무리 결백한 사람이라도 겁에 질리게 마련이에요. (잔느에게로 다가선다.) 마음을 굳게 가져요, 잔느! 정신 차려요! 결백한 사람은 심한 비방을 되돌려주는 대신에 승리의 눈초리를 보내는 것으로도 충분해요. 품위 있는 노여움으로 정정당당하게 그대의 깨끗한

심성을 모독하는 부당한 의혹을 부끄럽게 만들어버려요!

(잔느, 꼼짝 안 하고 서 있다. 라 이르, 두려운 표정을 지으며 물러선다. 동요가 점점 커진다.)

뒤누아 백작 어찌하여 모두들 뒷걸음치는가? 영주님들마저 왜 그리 떨고 계신가요? 이 처녀는 결백합니다. 제가 보증하겠습니다. 귀족의 명예를 걸고 제가 이 처녀를 보증하겠어요. 처녀가 죄인이라는 자 있으면 내가 상대해주겠어요.

(무서운 천둥 소리. 모두가 두려워 멈칫한다.)

티보 하늘에서 천둥 소리를 보내시는 하나님을 두고 대답해보라! 네가 결백하다고 말할 수 있다면 말해보라! 네 마음속에 악마가 없노라고 말해보라! 만약 내 말이 거짓이라면, 거짓을 말한 나에게 벌을 내리게 하라!

(더 한층 심한 천둥 소리. 군중은 사방으로 흩어진다.)

부르고뉴 공작 큰일이다! 이 무슨 불길한 징후인가!

뒤 샤텔 (왕에게) 가시지요, 가시지요! 전하, 어서 이곳을 떠나시지요!

대주교 (잔느에게) 하나님의 이름으로 내가 그대에게 묻노라. 그대가 잠자코 있는 것은 결백하기 때문인가, 아니면 스스로 죄가 있다고 생각하기 때문인가? 이 천둥 소리가 그대에게 좋은 징표라면, 이 십자가에 손을 대고 그 증거를 보여라!

(잔느, 꼼짝 않고 서 있다. 또다시 격렬한 천둥 소리. 국왕, 아녜스 소렐, 대주교, 부르고뉴 공작, 라 이르, 뒤 샤텔 퇴장.)

제12장

뒤누아 백작, 잔느.

뒤누아 백작 그대는 나의 아내요. 처음 보았을 때부터 난 그대를 믿었고,
그 생각은 지금도 변함이 없소. 어떤 징표보다도 하늘에서
울리는 천둥 소리보다도 더 굳게 나는 그대를 믿소. 그대는
분노를 느낄 때에도 품위를 유지해야 하기 때문에 잠자코 있
는 것이오. 결백하고 깨끗한 그대는 수치스런 혐의를 밝히는
것조차도 경멸하는 것이오. 경멸하는 것도 좋겠지. 하지만
나만은 믿어주오! 그대의 결백을 조금이라도 의심해본 적이
없으니까. 아니, 말하지 않아도 좋아. 그대가 나의 이 팔에도
또한 정의에도 신뢰를 보낸다는 징표로 나에게 손을 내밀어
주오!
(잔느에게 한 손을 내민다. 잔느, 몸을 떨며 고개를 옆으로 돌
린다. 뒤누아, 놀란 표정으로 서 있다.)

제13장

잔느, 뒤 샤텔, 뒤누아 백작, 나중에 레이몽.

뒤 샤텔 (돌아온다) 잔느! 국왕은 그대가 이대로 이곳을 떠나도록 특
별히 허락하셨다. 성문은 열려 있다. 국왕께서 호위할 병사

를 딸려주셨으니 해코지를 당할 염려는 없을 것이다. 뒤누아 백작, 저리로 가십시다! 더 이상 여기 계시면 신상에 문제가 생깁니다. 어쩌다가 이 지경이 되었는지 원.

(퇴장.)

(뒤누아 백작은 번쩍 제정신이 들어 다시 한 번 잔느에게 눈길을 보낸 다음 퇴장한다. 잔느는 한동안 혼자 서 있다. 이윽고 레이몽이 나타나 약간 떨어져 서서 잠자코 마음이 아픈 듯 잔느를 바라본다. 이윽고 잔느에게로 걸어가서 그녀의 손을 잡는다.)

레이몽 자아, 이 사이에 빨리! 거리엔 아무도 없어. 내 손을 잡아요, 데려다줄게!

(잔느는 레이몽을 보고 비로소 정신을 차린다. 그를 뚫어지게 바라보다가 하늘을 올려다본다. 그리고 그의 손을 꼭 잡고 퇴장한다.)

제5막

황량한 숲, 멀리 숯가마 집이 보인다. 캄캄한 어둠 속 심한 천둥과 번개, 때때로 포성.

제1장

숯장이와 그 부인.

숯장이	날씨가 사람 죽이는구먼. 하늘에선 불의 물결이 시냇물처럼 흘러내리고 대낮인데도 별이 보일 정도로 밤처럼 어두우니. 지옥이 아가리를 벌렸는지 광풍이 휘몰아치고 거대한 물푸레나무 고목까지 우지끈 소리 내며 가지가 휘어버렸어. 이렇게 날씨가 제멋대로 날뛸라치면 맹수마저 굴속에 숨어서 꼼짝 안 하는데, 인간들만은 조용히 지낼 줄을 모른단 말야. 바람이 윙윙거리는 중간중간에도 저것 봐, 총포 소리가 들리잖아? 피아간에 코끝을 마주대고 진을 치고 있는 거야. 그 사이엔 수풀이 있을 뿐인데, 어느 순간에 싸움이 벌어져 피바다가 되는지 아무도 모르지.
숯장이의 부인	그렇게 되면 큰일이에요. 적군은 무참하게 패해서 뿔뿔이 흩어졌다고 하던데, 어찌하여 또 우리가 적에게 겁을 먹어야 하죠?
숯장이	그건 말이지, 놈들이 더 이상 우리 국왕 전하를 겁내지 않게 되었기 때문이야. 랭스에서 그 처녀가 마녀라는 사실이 알려지고 악마가 우릴 돕지 않게 되면서부터 모든 것이 거꾸로 뒤집히고 말았거든.
숯장이의 부인	쉿, 누가 와요!

제2장

레이몽과 잔느, 앞의 사람들.

레이몽   오두막이 보인다! 저기서 잠시 폭우를 피했다 가자! 잔느는
　　　　더 이상 몸을 지탱하지 못해. 벌써 사흘째나 사람 눈을 피해
　　　　서 헤매고 다니며 풀뿌리만 먹었으니까.
　　　　(바람이 약해지고 날이 환해진다.)
　　　　마음씨 좋은 숯장이 아저씨 집이야. 들어가 보자!

숯장이   무척 지쳐 보이는데, 자아 사양 말고! 이 가난뱅이 집에 있
　　　　는 건 무엇이든 좋아요.

숯장이의 부인   어머나, 얌전한 처녀가 갑옷을 입고 어쩌자는 걸까? 하기야
　　　　이 어수선한 세상에선 당연한 것인지도 모르지. 세상이 하도
　　　　뒤숭숭하니 여자라도 갑옷을 입는 것이 이상할 건 없지. 소
　　　　문을 듣자하니 이사보 태후께서도 갑옷을 입고 적군의 진영
　　　　에 나타나셨다는데? 양치기의 딸이라는 여자 아이가 우리 국
　　　　왕을 위하여 싸워 이겼다던데?

숯장이   뭘 쫑알거리는가? 안에 들어가서 이 처녀에게 기운을 차릴
　　　　만한 마실 것이라도 내오지 않고!
　　　　(숯장이의 부인, 오두막 안으로 들어간다.)

레이몽   (잔느에게) 그것 봐, 세상엔 악귀만 있는 게 아니야. 이런 산
　　　　중의 외딴 집에도 마음씨 고운 사람들이 살잖아? 기운 차려!
　　　　바람도 자고, 온화한 해가 찬란한 빛을 발하며 서산으로 기
　　　　울고 있어.

숯장이	갑옷 차림으로 길을 가고 있는 걸 보니 그대들은 왕의 군대 쪽으로 가는가 보군. 조심들 해요! 영국군이 이 근방에 진을 치고 있어요. 적의 병사들이 숲 속을 어슬렁거리고 있거든.
레이몽	그것 참 난처한데! 어떻게 피해갈 방법이 없을까요?
숯장이	아들놈이 마을에서 돌아올 때까지 기다려봐요! 돌아오면 아들에게 남들이 모르는 샛길을 안내하게 할 테니까 걱정할 건 없어요. 우린 숨어 다니는 길을 알고 있거든.
레이몽	(잔느에게) 그 투구를 벗고 갑옷도 벗는 것이 좋겠어! 그걸 입고 있으면 본색이 드러나서 오히려 위험해. (잔느, 고개를 젓는다.)
숯장이	처녀는 몹시 괴로워 보이는데? 쉿, 누가 온다!

제3장

숯장이의 부인이 컵을 들고 오두막에서 나온다. 숯장이의 아들, 앞의 사람들.

숯장이의 부인	기다리던 우리 아들이 돌아왔어. (잔느에게) 자, 마셔요, 처녀! 신의 가호가 있길 바라요!
숯장이	(아들에게) 돌아왔구나, 우리 아들! 어떠하더냐?
숯장이의 아들	(컵을 입에 댄 잔느를 보더니 그녀를 알아보고 다가가서 컵을 잡아챈다.) 엄마 엄마! 지금 뭐하시는 거예요? 누굴 대접하시는 거예요? 이 여자가 바로 오를레앙의 마녀란 말예요!

숯장이와 그 부인 하나님, 살려주소서!

(가슴에 성호를 그으며 달아난다.)

제4장

잔느, 레이몽.

잔느 (침착하고 차분하게) 보다시피 나에겐 저주가 붙어 다녀서 모두가 날 보면 도망치잖아. 레이몽도 자신을 생각해서 어서 날 떠나가!

레이몽 잔느를 버려두고? 이런 때에? 그럼 누가 잔느와 함께 있지?

잔느 난 혼자 몸이 아냐. 내 머리 위에서 울리는 천둥 소릴 들었지? 운명이 날 인도하고 있어. 걱정하지 마. 난 이대로 놓아둬도 저절로 정해진 길로 가게 되어 있어.

레이몽 어느 쪽으로 갈 작정인데? 이쪽엔 피의 복수를 벼르는 영국 병사들이 있고, 저편엔 잔느를 추방한 프랑스군이 있잖아?

잔느 나에겐 하늘이 정해준 일 외에는 아무 일도 일어나지 않게 되어 있어.

레이몽 먹을 것은 어디서 구하지? 무서운 짐승들과, 그보다 더 무서운 인간들로부터 누가 잔느를 지켜주지? 아프고 어려울 땐 누가 잔느를 돌봐주지?

잔느 난 풀이나 나무뿌리를 잘 알거든. 좋은 풀과 독초를 가려내는 방법을 양들에게서 배웠어. 별의 움직임이나 구름이 가는

402

길도 알고, 보이지 않는 샘물이 졸졸 흐르는 소리까지 구별할 줄 알아. 인간에겐 조금밖에 없지만, 자연에는 풍요로운 생명이 흘러넘치거든.

레이몽 (잔느의 손을 잡는다.) 다시 생각해보지 않을래? 하나님과 화해하고 회개해서 교회의 품으로 돌아오면 어떻겠어?

잔느 레이몽마저 내가 중죄인이라고 생각하는군.

레이몽 하지만 방법이 없잖아? 그렇게 아무 말 안 하고 잠자코 있으니 말야.

잔느 비참한 신세가 되어 세상에서 버림받은 날 따라와서 끝까지 돌봐주는 유일한 레이몽조차 이 잔느를 하나님을 배반한 악녀라고 생각하는 거야?

(레이몽, 잠자코 있다.)

오오, 그건 너무했어!

레이몽 (놀라며) 잔느, 잔느는 정말로 마녀가 아니야?

잔느 내가 마녀라니!

레이몽 그렇다면 그 신비로운 기적을 정말로 하나님과 마리아님의 힘을 빌려서 잔느가 해낸 거야?

잔느 다른 무슨 힘이 그런 일을 할 수 있었겠어?

레이몽 그런데 왜 잔느는 그 무서운 죄를 뒤집어쓰고도 아무 말이 없었지? 어째서 그렇게 중요한 사실을 이제야 나에게 털어놓는 거지? 국왕 앞에서 밝혔어야 할 그런 사실을 왜 그때는 해명하지 않은 거야?

잔느 난 말없이 운명에 따랐을 뿐이야. 인도해주시는 하나님이 정해주시는 그대로 말야.

레이몽 잔느는 아버님의 말씀에도 대답을 전혀 안 했잖아?

잔느 아버님의 말씀은 하나님의 생각과 같은 것이었어. 또한 이러한 시련은 아버님의 마음이기도 하거든.

레이몽 하늘이 그대의 죄를 입증이라도 하셨는가?

잔느 하늘의 말씀이 있었기에 난 가만히 있었던 거야.

레이몽 뭐라고? 한마디만 했어도 무사할 것이 확실했는데. 세상을 어리둥절하게 하고 불행히도 사람들이 잔느를 오해하게까지 만들었잖아?

잔느 내가 잘못 생각한 것이 아니야. 그것이 운명이었어.

레이몽 잔느는 아무 죄가 없으면서 그렇게까지 모함을 당하고도 아무런 불평도 하지 않았어. 잔느의 태도는 참으로 놀라워. 난 너무도 감동을 받아서 이 가슴속의 내 심장이 터질 것만 같아. 오오, 난 잔느의 말이라면 무엇이든지 믿어주겠어. 잔느가 중죄의 누명을 쓴 것이 나에겐 참으로 괴로웠어. 그렇다고는 하지만 인간의 마음이 이렇게 무서운 일을 참아낼 수 있으리라곤 꿈에도 생각지 못했어!

잔느 내가 하나님의 뜻에 순순히 따르지 않는다면 어떻게 하나님이 보내신 사람이 될 수 있겠어? 난 레이몽이 생각하는 것만큼 비참하지 않아. 내가 어려움을 겪고는 있지만, 난 지금의 나를 불행하다고 생각지 않아. 쫓겨나서 도망 다니는 신세이기는 하지만 이 황야에서 나 자신이 무엇인지를 잘 알 것 같아. 내가 영광스러운 명예에 둘러싸여 있을 땐 마음속에 갈등이 있었어. 세상 사람들이 날 떠받들고 부러워할 때, 난 말할 수 없이 불행한 인간이었어. 이젠 마음의 병이 다 나았어.

세상의 종말 같았던 이 폭우가 나의 벗이었어. 이 비바람이
세상을 맑게 하고, 나를 맑게 해주었어. 내 마음은 평화로워.
어떤 일이 있더라도 난 더 이상 좌절하지 않을 거야.

레이몽 오오 빨리 가자, 서두르자! 잔느의 결백을 온 세상에 큰 소
리로 알려야 돼!

잔느 그런 나를 보내신 분께서 풀어주실 거야. 운명의 나무 열매
는 익어야 비로소 떨어지게 되어 있거든. 언젠가는 내 결백
이 밝혀질 날이 오게 되어 있어. 때가 되면 날 배척하고 저주
했던 사람들도 잘못을 깨닫고 내 운명에 눈물을 흘려줄 거야.

레이몽 그럼 난 그날까지 참고 잠자코 있어야만 한단 말야?

잔느 (부드럽게 그의 손을 잡는다.) 레이몽의 눈은 세속이라는 가
리개로 가려져 있어서 보통의 일밖에 볼 수 없어. 난 불멸의
영광을 이 눈으로 보았어. 하나님의 뜻이 아니고선 머리카락
한 올도 뽑히지 않아. 저 해가 내일도 다시 맑은 하늘에 떠오
를 것이 분명하듯, 진실을 알게 될 날은 반드시 오는 거야.

제5장

이사보 태후가 병사들을 대동하고 무대 뒤편에 나타난다. 앞의 사람들.

이사보 (무대 뒤에서) 이것이 영국군 진영으로 가는 길 맞나?

레이몽 큰일 났다, 적이다!

(병사들 등장. 순간적으로 잔느를 알아보고 깜짝 놀라 멈칫거

린다.)

이사보　이것 봐, 왜 멈추느냐?

병사들　하나님, 살려주세요!

이사보　무서운 유령이라도 나왔느냐? 너희들은 군인이 아니냐? 비
겁한 것들! 어디 보자!

(병사들을 헤치고 나오면서 잔느를 보는 순간 뒷걸음을 친다.)

아니, 이건?

(얼른 정신을 가다듬고 잔느에게로 다가간다.) 항복하라! 넌
포로가 되었다!

잔느　저항은 안 할 겁니다.

(레이몽, 절망적인 표정을 지으며 도망친다.)

이사보　(병사들에게) 이 계집아이를 쇠사슬로 묶어라!

(병사들, 겁먹은 채로 잔느에게 다가간다. 잔느는 양손을 내밀
어 자진해서 묶인다.)

이 계집아이가 너희들을 양처럼 길들이던 공포의 대상인 그
용감한 처녀인가? 아니 제 몸도 가누지 못하는 것 같은데?
믿음을 지녔을 때만 기적을 행하고, 사내를 만나면 평범한
여자가 된단 말인가? (잔느에게) 어찌하여 넌 너의 군대를
떠났느냐? 뒤누아 백작은 어디 있느냐? 너의 기사이며 널
지켜준 그 사내는?

잔느　저는 추방당했습니다.

이사보　(놀라서 뒷걸음친다.) 뭐라고? 뭐라고 했나? 추방당했다고?
태자에게 추방당했단 말이냐?

잔느　묻지 말아주세요! 전 붙잡힌 몸입니다. 자아, 이 몸을 마음

대로 하세요!

이사보 넌 태자를 파멸의 심연에서 구해냈으며, 랭스에서 그에게 왕관을 씌워주어 그를 프랑스의 왕으로 만들어주지 않았느냐? 네가 추방당하다니? 과연 내 아들놈다운 짓이구나!

이 계집을 진지로 끌고 가라! 그처럼 두려워했던 유령의 정체를 병사들에게 보여줘라! 이 계집아이가 마녀라고? 이년의 마법은 모두가 너희들의 망상과 약한 마음 탓이었다! 이년은 국왕을 위하여 자기 한 몸을 희생하고도 바로 그 국왕에게서 추방당한 어리석은 계집일 따름이다. 라이오넬에게로 데려가라! 프랑스의 수호신을 묶어서 라이오넬에게 선물하는 것이다. 나도 곧 뒤따르겠다.

잔느 라이오넬에게로요? 그 사람 앞에 데려갈 바엔 차라리 여기서 절 죽여주십시오!

이사보 (병사들에게) 시키는 대로 하라! 저 계집을 그리로 데려가라! (퇴장.)

제6장

잔느, 병사들.

잔느 (병사들에게) 영국인들이여, 내가 이 자리에서 살아서 달아난다면, 그대들에겐 더할 나위 없는 치욕이 될 것이오. 지금 당장 나에게 복수하는 것이 좋을 것이오. 칼을 뽑아 내 심장

을 찔러서 날 시체로 만들어 그대들의 사령관에게로 끌고 가
오! 생각해보시오! 나야말로 그대들의 수많은 동료 용사들을
죽였고 그대들에게 인정을 베풀 줄도 몰랐으며 영국인의 피
가 냇물처럼 흐르게 하고 영국의 용감한 젊은이들이 고향으
로 돌아갈 즐거운 날을 빼앗아 간 사람이오. 피의 복수를 해
야 하지 않소? 날 죽이시오! 내가 지금은 그대들에게 붙잡혀
있지만 언제까지 이렇게 약하지는 않아요.

지휘관   태후께서 시키신 대로 행하라!

잔느   지엄하신 성모 마리아님! 여기서 제가 더 불행해져야 합니
까? 너무하십니다! 저를 아주 버리셨나이까? 하나님도 모습
을 드러내시지 않습니다. 천사의 모습도 나타나지 않습니다.
기적은 일어나지 않고, 하늘 문도 닫혔습니다.

(잔느, 병사들의 뒤를 따른다.)

프랑스의 진영.

제7장

뒤누아 백작, 그의 양 옆에 대주교와 뒤 샤텔.

대주교   뒤누아 백작님! 제발 언짢으신 마음을 푸시고 우리와 함께
국왕에게로 돌아갑시다! 막강한 백작님의 힘에 의존해야 할
이 새로운 위기의 순간에 아무쪼록 이 나라를 저버리지 마십

408

시오!

뒤누아 백작 어찌하여 이렇게 위급한 상황이 되었단 말인가? 적이 어떻게 또다시 기세를 올리게 되었나? 모든 것이 끝났었지. 프랑스는 승리했고 전쟁도 끝났지. 그대들이 처녀 구세주를 추방하여 생긴 일이니 이젠 우리 자력으로 위기를 극복하는 수밖에 없지 않은가. 하지만 난 그 처녀가 가버린 진영엔 참여할 마음이 없다네.

뒤 샤텔 제발 생각을 바꾸세요, 백작님! 그런 답변만을 남기시고 저희들 곁을 떠나시면 안 됩니다!

뒤누아 백작 듣기 싫네, 뒤 샤텔! 난 자네가 미워! 자네의 말 따윈 듣고 싶지도 않네. 제일 먼저 그 처녀를 의심한 것이 바로 자네가 아닌가!

대주교 그땐 웬일인지 처녀에게 불리한 징조뿐이었어요. 그 불행한 날엔 너 나 할 것 없이 생각이 뒤엉켜 마음이 흔들리는 건 어쩔 수가 없었지요. 우린 망연자실하여 엄청난 충격을 받았지요. 그렇게 놀라운 순간에는 누구라도 여유 있는 생각을 할 수가 없더라고요. 이제야 겨우 생각을 제대로 하게 된 것이지요. 처녀가 우리 곁에 있었을 때의 일을 돌이켜보면 처녀에겐 단 한 가지도 탓할 것이 없었어요. 우리가 잘못한 것뿐이에요. 우리가 엄청난 잘못을 저지른 것이지요. 국왕은 후회하시고 부르고뉴 공작도 자책하고 계세요. 라 이르님도 대단히 낙담하고 있어요. 우리 모두가 슬픔에 빠지고 말았어요.

뒤누아 백작 잔느가 거짓말쟁이였다니! 만약 우리의 눈앞에 보인 그녀의 모습이 사실이라면, 그녀야말로 자신의 진면목을 그대로 보여준 것이 아닌가! 순결이나 성실함이나 순진함 같은 것이 이 땅에 존재하는 것이라면, 그녀의 입술과 맑은 눈동자 말고 어디에 또 그런 것들이 존재한단 말인가?

대주교 신이 우리에게 기적을 보여주시고 인간의 눈으로는 볼 수 없는 이 비밀을 밝혀주시길 빕니다! 하지만 이 비밀이 어떤 식으로 풀려서 밝혀지건 간에, 우리는 지옥의 요술로 우리를 방어했다거나, 아니면 성스러운 처녀를 추방했다는 둘 중의 한 가지 죄는 면할 길이 없게 되었어요. 어느 편이건 하늘의 노여움과 벌이 우리 프랑스에 내려질 겁니다.

제8장

귀족 한 사람, 나중에 레이몽, 앞의 사람들.

귀족 젊은 양치기가 뒤누아 백작님을 뵙기 원하는데, 꼭 직접 만나 뵙고 드릴 말씀이 있답니다. 그 처녀에게서 왔다고 합니다.

뒤누아 백작 서둘러라! 당장 데려와라! 오오, 그 처녀에게서 왔다지 않은가?
(귀족, 문을 열어 레이몽을 들게 한다. 뒤누아 백작, 달려가서 레이몽을 맞는다.)
그 처녀는 지금 어디에 있느냐? 어디 있느냐?

레이몽 만나뵙게 되어 다행입니다, 백작님. 그리고 주교님! 불행한 자를 지켜주시고 버려진 자의 아버지가 되어주시는 존경하는

410

어른이 곁에 계시니 이젠 안심이 됩니다.

뒤누아 백작 처녀는 어디 있느냐?

대주교 어서 말하오!

레이몽 여러분이 찾으시는 그 처녀는 음흉한 마녀가 아닙니다. 하나님과 모든 성자님을 두고 제가 보증하겠습니다. 온 국민이 잘못 알고 있습니다. 여러분은 죄 없는 그녀를 추방하셨습니다. 하나님의 사자를 쫓아내신 겁니다.

뒤누아 백작 처녀는 지금 어디에 있느냐? 어서 말해보라!

레이몽 잔느와 함께 아르덴 숲을 헤매고 있을 때였지요. 그녀는 거기서 저에게 속마음을 모두 털어놓았습니다. 만약 그녀에게 조금이라도 죄가 있다면, 저는 몰매를 맞고 죽어서 제 영혼이 천국에 가지 못해도 좋습니다!

뒤누아 백작 하늘의 태양도 잔느만큼 깨끗하진 못할 거야! 그 처녀가 도대체 어디에 있다는 거냐? 빨리 말해라!

레이몽 오오 하나님이 여러분의 생각을 바꾸게 하신 것이라면, 오오 잔느를 빨리 구출해주십시오! 잔느는 영국군에게 붙잡혔어요!

뒤누아 백작 뭐라고? 영국군에게 붙잡혔다고?

대주교 가련해라!

레이몽 아르덴 숲에서 노숙하던 중에 이사보 태후에게 붙잡혀서 영국 병사들에게 인도되고 말았지요. 여러분의 은인인 잔느를 무참한 죽음으로부터 구출해주십시오!

뒤누아 백작 무기를 들라! 가자! 나팔을 불어라! 북을 쳐라! 병사들을 남김없이 출동시켜라! 온 프랑스가 무기를 들고 궐기하도록 하자! 프랑스의 명예를 빼앗긴 것이다! 왕관이 더럽혀지고,

우리의 수호신이 납치당한 것이다! 피를 뿌려라! 목숨을 바쳐라! 오늘 해가 다 가기 전에 그 처녀를 도로 빼앗아 와야 한다!

(일동 퇴장.)

감시탑, 위쪽에 창문이 하나 열려 있다.

제9장

잔느, 라이오넬, 파스톨프, 이사보.

파스톨프 (황급히 등장.) 더 이상은 병사들을 막을 수가 없습니다. 처녀를 죽이라고 아우성이 대단해요. 반대하셔도 아무 소용없어요. 처녀를 죽여서 그 목을 탑 위에서 내던질 수밖에 없습니다. 그녀의 피가 흐르는 것을 보기 전엔 병사들은 가만히 있지 않을 겁니다.

이사보 (등장.) 탑에 사다리를 놓고 올라가는 모양이다. 빨리 병사들의 마음을 진정시켜야 한다. 병사들이 홧김에 탑을 부수고 우리 모두를 공격해올 때까지 기다릴 수야 없지 않느냐? 그대들은 그 처녀를 지킬 수가 없어. 그대로 넘겨주고 말자!

라이오넬 멋대로 달려들라지요! 하고 싶은 대로 해보라지요! 이 성은 견고하니까요. 저들의 의사에 굴복할 정도라면, 차라리 무너지는 성벽 아래 이 몸을 묻어버리겠어요. 잔느, 대답 좀 해봐요! 그대가 내 사랑을 받아준다면, 온 세상을 적으로 상대하여 싸우더라도 그댈 꼭 지키고야 말겠소.

이사보 그래도 당신을 대장부라 할 수 있겠는가?

라이오넬 잔느, 그대의 동족이 그대를 쫓아내지 않았는가? 그런 형편없는 조국에 대하여 새삼스럽게 충성을 다할 필요는 없지 않은가? 그대에게 아부하던 겁쟁이들은 그댈 버렸고, 그대의 명예를 위해 싸우려 하지도 않았어. 하지만 난 나의 병사들로부터도 또한 그대의 군사들로부터도 그대를 끝까지 지켜주겠어. 언젠가 내 목숨이 그대에게 소중하게 여겨진 적이 있지! 그때는 난 싸움터에서 그대의 적이었어. 지금 그대에겐 나 외에는 한편이 되어줄 자가 아무도 없어!

잔느 당신은 나의 적이오. 프랑스가 증오하는 적이지요. 당신과 나 사이엔 어떠한 관계도 없소. 나로선 당신을 사랑할 수가 없어요. 그토록 나에게 호감을 가졌다면 프랑스 국민을 편안하게 해주면 돼요. 당신의 군대를 나의 조국에서 철수시키고, 탈취한 도시의 열쇠를 되돌려주고, 약탈한 것을 모두 돌려주면 돼요! 포로를 석방하고 성스러운 화해를 위하여 인질을 석방한다면, 그땐 우리 국왕의 이름으로 화친을 요청하게 될 것이오.

이사보 잡혀 있는 주제에 지시라도 하는 것인가?

잔느 빨리 내가 하자는 대로 하세요! 어차피 그렇게 될 테니까요. 프랑스는 결코 영국의 쇠사슬에 묶이지 않아요. 그런 일은 결코 없을 것이오. 오히려 프랑스 땅은 영국군의 드넓은 묘지가 될 것이오. 그대의 정예부대 병사들은 대부분 전사했

소. 이젠 안전하게 고향으로 돌아갈 일이나 생각하시오! 이
제 당신들에겐 명예도 힘도 없어요.

이사보 장군, 이래도 그대는 이 실성한 계집아이의 오만을 참을 수
있겠소?

제10장

지휘관 하나가 황급히 등장. 앞의 사람들.

지휘관 사령관님, 어서 진격을 명령해주십시오! 프랑스군이 깃발을
나부끼며 공격해오고, 골짜기엔 온통 그들의 검이 번득이고
있습니다!

잔느 (기운이 나서) 프랑스군이 진격해온다고? 자아 오만한 영
국인들, 어서 맞서 싸워보시지? 오늘이야말로 힘껏 싸워보
시지?

파스톨프 미친년! 좋아하긴 이르다! 네 년은 오늘 안으로 이 세상과
하직이다.

잔느 프랑스군은 승리하오. 그리고 나는 죽을 것이오. 용감한 프
랑스인에겐 더 이상 내 도움은 필요 없소.

라이오넬 뭐라? 겁쟁이 프랑스인이 이긴다고? 이 무서운 처녀가 자기
들의 편에서 함께 싸울 때까지는 그러했지. 우린 20번의 전
투에서 놈들을 모조리 격퇴했어. 버거운 상대는 이 처녀뿐이
었는데, 놈들은 이 처녀를 내쫓고 말았거든! 가자 파스톨프!

놈들에게 크레키와 푸아티에에서의 패전의 쓴맛을 또 한 번 보여주자! 태후님은 이 탑에 남아서 싸움이 끝날 때까지 이 처녀를 감시해주십시오! 기사 50명을 호위병으로 남기겠습니다.

파스톨프 뭐라고요? 적을 무찌르러 가면서 이 망나니 계집을 여기 두고 가자고요?

잔느 사슬에 묶인 여자가 무서운가요?

라이오넬 잔느, 도망치지 않겠다고 약속해라!

잔느 도망치는 것이 나의 유일한 소망이오.

이사보 사슬을 세 겹으로 묶어라! 내 목숨을 걸고 이 계집을 놓치지 않겠다.

(잔느, 굵은 사슬로 몸과 손이 묶인다.)

라이오넬 (잔느에게) 모두가 그대 탓이오! 그대가 이렇게 만든 거야. 하지만 아직은 늦지 않았어. 프랑스를 단념하고 영국의 깃발을 들어요! 그러면 그대는 자유의 몸이 되니까. 그러면 지금 그대의 피를 보고 싶어 하는 난폭한 자들도 그댈 섬기게 될 것이오.

파스톨프 (재촉한다.) 빨리빨리, 장군!

잔느 그런 말은 소용없어요! 프랑스군이 공격해왔어요. 몸조심이나 하세요!

(나팔 소리 울려 퍼진다. 라이오넬, 서둘러 퇴장한다.)

파스톨프 태후님, 알고 계시겠죠? 만약 우리의 운이 다해서 후퇴하게 된다면…….

이사보 (칼을 뽑아 들면서) 알고말고! 우리 편이 패할 때까지 저년을 살려두진 않을 거야!

파스톨프 (잔느에게) 어떤가? 네 주제를 알았겠지? 이제 와선 프랑스
군이 이겨주길 기도하는 게 고작이겠지?
(퇴장.)

제11장

이사보, 잔느, 병사들.

잔느 물론 기도해야지! 아무도 내 기도를 방해할 순 없지. 저 소
릴 들어보라! 아군의 진군 나팔 소리야. 내 가슴에 승리의
나팔 소리가 힘차게 울려오는구나! 영국은 망해버려라! 프랑
스여, 승리하라! 용사들아, 일어나라! 이 잔느가 그대들 가
까이 있다! 언제나처럼 깃발 휘날리며 아군의 선두에 서지
못하는 것이 안타까울 뿐이다. 비록 무거운 쇠사슬에 묶여
있을지라도 내 혼은 진군 나팔의 날개를 타고 이 감옥을 탈출
하여 싸움터로 날아간다.

이사보 (병사에게) 싸움터가 내려다보이는 저 망루에 올라가 전투
상황을 살펴보라!
(병사 올라간다.)

잔느 힘내라 힘내라, 프랑스군이여! 이것이 마지막 전투다! 이 싸
움에서만 승리한다면 적은 다시 일어서지 못한다.

이사보 상황은 어떠하냐?

416

병사	벌써 양쪽 군대가 뒤엉켜 있습니다. 호랑이 모피를 두른 말을 탄 사람이 기병을 이끌고 거세게 돌진해옵니다.
잔느	오오, 뒤누아 백작님이다! 용감하신 분, 바라건대 승리가 백작님과 함께하시기를!
병사	부르고뉴 공작이 교량을 공격하고 있습니다.
이사보	배신자 놈! 거짓으로 가득 찬 놈의 가슴팍에 창이라도 꽉 박혀라!
병사	파스톨프 경께서 용감하게 부르고뉴 공작과 맞서고 있습니다. 모두가 말에서 내려서 서로 붙잡고 뒤엉켜 있습니다. 부르고뉴 공작의 군대도 아군도 모두가 뒤엉켜 싸우고 있습니다.
이사보	태자는 보이지 않느냐? 프랑스의 왕으로 보이는 깃발이 안 보이느냐?
병사	온통 흙먼지에 휩싸여 전혀 분간할 수가 없습니다.
잔느	내가 저 위에 올라갈 수만 있다면 하나도 놓치지 않고 다 볼 수 있을 텐데. 난 하늘을 나는 오리 떼도 셀 수 있을 텐데. 아무리 높이 나는 매라도 분간할 수 있을 텐데…… .
병사	참호 근방이 매우 혼란스럽습니다. 아무튼 거기선 지휘관들끼리 싸우고 있는 것 같습니다.
이사보	아군의 깃발이 보이느냐?
병사	높이 휘날리고 있습니다.
잔느	아아, 벽 틈으로 밖을 볼 수만 있다면, 눈으로 보며 아군을 지휘할 수만 있다면…… .
병사	큰일 났어요! 웬일일까? 아군의 지휘관이 포위당했습니다.
이사보	(잔느에게 검을 들이댄다.) 안됐지만 목숨을 내놓아라!

병사 (재빨리) 포위가 풀렸습니다! 용감한 파스톨프님이 적의 배후를 습격하여 몰려 있는 적군 한가운데로 쳐들어갔습니다.

이사보 (검을 거두며) 운 좋은 년이구나!

병사 승리했습니다, 이겼습니다! 놈들이 도망치고 있습니다!

이사보 누가 도망쳤단 말이냐?

병사 프랑스의 군인들, 부르고뉴 공작의 군대가 도망치고 있습니다! 싸움터는 도망병들로 가득합니다!

잔느 오오, 하나님 하나님! 이토록 절 저버리실 수가 있습니까?

병사 중상을 입은 기사가 운반되어옵니다. 여럿이 구출하러 그리로 달려갑니다. 지휘관입니다.

이사보 영국군인가? 프랑스군인가?

병사 투구를 벗겼습니다. 뒤누아 백작이십니다.

잔느 (혼신의 힘으로 사슬을 부여잡는다.) 내 몸이 사슬에 묶여 있지만 않다면……!

병사 저건 또 뭘까? 황금 줄을 단 하늘색 망토를 입은 저 사람은 또 누굴까?

잔느 (힘차게) 그분이시다! 국왕이시다!

병사 말이 겁을 먹었습니다! 곤두박질쳤습니다! 넘어졌습니다! 말 아래 깔린 사람이 나오려고 기를 쓰고 있습니다!

(잔느, 이 말을 듣고 심하게 몸을 뒤튼다.)

어느새 아군이 달려갑니다! 당도했습니다! 포위했습니다!

잔느 아아, 하나님의 사자는 이젠 다시 오지 않는가?

이사보 (이죽거린다.) 자아, 지금이다! 중대한 순간이다! 네가 프랑스의 구세주라면 빨리 구출해보라!

잔느 (돌연 무릎을 꿇고 격렬하고 애절한 목소리로 기도한다.) 하나님, 저의 마지막 소원을 들어주십시오! 하나님께, 하늘에 계신 우리의 하나님께 마음에서 우러나오는 뜨거운 소망을 담아서 저의 영혼을 바칩니다. 당신께선 거미줄도 튼튼한 배의 밧줄로 바꾸셨습니다. 이 쇠사슬을 가느다란 거미줄로 바꾸는 일은 전능하신 당신께는 아주 쉬운 일입니다. 뜻만 보이시면 사슬은 끊어지고 이 탑의 벽은 허물어집니다. 감옥에 갇혀서 오만한 적들의 모욕을 참고 견딘 눈먼 삼손을 당신은 구출하셨습니다. 그 삼손이 하나님을 믿고 감옥의 기둥을 힘껏 밀치자 기둥은 넘어지고 감옥은 무너졌습니다.

병사 승리했습니다! 이겼습니다!

이사보 어찌 된 일이냐?

병사 프랑스 왕이 잡혔습니다!

잔느 (벌떡 일어선다.) 하나님, 제발 도와주십시오!
    (잔느, 사슬을 힘껏 움켜잡고 끊는다. 지체 없이 곁에 있는 병사에게 달려가서 그의 검을 뽑아 들고 급히 달려간다. 일동, 망연히 잔느의 뒷모습을 바라본다.)

제12장

잔느를 제외한 앞의 사람들.

이사보 (한참 후에) 이게 어찌 된 일이냐? 혹시라도 꿈이 아니냐?

어디로 가버렸느냐? 그렇게 무거운 쇠사슬을 무슨 수로 끊었
단 말인가? 이 눈으로 내가 보지 않았다면, 설사 온 세상 사
람들이 그렇게 말한다 해도 도저히 믿지 못할 것이다.

병사 (망루에서) 저런저런, 날개라도 달렸는가? 강풍이 그녀를 운
반해갔는가?

이사보 벌써 저 아래로 내려갔느냐?

병사 싸움터 한가운데를 달리고 있습니다. 하도 빨라서 제 눈이
따를 수 없을 정도입니다. 여기 있는가 하면 벌써 저리 가 있
어요. 여기저기 번개처럼 날아다녀요. 몰려 있는 병사들 속
으로 쳐들어갔어요. 모두가 도망칠 자세들입니다. 도망치던
프랑스군은 발길을 돌려 다시 달려들고 있어요. 큰일 났어
요! 어찌 된 일일까요? 아군은 무기를 버리기 시작했어요.
영국 깃발도 넘어졌고요.

이사보 뭐라고? 그 계집아이가 다 이긴 아군의 승리를 빼앗아 갔단
말이냐?

병사 곧장 왕에게로 달려갑니다. 도착했어요. 격전의 와중에서 왕
을 끌어내고 있어요.
파스톨프님이 쓰러졌어요. 라이오넬 장군이 포로가 되었어요.

이사보 더 이상은 듣기 싫다. 탑에서 내려와라!

병사 피하십시오, 태후님! 적군이 옵니다! 무장한 적군이 탑으로
접근해오고 있습니다. (병사 내려온다.)

이사보 (검을 뽑아 들고) 자아 싸우자, 이 겁쟁이들아!

제13장

앞의 사람들. 라 이르. 병사들을 이끌고 등장. 라 이르의 등장과 동시에
황태후의 병사들은 무기를 내려놓는다.

라 이르 (태후에게 예를 갖추어) 태후님, 우리가 이겼습니다! 항복하
십시오! 태후님의 기사는 이미 포로가 되었습니다. 더 이상
은 저항하셔도 소용없습니다. 제가 모시겠습니다. 어디로 모
실까요?

이사보 태자와 마주치지 않는 곳이라면 아무 데나 좋다.
(검을 내주고 병사들과 함께 라 이르를 따라 퇴장한다.)

장면은 전쟁터로 바뀐다.

제14장

나부끼는 깃발을 든 병사들이 무대의 뒤에 가득 들어서 있다. 그 앞에 국
왕과 부르고뉴 공작, 두 사람의 팔에 잔느가 중상을 입고 빈사 상태로 안
겨 있다. 일동은 천천히 앞으로 나온다. 아녜스 소렐이 달려간다.

소렐 (왕의 품에 몸을 던진다.) 오오, 풀려나셨군요! 살아 계셨군
요! 제 품으로 돌아오셨군요!

왕 난 무사하다! 하지만 대신에 이 사람을 잃었어! (잔느를 가

리킨다.)

소렐　잔느! 아 죽었나요?

부르고뉴 공작　죽었어요! 이 천사의 마지막 모습을 보세요! 잠든 어린아이처럼 아무런 고통도 모르는 이 모습을 보세요! 얼굴엔 천상의 평화가 깃들여 있어요. 더 이상 심장은 뛰지 않지만 손은 따뜻하고 아직도 살아 있는 느낌이에요.

왕　처녀는 세상을 떠났다. 다시는 깨어나지 않을 것이다. 그 눈으로 지상의 것을 다시 보지도 못할 것이다. 깨끗한 그녀의 영혼은 이미 천상에 가 있을 것이므로 우리들의 슬픔도 가슴이 찢어질 듯한 이 마음도 알지 못할 것이다.

소렐　어머나, 눈을 떴어요! 살아 있어요!

부르고뉴 공작　(놀라며) 저 세상에 갔다가 다시 우리 곁으로 돌아왔는가? 죽음을 극복했는가? 일어선다! 아아, 일어섰다!

잔느　(허리를 펴고 일어서서 주위를 둘러본다.) 여기가 어딥니까?

부르고뉴 공작　그대의 국민과 함께 있네! 그대의 국왕과 함께 있네, 잔느!

왕　그대의 전우들과 함께, 그대의 국왕의 팔에 안겨 있네!

잔느　(국왕을 한동안 조용히 바라보다가) 아니에요, 전 마녀가 아니에요! 전 결코 마녀가 아닙니다!

왕　그대는 천사처럼 깨끗하다. 다만 우리의 눈이 밤의 장막에 덮여 있었을 뿐이다.

잔느　(밝은 미소를 띠며 주위를 둘러본다.) 그렇다면 전 정말로 우리나라 국민들에게서 조롱당하거나 쫓겨나지 않겠지요? 아무도 절 저주하지 않고 상냥하게 대해주겠지요? 아아, 이제야 모든 것을 제대로 알아보겠군요. 이분이 우리의 국왕이시고 이것이 프랑스의 국기입니다. 그런데 제 깃발이 안 보이는군요. 어디에 있나요? 그 깃발이 없으면 저는 갈 수가 없어요. 그 깃발은 하나님에게서 빌려온 것입니다. 그 깃발을 하나님 앞에 다시 내어놓아야 합니다. 그 깃발을 저는 정성을 다하여 지녀왔기 때문에 하나님께 다시 보여드릴 수 있게 되었습니다.

왕 (고개를 옆으로 돌리며) 깃발을 내주어라!

(사람들이 잔느에게 깃발을 건넨다. 잔느, 깃발을 들고 혼자 일어선다. 하늘이 장밋빛으로 빛난다.)

잔느 하늘에 걸린 저 무지개가 보이지요? 하늘의 황금 문이 활짝 열렸습니다. 성모 마리아께서 천사들의 합창 속에 휘황찬란한 모습으로 서 계십니다. 영원하신 아드님을 가슴에 안고 미소 지으며 저에게 손을 내밀고 계십니다. 어떻게 되려나? 가벼운 구름이 절 태우고 갑니다. 무거운 갑옷이 깃털처럼 가벼워졌습니다. 위로 또 위로 올라서 아래 세상은 점점 멀어져 갑니다. 고통은 짧고 기쁨은 영원합니다.

(손에 든 깃발이 땅에 떨어지고, 잔느가 그 위에 쓰러져 숨을 거둔다. 일동은 감동하여 말없이 오랫동안 그 자리에 서 있다. 왕이 가볍게 손짓하자 모든 깃발이 잔느 위에 겹겹이 쌓여서 온몸이 깃발로 뒤덮인다.)

'자유의 시인' 실러의 작품 세계

1. 실러의 생애와 작품 세계

생애

괴테와 함께 독일 문학의 황금시대를 이룩한 프리드리히 실러는, 1759년 11월 10일 독일 남부 슈바벤 지방의 작은 마을 마르바하 암 넥카르에서 군의관(당시에는 이발사가 외과 의사를 겸했음)인 아버지와 신앙심 깊은 어머니 사이에서 태어났다.

그는 아버지의 근무지를 따라서 로르히, 루트비히스부르크에서 유소년기를 보냈으며, 슈투트가르트에 옮겨와서는 14세에 군인양성학교(후에 대학 과정의 칼 학교로 개칭)에 강제로 입학하여 8년여 동안 독재자였던 영주 칼 오이겐 공작의 교육 방침에 따라 외부 세계와 단절된 강압적인 군대식 교육을 받았다. 이곳에서 실러는 처음에는 법학을 공부했으나, 뒤에 전공을 의학으로 바꾸었다.

이 학교에 다니는 동안 실러는 첫번째 희곡『도적 떼』를 완성하고 1년 뒤 군의관 생활을 하면서 자비로 출판했다. 당시에는 외국이었던 만하임에서「도적 떼」의 초연이 크게 성공하자 영주의 허락 없이 두 차례나 공연을 보러 갔기 때문에, 그는 2주간의 금고형을 받고 극작 활동까지 금지당했다. 점차 신변에 불안을 느낀 그는 1782년 9월 칼 학교의 급우였던 슈트라이허와 함께 만하임으로 탈출하여 고된 유랑 생활을 시작했다. 그는 만하임 근교의 오거스하임에 주로 체류했으며, 헨리테 폰 볼초겐 부인의 초청으로 바우에르바하에도 머물렀다. 이 시기에 그는『피에스코의 반란』과『간계와 사랑』을 완성했으며, 이어서 그는 만하임 극장의 전속 작가가 되었다.

쾨르너로부터 초청을 받고 실러는 1785년 4월 라이프치히로 향했다. 유서 깊은 대학 도시인 이곳은 고트셰트, 겔레르트 등과 같은 문학자들이 문화생활을 주도했으며 바흐의 활동으로 음악의 도시이기도 했지만, 경제적인 어려움으로 그는 그와 같은 문화적인 분위기에 젖을 만한 여유가 없었다. 상무관이었던 쾨르너가 또다시 임지인 드레스덴으로 초청하여 1년 10개월여 동안 실러는 그곳에서 조용한 나날을 보냈으며, 동시에 그는 칸트 철학, 그리스 신화, 역사학 연구 등에 몰두했다. 수년에 걸쳐 완성한『돈 카를로스』를 발표한 뒤 그는 무려 10여 년 동안 희곡 창작을 중단했다.

1787년 문화의 중심지인 바이마르에 머물면서 실러는 이미 최고의 명사였던 괴테와 만나기 위해 애썼지만, 괴테는 그에게 냉담하기만 했다.

그러나 1789년 괴테의 추천으로 그는 예나 대학의 역사학 교수가 되었으며, 이듬해에 샤를로테 폰 렝게펠트와 예나의 근교에서 결혼식을 올렸다. 예나는 피히테, 셸링, 헤겔 등과 같은 저명한 사상가와 시인들의 활동 무대이기도 했다. 괴테와의 관계가 처음에는 매우 어려웠지만 서로의 천재성을 이해하고부터는 괴테도 자주 이곳으로 실러를 방문하여 우정을 나누며 서로의 생각을 교환했다. 이곳에서 그는 10여 년을 살았다.

실러는 1799년 12월 가족과 함께 예나를 떠나 다시 생애의 마지막 정착지인 바이마르로 돌아왔다. 그가 바이마르에 다시 온 것은 무엇보다도 괴테를 비롯한 이곳의 명사들과의 접촉을 통해 창작의 영감을 얻고 싶었기 때문이었다. 그가 10여 년 전에 홀몸으로 이곳을 떠날 때와는 달리 부인과 세 자녀(2남 2녀이나 막내딸은 1804년에 태어남)를 동반했다. 그는 이곳에서 10년이나 연상인 괴테를 지척에 두고 생애를 마칠 때까지 살았다.

괴테와 실러는 서로 상반된 특성을 가지고 있으면서도 세계 문학사상 그 유례를 찾아보기 어려운 생산적인 우정을 나눈 것으로도 유명하다. 그들은 1천 통이 넘는 편지를 교환하면서 서로의 생각을 공유했다. 괴테가 고백한 바와 같이 실러와의 교류는 침체에 빠져 있던 괴테에게 활력을 불어넣었다. 그 점은 실러에게도 마찬가지였다. 그들의 만남은 두 시인 모두에게 무한한 정신적인 활력을 얻게 했으며, 서로에게 격려와 자극을 줌으로써 서로의 위대성을 배가하는 놀라운 결과를 가져왔다.

실러는 1805년 5월 9일 폐질환으로 45년 6개월의 생애를 마감했다. 실러가 사망하자 괴테는 한 친구에게 보낸 편지에서 다음과 같은 유명한 말을 남겼다. "나는 나 자신을 잃은 것 같은 느낌이 든다. 이제 나는 한 친구를 잃었고, 그와 함께 내 존재의 반을 상실했다."

사후에도 실러는 자신보다 27년이나 뒤에 사망한 괴테와 바이마르의 영주 가족 묘지에 나란히 안치되어 오늘날에도 세계 각지에서 찾아오는 많은 방문객들의 참배를 받고 있다.

작품 세계

　시인으로서 극작가로서 미학과 예술에 대한 이론가로서 실러는 세계
문학사상 불멸의 업적을 남겼다. 그의 작품은 크게 나누어, 담시와 이른
바 사상시로 대별되는 시 작품들, 미학과 예술에 대한 그의 사상을 논술
한 저술들, 그리고 극작가로서 그가 남긴 희곡 작품들이다.

시

　도합 2백여 편에 이르는 그의 시는 체험시 내지는 자연시의 영역에
속하는 독일 서정시의 전통에서 벗어난 것들이 대부분이다. 말할 것도
없이 서정시는 시인의 감정과 사상을 직접적으로 표현하는 시의 형식이
지만, 그와 같은 서정시의 범주에 속하면서도 순수한 감정의 표현이 아
니라 지극히 관념적이고 철학적인 사상을 담고 있는 시들을 볼 수 있는
데, 그와 같은 유의 시들은 이른바 사상시(사상 서정시, 명상시, 이념시)
라는 이름으로 불려진다. 사상시는 독일에서 주로 괴테와 실러에 의해
서 씌어지기 시작했으며, 특히 실러가 그와 같은 유의 시의 형식을 완성
한 대표적인 인물이다. 그의 대부분의 서정시는 사변적이고 명상적이며
형이상학적인 세계를 지향한다. 뛰어난 미학 사상가인 그가 자신의 이
념 세계를 시의 형식으로 형상화하여 사상시라는 독자적인 시의 영역을
구축한 것은 당연한 귀결이라 할 수 있다.

　실러의 시는 대부분 장시(長詩)이며, 이른바 사상시Gedankenlyrik와
담시Balladen로 크게 나눌 수 있다.

　그의 대표적인 사상시로는 「그리스의 신들」 「이상」 「이상과 인생」
「종의 노래」 「산책」 「환희의 찬가」(베토벤의 제9번 교향곡의 가사로 유

명), 「엘로이지스의 제전」「예술가」 등을 들 수 있으며, 이들은 모두가 필자의 번역(상세한 주해와 함께 원문 대역)으로 인하대 출판부 실러 시리즈 제3권 『그리스의 신들』(2000)에 수록되어 있다.

또한 희곡 시인인 그는 담시에서도 독자적인 구성과 뛰어난 재능을 발휘하고 있다. 그의 담시는 대부분 복잡한 그리스 신화 등에서 비롯된 것들이기는 하지만, 흥미로운 이야기들로 구성되어 있어서 일반적으로 큰 어려움 없이 이해할 수 있는 것들이다.

그의 대표적인 담시로는 「폴리크라테스의 반지」「이비쿠스의 두루미」「인질」「카산드라」「헤로와 레안더」「잠수부」「장갑」「합스부르크 백작」「용과의 싸움」 등이 있으며, 이들도 모두 필자의 번역(상세한 주해와 함께 원문 대역)으로 인하대 출판부 실러 시리즈 제4권 『이비쿠스의 두루미』(2000)에 수록되어 있다.

그러니까 이것으로 특히 난해하다는 실러의 주요 시 작품들이 대부분 상세한 해설과 함께 이미 우리말로 완역되어 소개된 셈이다.

미학 예술론

실러의 미학 내지 예술에 대한 이론은 대체로 칸트의 영향을 받기 이전인 1770년부터 1789년까지의 기간을 제1기로, 그가 칸트 철학에 몰두했던 시기를 지나서 자신의 독자적인 미학 이론을 확립한 1789년부터 1796년까지의 기간을 제2기로 나눌 수 있다.

제1기에 속하는 주요 논문들로는 칼 학교의 졸업 논문을 비롯하여 「현대 독일 연극론」「도덕적 기관으로 본 연극 무대」 등을 들 수 있다. 제2기에 속하는 논문은 또다시 3단계로 분류할 수 있는데, 그 첫 단계는 제1기의 연극 이론을 발전적으로 전개한 비극 예술에 대한 이론의 시기로 여기에 속하는 논문은 「비극의 대상에 의한 쾌감의 원인」「비극 예술론」 등이며, 그 둘째 단계는 칸트의 주관성을 극복하고 미의 객관적 원리를 확립하려 한 「카리아스 편지」의 시기이고, 그 셋째는 「우미와 존엄」「인간의 미적 교육론」「소박문학과 감상문학론」 등의 논문이 중심이되는 시기로, 자신의 독자적인 미학 이론을 완성한 시기이다.

이상에서 거명한 논문들은 「인간의 미적 교육론」(안인희 옮김, 청하)을 제외하고 모두가 필자의 번역으로 인하대 출판부 실러 시리즈 제1권 『소박문학과 감상문학』(1996)과 제2권 『실러의 미학 예술론』(1999)에 수록되어 있다. 그러니까 이것으로 그의 중요한 이론적인 저술들도 대부분 이미 우리말로 완역된 셈이다.

희곡

극작가로서 그는 오늘날에도 친숙한 희곡 작품들을 통하여 대중들에게서 많은 존경과 사랑을 받고 있다. 그의 희곡은 여러 세대를 이어오면서 사람들의 마음에 한결같이 깊은 감명을 주고 있다. 그의 희곡이 암시하는 이념적인 차원의 윤리적 세계뿐만 아니라, 작품에 넘쳐나는 정열과 열정적인 언어는 특히 젊은이들에게 언제나 큰 감동을 준다.

초기와 만년의 습작을 제외하고 그가 완성한 희곡은 모두 9편이다.

처녀작 『도적 떼』(1781)는 부정한 지배계급에 대한 반항과 자유에의 욕구를 그린 질풍노도 시대의 대표적인 희곡(5막)이다.

이어서 발표한 『피에스코의 반란』(1783)은 16세기의 이탈리아에서 소재를 택한 5막의 사극이다. 앞의 희곡에 비하여 큰 반향을 얻지는 못했지만 작품이 보다 세련되고 구성도 더 짜임새가 있다. 주인공 피에스코는 공화정치를 수립하기 위해 전제군주를 타파하지만 자신도 군주가 될 야망을 품고 지배자가 되어, 제2의 전제군주가 될 것을 염려한 측근들에 의해 피살된다는 이야기를 담고 있다.

세번째 희곡인『간계와 사랑』(1784)은 독일을 무대로 한 5막의 시민비극이다. 귀족 출신의 아들 페르디난트와 시민의 딸 루이제가 신분을 초월한 사랑에 빠짐으로써 비극이 시작된다. 귀족들의 횡포와 온갖 음모로 순결한 시민이 파멸할 수밖에 없는 현실에 대한 분노를 그리고 있다.

청년기의 마지막 희곡인『돈 카를로스』(1787)는 청년기에서 장년기로 이행하는 과도기적인 작품이다. 작품의 구상에서 완성에 이르기까지 5년여의 비교적 긴 기간을 거치면서 작자의 관심도 발전적으로 변천하는 모습을 볼 수 있다. 이 희곡 안에서 이미 청년기의 질풍노도 문학 운동의 시대를 벗어나려는 징후를 엿볼 수 있다(뒤의 작품 해설 참조).

그의 청년기 희곡에서는 특히 자유와 정의를 위한 혁명적인 투쟁 정신을 볼 수 있다. 절대권력과 불의에 저항하는 열정은 당시의 질풍노도 문학 운동과 작자 자신이 체험한 칼 학교에서의 전제군주에 의한 억압된 생활의 영향임을 간과할 수 없다.

『돈 카를로스』를 완성한 이후에 그는 무려 10여 년 동안이나 희곡 창작을 중단하고 칸트 철학, 그리스 비극, 역사학 연구에 몰두했다. 이 시기를 지나면서 그는 괴테와의 접촉을 통해 창작의 의욕을 되찾았으며, 동시에 종래의 질풍노도의 열정적인 문학 운동의 영향에서 벗어나 고전주의 문학의 시대에 접어들었다.

고전주의 시대, 즉 그의 장년기의 첫번째 희곡은 대역사극『발렌슈타인』(1799)이다. 이 희곡의 소재는 30년전쟁이며, 3부작으로 전체가 9막으로 구성된 대작이다. 제1부는「발렌슈타인의 진영」, 제2부는「피콜로미니 부자(炎子)」, 제3부는「발렌슈타인의 죽음」이다. 영웅 발렌슈타인은 부하들의 신망을 얻어 자신의 야망을 달성하고자 했지만, 막상 현실은 그와 정반대로 부하들에게서 버림받고 비극적인 최후를 맞게 되는 과정을 담고 있다.

장년기의 두번째 희곡 『마리아 슈투아르트』(1800)는 스코틀랜드의 여왕과 잉글랜드의 여왕 엘리자베스와의 갈등을 그린 5막극이다. 이 두 여성의 대립은 어디까지나 정치적이라기보다는 개인적이며 심리적인 것이다. 스코틀랜드의 여왕인 마리아 슈투아르트는 신교도들의 비판에 못이겨 잉글랜드로 망명하지만 이질적인 영국 여왕 엘리자베스에 의해서 유폐되어 종국에는 처형되고 만다.

장년기의 세번째 희곡이며 그가 완성한 9개 희곡 중 6번째 희곡은 『오를레앙의 처녀』(1802)이다. 이 희곡은 백년전쟁의 말엽에 영국군으로부터 프랑스를 구출한 여자 영웅 잔 다르크의 전설을 소재로 한 5막극이다(작품 해설 참조).

장년기의 네번째 희곡인 『메시나의 신부』(1803)는 소재가 청년기의 『간계와 사랑』과 마찬가지로 역사나 전설에서 취한 것이 아닌 작자의 순수한 창의력에서 나온 것이다. 그러나 이 희곡에서 합창단을 사용한 점이나 근친상간의 애정 관계 및 운명극적인 요소를 담고 있는 점 등은 그리스 비극과 매우 흡사하여, 그가 한동안 몰두했던 그리스 비극의 깊은 영향을 볼 수 있는 작품이다.

완성된 9번째(마지막) 희곡은 특히 유명한 『빌헬름 텔』(1804)이다. 스위스의 텔 전설이 그 소재이다.

또한 미완성의 작품이지만 매우 뛰어난 작품으로 평가되는 『데메트리우스』가 있다. 2막 3장까지 쓰다가 중단된 작품이지만, 진실과 허위 사이에서 헤매는 주인공의 심리를 그린 이 희곡이 완성되었다면, 그의 어느 작품에도 뒤지지 않는 불후의 명작이 되었을 것이라는 연구가들의 평가가 나와 있을 정도이다.

실러는 흔히 자유의 시인으로 불린다. 그의 청년기 희곡들, 즉 『도적 떼』 『피에스코의 반란』 『간계와 사랑』 『돈 카를로스』 등에는 인간의 육체적·정치적 자유의 이념이, 그의 장년기의 희곡들, 즉 『발렌슈타인』 『마리아 슈투아르트』 『오를레앙의 처녀』 『메시나의 신부』 『빌헬름 텔』 등에는 인간의 정신적·내면적인 자유의 이념이 더욱 강하게 표출되어 있는 것으로 평가되기도 한다.

그의 모든 희곡 작품에 흐르고 있는 도덕적 신념은 희곡 작가로서의 그의 위대한 이념이기도 하다. 자신에게 내재한 강력한 윤리적 이념이 예술에 윤리적 정신을 부여해야 한다는 칸트의 견해에 따라 그는 자신의 희곡 작품에 최고의 예술미를 구현한 것이라 할 수 있다. 그의 희곡에서는 어떠한 훌륭한 도덕적 인간도 파멸에 이른다. 인간으로서 범하지 않을 수 없는 죄를 주인공은 내면적인 자율성으로 극복함으로써 보다 높은 도덕적 세계를 예시한다.

2. 작품 해설

『돈 카를로스』와 『오를레앙의 처녀』는 각각 스페인과 프랑스의 잘 알려진 감동적인 일화를 작자의 이상주의 이념으로 형상화한 걸작들이다.

독자의 이해를 위해서 여기에 이 두 작품의 개요와 의미를 간략하게 소개한다.

『돈 카를로스 : 스페인의 왕자』

부제가 말해주듯 이 희곡은 스페인 왕가의 비극적인 이야기가 그 소재이다. 그런데 극이 진행되는 동안 이야기의 중심이 왕자 돈 카를로스로부터 부왕인 필립 2세에게로, 그런가 하면 왕과 왕자 간의 개인적인 애정을 중심으로 하는 궁중 비극에서 인류의 이상을 추구하는 포사 후작에게로 옮겨간다. 이와 같이 단순하지 않은 복합적인 작품의 구조가 오히려 이 희곡이 독자나 관객에게 긴장과 관심을 더해주기도 한다.

스페인의 전제군주인 필립 2세는 자신의 아들인 돈 카를로스 왕자의 약혼녀인 프랑스의 공주 엘리자베스를 강제로 두번째 왕비로 삼는다. 본래의 왕비는 죽고 만 것이다. 이것으로 이미 비극은 예고되어 있다. 왕자는 어린 시절부터 세자빈으로 책봉되어 사모해오던 여인을 갑자기 어머니라 부르게 되었다. 사랑하는 사람을 아버지에게 빼앗긴 왕자는 걷잡을 수 없는 번민에 휩싸인다. 한편 마음에도 없는 왕비가 된 엘리자베스도 왕자에 대한 사랑을 억제하기가 고통스럽기는 하지만 내심을 드러낼 수는 없다. 또한 아무리 절대 권력자라 하더라도 자신의 행위가 무리임을 잘 아는 왕도 깊은 고뇌에 빠지게 된다. 여기에 두 사람을 시기하고 권력에 아첨하는 무리들의 간계가 왕자와 왕비를 비극의 소용돌이로 몰고 간다.

이와 같은 와중에 카를로스 왕자의 옛 친구인 포사 후작의 출현은 중요한 의미를 갖는다. 왕자와 절대군주인 필립 왕의 비극은 후반(제3막 제8장 이후)부터 개인적인 애정을 중심으로 하는 지금까지의 궁중 비극의 성격을 극복하고 어느새 포사를 통해 왕과 왕자에게 인류애에 눈을 뜨게 함으로써 인류의 이상을 실현하는 수준 높은 이념극으로 발전한다.

실제로 실러는 이 희곡을 오랜 기간에 걸쳐 부분적으로 발표하면서
처음에는 왕자 돈 카를로스와 엘리자베스 왕비 사이의 비극적인 사랑을
중심으로 하는 궁중의 가정 비극으로 계획했던 것이, 필립 왕의 고뇌에
끌리기 시작하여 필립 왕에게 거대한 인간적인 형상을 부여함으로써 필
립 왕의 성격과 행동에 의해서 비극의 감동을 성취하려는 의도를 보이는
가 했으나, 이에 그치지 않고 이번에는 이상에 불타는 포사 후작을 통해
작자의 이념을 표출하는 이상주의의 사상극을 완성하게 된 것이다.

　　질풍노도 문학 운동 시대의 그의 마지막 작품인 이 희곡은 그 이전
의 파괴적인 격렬한 열정에서 벗어나 어느 정도 객관적인 경향을 보이고
있다. 그러니까 이 희곡은 처녀작 『도적 떼』로 대표되는 질풍노도 문학
운동의 열정과 장년기의 이상주의적인 새로운 세계를 함께 지향하는 과
도기적인 작품이다.

　　이 작품을 쓰기 위해서 실러는 여러 가지 자료를 읽었으나, 그중에
서도 가장 중요한 것은 프랑스의 생 레알이 쓴 『돈 카를로스 이야기』
(1672)였다. 실러가 최초로 작품을 구상한 이른바 "바우에르바하 구상"
의 모체가 된 것이다. 양자를 비교해보는 것도 의미 있는 일일 것 같다.
『돈 카를로스』의 구상과 집필은 작자 자신의 역사 연구에 대한 관심을 높
이는 계기가 되기도 했다.

　　레알의 『돈 카를로스 이야기』의 개요는 다음과 같다.

　　"전제군주인 필립 왕은 자신의 아들 카를로스를 프랑스의 공주 엘리
자베스와 약혼시킨다. 그래서 두 사람은 결혼할 날만을 기다리고 있는
데, 갑자기 부왕 필립 2세가 왕비를 잃게 되자 자기 아들의 약혼녀인 엘
리자베스를 일방적으로 아내로 삼고 만다. 왕자는 정신적인 충격으로 심
히 우울한 나날을 보내고 있는데, 왕은 그것이 왕자가 왕위를 탐내고 있

기 때문이라고 믿고 그를 학대하고 시기한다. 한편 카를로스에게서 실연당한 바 있으며 이미 왕이 총애하는 신하의 아내가 된 에볼리와, 엘리자베스에게서 사랑을 거절당한 돈 주앙의 복수심, 그리고 알바 공작 일파의 음모에 의해서 부자 사이는 자못 심각한 상황에 빠진다. 카를로스 왕자의 친구인 포사는 왕비를 사랑한다는 그릇된 혐의를 받고 왕에 의해서 살해되며, 왕자도 반도들이 있는 플랑드르에 가려던 차에 왕에게 밀고되어 종교재판에서 사형선고를 받자 스스로 혈관을 끊어 자살하고 만다. 왕비 엘리자베스도 이전에 왕자에게 썼던 편지가 발각되어 독살되고, 돈 주앙과 에볼리도 모두 파멸에 이른다."

이상에는 스페인 궁전의 온갖 추악상과 부패상만을 볼 수 있을 뿐이며, 실러의 희곡에서 볼 수 있는 바와 같은 시적인 세계나 고도의 윤리적 이상 같은 것은 찾아볼 수 없다.

실러는 이 작품에서 이전의 희곡에서 보였던 통치자에 대한 특별한 증오심을 보이지 않고 있다. 그는 오히려 필립 왕의 인간적인 고뇌에 많은 관심과 동정을 보이기까지 한다. 실러는 포사 후작을 통해 필립 왕이 각성하는 모습을 보이고 있다. 이전에 발표한 작품들에서 자신의 이상에 맞지 않는 것을 일거에 파괴해버리려 했던 그가 여기에서는 억압적인 폭력에 대한 무조건적인 반항 대신에 보다 내면적인 인간의 고뇌와 고원한 이상을 추구한다. 이 점은 바로 실러 자신의 내면의 발전을 의미하는 것이기도 하다. 더욱이 그는 여기에서 극시의 형식인 운문을 사용함으로써 외형적으로도 진일보한 희곡을 완성하기에 이른 것이다.

『오를레앙의 처녀 : 낭만적 비극』

이 희곡은 그동안 수많은 작품의 소재가 되어온 영국과 프랑스 사이의 백년전쟁 말기에 영국군으로부터 프랑스군을 구출한 잔 다르크 전설을 소재로 한 5막의 비극이다. 역사적 인물인 잔 다르크를 구국의 영웅으로 이상화한 이 희곡에는 '낭만적 비극'이라는 부제가 붙어 있다. 실러는 이 전설을 자신의 이념과 상상력으로 자유롭게 구성하여 부제에 걸맞는 작품을 완성했다.

극의 서막은 앞면 우측에는 성모 마리아 상이, 좌측에는 큰 떡갈나무가 있는 전원 풍경의 배경으로 시작된다. 티보 다르크에게는 세 딸 마르고, 루이종, 요한나(잔 다르크의 독일 이름)가 있는데, 이들에게는 각각 에티엔, 클로드 마리, 레이몽이라는 구혼자들이 있다. 첫째와 둘째 딸은 각각의 구혼자들과 혼인이 성사되어 바로 내일로 결혼식 날이 다가왔지만, 막내인 요한나(잔 다르크)는 구혼자인 레이몽의 청혼을 외면한 채 말이 없다.

이들이 사는 평화로운 마을에도 불안한 전운이 감돈다. 전세는 프랑스군에게 완전히 불리하여 영국군은 이미 랭스, 파리 등의 주요 도시를 함락하고 마지막으로 오를레앙까지 포위해서 아직 즉위도 하지 않은 프랑스 왕 샤를 7세를 고립시켰다. 아버지 티보에게는 내일을 예측할 수 없는 불안한 시국에 딸들이 걱정이다. 그런데 우연히 이웃 주민이 읍내에서 가져온 투구를 보자마자 막내는 갑자기 그것을 빼앗듯이 가로채고는 조국 프랑스를 구하기 위해서 싸울 것을 선언한다.

그때 일체의 애욕을 단념할 것을 신에게 맹세한 오를레앙의 양치기 소녀 요한나(잔 다르크)는 조국을 구하고 샤를을 왕위에 오르도록 하라

436

는 성모 마리아의 계시를 받는다. 우연히 입수한 투구를 쓰고 그녀는 전쟁터에 나타나서 열세인 프랑스군을 지휘하여 기적적으로 영국군을 물리치고 조국의 해방과 독립을 가져오게 한다. 그녀는 신으로부터 남성의 사랑으로 자신을 더럽히지 않음으로써 기적을 행할 수 있는 힘을 얻은 것이다.

이상과 같은 도입부는 역사적 사실을 토대로 하고 있다. 대체로 잔느(잔 다르크의 잔은 독립적으로는 발음이 잔느가 되며, 필자는 잔느의 독일 이름인 요한나 대신에 잔느로 표기함)의 등장과 성공 등을 비롯하여 전개되는 이야기 자체는 오를레앙 해방전쟁의 역사적 사실을 기초로 하고 있지만, 그 밖의 사항은 물론 주인공의 심리 전개 등은 대부분 작자 자신이 창조한 것들이다. 그의 다른 역사적 소재의 작품인 『마리아 슈투아르트』와 비교해도 훨씬 자유롭게 처리되었다. 특히 결말 부분에서 실러는 그녀가 영국군에 의해서 화형 당하는 내용을 완전히 바꾸어 역사적 인물인 잔 다르크를 구국의 여성 영웅으로 재현하여 이상화했다.

토마스 만은 이 작품을 "고전주의적 내용을 지닌 낭만극, 낭만화된 고전주의 희곡"이라 평했다.

34년간의 긴 교수 생활을 마치고 정년퇴임한 이후에 본격적으로 착수한 이 일이 마침내 마무리되어 햇빛을 보게 되니 감회가 남다르다.

이것이 필자가 우리말로 발간하는 프리드리히 실러와 관련된 7번째 단행본이며, 그의 희곡 두 편을 골라서 한 책으로 내놓게 되었다. 그것도 대산세계문학총서로 발간케 된 것을 더욱 기쁘게 생각하며, 아울러 출판을 지원해주신 대산문화재단에 감사를 드린다.

실러는 괴테와 함께 독일 최고의 대표적인 희곡 작가이면서도, 그의 희곡 작품 가운데 아직도 여러 편이 우리말로 번역이 되어 있지 않은 현실이다. 그 가운데서 역자는 『돈 카를로스』와 『오를레앙의 처녀』를 골라서 우리말로 옮겼으며, 두 작품 모두 옮긴이가 특히 감동적으로 읽은 작품들이기도 하다. 번역이 끝날 무렵에 필자의 건강에 문제가 생겨서 어려움도 겪었지만, 한편으로는 이 두 편의 작품을 우리말로 옮기고 다듬어가면서 작품에 심취하여 참으로 행복한 나날을 보낼 수 있었다.

두 작품의 수록 순서는 작품의 발표 연대에 따른 것이며, 독자는 어느 것을 먼저 읽어도 무방하다.

두 작품에 등장하는 왕들의 칭호를 『돈 카를로스』에서는 '폐하'로, 『오를레앙의 처녀』에서는 '전하'로 표기했는데, 이 점은 전자와는 달리 후자의 경우에는 왕이 아직 즉위식도 갖지 않은 처지임을 감안하여 국사학자의 견해를 참작하여 옮긴이가 의도적으로 두 작품에서 다르게 표기한 것임을 밝혀둔다. 또한 『오를레앙의 처녀』에서는 잔느의 독일 이름인 '요한나' 대신에 본래의 프랑스 이름인 잔느로 표기했으며, 그 밖의 고유명사 표기는 본래의 스페인어와 프랑스어의 발음 및 독일어 텍스트를 참조하면서 우리말 표기에 자연스럽고 무리가 없도록 노력했다.

독자들이 이해하기 쉽고 흥미롭게 읽을 수 있도록 가능한 한 평이한 우리말 구사에 많은 노력을 기울였으며, 이를 통하여 독자들이 세계문학의 고전이 갖는 높은 가치와 향기를 접할 수 있었으면 하는 것이 필자의 작은 소망이다.

번역에 사용한 텍스트는 칼 한저 출판사의 실러 전집 제2권 (Friedrich Schiller. Sämtliche Werke Bd. 2)이며, 국민판 실러 전집 제6, 7-1, 9권(Schillers Werke, Nationalausgabe Bd. 6, 7-1, 9)을 참조했다.

장 상 용

1759	11월 10일, 프리드리히 실러 Friedrich Schiller는 독일 남부의 소도시 마르바하 Marbach am Neckar에서 태어남.
1763	아버지 카스파르는 칼 오이겐 공작의 군대에 입대하여 징병관 대위로 가족을 떠나 슈바벤 지방의 그뮌트 Gmünd에 주재함.
1764~66	온 가족이 아버지의 근무지인 슈바벤 지방의 그뮌트의 근교에 있는 작은 마을인 로르히 Lorch로 이사함. 그곳에서 어린 실러는 초등학교에 다니면서 모저 Moser 목사에게서 많은 것을 배움.
1766	12월 말에는 시인의 아버지가 루트비히스부르크 Ludwigsburg의 수비대로 근무지를 옮김에 따라 실러의 가족도 그곳으로 이사함.
1767	이곳의 라틴어 학교에 입학함. 이곳의 궁중극장에서 처음으로 연극을 관람함.
1773~80	칼 오이겐 공작이 세운 군인양성학교(후에 대학 과정의 칼 학교 Karlsschule로 개명)에 공작의 명에 따라 입학하여 8년간 강압적인 교육을 받음. 처음에는 법학과에 입학했으나 후에 의학과로 전과함.

1776	비극『메디시스의 코스무스 *Cosmus von Medicis*』를 썼으나, 스스로 없애버림.
	시「저녁 Der Abend」을 발표함. 폐쇄된 생활에도 불구하고 당시의 질 풍노도 Sturm und Drang 문학 운동의 시인들에게 감동을 받아서 철학, 심리학, 윤리학 등의 강의를 즐겨 들었음.
	아벨 교수의 강의를 통하여 셰익스피어의 작품을 읽고 큰 감명을 받음.
1777	『도적 떼 *Die Räuber*』집필에 착수함.
1778	이해부터 다음 해에 이르는 기간에 소가극『제멜레 *Semele*』완성.
1779	칼 학교의 졸업 논문으로「생리학의 철학」을 라틴어로 썼으나, 학계 의 권위자를 모독했다는 이유로 채택되지 못함. 그의 학업 성적은 매 우 우수해서 그해에 상을 4개나 받게 되는데, 그중의 하나는 다른 학 생에게 양보함. 이 상들은 12월 14일의 칼 학교 창립기념일에 수여되 었는데, 때마침 괴테가 여행 중에 바이마르의 칼 아우구스트 Karl August 공작과 함께 이 식전에 참석하게 되어 처음으로 괴테를 봄.
1780	『도적 떼』완성.
	11월에 제2의 졸업 논문「인간의 동물적 천성과 정신적 천성과의 관 련성에 관한 시론」을 인쇄.
	12월 14일, 칼 학교를 우등으로 졸업하고 군의관으로 근무함.
1781~82	슈투트가르트에서 군의관 생활.
1781	「라우라 송가」작시.『도적 떼』자비 출판(5월 6일자). 무대 상연을 위해서『도적 떼』개작.
1782	1월 13일, 만하임에서의「도적 떼」초연이 크게 성공. 공작의 허가도 없이 만하임에 가서 이 작품의 초연을 관람함.
	2월,『1782년 시집』을 자비 출간함. 희곡『피에스코의 반란 *Die*

Verschwörung des Fiesco zu Genua』 집필 착수.

7월, 또다시 「도적 떼」의 공연을 보기 위해서 공작의 허락 없이 만하임에 갔기 때문에 2주일간의 금고형을 받음. 그 때문에 실러는 공작으로부터 희곡 창작을 중단하라는 명을 받음.

9월 22일, 친구 안드레아스 슈트라이허와 함께 슈투트가르트를 탈출함.

10~12월 초, 이 두 탈출자(실러와 슈트라이허)는 잠시 만하임과 프랑크푸르트에 머문 후에 오거스하임에 체류함.

1783   『간계와 사랑 *Kabale und Liebe*』 완성.

『돈 카를로스 *Don Carlos*』 집필.

『피에스코의 반란』 출판(5월).

9월부터 다음 해 8월까지 1년간 만하임 극장의 전속 작가로 계약됨.

말라리아에 걸려서 3주 동안 병상에 있었으며, 이로 인하여 건강이 많이 손상되었고, 후에 지병인 폐질환을 얻게 된 원인이 되었음.

1784   1월, 「피에스코의 반란」이 만하임에서 초연되었으나 성공하지 못함.

4월, 「간계와 사랑」이 초연되어 크게 성공함.

6월 6일, 볼초겐 부인의 친척인 폰 렝게펠트가 여행 중에 자신의 딸 샤를로테를 데리고 실러를 방문하여 최초로 샤를로테(후에 실러의 부인이 됨)를 만남.

12월 27일, 칼 아우구스트 공작이 실러에게 추밀고문관의 칭호를 내림.

「도덕의 교육장으로 본 연극 무대 Die Schaubühne als eine moralische Anstalt betrachtet」를 낭독 발표.

시 「체념 Resignation」을 씀.

당시에 아직 미지의 친구였던 쾨르너 Körner가 시인을 라이프치히로
초청함.

1785 3월, 쾨르너의 주선으로 괴쉔 서점에서 잡지 『라인의 탈리아
    Rheinische Thalia』를 발행했으나 제1호로 폐간됨.

    4월~이듬해 7월. 크리스찬 고트프리트 쾨르너의 초청으로 라이프치
    히와 드레스덴에 체재함. 쾨르너의 가정과 교류. 쾨르너, 루트비히
    페르디난트, 후버, 도라, 미나슈토크 등과 친교.

    시 「기쁨에 An die Freude」를 씀.

    「여행 중인 덴마크인의 편지 Brief eines reisenden Dänen」 발표.

1786 역사학 연구를 시작함. 잡지 『탈리아』 속간함.

    소설 『범죄자 *Der Verbrecher aus verlorener Ehre*』 출간. 『철학적 서한
    Philosophische Briefe』 발표.

1787 3월경, 『탈리아』지 3책과 신간 제4권을 합본으로 출간. 제4권에 소설
    『유령을 본 사람 *Der Geisterseher*』의 최초 부분을 게재함.

    6월, 『돈 카를로스』 출판.

    7월~이듬해 5월. 바이마르에 체류.

    비일란트가 주관하는 '도이체 메르쿠어'의 동인이 됨.

    8월 하순에 예나에 가서 그곳의 교수 라인홀트 Reinhold와 알게 되어
    그의 영향으로 칸트 철학의 연구를 생각함.

1788 1~2월, 샤를로테와 다시 만남.

    3월, 담시 「그리스의 신들 Die Götter Griechenlands」을 발표.

    9월 7일, 루돌슈타트에서 괴테와 처음으로 만남.

    「괴테의 비극 에그몬트에 대하여」를 발표.

    「네덜란드 반란사」를 발표.

『예술가들 *Die Künstler*』을 렝게펠트 자매 앞에서 낭독함.

「돈 카를로스」베를린에서 초연. 이 비극에 대한 자신의 견해를 담은
「돈 카를로스에 대한 서한」을 씀.

12월 15일, 괴테의 추천으로 예나 대학에 역사학 교수(무급)로 초청
됨.

1789   5월 11일, 예나로 이사함.

5월 26일, 그의 유명한 예나 대학의 역사학 교수 취임 강연「세계사
는 무엇이며, 그것을 배우는 목적은 무엇인가?」

8월 2일, 샤를로테 폰 렝게펠트 Charlotte von Lengefeld와 약혼함.

1790   1월 1일, 칼 아우구스트 공작이 연봉 2백 탈러를 약속함.

1월 2일, 궁정관의 칭호를 받음.

2월 22일, 베니겐예나의 시골 교회에서 약혼녀 샤를로테와 아주 조용
한 결혼식을 올림.

5월 14일, 비극 이론에 대한 공개 강의를 시작함.

부인 샤를로테도 옆방에서 경청함. 그 주요 내용은 후에『새 탈리아
Neue Thalia』지에 발표한 두 논문「비극의 대상에 의한 쾌감의 원인
Über den Grund des Vergnügens an tragischen Gegenständen」과「비
극 예술론 Über die tragische Kunst」에 집약됨.

9월,「30년전쟁사」집필 착수.

1791   희곡『발렌슈타인 *Wallenstein*』을 구상.

『종의 노래 *Das Lied von der Glocke*』구상.

5~6월, 병이 악화됨.

7월, 칼스바트 온천장에서 요양.

8월,「돈 카를로스」와「피에스코」가 에어푸르트에서 상연됨.

12월 13일, 덴마크의 아우구스텐부르크 왕자와 쉼멜만 백작이 실러에게 향후 3년간 매년 1천 탈러씩의 은급을 주겠다는 통지를 해옴.

1792   3월 7일, 소화를 돕기 위해서 말〔馬〕을 샀으나 혼자서 타는 것이 재미가 없어 다시 팔았음.

10월 10일, 프랑스 시민권을 받음.

『새 탈리아』지 신년 제1호에는 「비극의 대상에 의한 쾌감의 원인」을, 제2호에는 「비극 예술론」을 발표. 「30년전쟁사」 완성.

1793   1월 25일부터 2월 28일에 이르는 일련의 미학 이론을 전개한 서한(후에 「칼리아스 서한」이라 칭함)을 쾨르너에게 발송.

4월 3일, 부인을 위해서 베를린 과부 부조기금에 연 4백 탈러의 보험을 계약함.

8월 1일, 부인과 함께 건강한 모습으로 예나를 떠나 고향인 슈바벤 지방으로 여행을 떠남. 오랜만에 고향을 찾아 부모님과 누이를 만남.

9월 14일, 장남 칼 Karl을 낳음.

10월 24일, 칼 오이겐 공작 사망.

칸트 철학 연구의 성과로서 미학 논문 「우미와 존엄 Über Anmut und Würde」 「격정적인 것에 대하여 Über das Pathetische」 「숭고론 Über das Erhabene」 등을 씀.

7월부터 아우구스텐부르크 왕자에게 일련의 미학론적인 서한들을 썼으며, 후에 이것을 가필하여 「인간의 미적 교육론 Über die ästhetische Erziehung des Menschen in einer Reihe von Briefen」으로 발표.

1794   2월 26일의 덴마크 왕궁의 화재로 왕자에게 보낸 실러의 미학론적 서한이 소실됨.

3월 7일부터 10여 일간 슈투트가르트에 머물면서 칼 학교 시절의 옛

친구인 다넥카르Dannekar 등을 만남.

튀빙겐을 방문하여 칼 학교 시절의 스승이었던 아벨 교수를 만남.

출판 관계로 코타Cotta와 상담함.

5월 15일, 다시 예나로 돌아옴.

7월에 자연과학회에서 괴테와 재회하여 원시 식물에 관한 대화를 갖

게 됨으로써 괴테와의 친교가 시작됨.

9월 14~27일까지 괴테의 초대로 바이마르의 괴테 집에 유숙함.

「소박문학론 Über das Naive」 집필.

1795 「인간의 미적 교육론」 완성.

「미적 형식을 사용할 때의 필연성의 한계에 대하여 Über die

notwendigen Grenzen beim Gebrauch schöner Formen」 집필. 「소박

문학과 감상문학 Über naive und sentimentalische Dichtung」 집필.

괴테와의 교류를 통해서 시 정신을 자극을 받아서 미학 이론에서 다

시 시 창작으로 복귀함.

서정시 「산책 Der Spaziergang」 「이상과 현실 Das Ideal und das

Leben」 「노래의 힘 Die Macht des Gesanges」 등을 씀.

1796 괴테와 함께 『크세니엔 Xenien』을 공동 저술함.

『연간 시집 Musenalmanach』(1800년까지) 발간.

9월 7일, 시인의 아버지 사망.

『발렌슈타인』 집필 착수.

1797 담시 Ballade를 써서 괴테와 경쟁적으로 1797년도 『연간 시집』에 발

표함.

「잠수부 Der Taucher」 「장갑 Der Handschuh」 「이비쿠스의 두루미 Die

Kraniche des Ibykus」 등의 많은 담시들을 발표.

『발렌슈타인』을 억양격 Jambus의 운문으로 개작함.

1798 6월 4일, 실러는 쾨르너에게 "괴테와 매일 만난다"고 씀.

담시 「담보 Die Bürgschaft」 「용과의 싸움 Der Kampf mit dem Drachen」을 씀.

9월, 『발렌슈타인』 3부작 중, 제1부 「발렌슈타인의 진영」 완성.

10월 12일, 바이마르에서 초연.

12월 31일, 『발렌슈타인』 제2부 「피골로미니 부자」 완성.

1799 1월 4일~2월 7일, 가족과 함께 바이마르에 가서 궁정 내에 체류함. 괴테와 잦은 왕래.

『발렌슈타인』 제2부 「피콜로미니 부자」 바이마르 초연. 제3부 「발렌슈타인의 죽음」 완성.

4월 20일, 제3부 바이마르 초연.

6월, 희곡 『마리아 슈투아르트 Maria Stuart』 집필.

시 「종의 노래 Das Lied von der Glocke」 「망상의 말 Das Wort des Wahns」 등을 씀.

10월 11일, 장녀 카롤리네 Karoline 출생.

12월 3일, 실러 가족 바이마르로 이사하여 실러 사망 시까지 그곳에서 계속 생활함.

1800 괴테와 협력하여 바이마르 극장의 활성화를 위해 노력함.

3월, 셰익스피어의 『맥베스』를 무대 상연을 위해서 개작함.

6월 9일, 『마리아 슈투아르트』 완성, 6월 14일 초연.

『오를레앙의 처녀 Die Jungfrau von Orleans』 집필 착수.

1801 1월, 괴테가 심한 병으로 누워 있어서 실러는 잦은 문병은 물론, 그

곳 극장에서 그가 하던 일을 도와주기에 바빠서 『오를레앙의 처녀』 집
필이 지연됨.

『오델로』『줄리어스 시저』를 번역 개작함.

4월 16/17일, 『오를레앙의 처녀』 완성, 9월 17일 초연.

담시 「헤로와 레온더」 집필.

1802   1월 말, 『빌헬름 텔 *Wilhelm Tell*』의 집필을 구상함.

4월 29일, 바이마르에서 자가 입주. 같은 날 시인의 모친이 클레버술
츠바흐에서 사망함.

8월, 『메시나의 신부 *Die Braut von Messina*』 집필.

9월 7일, 신성로마제국의 세습귀족이 됨.

이때부터 시인의 성 앞에 폰 von을 붙이게 되었음. 이 사실이 공문서
로 11월 16일에 도착하여 실러 가문이 귀족이 됨.

1803   2월 1일, 『메시나의 신부』 완성.

3월 19일, 바이마르 초연.

「비극에서의 합창단 사용 Über den Gebrauch des Chors in der
Tragödie」 발표.

8월, 『빌헬름 텔』 집필에 착수.

1804   2월 18일, 『빌헬름 텔』 완성.

3월 17일, 바이마르 초연.

3월 10일, 「데메트리우스 Demetrius」를 작품화하기로 결심함.

4월 26일, 가족과 함께 베를린 여행.

7월 4일, 「빌헬름 텔」 베를린 초연.

7월 25일, 차녀 에밀리에 Emilie 탄생.

1805   라신의 『페드라』를 무대 상연을 위해서 개작.

3월, 「데메트리우스」 집필에 열중.

4월 25일, 쾨르너에게 최후의 편지.

4월 29일, 마지막으로 연극 관람. 발열(發熱).

5월 9일, 오후 6시 사망.

추모의 말

실러는 절대왕정에서 시민시대로 넘어가는 과도기를 풍미했던 독일의 대표적인 작가이다. 실러는 독일 최고의 희곡작가로 알려져 있지만 시, 소설 등 다양한 문학 장르의 작품을 남겼으며, 특히 시에 있어서 아름다운 담시와 더불어 사변적인 사상시가 있고, 그밖에 역사와 철학 저술로도 유명하다. 그의 작품의 난해함과 세계관의 폭과 깊이는 국내에서 실러 전문가를 찾아보기 어렵게 한다. 고(故) 장상용 교수는 국내에서 몇 안 되는 실러 전문가 중 한 사람으로 실러의 시, 소설 및 다수의 철학 작품들을 번역하고, 실러에 대한 다수의 논문을 남겼다. 국내 최고의 실러 전문가를 잃은 것은 우리 인문학 진영의 큰 손실이 아닐 수 없다. 그러나 그분이 바쳤던 실러에 대한 천착의 결과로 우리는 이제 훌륭한 후진의 출현을 기대할 수 있게 되었다.

이 책은 장상용 교수가 정년퇴임 후에도 계속한 연구의 산물로서 실러의 대표적인 희곡 작품인 『돈 카를로스』와 『오를레앙의 처녀』의 국내 최초 번역본이다. 이 두 작품의 유명세는 실로 대단하지만 아직까지 국내에 번역·소개된 적이 없었다. 잘 알려진 대로 베르디의 오페라 「돈 카를로스」는 실러의 희곡 『돈 카를로스』를 기초로 만들어진 것이다. 오페라 「돈 카를로스」를 소개할 때 간혹 사랑의 삼각관계를 다룬 작품으로 소개되는 경우가 있으나 독자들은 이제 이 책을 통해서 사랑과 우정 그리고 시대를 초월한 자유사상의 진면모를 체험할 수 있게 되었다. 또한 낭만적 비극인 『오를레앙의 처녀』는 1845년 이탈리아 밀라노에서 초연된 베르디 오페라 「잔 다르크 Giovanna d'Arco」의 배경이 된 작품이기도 하다. 이제 이 원작들을 우리말로 감상할 수 있게 되었다. 임종 직전까지 탈고를 위해 애를 쓰신 장상용 교수께 진심으로 감사를 전한다.

김 상 원

'대산세계문학총서'를 펴내며

근대문학 100년을 넘어 새로운 세기가 펼쳐지고 있지만, 이 땅의 '세계문학'은 아직 너무도 초라하다. 몇몇 의미 있었던 시도에도 불구하고, 전체적으로는 나태하고 편협한 지적 풍토와 빈곤한 번역 소개 여건 및 출판 역량으로 인해, 늘 읽어온 '간판' 작품들이 쓸데없이 중간되거나 천박한 '상업주의적' 작품들만이 신간 되는 등, 세계문학의 수용이 답보 상태에 머물러 있었음을 부인하기 힘들다. 분명한 자각과 사명감이 절실한 단계에 이른 것이다.

세계문학의 수용 문제는, 그 올바른 이해와 향유 없이, 다시 말해 세계문학과의 참다운 교류 없이 한국문학의 세계 시민화가 불가능하다는 의미에서, 보다 근본적으로, 우리의 문화적 시야 및 터전의 확대와 그 질적 성숙에 관련되어 있다. 요컨대 이것은, 후미에 갇힌 우리의 좁은 인식론적 전망의 틀을 깨고 세계 전체를 통찰하는 눈으로 진정한 '문화적 이종교배'의 토양을 가꾸는 작업이며, 그럼으로써 인간 그 자체를 더 깊게 탐색하기 위해 '미로의 실타래'를 풀며 존재의 심연으로 침잠하는 작업이라 할 수 있다.

우리의 현실을 둘러볼 때, 그 실천을 위한 인문학적 토대는 어느 정도 갖추어진 듯이 보인다. 다양한 언어권의 다양한 영역에서 문학 전공자들이 고루 등장하여 굳은 전통이나 헛된 유행에 기대지 않고 나름의 가치 있는 작가와 작품을 파고들고 있으며, 독자들 또한 진부한 도식을 벗어나 풍요로운 문학적 체험을 원하고 있다. 새롭게 변화한 한국어의 질감 속에서 그 체험이 이루어지기를 바라는 요청 역시 크다. 그러므로 필요한 것은 어쩌면 물적 토대뿐일지도 모른다는 판단이 우리를 안타깝게 해왔다.

이러한 시점에서, 대산문화재단의 과감한 지원 사업과 문학과지성사의 신뢰성 높은 출간을 통해 그 현실화의 첫발을 내딛게 된 것은 우리 문화계의 큰 즐거움이 아닐 수 없다. 오늘의 문학적 지성에 주어진 이 과제가 충실한 결실을 맺을 수 있도록, 우리는 모든 성실을 기울일 것이다.

'대산세계문학총서' 기획위원회

대 산 세 계 문 학 총 서